T0358809

GRACELING
El último monstruo

GRACELING
El último monstruo

KRISTIN CASHORE

Traducción de Sara Villar Zafra

Argentina – Chile – Colombia – España
Estados Unidos – México – Perú – Uruguay

Título original: *Fire*
Editor original: Dial
Traducción: Sara Villar Zafra

1.ª edición: noviembre 2022

ISBN: 978-84-17854-86-7
E-ISBN: 978-84-19413-07-9
Depósito legal: B-17.047-2022

Fotocomposición: Ediciones Urano, S.A.U.
Impreso por: Rodesa, S.A. – Polígono Industrial San Miguel
Parcelas E7-E8 – 31132 Villatuerta (Navarra)

Impreso en España – *Printed in Spain*

Elegía vallense.
Mientras miraba al otro lado vuestro fuego se apagó
Me quedé con las cenizas para convertirlas en polvo
Fuisteis una pérdida del milagro

En mi fuego vivo mantendré vuestro desdén y el mío
En mi fuego vivo mantendré vuestra pena y la mía
Ante la desgracia de la pérdida de una vida

Prólogo

Larch solía pensar que, de no ser por su hijo recién nacido, jamás habría sobrevivido a la muerte de su esposa Mikra. En parte fue porque el niño necesitaba un padre vivo y funcional, que saliera de la cama por las mañanas y a duras penas aguantara el día; y en parte, por el niño en sí. Era un bebé muy simpático y tranquilo. Sus balbuceos y arrullos eran melodiosos y tenía los ojos de un color marrón intenso, como los de su difunta madre. Larch era un guarda de caza en las tierras ribereñas de un noble de segunda en el reino de Montmar, al sureste. Cuando volvió a sus dependencias tras un día cabalgando, tomó al bebé de los brazos del aya casi con envidia. Sucio, apestando a sudor y caballos, acunó al niño contra el pecho, se sentó en la vieja mecedora de su esposa y cerró los ojos. A veces lloraba, y las lágrimas dibujaban rayas limpias sobre el rostro mugriento. Pero siempre lo hacía en silencio, para no perderse los sonidos que hacía la criatura. El bebé lo miraba. Sus ojos lo tranquilizaban. El aya dijo que era raro que un bebé tan pequeño tuviera una mirada tan penetrante.

—Un niño con ojos extraños. No es algo por lo que alegrarse —advirtió.

Preocuparse no estaba en la naturaleza de Larch; ya lo hacía el aya lo suficiente por ambos. Cada mañana examinaba los ojos del bebé, tal como era la costumbre tácita de todos los que tenían hijos en los siete reinos, y cada mañana respiraba más tranquila al confirmar que nada había cambiado, ya que la criatura que se acostara con ambos ojos del mismo color y se despertara con los ojos de dos colores era un graceling. Y en Montmar, como en la mayoría de los reinos, los bebés gracelings pasaban a ser propiedad del rey de inmediato. Sus familias rara vez los volvían a ver.

Llegó el primer aniversario del nacimiento del hijo de Larch y pasó sin que hubiera cambio alguno en sus ojos marrones, pero el aya no dejó de refunfuñar. Había oído historias de gracelings cuyos ojos habían tardado más de un año en asentarse. Y, fuera un graceling o no, la criatura no era normal. Llevaba un año fuera del vientre de su madre e Immiker ya podía decir su propio nombre. Hablaba con frases sencillas a los quince meses; dejó atrás su pronunciación de bebé al año y medio. Cuando comenzó a trabajar con Larch, el aya esperaba que los cuidados proporcionados le otorgaran un marido y un hijo fuerte y sano. Pero ahora el bebé, que conversaba como un adulto en miniatura mientras bebía de su pecho y que anunciaba con elocuencia cuándo necesitaba que le cambiaran las envolturas, le parecía espeluznante. Renunció a su puesto.

A Larch le alegró que aquella mujer amargada se marchara. Se fabricó un arnés para colgarse a la criatura del pecho mientras trabajaba. Se negaba a cabalgar en días de lluvia o frío, o a hacer galopar a su caballo. Trabajaba menos horas y se tomaba descansos para dar de comer a Immiker, acostarlo y limpiar los estropicios. El bebé parloteaba todo el rato, preguntaba por el nombre de las plantas y los animales, y se inventaba poemas tontos que Larch se esforzaba por escuchar, pues siempre le hacían reír.

—A los pajaritos les encanta arremolinarse en torno a las copas de los árboles, ya que su mente les dice que son pájaros —cantaba el niño, distraídamente, dando palmaditas en el brazo de su padre. Y luego, un momento después—: ¿Padre?

—Dime, hijo.

—A ti te encanta hacer las cosas que quiero que hagas, pues yo se lo digo a tu mente.

Larch se sentía inmensamente feliz. Era incapaz de recordar por qué la muerte de su esposa lo había entristecido tanto. Ahora veía que era mejor así: el niño y él, solos en el mundo. Empezó a evitar a la gente del lugar, pues su tediosa compañía lo aburría, y no veía por qué merecían compartir el regocijo que suponía la compañía de su hijo.

Una mañana, cuando Immiker tenía tres años, Larch abrió los ojos y se encontró a su hijo despierto, tumbado a su lado y mirándolo fijamente. Su ojo derecho era gris. El izquierdo, rojo. Larch se levantó rápidamente, aterrorizado y desconsolado.

—Te llevarán —le dijo a su hijo—. Te alejarán de mí.

Immiker parpadeó con tranquilidad.

—No lo harán, porque se te ocurrirá un plan para detenerlos.

Retener a un graceling y no entregárselo al rey era considerado un hurto real, y estaba castigado con pena de prisión y multas que Larch no podría pagar jamás. Aun así, la obligación de hacer lo que le dijo el niño se apoderó de él. Tendrían que cabalgar hacia el este, hacia las montañas rocosas de la frontera en las que apenas vivía nadie, y encontrar un camino de piedra o unos matorrales en los que pudieran esconderse. Larch era un guarda de caza, por lo que era capaz de rastrear, cazar, encender fuegos y construir refugios. Podía luchar contra los osos y los felinos, y construir un hogar para Immiker que nadie encontraría.

Immiker se mostró extraordinariamente tranquilo sobre su huida. Sabía lo que era un graceling. Su padre se imaginó que el aya se lo había contado. O puede que el propio Larch se lo hubiera explicado y luego se hubiera olvidado. Se había dado cuenta de que cada vez era más olvidadizo, de que había partes de la memoria que se le estaban cerrando, como habitaciones oscuras tras puertas que ya no podía abrir. Lo atribuyó a su edad, ya que ni él ni su esposa eran jóvenes cuando ella murió al dar a luz a su hijo.

—En alguna ocasión me he preguntado si tu gracia tiene algo que ver con el habla —le dijo Larch mientras cabalgaban por las colinas hacia el este, dejando atrás el río y su antiguo hogar.

—No —contestó Immiker.

—Por supuesto que no —dijo Larch, incapaz de explicarse por qué había pensado que así era—. Está bien, hijo, aún eres joven. Estaremos atentos. Esperemos que sea algo útil.

Immiker no respondió. Larch comprobó las riendas que sujetaban al niño frente a él en la silla de montar. Se inclinó para besar la coronilla dorada de Immiker y arreó al caballo para que continuara.

Una gracia era una habilidad particular que iba más allá de la capacidad de un ser humano normal. Una gracia podía tomar cualquier forma. La mayoría de los reyes tenían por lo menos a un graceling en la cocina, alguien capaz de hacer pan o vino de manera sobrehumana. Los reyes más afortunados contaban con soldados en sus ejércitos con habilidades especiales para la lucha con espada. Un graceling podía tener un oído increíblemente bueno, correr tan rápido como un puma, calcular grandes sumas mentalmente e incluso notar si la comida está envenenada. También había gracias que no servían para nada, como la habilidad de retorcer la cintura por completo o comer piedras sin que les sentara mal. Y luego había gracias inquietantes. Algunos gracelings veían acontecimientos futuros antes de que ocurrieran. Algunos podían meterse en las mentes de los demás y ver cosas que no eran de su incumbencia. Se decía que el rey septéntreo tenía un graceling que podía saber si una persona había cometido algún crimen alguna vez tan solo con mirarle a la cara.

Los gracelings eran herramientas de los reyes, nada más. No se creía que fueran naturales, y las personas que podían evitarlos lo hacían, tanto en Montmar como en la mayoría de los otros seis reinos. Nadie deseaba la compañía de un graceling. Hubo un tiempo en el que Larch también tuvo esa actitud. Ahora veía que era cruel, injusta e ignorante, ya que su hijo era un niño pequeño normal que resultaba ser superior en muchos aspectos, no solo por su gracia —sin importar la que terminara siendo—. Razón de más para que Larch retirara a su hijo de la sociedad. No iba a mandar a Immiker a la corte del rey para que lo rechazaran, atormentaran y pusieran al servicio de lo que aquel quisiera.

No llevaban mucho tiempo en la montaña cuando Larch aceptó, a regañadientes, que se trataba de un lugar en el que era imposible esconderse. El problema no era el frío, aunque el otoño ahí era tan crudo como había sido el pleno invierno en las tierras del noble. Tampoco lo era el terreno, aunque los matorrales eran duros y afilados; todas las noches dormían sobre las piedras y no había ningún lugar en el que pudieran siquiera pensar en cultivar hortalizas o granos. El problema eran los depredadores. No hubo ni una semana en la que Larch no tuviera que defenderlos de algún ataque: pumas, osos, lobos; aves rapaces enormes, con la envergadura del doble de la altura de un hombre. Algunos de esos animales eran territoriales, todos ellos eran despiadados, y, conforme el invierno se iba acercando desoladamente hacia Larch e Immiker, todos estaban hambrientos. Un día un par de pumas se llevaron al caballo.

Por la noche, dentro del refugio lleno de espinas que Larch había construido con ramas y maleza, se traía al niño hacia la calidez de su abrigo y escuchaba atento los aullidos, las piedras que caían por la ladera, los chillidos que indicaban que un animal los había olido. Al primer indicio se colocaba al niño dormido en el arnés sobre el pecho, encendía una antorcha tan potente como le permitiera el combustible del que dispusiera, salía del refugio y se quedaba ahí, frenando el ataque con el fuego y la espada. A veces se quedaba ahí durante horas. Larch no dormía mucho.

Tampoco comía mucho.

—Te pondrás enfermo si sigues comiendo tanto —le dijo Immiker a Larch durante una cena mísera de carne de lobo fibrosa y agua.

Larch dejó de masticar inmediatamente, ya que si enfermaba lo tendría más difícil para defender al niño. Le cedió la mayor parte de su porción.

—Gracias por la advertencia, hijo.

Comieron en silencio durante un rato; Immiker se estaba atiborrando con la comida de Larch.

—¿Y si subiéramos más alto por las montañas y cruzáramos al otro lado? —preguntó Immiker.

Larch miró a los ojos dispares del niño.

—¿Es eso lo que crees que deberíamos hacer?

Immiker sacudió aquellos pequeños hombros:

—¿Podríamos sobrevivir al cruce?

—¿Crees que podríamos? —preguntó Larch, y luego se sacudió al escuchar su propia pregunta. El niño tenía tres años y no sabía nada sobre cruzar montañas. Que tanteara tan a menudo y tan desesperadamente la opinión de su hijo era una señal del cansancio que sentía Larch—. No sobreviviríamos —dijo, decidido—. No he sabido de nadie que haya conseguido cruzar las montañas hacia el este, ni aquí ni en Solánea o en Septéntrea. No sé nada acerca de las tierras que hay más allá de los siete reinos, solo sé de las historias que cuentan las gentes del este sobre monstruos de colores del arcoíris y laberintos subterráneos.

—Entonces tendrás que llevarme de vuelta hacia las colinas, padre, y esconderme. Debes protegerme.

Larch tenía la mente nublada, estaba cansado y muerto de hambre, pero le alcanzó un rayo de claridad, que fue la determinación para hacer lo que dijo Immiker.

La nieve caía conforme Larch decidía cómo bajar por una pendiente escarpada. Llevaba al niño enganchado dentro del abrigo; la espada, el arco y las flechas, algunas mantas y un paquete con trozos de carne, colgando de la espalda. Cuando en la distante cresta apareció una enorme ave rapaz marrón, con una envergadura de la longitud de un caballo, Larch tomó el arco con aire cansado. Pero el ave se abalanzó tan rápidamente que en un instante estaba demasiado cerca como para disparar. Agarró la espada con desesperación, pero se le resbaló la empuñadura y se le cayó. Por el suave silbido que hizo el acero sobre la nieve, supo que la había perdido por la pendiente. Larch se alejó a trompicones del ave, se cayó y sintió cómo se deslizaba hacia abajo. Puso los brazos delante de sí mismo para proteger al niño, cuyos gritos se oían por encima de los chillidos del ave:

—¡Protégeme, padre! ¡Tienes que protegerme!

De repente, la pendiente que había bajo la espalda de Larch cedió y empezaron a caer por la oscuridad. *Una avalancha*, pensó Larch, aturdido; toda pizca de valor dentro de su cuerpo seguía centrada en proteger al niño bajo su abrigo. Chocó con el hombro contra algo puntiagudo y sintió que se le desgarraba la carne; sintió humedad y calidez. Era extraño precipitarse de aquella manera. La caída fue embriagadora, vertiginosa, como si fuera vertical. Una caída libre. Y justo antes de quedar inconsciente, Larch se preguntó si estarían cayendo a través de una montaña hacia el fondo de la tierra.

Larch se despertó doblado sobre sí mismo, desquiciado, pensando una sola cosa: Immiker. El cuerpo del niño no estaba en contacto con el suyo, y las correas colgaban de su pecho, vacías. Larch se tocó alrededor, gimoteando. Estaba oscuro. La superficie sobre la que estaba tumbado era dura y lisa, como el hielo o el fango. Se movió para ver hasta dónde alcanzaba y de repente gritó, sin coherencia, por el dolor que le recorría el hombro y la cabeza. La garganta se le inundó con náuseas. Luchó contra ellas y se volvió a quedar quieto, tumbado, sin poder contener el llanto, diciendo el nombre del niño entre gemidos.

—No pasa nada, padre —dijo la voz de Immiker, muy cerca de él, a sus espaldas—. Deja de llorar y levántate.

Los llantos de Immiker se convirtieron en sollozos de alivio.

—Levántate, padre. He estado explorando y hay un túnel. Tenemos que irnos.

—¿Estás herido?

—Tengo frío y estoy hambriento. Levántate.

Larch intentó elevar la cabeza y lanzó un grito. Casi se desmaya.

—Es inútil. El dolor es demasiado fuerte.

—El dolor no es tan fuerte como para que no te puedas levantar —dijo Immiker y, cuando Larch volvió a intentarlo, se dio cuenta de que el niño tenía razón. Era insoportable y vomitó un par de veces, pero no era tan terrible como para que no pudiera apoyarse sobre las rodillas y el brazo herido y arrastrarse por la superficie gélida detrás de su hijo.

—¿Dónde...? —jadeó y dejó la pregunta a medias. Le costaba demasiado.

—Nos hemos caído por una grieta en la montaña —dijo Immiker—. Nos resbalamos. Hay un túnel.

Larch no lo entendía, y le requería tanta concentración el seguir hacia delante que dejó de intentarlo. El camino era resbaladizo y cuesta abajo. El lugar al que se dirigían era ligeramente más oscuro que el sitio del que provenían. La silueta pequeña de su hijo se escabulló por la pendiente que tenía enfrente.

—Hay una caída —dijo Immiker, pero Larch tardó tanto en comprenderlo que antes de eso ya se había caído rodando por una cornisa con las rodillas por encima del cuello.

Aterrizó sobre la cabeza y el hombro herido, y por un momento perdió el conocimiento. Despertó con una brisa fresca y un olor a humedad que le daban dolor de cabeza. Estaba en un lugar estrecho, embutido entre paredes cercanas. Intentó articular las palabras para preguntar si su caída había lastimado al niño, pero solo consiguió soltar un gemido.

—¿Por dónde? —preguntó la voz de Immiker, pero Larch no sabía a qué se refería y volvió a gemir. La voz de Immiker sonó cansada e impaciente—: Ya te lo he dicho, es un túnel. He tanteado las paredes en ambas direcciones. Elige el camino, padre. Sácame de aquí.

Ambos lados estaban poco iluminados y húmedos por igual, pero si el niño creía que era lo mejor, Larch tenía que escoger uno de ellos. Se movió con cuidado. La cabeza le dolía menos cuando recibía el viento de cara que cuando le daba la espalda. Esto hizo que se decidiera: irían caminando hacia la fuente de la brisa.

Y así, después de cuatro días sangrando, dando traspiés y pasando hambre, después de cuatro días en los que Immiker le recordaba repetidamente que se encontraba lo bastante bien como para seguir caminando, salieron del túnel, no hacia la luz de las laderas de Montmar, sino hacia la luz de una tierra extraña al otro lado de las cumbres de Montmar. Una tierra al este de la que ninguno de los dos había oído hablar excepto por los relatos absurdos que se contaban durante las cenas en Montmar, cuentos de monstruos de colores del arcoíris y laberintos subterráneos.

A veces Larch se preguntaba si el golpe que se había dado en la cabeza el día que cayó por la montaña le había causado algún daño en el cerebro. Cuanto más tiempo pasaba en aquella nueva tierra, más luchaba contra una nubosidad que se cernía al margen de su mente. La gente aquí hablaba de manera distinta y a Larch le costaba entender aquellas palabras y sonidos extraños. Dependía de Immiker para que le tradujera las cosas. Conforme fue pasando el tiempo, empezó a depender de él para que le explicara muchísimas cuestiones.

Aquella tierra era montañosa, tormentosa y escabrosa. Su nombre era Los Valles. Ahí vivían variedades de animales que Larch había conocido en Montmar. Eran animales normales con un aspecto y unos comportamientos que Larch entendía y reconocía. Pero en aquellas tierras también vivían criaturas asombrosas y llenas de colores a las que las gentes vallenses consideraban monstruos. Lo que los identificaba como tales eran los colores extraños que tenían, ya que por lo demás, en cuanto al aspecto físico, eran como los animales normales vallenses: tenían la forma de los caballos y las tortugas vallenses, de los pumas, de las aves rapaces, las libélulas y los osos, pero eran de una gama de colores fucsia, turquesa, bronce o verde iridiscente. En Los Valles, un caballo gris moteado era un caballo; uno del color naranja del atardecer era un monstruo.

Larch no entendía a aquellos monstruos. Los monstruos con forma de ratones, moscas, ardillas, peces y gorriones eran inofensivos. Pero los más grandes, los que se comían a los hombres, eran sumamente peligrosos, mucho más que sus equivalentes animales. Ansiaban la carne humana y estaban desesperados por la carne de otros monstruos. También parecían estar desesperados por la carne de Immiker, y en cuanto fue lo bastante mayor como para estirar la cuerda de un arco, el niño aprendió a disparar. Larch no estaba seguro de quién le había enseñado.

Parecía que Immiker siempre tenía a alguien, a un hombre o a un muchacho, que lo protegía y ayudaba con una cosa u otra. Nunca era la misma persona. Los antiguos siempre desaparecían para cuando Larch se había aprendido sus nombres, y entonces los reemplazaban otros nuevos.

Larch ni siquiera estaba seguro de dónde provenían aquellas personas. Él vivía con Immiker en una casa pequeña. Luego se fueron a una casa más grande, luego a otra aún más grande, en un claro rocoso a las afueras de un poblado. Algunos de los hombres de Immiker provenían de ahí, pero otros parecían salidos de grietas en las montañas y en la tierra. Esas gentes extrañas, pálidas y del subsuelo, le trajeron medicamentos a Larch. Le curaron el hombro.

Se enteró de que había un par de monstruos con forma humana en Los Valles, con el cabello de un color intenso, pero nunca los vio. Fue lo mejor, ya que Larch era incapaz de recordar si los monstruos humanos eran amigables o no y, por lo general, no podía defenderse contra los monstruos. Eran demasiado hermosos. Su belleza era tan extrema que siempre que Larch se encontraba cara a cara con uno de ellos, la mente se le vaciaba y el cuerpo se le helaba, e Immiker y sus amigos tenían que defenderlo.

—Es lo que hacen, padre —le explicaba una y otra vez Immiker—. Es parte de su poder y de su esencia de monstruo. Te aturden con su belleza y luego se apoderan de tu mente y te vuelven estúpido. Debes aprender a proteger tu mente de ellos, igual que he hecho yo.

A Larch no le cabía duda de que Immiker tenía razón, pero seguía sin entenderlo.

—¡Qué idea más horrorosa! ¡Una criatura con la habilidad de apoderarse de la mente de alguien! —dijo.

Immiker estalló en una risa encantadora y echó el brazo por encima de su padre. Larch seguía sin comprenderlo, pero las muestras de cariño de Immiker eran poco comunes y siempre lo desbordaban con una felicidad tonta que anulaba la incomodidad que le causaba aquella confusión.

En las pocas ocasiones en que estaba lúcido, Larch estaba seguro de que, conforme Immiker se había ido haciendo mayor, él mismo se había vuelto más tonto y olvidadizo. Su hijo le había explicado una y otra vez la inestable política que había en aquella tierra, las facciones militares que la dividían y el mercado negro que florecía en los pasadizos subterráneos que la conectaban. Había dos nobles vallenses, Mydogg en el norte y Gentian en el sur, que estaban intentando poner a sus imperios en el mapa y birlarle el poder al rey vallense. En el punto más septentrional había una segunda nación llena de lagos y picos montañosos llamada Píquea. No había manera de que le quedase claro a Larch. Tan solo sabía que ahí no había gracelings y que nadie le arrebataría a su hijo con ojos de dos colores.

Ojos de dos colores. Immiker era un graceling. En ocasiones Larch pensaba sobre ello, cuando tenía la mente lo bastante clara como para reflexionar. Se preguntaba cuándo aparecería la gracia de su hijo.

En los momentos de mayor claridad, que solo ocurrían cuando Immiker lo dejaba a solas durante un buen rato, Larch se preguntaba si ya habría aparecido.

Immiker tenía aficiones. Le gustaba jugar con monstruos pequeños. Le gustaba atarlos y despellejarles las garras, las escamas de colores vívidos, los mechones del pelaje y las plumas. Un día, durante el décimo año del niño, Larch se encontró a Immiker rebanando tiras del estómago de un conejo del color del cielo.

Incluso sangrando, temblando y con los ojos desorbitados, a Larch el conejo le pareció precioso. Miró fijamente al animal y se olvidó de por qué había ido a buscar a Immiker. Qué triste era ver que hirieran por diversión a algo tan pequeño e indefenso, algo tan hermoso. El conejo empezó a hacer ruidos horrorosos, a emitir chillidos de pánico, y Larch se vio a sí mismo lloriqueando.

Immiker lanzó una mirada a Larch:

—No le hace daño, padre.

Inmediatamente, al saber que el monstruo no sufría dolor, Larch se sintió mejor. Pero entonces el conejo soltó un gemido muy pequeño y desesperado, y Larch se sintió perplejo. Miró a su hijo. El muchacho estaba sosteniendo un puñal que goteaba sangre ante los ojos del animal, que estaba temblando, y le sonreía a su padre.

En alguna parte, en las profundidades de la mente de Larch, se reveló una punzada de sospecha. Se acordó de por qué estaba buscando a Immiker.

—Se me ha ocurrido algo sobre la naturaleza de tu gracia —dijo lentamente.

Immiker batió los ojos de manera calmada y se dirigió con cuidado hacia Larch:

—¿Ah, sí?

—Dijiste que los monstruos se apoderan de mi mente con su belleza.

Immiker bajó el cuchillo e inclinó la cabeza mirando a su padre. Había algo extraño en el rostro del muchacho. Larch pensó que era incredulidad y una sonrisa extraña y entretenida, como si estuviera jugando a algo a lo que estaba acostumbrado a ganar, pero esta vez hubiera perdido.

—A veces creo que te apoderas de mi mente con tus palabras —dijo Larch.

La sonrisa de Immiker se ensanchó y entonces empezó a reírse. Aquella risa puso tan contento a Larch que él también empezó a reírse. ¡Cuánto quería a este muchacho! El amor y la risa le salían a borbotones, y cuando Immiker fue caminando hacia él, Larch estaba con los brazos bien abiertos. Immiker le perforó el estómago con el puñal. Larch cayó al suelo como una piedra.

Immiker se inclinó sobre su padre.

—Ha sido un placer —dijo—. Echaré de menos tu devoción. Ojalá fuera tan fácil controlar a todos como lo he hecho contigo. Ojalá todos fueran tan estúpidos como tú, padre.

Era extraño estar muriendo. Era algo frío y vertiginoso, como la caída por las montañas de Montmar. Pero Larch sabía que no estaba cayendo por aquellas montañas. Durante la muerte supo claramente, por primera vez en años, dónde se encontraba y qué estaba sucediendo. Lo último que pensó fue que no había sido la estupidez lo que había permitido que su hijo lo hechizara tan fácilmente con sus palabras, sino el amor. El amor de Larch le impidió reconocer la gracia de Immiker, porque incluso antes de su nacimiento, cuando Immiker no era más que una promesa dentro del vientre de Mikra, ya había hechizado a Larch.

Quince minutos más tarde, el cuerpo de Larch y su hogar estaban incendiados, e Immiker se encontraba a lomos de su potro, abriéndose paso por las cuevas hacia el norte. Era un alivio seguir adelante. En los últimos tiempos, su entorno y sus vecinos se habían vuelto tediosos, y él estaba inquieto, listo para algo más.

Decidió marcar aquella nueva etapa en su vida cambiando de nombre, pues el que tenía le parecía estúpido y sentimental. Las gentes de aquella tierra pronunciaban el nombre de Larch de una manera rara, y a Immiker siempre le había gustado cómo sonaba. Se cambió el nombre a Leck.

Pasó un año.

PRIMERA PARTE

Monstruos

Capítulo uno

A Fuego no le sorprendió que el hombre que había en el bosque le disparara, sino que el disparo fuera accidental. La flecha le dio de lleno en el brazo, la hizo caer de lado contra un peñasco y la dejó sin aire. Cayó al suelo, tiró el arco a un lado y buscó el puñal que llevaba en la bota. El dolor era demasiado fuerte como para ignorarlo, pero se centró en no prestarle atención; lo convirtió en algo frío y agudo, como una sola estrella en un cielo negro de invierno. En el caso de que se tratara de un hombre sensato, seguro de lo que estaba haciendo, se habría protegido ante ella, pero rara vez se encontraba Fuego con ese tipo de hombres. Los que solían intentar hacerle daño eran lo bastante arrogantes o estaban lo bastante enfadados o asustados como para que ella encontrara un resquicio en la fortaleza de sus pensamientos y se adentrara con facilidad en ellos.

Encontró la mente de aquel hombre al instante, abierta de par en par. Estaba tan abierta y era tan acogedora que hasta se preguntó si sería un simplón al que otra persona había contratado. Se agachó contra el peñasco con obstinación, incluso con el dolor que sentía, con cuidado de no aplastar el estuche del violín que llevaba en la espalda. Los pasos del hombre se oían a través de los árboles, y luego también oyó su respiración. Fuego no tenía tiempo que perder, pues volvería a dispararle en cuanto la viera.

No quieres matarme. Has cambiado de opinión. Entonces el hombre dio la vuelta a un árbol y la vio con sus ojos azules, que se le abrieron con asombro y pavor.

—¡Ay, no! ¡Una muchacha! —gritó.

Fuego se apresuró a reajustar lo que pensaba. ¿Acaso no había querido alcanzarla? ¿No sabía quién era? Entonces, ¿su intención era matar a un muchacho, a un hombre? ¿A Arco? Forzó la voz para que sonara reposada:

—¿Quién era tu objetivo?

—No quién, sino qué. Lleváis un manto de piel marrón, un vestido de color marrón. ¡Rocas, muchacha! —dijo en un estallido de exasperación. Fue hacia donde estaba ella e inspeccionó la flecha que tenía clavada en la parte superior del brazo, la sangre que empapaba el manto que llevaba, la manga, el pañuelo que le cubría la cabeza—. Cualquiera diría que estabais esperando que os disparara un cazador.

Más bien un cazador furtivo, ya que la caza no estaba permitida en ese bosque a esa hora del día. Por esa misma razón, Fuego solía pasar por allí vestida de tal manera. Además, nunca antes había visto a ese hombre más bien bajito, de cabello de color tostado y ojos claros. Bueno, si además de ser un cazador furtivo era un cazador furtivo que había disparado por accidente a Fuego mientras cazaba de forma ilegal en las tierras de Arco, no querría entregarse y tener que vérselas con el famoso mal carácter de Arco. Pero eso era lo que Fuego iba a tener que lograr que él quisiera hacer. Estaba perdiendo sangre y empezaba a marearse. Iba a necesitar que la ayudara para llegar a casa.

—Ahora tendré que mataros —dijo con aire sombrío. Y entonces, antes de que Fuego pudiera empezar a abordar aquella declaración tan extraña, añadió—: Aguardad. ¿Quién sois? Por todas las rocas, decidme que no sois ella.

—¿Quién? —contestó con evasivas, apoderándose otra vez de su mente, que la encontró en blanco, algo muy raro, como si sus intenciones estuvieran flotando, perdidas entre la niebla.

—Lleváis el cabello cubierto —dijo—. Vuestros ojos, vuestra cara… ¡Rocas! —Se apartó de ella—. Tenéis los ojos muy verdes. Soy hombre muerto.

Era un tipo extraño, con eso de que la iba a matar a ella y de que lo iban a matar a él. Además, tenía un cerebro muy peculiar, como si estuviera al aire. Y parecía estar listo para echar a correr; Fuego no podía permitirlo. Agarró sus pensamientos y los puso en orden.

Ni mis ojos ni mi rostro te parecen tan excepcionales.

El hombre la miró de reojo, perplejo.

Cuanto más me miras, más te parece que soy una muchacha normal y corriente. Te has encontrado a una muchacha normal y corriente herida en el bosque, y ahora debes rescatarme. Debes llevarme hasta lord Arco.

En ese instante Fuego encontró una pequeña resistencia en forma de miedo. Lo más probable era que el hombre le tuviera miedo a Arco. Hizo más presión sobre su mente y le sonrió con la sonrisa más hermosa que pudo mostrar mientras se estremecía a causa del dolor y desfallecía por la pérdida de sangre allí tirada en el bosque.

Lord Arco te recompensará y te mantendrá a salvo. Te honrarán como a un héroe.

El cazador no dudó. Le aflojó el carcaj y el estuche del violín que llevaba en la espalda y se los echó al hombro, junto con su propio carcaj. Tomó ambos arcos con una mano y se puso el brazo ileso de la joven alrededor del cuello.

—Venga, dama —dijo. Medio la llevó y medio cargó con ella a través de los árboles, en dirección a los terrenos de Arco.

Se sabe el camino, pensó Fuego con cansancio, y luego lo dejó estar. No importaba quién era aquel hombre o de dónde venía, lo único que importaba era que se mantuviera despierta y dentro de su cabeza hasta que la hubiera llevado a casa y los hombres de Arco lo hubieran detenido. Mantuvo los ojos, las orejas y la mente alerta por si había monstruos, ya que ni el pañuelo que le cubría la cabeza ni su propia protección mental contra ellos la mantendrían escondida si llegaban a olerle la sangre. Al menos podía confiar en que el cazador furtivo fuera un buen tirador.

Arco abatió a un monstruo con forma de ave rapaz conforme Fuego y el cazador furtivo salían tropezando de los árboles. Fue un disparo largo y precioso desde la terraza superior. Fuego no estaba en condiciones de admirarlo, pero aquel disparo hizo que el cazador furtivo murmurara algo sobre lo apropiado que era el apodo del joven noble. El monstruo cayó en picado desde el cielo y se estrelló en el camino de entrada. Era del color naranja dorado intenso de un girasol.

A Arco se lo veía orgulloso y elegante en la terraza de piedra. Tenía la vista clavada en el cielo y el arco sujeto con ligereza. Echó la mano al carcaj que llevaba en la espalda, apuntó otra flecha y barrió las copas de los árboles. Entonces los vio; el hombre cargaba con ella cubierta de sangre desde el bosque. Arco dio media vuelta y fue corriendo hacia la casa. Incluso desde allí abajo, a esa distancia y con los muros de piedra entre ellos, Fuego lo oyó gritar. Le mandó avisos y sensaciones a la mente. No estaba intentando controlársela, sino solo mandarle un mensaje.

No te preocupes. Detenlo y desármalo, pero no le hagas daño. Por favor, añadió, por si servía de algo con Arco. *Es un hombre amable, y he tenido que engañarlo.*

El joven salió de repente por la gran puerta principal con el capitán Palla, su curandero y cinco miembros de su guardia. Saltó por encima del ave rapaz y fue corriendo hacia Fuego.

—La he encontrado en el bosque —gritó el cazador furtivo—. La he encontrado. Le he salvado la vida.

En cuanto los guardias agarraron al cazador furtivo, Fuego liberó su mente. El alivio que le supuso hizo que le flaquearan las rodillas y se desplomara sobre Arco.

—Fuego —le decía su amigo—, Fuego, ¿estás bien? ¿Dónde más te han herido?

No se podía mantener en pie. Arco la sujetó y la bajó hacia el suelo. Ella sacudió la cabeza, aturdida.

—En ninguna otra parte.

—Dejad que se siente. Dejad que se tumbe, debo detener el flujo de sangre —dijo el curandero.

Arco estaba fuera de sí:

—¿Se pondrá bien?

—Lo más seguro es que sí —dijo el curandero, cortante—, si os apartáis de mi camino y me dejáis que detenga el flujo de sangre. Mi señor.

Arco dejó escapar un suspiro entrecortado y le dio un beso en la frente a Fuego. Se separó de su cuerpo y se puso en cuclillas, apretando y aflojando los puños. Luego se dio la vuelta para escudriñar al cazador furtivo que tenían retenido sus guardias, y Fuego pensó con tono de advertencia: *Arco,* pues sabía que, al no haberse aliviado su preocupación, ahora Arco estaba empezando a ponerse furioso.

—Un hombre amable que, sin embargo, debe ser detenido —siseó hacia el cazador furtivo, poniéndose de pie y dirigiéndose a él—. Puedo ver que la flecha que tiene en el brazo vino de tu carcaj. ¿Quién eres y quién te envía?

El cazador furtivo apenas se dio cuenta de la presencia de Arco. Tenía la mirada fija en Fuego, estaba atónito.

—Vuelve a ser preciosa. Soy hombre muerto —dijo.

—No te matará. Arco no mata a los furtivos y, de todos modos, me has salvado —dijo en tono tranquilizador.

—Si le disparaste a propósito, te mataré con placer —dijo Arco.

—Da igual lo que hagáis —contestó el cazador furtivo.

Arco lanzó una mirada de odio hacia el hombre:

—Y, si tan resuelto estabas en rescatarla, ¿por qué no le has retirado la flecha tú mismo y le has vendado la herida antes de llevarla arrastrando por medio mundo?

—Arco —dijo Fuego, y luego se detuvo, ahogando un grito mientras el curandero le arrancaba la manga llena de sangre—. Estaba bajo mi control y no pensé en ello. Déjalo en paz.

Arco se giró hacia ella:

—¿Y por qué no pensaste en ello? ¿Dónde está tu sentido común?

—Lord Arco —dijo el curandero, malhumorado—, no podéis gritarles a las personas que están a punto de desmayarse porque se están desangrando. Sed útil: sujetadla mientras le retiro la flecha, por favor. Y luego lo mejor será que miréis hacia el cielo.

Arco se arrodilló al lado de Fuego y la sujetó por los hombros. Tenía la cara inexpresiva, pero la voz le temblaba de emoción:

—Perdóname, Fuego. —Y al curandero—: Hemos perdido el juicio. ¿Hacer esto aquí fuera? Pueden oler la sangre.

Y entonces, un dolor repentino, cegador y brillante. Fuego sacudió la cabeza con violencia y forcejeó con el curandero y con la gran fuerza que tenía Arco. Se le escurrió el pañuelo que llevaba en la cabeza y dejó al descubierto el prisma reluciente de su melena: amanecer, amapola, cobre, fucsia, llama; rojo, más brillante que la sangre que empapaba el camino hacia la entrada.

Fuego tomó la cena en su propia casa de piedra, que se encontraba justo detrás de la de Arco y bajo la protección de su guardia. Arco había mandado el ave rapaz muerta a su cocina. Era uno de los pocos que no la hacían sentir vergüenza por tener antojo de saborear la carne de monstruo.

Cenó en la cama y Arco se sentó a su lado. Le cortó la carne y la animó a que comiera. Le dolía al comer. Todo le dolía. El tenedor era una pesa de hierro y la comida que sostenía, de plomo.

Al cazador furtivo lo encerraron en una de las jaulas exteriores para monstruos que el padre de Fuego, lord Cansrel, había construido en la colina detrás de la casa.

—Ojalá haya tormenta y rayos —dijo Arco—. Ojalá haya una inundación. Me gustaría que el suelo bajo los pies del cazador furtivo se abriera de par en par y se lo tragara. —Ella lo ignoró, sabía que solo hablaba por hablar—. He pasado por delante de Donal en el vestíbulo —continuó—. Iba a hurtadillas, bajo un montón de mantas y almohadas. Le estás haciendo la cama a tu asesino, ¿verdad? Y te aseguras de que coma tan bien como tú.

—No es un asesino; no es más que un cazador furtivo con la visión borrosa.

—Eso te lo crees incluso menos que yo.

—De acuerdo, pero de verdad creo que, cuando me disparó, pensaba que era un ciervo.

Arco se recostó y cruzó los brazos:

—Puede. Volveremos a hablar con él mañana. Que nos cuente él su historia.

—Preferiría no ayudar.

—Y yo preferiría no tener que pedírtelo, cielo, pero necesito saber quién es este hombre y quién lo ha enviado. Es el segundo forastero que hemos visto en mis tierras en dos semanas.

Fuego se recostó, cerró los ojos y se obligó a masticar. Todo el mundo era un forastero. Salían de debajo de las piedras, de las colinas, y era imposible saber lo que pensaba cada uno. Fuego no quería saberlo; tampoco quería utilizar sus poderes para averiguarlo. Una cosa era apoderarse de la mente de un hombre para evitar su propia muerte y otra, completamente distinta, robarle secretos.

Cuando se volvió hacia Arco, él la estaba mirando en silencio. Tenía el cabello rubio platino, los ojos marrones intensos y un semblante orgulloso. Fuego conocía aquellas facciones desde que ella era un bebé y Arco, un niño que siempre llevaba un arco tan alto como él. Ella fue la primera en cambiarle el nombre real, Arklin, por el de Arco, y él le enseñó a disparar. Ahora, al mirarlo a la cara, la de un hombre adulto, responsable de unas tierras en el norte, de su dinero, sus granjas y sus hombres, entendía las preocupaciones que tenía. No eran tiempos de paz en Los Valles. En Ciudad del Rey, un joven rey Nash se aferraba, no sin desesperación, al trono, mientras que los nobles rebeldes, como lord Mydogg al norte y lord Gentian al sur, formaban ejércitos y maquinaban cómo destronarlo.

Se avecinaba una guerra, y las montañas y los bosques estaban plagados de espías, ladrones y otros hombres rebeldes. Los forasteros siempre eran motivo para inquietarse.

Arco habló con dulzura:

—No podrás volver a ir al exterior sola hasta que puedas disparar. Las aves rapaces están fuera de control. Lo siento.

Fuego tragó saliva. Había tratado de no pensar en lo deprimente que sería aquello.

—Da lo mismo. Tampoco puedo tocar el violín, ni el arpa, ni la flauta, ni ninguno de los instrumentos que tengo. No necesito salir de casa.

—Avisaremos a tus estudiantes —dijo Arco con un suspiro y se frotó el cuello—, y veré a quién puedo mandar a sus casas en tu lugar. Tardamos mucho en confiar en nuestros vecinos sin tu ayuda y conocimiento.

La confianza no era algo que se diera por hecho en aquellos tiempos, ni siquiera entre antiguos vecinos, y uno de los cometidos de Fuego mientras daba clases de música era mantener los ojos y los oídos bien abiertos. A veces se enteraba de algo —información, conversaciones, la sensación de que algo iba mal— que era de ayuda para Arco y su padre Brocker, ambos fieles aliados del rey.

También se le iba a hacer largo a Fuego vivir sin el consuelo de su propia música. Aquellas siempre eran las peores lesiones, las que la dejaban sin poder tocar el violín. Volvió a cerrar los ojos y respiró despacio. Acarrearía con su herida como había hecho con todas las demás: con una paciencia alimentada por la necesidad.

Tarareó para sí misma una canción que ambos conocían sobre la zona norte de Los Valles. Era una canción que al padre de Arco siempre le gustaba que tocara cuando se sentaba a su lado.

Arco le tomó la mano del brazo ileso y la besó. Le besó los dedos, la muñeca. Le rozó el antebrazo con los labios.

Fuego dejó de tararear. Abrió los ojos y se encontró con los de él, traviesos y marrones, que le sonreían.

No irás en serio, le dijo mentalmente.

Le tocó el pelo, que brillaba en contraste con las mantas.

—Pareces infeliz.

Arco, me duele moverme.

—No hace falta que te muevas. Yo puedo quitarte el dolor.

Fuego sonrió a su pesar y le contestó en voz alta:

—Sin duda, pero también me lo puede quitar el irme a dormir. Vete a casa, Arco. Estoy segura de que podrás encontrar a otra persona a quien quitarle el dolor.

—¡Qué cruel! —respondió de forma burlona—. Sabiendo lo preocupado que me has tenido hoy...

Sabía lo preocupado que había estado, pero dudaba de que su preocupación hubiera cambiado su manera de ser.

Cómo no, después de que Arco se marchara, Fuego no pudo dormir. Lo intentó, pero no dejaba de despertarse por las pesadillas que tenía. Siempre eran peores en los días en que había pasado tiempo entre las jaulas, pues ahí era donde había muerto su padre.

Cansrel, su hermoso padre monstruo. En Los Valles, los monstruos provenían de los monstruos. Un monstruo podía engendrar con otros de su misma especie que no fueran monstruos —la madre de Fuego no lo había sido—, pero la descendencia siempre era un monstruo. Cansrel tenía el cabello plateado brillante con reflejos azules y los ojos de un color azul oscuro intenso. Un cuerpo y un rostro impresionantes, suaves y preciosamente definidos, como cristales que reflejan la luz, resplandecientes con ese algo intangible que tienen todos los monstruos. Fue el hombre más deslumbrante del mundo durante su vida, o, por lo menos, eso era lo que creía Fuego. Él fue mejor que ella controlando las mentes de los humanos. Tuvo mucha más práctica.

Fuego estaba tumbada en la cama y se esforzaba por combatir el recuerdo del sueño: el monstruo leopardo, del color de la medianoche con manchas doradas, gruñendo y a horcajadas sobre su padre; el olor de la sangre de su padre, su mirada preciosa sobre Fuego, incrédula. Muriéndose.

Ojalá no hubiera mandado a Arco a casa. Él comprendía sus pesadillas, estaba lleno de vida y era apasionado. Fuego quería su compañía, su vitalidad.

En la cama se puso cada vez más inquieta, hasta que al final hizo algo que habría enfurecido a Arco. Se arrastró hasta el armario y se vistió con lentitud y dolor; se puso un abrigo y unos pantalones de colores marrón oscuro y negro para ir a conjunto con la noche. El intento que hizo por cubrirse el cabello con un pañuelo negro estuvo a punto de mandarla de vuelta a la cama, ya que para ello necesitaba emplear ambos brazos y levantar el izquierdo le suponía toda una agonía. Se las pudo arreglar, claudicando en un momento para utilizar un espejo y asegurarse de que no se le viera nada de pelo por detrás. Por lo general, evitaba los espejos. Le daba vergüenza quedarse sin aliento al verse a sí misma.

Se colocó el puñal en el cinturón, tomó una lanza e ignoró los avisos de su propia conciencia, que entonaba y le gritaba que no podría protegerse a sí misma ni de un puercoespín, menos aún de un monstruo con forma de ave rapaz o de lobo.

Luego vino la parte más difícil de hacer de todas con un solo brazo. Tenía que escabullirse de su propia casa a través del árbol que había en la ventana de su dormitorio, ya que los guardias de Arco estaban en todas las puertas y jamás permitirían que se fuera a merodear por las colinas herida y sola. A no ser que usara su poder para controlarlos, y era algo que se negaba a hacer. Los guardias de Arco confiaban en ella.

Arco fue quien se dio cuenta de lo cerca que estaba la casa del viejo árbol y de lo fácil que le resultaría trepar por él en la oscuridad. Aquello había sucedido dos años antes, cuando Cansrel aún estaba vivo, Arco tenía dieciocho años y Fuego, quince, y su amistad se había convertido en algo cuyos detalles no eran de la incumbencia de los guardias de Cansrel. Fue algo inesperado para ella; también fue algo dulce y que expandió la pequeña lista que tenía de cosas que le proporcionaban felicidad. Lo que no sabía Arco era que Fuego había empezado a utilizar aquella ruta casi al mismo tiempo. Primero, para esquivar a los hombres de Cansrel, y luego, tras su muerte, para esquivar a los de Arco. No era para hacer nada escandaloso ni prohibido; solo quería pasear por la noche a solas, sin que lo supiera todo el mundo.

Arrojó la lanza por la ventana. A continuación padeció un suplicio que involucró muchas palabrotas y el desgarro de la ropa y de las uñas. Ya en el suelo, sudando, temblando y dándose cuenta de lo tonta que había sido la idea, utilizó la lanza como bastón y se alejó cojeando de la casa. No quería ir muy lejos, solo un poco más allá de los árboles para poder ver las estrellas.

Las estrellas siempre apaciguaban su soledad. Pensaba en ellas como en criaturas preciosas, que quemaban y eran frías como ella. Cada una era única, desoladora y silenciosa como ella.

Esa noche se veían con claridad y perfectamente en el cielo.

En una zona rocosa que se elevaba por encima de las jaulas para monstruos de Cansrel, Fuego se bañó en la luz de las estrellas e intentó absorber algo de su tranquilidad. Respiró hondo y se frotó la zona de la cadera que todavía, de vez en cuando, le dolía; se debía a una cicatriz que le había dejado una flecha hacía unos meses. Era uno de los suplicios de las nuevas heridas: a las antiguas les gustaba aflorar también y volver a doler. Nunca la habían herido por accidente. Era difícil saber cómo clasificarlo en su mente; casi le parecía divertido. Tenía una herida de daga en uno de los antebrazos, otra en la barriga. Una hendidura provocada por una flecha de hacía años en la espalda. Era algo que ocurría de vez en cuando. Por cada hombre pacífico, había uno que quería lastimarla, incluso matarla, porque era algo precioso que no podían tener o porque habían odiado a su padre. Y por cada ataque que le había dejado una cicatriz, había cinco o seis ataques que había conseguido detener.

También tenía marcas de dientes en una de las muñecas —un monstruo lobo—, marcas de garras en el hombro —un monstruo ave rapaz— y otras heridas, de esas que son pequeñas e invisibles. Sin ir más lejos, aquella misma mañana, en el poblado, había tenido encima los ojos lascivos de un hombre, y a su esposa, que estaba a su lado, ardiendo de celos y odio por Fuego. O la humillación de cada mes de tener que necesitar a un guardia durante sus sangrados de mujer para que la protegiera de los monstruos que podían oler su sangre.

—No debería avergonzarte, sino colmarte de alegría —le habría dicho Cansrel—. ¿No lo sientes? ¿No te hace feliz surtir efecto en todos y en todo tan solo por existir?

A Cansrel nada de esto le resultaba humillante. Tenía monstruos depredadores como mascotas: un ave rapaz de color lavanda plateada, un puma de color morado sangre, un oso del tono de la hierba con destellos de oro, el leopardo azul medianoche con manchas doradas. Los malnutría a propósito y se paseaba por sus jaulas con el cabello descubierto, arañándose la propia piel con un puñal para que la sangre goteara en la superficie. Una de las cosas que más le gustaban era hacer que sus monstruos chillaran, rugieran y rasparan los dientes contra las barras metálicas, con un deseo salvaje de su cuerpo de monstruo. Ella no podía ni imaginarse cómo sería ser así, sin sentir miedo ni vergüenza.

El aire se estaba volviendo húmedo y frío, y la paz estaba demasiado lejos como para que Fuego la alcanzara aquella noche. Fue volviendo poco a poco hacia su árbol. Intentó agarrarse a él y trepar, pero no necesitó arañar demasiado el tronco para entender que no iba a ser capaz, bajo ninguna circunstancia, de entrar en su habitación de la misma manera en que había salido.

¡Rocas!, pensó para sí con amargura, recostándose sobre el árbol, dolorida y cansada, maldiciendo su estupidez. Tenía dos opciones, y ninguna de ellas era aceptable. O bien se entregaba a los guardias a las puertas y libraba al día siguiente una batalla sobre su libertad con Arco, o bien entraba en la mente de alguno de esos guardias y manipulaba sus pensamientos.

Fue a ver, no sin vacilación, quién andaba por ahí. La mente del cazador furtivo, que dormía en la jaula, se mecía contra la suya. Varios hombres, cuyas mentes reconocía, vigilaban su casa. En la entrada de al lado había un hombre mayor llamado Krell que era algo parecido a un amigo para ella. O lo habría sido si no hubiera sido tan propenso a elogiarla. Era músico, con tanto talento como ella, pero con más experiencia, y a veces tocaban juntos, Fuego con el violín y Krell con la flauta o el flautín. Estaba tan convencido de que era perfecta que Krell jamás sospecharía de ella. Era un blanco fácil.

Fuego suspiró. Arco era mejor como amigo cuando no conocía todos los detalles de su vida y su mente. Iba a tener que hacerlo.

Llegó con cautela hasta la casa y fue hacia los árboles que había cerca de la puerta lateral. La sensación de que un monstruo estuviera acercándose a las puertas de la mente era sutil. Una persona fuerte y con experiencia podía aprender a reconocer la intromisión y cerrar las puertas de golpe. Aquella noche, Krell tenía la mente alerta ante los intrusos, pero no ante ese tipo de invasión. Su mente estaba abierta y aburrida, y ella entró sigilosa. Krell se dio cuenta de que algo había cambiado y se volvió a concentrar, sorprendido, pero Fuego se las arregló en un instante para distraerlo.

Has oído algo. Ahí está. ¿Puedes oírlo? Son gritos, cerca de la fachada. Aléjate de la puerta y date la vuelta para ir a ver.

Sin demora, Krell se fue de la entrada y le dio la espalda. Ella salió a hurtadillas de los árboles y fue hacia la puerta.

No oyes nada detrás de ti, solo delante. La puerta a tu espalda está cerrada.

Krell no giró en ningún momento sobre sus talones para comprobarlo, ni siquiera dudó de los pensamientos que ella había implantado en su mente. Fuego abrió la puerta tras él, se coló en la casa y se encerró. Se apoyó sobre la pared del pasillo durante un instante, extrañamente deprimida por lo fácil que había sido. No debería ser tan fácil convertir a un hombre en un idiota.

Desolada ante el asco que se daba a sí misma, subió las escaleras a trompicones hasta llegar a su habitación. Tenía una canción concreta metida en la cabeza, que se repetía de manera aburrida una y otra vez. No se le ocurría por qué. Era la elegía fúnebre que se cantaba en Los Valles para lamentar la pérdida de una vida.

Supuso que pensar en su padre le había hecho pensar en la canción. Nunca la cantó para él ni la tocó con el violín. Tras su muerte, el dolor y la confusión la habían paralizado demasiado como para tocar algo. Se encendió un fuego en su honor, pero ella no fue a verlo.

El violín que tenía era un regalo de Cansrel. Fue una de sus raras muestras de amabilidad, ya que nunca tuvo paciencia con la música de Fuego. Y ahora se había quedado sola, era el único monstruo con forma humana que quedaba en Los Valles, y su violín era una de las pocas cosas felices que tenía para poder recordar a su padre.

¿Felices? Suponía que, algunas veces, había algo de alegría en su recuerdo. Pero eso no cambiaba la realidad. De una manera o de otra, todo lo malo que había en Los Valles conducía a Cansrel.

No era un pensamiento que le proporcionara paz, pero estaba desvariando por el cansancio. Durmió profundamente con la elegía vallense como fondo de sus sueños.

Capítulo dos

Fuego se despertó primero por el dolor y, después, dándose cuenta de que había un nivel inusual de inquietud en su casa. Se quedó tumbada, quieta, absorta por todo. Los guardias iban y venían en el piso de abajo, y Arco se encontraba entre ellos.

Cuando una sirvienta pasó por la puerta de su habitación, Fuego contactó con la mente de la muchacha para llamarla. La chica entró en la habitación sin mirar a Fuego; en cambio, dirigía una mirada hastiada al plumero que llevaba en la mano. Aun así, por lo menos había acudido. Algunas de ellas se habían escabullido haciendo como que no la habían oído.

Dijo, muy formal:

—¿Sí, mi señora?

—Sofie, ¿por qué hay tantos hombres en el piso de abajo?

—El cazador furtivo que estaba en la jaula. Lo han encontrado muerto esta mañana, mi señora —dijo Sofie—. Tenía una flecha en el cuello.

Sofie se dio media vuelta y cerró la puerta de golpe tras ella. Dejó a Fuego abatida, tirada en la cama. No podía evitar sentir que, de alguna manera, aquello era culpa suya por haber parecido un ciervo.

Se vistió y fue al piso de abajo, donde estaba su sirviente Donal, entrecano y testarudo, que había estado a su servicio desde que Fuego era un bebé. Donal la miró con una ceja cana levantada y ladeó la cabeza en dirección a la terraza posterior.

—No creo que le importe demasiado a quién dispare —dijo.

Fuego sabía que se refería a Arco, cuya exasperación podía sentir al otro lado de la pared. A pesar de su palabrería, al joven no le gustaba que la gente bajo su cuidado muriera.

—Por favor, Donal, ayúdame a cubrirme el cabello.

Un momento después, con el cabello cubierto con una tela marrón, Fuego salió para acompañar a Arco en su desdicha. El aire en la terraza era húmedo, como anunciando lluvia. Él iba con un abrigo largo y marrón. Todo en él era afilado: el arco que llevaba en las manos y las flechas en la espalda, los repentinos y frustrados movimientos que hacía, la expresión al mirar sobre las colinas. Ella se inclinó a su lado, sobre la barandilla.

—Debería haberlo visto venir —dijo sin mirarla—. Prácticamente nos dijo que pasaría.

—No podrías haber hecho nada. Tu guardia ya no da abasto.

—Podría haberlo encerrado dentro.

—¿Y cuántos guardias habrías necesitado? Vivimos en casas de piedra, Arco, no en palacios. Y no tenemos mazmorras.

Dio un golpe al aire.

—Estamos locos, ¿lo sabías? Estamos locos por pensar que podemos vivir aquí, tan lejos de Ciudad del Rey, y protegernos de los píqueos, los saqueadores y los espías de los nobles rebeldes.

Los píqueos eran un pueblo marinero de las tierras que había al norte de Los Valles, y era cierto que a veces cruzaban la frontera para robar madera e incluso obreros de la zona norte de Los Valles. Pero los hombres de Píquea, aunque no todos eran iguales, solían ser grandes y tener la piel más pálida que sus vecinos vallenses. Por lo menos, no eran pequeños y oscuros como el cazador furtivo de ojos azules. Y los píqueos tenían un acento gutural distintivo.

—No tenía el aspecto ni la manera de hablar de un píqueo —dijo ella—. Era vallense, como nosotros. Y se le veía limpio, arreglado y civilizado, no como los otros saqueadores que hemos visto.

—Bueno —dijo Arco, determinado a que no lo tranquilizaran—, pues entonces era un espía. Lord Mydogg y lord Gentian tienen espías pululando por todo el reino, espiando al rey, al príncipe y espiándose entre ellos. Puede que hasta a ti —añadió refunfuñando—. ¿Nunca se te ha ocurrido que los enemigos del rey Nash y del príncipe Brigan podrían querer secuestrarte y utilizarte para derrocar a la familia real?

—Crees que todo el mundo quiere secuestrarme —dijo Fuego con suavidad—. Si tu propio padre me tuviera atada y me vendiera a un zoo de monstruos por calderilla, dirías que desde el primer momento habías sospechado de él.

Ante esto, Arco farfulló:

—Deberías sospechar de tus amigos, o por lo menos de cualquiera que no seamos Brocker o yo. Y debería acompañarte un guardia cada vez que salieras por la puerta, y deberías ser más rápida a la hora de manipular a las personas con las que te encuentras. Entonces tendría menos cosas por las que preocuparme.

Aquellas eran disputas antiguas, y él ya sabía de memoria las respuestas que le daría Fuego. De modo que ella lo ignoró.

—Nuestro cazador furtivo no era un espía de lord Mydogg ni de lord Gentian —dijo la joven con calma.

—Mydogg ha reunido a un buen ejército en el noreste. Si decidiera «tomar prestada» nuestra tierra más central para utilizarla como fortaleza en una guerra contra el rey, no seríamos capaces de detenerlo.

—Arco, sé razonable. El ejército del rey no nos dejaría a nuestra suerte para que nos defendiéramos. Y, además, al cazador furtivo no lo mandó un noble rebelde; era demasiado simplón. Mydogg jamás contrataría a un explorador tan simplón. Gentian no es tan inteligente como Mydogg, pero, aun así, no es tan estúpido como para mandar a un cabeza hueca indeciso a que espiara.

—Está bien —dijo Arco, cada vez con más exasperación en la voz—. Entonces vuelvo a la teoría de que es algo que tiene que ver contigo. En el momento en el que te reconoció, dijo algo sobre que era hombre muerto. Está claro que está bien informado sobre eso. Explícamelo, por favor. ¿Quién era ese hombre y por qué rocas está muerto?

Fuego pensó que estaba muerto porque la había lastimado. O porque ella lo había visto y había hablado con él. No tenía mucho sentido, pero sería gracioso si Arco estuviera de humor para estas cosas. El asesino del cazador furtivo era un hombre afín a Arco, pues a él tampoco le agradaba que los hombres lastimaran a Fuego o que se relacionaran con ella.

—Y que es un buen tirador —dijo Fuego en voz alta.

Arco continuaba mirando a lo lejos con el ceño fruncido, como si esperara que el asesino saliera de detrás de un peñasco y saludara.

—¿Perdón?

—Te llevarías bien con este asesino, Arco. Ha tenido que disparar a través de las barras del recinto exterior y de los barrotes de la jaula del cazador furtivo, ¿no? Debe ser un buen tirador.

Parecía que la admiración por otro arquero lo animaba un poco.

—Y que lo digas. Por la profundidad de la herida y el ángulo, creo que disparó desde una larga distancia, desde los árboles que hay tras esa elevación. —Señaló la calva de terreno por donde había subido Fuego la noche anterior—. Ya es bastante impresionante que haya traspasado dos juegos de barras, pero ¿que después atravesara la garganta de un hombre? Por lo menos, podemos estar seguros de que ninguno de nuestros vecinos lo hizo en persona. Ninguno de ellos podría haber acertado ese disparo.

—¿Y tú?

La pregunta era un regalito para él, para que se pusiera de mejor humor, ya que no existía un disparo que Arco no pudiera igualar. La miró con una sonrisa burlona. La volvió a mirar más de cerca y se le suavizó la expresión.

—Soy un bestia por haber tardado tanto en preguntar cómo te sientes esta mañana.

Fuego estaba con los músculos de la espalda llenos de nudos y le dolía el brazo, que tenía cubierto de vendas. Todo su cuerpo estaba pagando caro los maltratos de la noche anterior:

—Estoy bien.

—¿No tienes frío? Toma mi abrigo.

Se sentaron durante un rato en los escalones de la terraza. Fuego tenía puesto el abrigo de Arco. Hablaron sobre los planes que tenía el joven para comenzar a cultivar los terrenos. Pronto llegaría el momento de la siembra de primavera, y la tierra del norte, rocosa y fría, siempre se resistía al inicio de una nueva temporada de cultivo.

De vez en cuando, Fuego notaba que por encima de ellos pasaba un monstruo ave rapaz. Mantenía la mente oculta para que no la reconocieran como la presa monstruo que era. Pero, obviamente, ante la ausencia de presas monstruo, se comían a cualquier criatura viva que encontraran. Una que vio a Fuego y a Arco bajó y empezó a volar en círculos, posando descaradamente; era de una preciosidad intangible, yendo a por sus mentes e irradiando una sensación primitiva, hambrienta y curiosamente apaciguante. Arco se puso en pie y le disparó. Luego disparó a otra que hacía lo mismo. La primera era de color violeta como el amanecer; la segunda, de un amarillo tan pálido que parecía que la luna estuviera cayendo del cielo.

Fuego pensó que, al yacer abatidos sobre el suelo, por lo menos los monstruos añadían color al paisaje. Había muy poco color en el norte de Los Valles a principios de primavera: los árboles eran grises y la hierba que copaba las grietas en las rocas aún era marrón por el invierno. Lo cierto era que no se podía decir que Los Valles fueran muy coloridos ni siquiera en pleno verano, pero al menos en aquella época los grises con toques de marrón se volvían grises con toques de verde.

—Por cierto, ¿quién encontró al cazador furtivo? —preguntó Fuego, distraída.

—Tovat —dijo Arco—. Uno de los guardias nuevos. Aún no lo has conocido.

—Ah, sí. El joven con el cabello de color castaño anaranjado que la gente dice que es rojo. Me gusta. Tiene una mente resistente y sabe cómo protegerla.

—¿Conoces a Tovat? Te impresiona su cabello, ¿no? —dijo Arco en un tono cortante y familiar.

—Arco, de verdad. No he dicho nada de que me impresione. Y me sé los nombres y las caras de todos los hombres que mandas a mi casa. Es mera cortesía.

—Ya no mandaré a Tovat a tu casa —dijo, con una crispación en la voz que hizo que ella callara un instante para no contestar nada desagradable sobre el dudoso, e hipócrita, derecho de Arco a ponerse celoso.

El joven le dejó ver un sentimiento que en aquel momento a Fuego no le hacía especial gracia percibir. Fuego reprimió un suspiro y escogió las palabras con cuidado para proteger a Tovat.

—Espero que cambies de parecer. Es uno de los pocos guardias que me respetan tanto con el cuerpo como con la mente.

—Cásate conmigo —dijo Arco—. Y vive conmigo en casa. Yo seré tu guardia.

Ese suspiro no lo pudo reprimir.

—Sabes que no lo haré. Por favor, deja de pedírmelo. —Le cayó una gota gorda de lluvia en la manga—. Creo que iré a visitar a tu padre.

Se levantó, apretando los dientes por el dolor, y dejó caer el abrigo de Arco en su regazo. Le tocó el hombro una única vez, con cuidado. Aunque a veces no soportara a Arco, lo quería.

Conforme entró a casa, la lluvia cayó a pleno.

El padre de Arco vivía en casa con él. Fuego le pidió a un guardia que no era Tovat que la acompañara por el sendero bajo la lluvia. Llevaba una lanza, pero, aun así, sin su arco y su carcaj se sentía desnuda.

Lord Brocker estaba en la sala de armas de su hijo, dándole instrucciones a gritos a un gran hombre que Fuego reconoció como el ayudante del herrero del poblado. Al verla, lord Brocker no dejó de gritar, pero por un momento perdió la atención del hombre que lo estaba escuchando. El herrero se dio la vuelta para mirar fijamente a Fuego; había cierta bajeza en sus ojos y en su ridícula y estúpida sonrisa.

Conocía a Fuego lo bastante como para haber aprendido a protegerse del poder de su extraña belleza de monstruo. Así que, si no se estaba protegiendo a sí mismo, debía ser porque no quería. Estaba en su derecho de bajar la guardia de su mente para sentir el placer de sucumbir ante ella, pero no era algo que a Fuego le gustara fomentar. La joven se dejó puesto el pañuelo sobre el cabello. Apartó la mente del herrero y pasó de largo hacia otra sala donde no pudieran verla. En realidad era un armario oscuro y con estanterías llenas de aceites, barnices apestosos y herramientas oxidadas y antiguas que ya nadie usaba.

Era humillante tener que refugiarse en un armario viejo y maloliente. El herrero debería ser quien se sintiera humillado, pues era el zopenco que había elegido renunciar a su autocontrol. ¿Y si, mientras la miraba boquiabierto y se imaginaba lo que fuera que su minúscula mente quisiera imaginar, ella lo convencía para que tomara el puñal y se sacara su propio ojo? Era el tipo de cosa que a Cansrel le habría gustado hacer. Él jamás se habría ocultado.

Las voces de los hombres cesaron y la mente del herrero se alejó de la sala de armas. Las grandes ruedas de la silla de lord Brocker chirriaron conforme se fue acercando hacia ella. Se detuvo en la puerta del armario.

—Sal de ahí, joven. Se ha ido el imbécil. Si un monstruo ratón le robara la comida delante de sus narices, se rascaría la cabeza y se preguntaría por qué no recordaba haber comido. Vamos a mis aposentos. Parece que deberías sentarte.

La casa de Arco fue de Brocker antes de que este hubiera cedido la gestión de las tierras a su hijo, y Brocker iba en silla de ruedas desde antes de que naciera Arco. La casa estaba organizada de manera que todo menos los aposentos de Arco y los de los sirvientes estuviera en la planta baja, donde Brocker tuviera acceso a todo.

Fuego fue caminando a su lado a lo largo de un pasillo de piedra poco iluminado por la luz gris que se filtraba por las altas ventanas. Pasaron por delante de la cocina, el comedor, la escalera y el cuarto de los guardias. La casa estaba llena de gente, de sirvientes y guardias que entraban desde el exterior o bajaban de la planta superior. Las sirvientas que pasaban saludaban a Brocker, pero ignoraban cautelosamente a Fuego: mantenían la mente protegida y fría, como siempre. Si las sirvientas de Arco no estaban molestas con ella por ser un monstruo y la hija de Cansrel, entonces se sentían molestas con ella porque estaban enamoradas de Arco.

Fuego estaba contenta, hundida en una silla blanda en la biblioteca de lord Brocker y bebiéndose la copa de vino que una sirvienta poco amigable le había puesto en la mano. Brocker colocó la silla frente a la de ella y posó aquellos ojos grises sobre su rostro.

—Te dejaré sola, querida, si quieres dormir un poco.

—Puede que más tarde.

—¿Cuándo fue la última vez que dormiste bien?

Fuego se sentía cómoda admitiendo su dolor y su cansancio ante Brocker.

—No lo recuerdo; no es algo que ocurra muy a menudo.

—Sabes que existen fármacos que te hacen dormir.

—Me marean y me dejan atontada.

—Acabo de terminar de escribir un libro sobre la estrategia militar en Los Valles. Te lo puedes llevar sin problema. Te entrará el sueño a la vez que te hace más lista e invencible.

Fuego sonrió y sorbió el amargo vino vallense. Las punzadas que sentía en el brazo no eran tan agudas en aquella silla cómoda, en aquella agradable habitación oscura y llena de libros, y dudó de que se fuera a quedar dormida con el libro de Brocker. Todo lo que sabía sobre los ejércitos y la guerra lo había aprendido de él, y nunca le resultaba aburrido. Hacía algo más de veinte años, cuando el viejo rey Nax estaba en su apogeo, Brocker había sido el comandante militar más brillante de Los Valles... Hasta el día en que el rey Nax lo capturó, le hizo pedazos las piernas —no se las partió; literalmente, ocho hombres fueron turnándose con un mazo para hacérselas añicos— y lo mandó a casa, medio muerto, con su mujer Aliss, en la zona norte de Los Valles.

Fuego no sabía qué era aquello tan terrible que había hecho Brocker para justificar el trato recibido por parte de su rey. Arco tampoco lo sabía. Todo aquel episodio había tenido lugar antes de que nacieran, y Brocker nunca hablaba de ello. Y las lesiones tan solo fueron el principio, ya que uno o dos años más tarde, cuando Brocker se recuperó todo lo que pudo, Nax seguía enfadado con su comandante. Escogió personalmente a una bestia de sus calabozos, un hombre sucio y salvaje, y lo mandó al norte para sancionar a Brocker castigando a su mujer. Por eso Arco tenía los ojos marrones, el cabello claro y era alto y esbelto, mientras que Brocker tenía los ojos de color gris, el cabello oscuro y era de apariencia corriente. Lord Brocker no era el verdadero padre de Arco.

En algunos lugares y épocas, la historia de Brocker habría sido increíble, pero no en Ciudad del Rey y no en la época en que el rey Nax había gobernado a merced de su consejero más íntimo, Cansrel.

Brocker dijo algo e interrumpió aquellos espantosos pensamientos:

—Tengo entendido que has tenido el extraño placer de recibir un disparo por parte de un hombre que no te estaba intentando matar —dijo—. ¿Sentiste algo diferente?

—Nunca me habían disparado con tanto placer —rio Fuego.

Brocker soltó una risita mientras la estudiaba con aquellos ojos afables y grises.

—Qué gratificante es hacerte sonreír. El dolor en tu rostro va disminuyendo.

Él siempre era capaz de hacerla sonreír. Aquel estado de ánimo ligero y fiable era un alivio para ella, sobre todo en aquellos días en los que Arco no estaba de humor. Y era extraordinario, dado que en todo momento sufría dolor.

—Brocker —dijo Fuego—, ¿crees que podría haber sido diferente? —Brocker ladeó la cabeza, perplejo ante lo que parecía ser una digresión—. Me refiero a Cansrel y al rey Nax —continuó—. ¿Crees que su alianza podría haber sido diferente? ¿Los Valles podrían haber sobrevivido?

Brocker la contempló callado y serio ante la mera mención del nombre de Nax.

—El padre de Nax fue un rey decente —dijo—. Y el padre de Cansrel fue un consejero monstruo de gran valor para él. Pero, querida, Nax y Cansrel eran dos criaturas completamente distintas. Nax no heredó la fuerza de su padre, y sabes tan bien como los demás que Cansrel no heredó ni una pizca de la empatía de su padre. Y se pasaron la infancia juntos, por lo que, cuando Nax tomó el trono, Cansrel llevaba toda la vida metido en su cabeza. Nax tenía un buen corazón, estoy seguro. Yo mismo pude comprobarlo en ocasiones. Pero daba igual, porque también era un poco vago, un poco dado a dejar que otro pensara por él. Y aquello fue todo cuanto Cansrel necesitó. Nax no tuvo ninguna posibilidad —dijo Brocker sacudiendo la cabeza y echando mano de los recuerdos—. Desde el principio Cansrel utilizó a Nax para conseguir todo lo que quiso, y lo único que Cansrel quería era su propio placer. Fue inevitable, cariño

—dijo devolviendo la atención a su rostro—. Mientras vivieran, Cansrel y Nax iban a conducir el reino hacia la ruina. La ruina. Fuego conocía —Brocker se lo había contado— los pasos progresivos que habían conducido hacia la ruina en cuanto el joven Nax tomó el trono. Empezó con las mujeres y las fiestas, y aquello no había sido tan malo, ya que Nax se enamoró de una dama de cabello negro proveniente del norte de Los Valles. Se llamaba Roen y se casó con ella. El rey Nax y la reina Roen tuvieron un hijo, un niño precioso y de tez oscura a quien llamaron Nash, e incluso con un rey algo negligente al timón, el reinado disfrutó de cierta estabilidad.

El problema fue que Cansrel se aburría. Satisfacerlo siempre requería excesos, y empezó a necesitar más mujeres, más fiesta y más vino, y a los niños de la corte para aliviar la monotonía que le suponían las mujeres. Y drogas. Nax lo consintió todo; fue una marioneta de Cansrel, un caparazón en el que contener su mente y que asentía ante todo lo que Cansrel considerara que era lo mejor.

—Sí, me has contado que, en última instancia, lo que destruyó a Nax fueron las drogas —dijo Fuego—. ¿Podría haber resistido de no haber sido por ellas?

—Tal vez —dijo Brocker suavemente—. Cansrel siempre lograba mantener el control incluso con veneno en las venas, maldito sea. Pero Nax, no. A él lo ponía muy nervioso, lo volvía paranoico y descontrolado. Y más vengativo que nunca.

En ese momento se detuvo, mirándose fijamente las piernas inservibles con un aire sombrío. Fuego contuvo bien sus sentimientos, no quería agobiar a Brocker con la curiosidad que sentía. O con la pena que le daba. Jamás podía enterarse de la pena que sentía Fuego.

Un instante después, Brocker levantó la mirada y se la volvió a sostener a la joven. Sonrió ligeramente.

—Tal vez sería justo decir que Nax no se habría vuelto loco de no haber sido por las drogas, pero creo que las drogas fueron tan inevitables como lo demás. Y el propio Cansrel fue la droga más pura para la mente de Nax. La gente vio lo que estaba pasando. Vieron a Nax castigando a hombres que cumplían con la ley y creando alianzas con criminales y gastando todo el dinero de las arcas del rey. Aquellos que fueron aliados del padre de Nax empezaron a retirarle el apoyo, como era de esperar. Y los compañeros ambiciosos como Mydogg y Gentian comenzaron a reflexionar, a conspirar y a entrenar a escuadrones de soldados con el pretexto de la autodefensa. ¿Y quién podía culpar a un noble de la montaña por aquello, dado lo inestable que era todo? Ya no había ninguna ley, al menos fuera de la ciudad, ya que a Nax no le apetecía ocuparse de nada de eso. Las carreteras dejaron de ser seguras; había que estar loco o desesperado para viajar por las rutas subterráneas; por todas partes surgieron saqueadores, asaltantes y matones del mercado negro. Incluso los píqueos. Durante décadas se contentaron con pelearse entre ellos. Y entonces, de repente, ni ellos pudieron resistirse a aprovecharse de aquella anarquía.

Fuego sabía todo aquello, conocía su propia historia. Al final, un reino conectado por túneles subterráneos y con cuevas por todas partes y parcelas montañosas escondidas no podía aguantar demasiada inestabilidad. Había demasiados lugares en los que el mal se podía esconder.

Estallaron guerras en Los Valles. No eran guerras propiamente dichas, con adversarios políticos bien definidos, sino luchas torpes por el control de terrenos montañosos, un vecino contra el otro, una manada de saqueadores de cuevas contra los terrenos de un pobre noble, una alianza de los nobles vallenses contra el rey. Brocker estuvo a cargo de sofocar todos los levantamientos a lo largo y ancho de Los Valles. Fue un líder militar mucho mejor de lo que Nax merecía, y durante muchos años, Brocker hizo un trabajo impresionante. Pero el ejército y él estaban solos; Cansrel y Nax estaban en Ciudad del Rey, demasiado ocupados con las mujeres y las drogas. El rey Nax tuvo mellizos con una lavandera del palacio. Luego Brocker cometió aquel delito misterioso y Nax tomó represalias. Y el día en que Nax acabó con su propio comandante militar, echó a perder de manera irremediable cualquier esperanza de gobierno en su reino. La contienda se descontroló. Roen le dio a Nax otro hijo de pelo oscuro llamado Brigan. Los Valles se sumieron en una época de desesperación.

Cansrel disfrutaba de que lo rodeara la desesperación. Para él era entretenido destrozar cosas con el poder que tenía, y su apetito por el entretenimiento era insaciable.

A las pocas mujeres a las que Cansrel fue incapaz de seducir con el poder de su belleza o su mente las violó. A las pocas mujeres a las que dejó embarazadas las mató. No quería tener bebés que se convirtieran en niños y luego en adultos que fueran monstruos y pudieran socavar su poder.

Brocker fue incapaz de contarle a Fuego por qué Cansrel no había matado a su madre. Era un misterio. Pero sabía que no podía esperar una explicación romántica. A Fuego la concibieron durante una época de caos y depravación. Lo más seguro era que Cansrel hubiera olvidado que se había llevado a Jessa a la cama. O puede que no se diera cuenta del embarazo. Después de todo, era tan solo una sirvienta de palacio. Es probable que no se diera cuenta de que el embarazo era suyo hasta que la criatura nació con un cabello tan extraordinario que Jessa la llamó Fuego.

¿Por qué permitió Cansrel que Fuego permaneciera con vida? Fuego tampoco tenía respuesta a ello. Impulsado por la curiosidad, Cansrel fue a verla, seguramente con la intención de asfixiarla, pero entonces, al examinar su rostro, al escuchar los ruidos que hacía, al tocar su piel y contemplar su diminuta, intangible y perfecta monstruosidad, decidió, por alguna razón, que a aquella criatura no la quería destruir.

Cuando Fuego era aún bebé, Cansrel se la arrebató a su madre. Los monstruos humanos tenían demasiados enemigos, y quería que creciera en un lugar apartado, lejos de Ciudad del Rey, en el que estuviera segura. Se la llevó a la propiedad que tenía en la zona norte de Los Valles, a unas tierras a las que rara vez iba. La dejó con su sirviente Donal, mudo de asombro, y unas cuantas cocineras y doncellas.

—Criadla —dijo.

Del resto Fuego se acordaba. Su vecino Brocker se interesó por la huérfana monstruo y se ocupó de su educación en historia, escritura y matemáticas. Cuando mostró interés por la música, le encontró un profesor. Arco se convirtió en el compañero de juegos de Fuego, y se terminó convirtiendo en un amigo en quien confiaba. Aliss murió de una enfermedad persistente que empezó después del nacimiento de Arco. Por las noticias que le llegaban a Brocker, Fuego se enteró de que Jessa también había muerto. Cansrel iba de visita a menudo.

Sus visitas le causaban confusión, porque le recordaban que tenía dos padres. Dos padres que, si podían evitarlo, nunca estaban en presencia del otro, que nunca entablaban una conversación más allá de lo que exigía el civismo y que nunca se ponían de acuerdo.

Uno era reservado, brusco y franco, e iba en una silla con grandes ruedas.

—Joven —le decía con dulzura—, de la misma manera en que te respetamos protegiendo nuestras mentes de ti y comportándonos de manera decente contigo, debes respetar a tus amigos absteniéndote de utilizar el poder que tienes en contra de nosotros. ¿Te parece razonable? ¿Lo entiendes? No quiero que hagas nada que no entiendas.

Su otro padre era radiante e inteligente y, durante aquellos primeros años, casi siempre estaba contento. Le daba besos y vueltas y la llevaba en brazos hasta la cama en el piso de arriba; su cuerpo era ardiente y electrizante, y cuando le tocaba el pelo era como satén cálido.

—¿Qué te ha estado enseñando Brocker? —preguntaba con una voz suave como la seda—. ¿Has estado practicando utilizar el poder que tienes contra los sirvientes? ¿Y contra los vecinos? ¿Y los caballos y los perros? Está bien que lo hagas, Fuego. Está bien y estás en tu derecho de hacerlo, porque eres mi preciosa hija y, como tal, tus derechos están por encima de los de la gente sencilla.

Fuego sabía cuál de los dos era su verdadero padre. Era al que llamaba «padre» en vez de «Brocker», y al que quería más desesperadamente, porque siempre estaba como si acabara de llegar o a punto de irse, y porque durante el tiempo que pasaban juntos ella dejaba de sentirse como un monstruo de la naturaleza. La gente del poblado o de su propia casa que la detestaba o la quería en exceso sentía exactamente lo mismo por Cansrel. La comida que se le antojaba y por la que se reían sus propias cocineras era la misma que se le antojaba a Cansrel, y, cuando este estaba en casa, las cocineras dejaban de reír. Cansrel podía sentarse con Fuego y hacer algo que nadie más podía: darle lecciones para mejorar las habilidades de su mente. Podían comunicarse sin decir una palabra, podían ponerse en contacto de una punta a otra de la casa. El verdadero padre de Fuego era como ella. De hecho, era la única persona en el mundo como ella.

Siempre le preguntaba lo mismo cada vez que llegaba:

—¡Mi querida monstruita! ¿Se ha portado alguien mal contigo mientras yo no estaba?

¿Portarse mal? Los niños le tiraban piedras por la calle. A veces le hacían la zancadilla, la abofeteaban y se burlaban de ella. Las personas que le tenían cariño le daban abrazos, pero los abrazos eran demasiado fuertes y tenían las manos demasiado sueltas.

Y, aun así, Fuego aprendió desde bien pequeña a responder que no a esa pregunta, a mentir y a proteger su mente de él para que no supiera que estaba mintiendo. Ese fue el principio de otro de sus desconciertos: que deseaba con todas sus fuerzas que viniera de visita, pero recurría a la mentira en cuanto llegaba.

A los cuatro años tenía un perro que había escogido de una camada nacida en la caballeriza de Brocker. Ella lo eligió y Brocker dejó que se lo quedara, porque el perro tenía tres piernas sanas y una que arrastraba, por lo que nunca serviría para trabajar. Era de color gris oscuro y tenía unos ojos brillantes. Fuego lo llamó Crep, la forma abreviada de Crepúsculo.

Crep era feliz y tontorrón. No tenía ni idea de que le faltaba algo que tenían otros perros. Era nervioso, daba saltos por todo y de vez en cuando tenía la tendencia de mordisquear a las personas a las que tenía cariño. Y no había nada que le provocara un frenesí mayor de emoción, preocupación, alegría y terror que la presencia de Cansrel.

Un día, en el jardín, Cansrel se abalanzó sobre Fuego y Crep de sopetón. Confundido, Crep dio un salto hacia Fuego y la mordió —más que mordisqueó— tan fuerte que la chica soltó un grito.

Cansrel fue corriendo hacia ella, cayó de rodillas y la tomó entre sus brazos, dejando que sus dedos sangraran por toda su camisa.

—¡Fuego! ¿Te encuentras bien?

Ella se aferró a él, porque por un momento Crep la había asustado. Pero entonces, cuando se le despejó la mente, vio y sintió cómo Crep se lanzaba contra un saliente de piedra afilada, una y otra vez.

—¡Para, padre! ¡Para! —Cansrel sacó un puñal del cinturón y se fue acercando al perro. Fuego chilló y trató de agarrarlo—. ¡No le hagas daño, padre! ¡Por favor! ¿No sientes que no era su intención?

Rebuscó en la mente de Cansrel, pero era demasiado fuerte para ella. Se aferró a sus pantalones, lo golpeó con aquellos puños pequeños y se echó a llorar. Ante aquello Cansrel se detuvo, volvió a guardar el puñal en el cinturón y se quedó ahí, con las manos en las caderas, furioso. Crep se fue cojeando, gimiendo y con el rabo entre las piernas. Y entonces Cansrel pareció cambiar; se agachó hasta donde estaba Fuego, la abrazó, la llenó de besos y susurró hasta que dejó de llorar. Le limpió los dedos a Fuego y se los vendó. La sentó para darle una lección sobre el control de las mentes de los animales. Cuando por fin la dejó ir, se fue corriendo a buscar a Crep, que había ido hasta su habitación y estaba acurrucado, desconcertado y avergonzado, en una esquina. Se lo subió al regazo. Intentó serenarle la mente para que la próxima vez fuera capaz de protegerlo.

A la mañana siguiente se despertó en silencio en vez de con el típico sonido de Crep cojeando fuera de su puerta. Estuvo buscándolo durante todo el día en sus terrenos y en los de Brocker, pero no pudo encontrarlo. Había desaparecido. Cansrel, fingiendo compasión, dijo:

—Supongo que se habrá escapado. Ya sabes que los perros hacen eso. Pobre criatura.

Conforme fueron pasando los años, las visitas de Cansrel fueron siendo menos frecuentes, pero duraban más, ya que los caminos eran peligrosos. A veces, cuando aparecía por la puerta después de varios meses, se traía a mujeres con él, o a los comerciantes que traficaban con sus animales y drogas, o con nuevos monstruos para sus jaulas. A veces, se pasaba toda la visita drogado por el veneno de alguna planta. Otras veces, cuando estaba sobrio, tenía cambios de humor, accesos de ira sombríos y arbitrarios, que pagaba con todos menos con Fuego. En otras ocasiones se mostraba tan lúcido y agradable como las notas altas que Fuego tocaba con la flauta. Temía sus llegadas, las invasiones estridentes, amables o disolutas que interrumpían su vida tranquila. Y tras cada una de sus visitas se encontraba tan sola que la música era lo único que le proporcionaba consuelo. Se lanzaba de cabeza a sus lecciones, sin importarle en ningún momento las veces en que su maestro se mostraba odioso o resentido por su habilidad floreciente.

Y Brocker nunca le ocultaba la verdad sobre Cansrel.

No te quiero creer, le decía mentalmente después de que le contara otra historia sobre algo que había hecho Cansrel. *Pero sé que es verdad, porque el propio Cansrel me cuenta estas historias y nunca se muestra avergonzado. Para él son lecciones para que guíen mi propio comportamiento. Le preocupa que no utilice mi poder como un arma.*

—¿Acaso no entiende lo diferente que eres de él? —preguntaba Brocker—. ¿Acaso no ve que estás hecha con un molde completamente distinto?

Fuego no podía describir la soledad que sentía cuando Brocker hablaba así. Cuánto deseaba en ocasiones que aquel vecino bueno, reservado y sencillo hubiera sido su verdadero padre. Deseaba ser como Brocker, estar hecha de su molde. Pero sabía lo que era y de lo que era capaz. Incluso después de haberse deshecho de los espejos, lo veía en los ojos de los demás, y sabía lo fácil que sería hacer que su propia vida miserable fuera un poco más agradable, de la manera en que lo hacía Cansrel todo el tiempo. Nunca le dijo a nadie, ni siquiera a Arco, lo mucho que la avergonzaba aquella tentación.

Cuando tenía trece años, las drogas mataron a Nax, y Nash, de veintitrés años, se convirtió en el rey de un reino que estaba patas arriba. Los arranques de ira de Cansrel se volvieron incluso más frecuentes. También sus periodos de melancolía.

Cuando tenía quince años, Cansrel abrió la puerta de la jaula que contenía a su monstruo leopardo de color azul medianoche, y se alejó de Fuego por última vez.

Capítulo tres

Fuego no se dio cuenta de que se había quedado dormida en la biblioteca de lord Brocker hasta que se despertó y se encontró allí. Lo que la despertó fue el monstruo en forma de gatito de Brocker, que se columpiaba del dobladillo de su vestido como un hombre al final de una cuerda. Pestañeó ajustando los ojos a la luz y asimiló la conciencia de la criatura. Seguía lloviendo. No había nadie más en la habitación. Se masajeó el hombro del brazo herido y se estiró en la silla, agarrotada y dolorida, pero sintiendo que había descansado mejor.

El gatito fue subiendo por su falda, le hundió las zarpas en la rodilla y clavó la mirada en ella, aún colgando. Sabía lo que era, ya que el pañuelo que llevaba se le había deslizado un dedo. Los monstruos se apreciaban entre ellos. El gatito era de color verde intenso y tenía las patas doradas, y su pequeña mente boba estaba tratando de alcanzar la de Fuego.

Por supuesto, ningún monstruo animal podía controlar la mente de Fuego, pero eso no evitaba que algunas de las variedades más simplonas lo intentaran. El gatito era demasiado pequeño y tonto como para pensar en comérsela, pero quería jugar, mordisquearle los dedos, chupar algo de sangre, y Fuego no necesitaba las heridas que le provocarían los jueguecitos con un monstruo gatuno. Lo levantó, se lo puso sobre el regazo y le rascó detrás de las orejas mientras le susurraba sandeces sobre lo fuerte, majestuoso e inteligente que era. Por si acaso, le mandó una señal mental de somnolencia. El animal dio una vuelta en su regazo y se durmió.

Apreciaban a los monstruos con forma de gatos domésticos porque mantenían a raya a la población de monstruos ratones, y también a la de ratones normales. Ese gatito se volvería grande y gordo, llevaría una vida larga y satisfactoria y, con toda seguridad, concebiría montones de monstruos gatitos.

Los monstruos con forma humana, en cambio, solían tener vidas cortas. Tenían demasiados depredadores, demasiados enemigos. Que Fuego fuera la última que quedaba era lo mejor, y hacía mucho tiempo que había decidido, incluso antes de que se hubiera llevado a Arco a la cama, que sería la última. No habría más Cansrels.

Percibió a Arco y a Brocker en el pasillo al que daba la puerta de la biblioteca, y luego oyó sus voces. Sonaban agitadas y cortantes. Arco estaba de malas. ¿O habría ocurrido algo nuevo mientras ella dormía? Alcanzó sus mentes para hacerles saber que estaba despierta.

Un instante después, Arco empujó la puerta de la biblioteca y la mantuvo abierta para su padre. Entraron juntos, hablando. Arco daba golpes en el aire con el arco, estaba enfadado.

—¡Maldito sea el guardia de Trilling por haber intentado atrapar a ese hombre solo!

—Tal vez no tuviera otra opción —dijo Brocker.

—Los hombres de Trilling son demasiado impulsivos.

A Brocker le hizo gracia aquel comentario.

—Una acusación interesante, muchacho, viniendo de ti.

—Yo soy rápido con la lengua, padre, no con la espada. —Arco le echó una mirada a Fuego y al gatito dormido—: Cielo, ¿cómo te encuentras?

—Mejor.

— ¿Confías en nuestro vecino Trilling?

Trilling era uno de los hombres menos necios con los que ella trataba de manera regular. Su mujer había contratado a Fuego para que fuera la tutora de música de sus hijos, pero también para que aprendieran a proteger sus mentes del poder de los monstruos.

—Nunca me ha dado razones por las que no confiar en él —dijo—. ¿Qué ha ocurrido?

—Ha encontrado a dos hombres muertos en el bosque —dijo Arco—. Uno es su propio guardia, y me temo que el otro es otro forastero. Ambos tenían heridas de puñal y magulladuras, como si hubieran estado peleando entre ellos, pero lo que los mató a los dos fueron flechas. Al guardia de Trilling le dispararon en la espalda desde lejos. Al forastero le dieron en la cabeza, de cerca. Ambas flechas estaban hechas de la misma madera blanca que la que mató a tu cazador furtivo.

La mente de Fuego intentó entenderlo a toda prisa.

—El arquero se los encontró peleando, disparó al guardia de Trilling desde bien lejos y luego fue corriendo hasta el forastero y lo ejecutó.

Lord Brocker carraspeó.

—Puede que haya sido una ejecución personal. Asumiendo que el arquero y el forastero fueran compañeros, claro, y parece posible que todos estos nuevos forasteros violentos en nuestros bosques tengan algo que ver entre ellos, ¿no? El forastero tenía heridas graves de puñal en las piernas que tal vez no lo mataron, pero que desde luego le habrían dificultado al arquero marcharse de allí con él en cuanto el guardia de Trilling murió. Me pregunto si el arquero disparó al guardia de Trilling para proteger a su compañero y luego, al darse cuenta de que su compañero estaba demasiado herido como para salvarlo, decidió deshacerse también de él.

Fuego enarcó las cejas al oírlo, y reflexionó mientras acariciaba al monstruo gato de manera distraída. Si el arquero, el cazador furtivo y este nuevo forastero muerto habían estado en realidad trabajando juntos, entonces la responsabilidad del arquero parecía ser hacer limpieza para que no quedara nadie que pudiera responder preguntas sobre por qué se encontraban allí. Y el arquero era bueno en su trabajo.

Arco miró hacia el suelo; golpeaba el extremo de su arco contra la madera, pensando.

—Voy a la fortaleza de la reina Roen —dijo.

—¿Por qué? —dijo Fuego echándole una mirada brusca.

—Necesito pedirle más soldados, y quiero información de sus espías. Puede que sepa si alguno de estos forasteros tiene algo que ver con Mydogg o con Gentian. Quiero saber qué está ocurriendo en mi bosque. Y quiero a ese arquero.

—Te acompañaré —dijo Fuego.

—No —contestó Arco de manera inexpresiva.

—Sí.

—No. No te puedes defender. Ni siquiera puedes cabalgar.

—Solo es un día de viaje. Espera una semana. Deja que descanse y entonces te acompañaré.

Arco levantó una mano y se apartó de ella.

—Estás malgastando saliva. ¿Por qué iba a permitir algo así?

«Porque Roen es siempre inexplicablemente amable conmigo cuando voy de visita a su fortaleza en el norte», quiso decir Fuego. «Porque Roen conocía a mi madre. Porque es una mujer resuelta, y hay algo tranquilizador en la estima de una mujer. Roen no me desea, y si en algún momento lo hace, no es lo mismo».

—Porque Roen y sus espías querrán hacerme preguntas sobre lo que ocurrió cuando el cazador furtivo me disparó —dijo—, y sobre lo poco que conseguí percibir de su mente. Y porque

—continuó, conforme Arco se dispuso a objetar— no eres mi marido ni mi padre. Soy una mujer de diecisiete años, tengo mis propios caballos y mi propio dinero, y decido por mí misma cuándo y a dónde voy. No es algo que me puedas prohibir.

Arco estampó el extremo de su arco contra el suelo, pero lord Brocker se estaba riendo entre dientes.

—No discutas con ella, muchacho. Si de verdad quieres información, no seas necio y llévate al monstruo que tienes a tu disposición.

—Las vías son peligrosas —dijo Arco, prácticamente escupiendo.

—Este lugar también lo es —replicó Brocker—. ¿Acaso no está más segura con tu arco para que la defiendas?

—Donde más segura está es dentro, en una habitación con la puerta cerrada con llave.

Brocker giró la silla hacia la salida.

—Tiene pocos amigos tan preciados, Arco. Sería cruel por tu parte salir corriendo hacia la fortaleza de Roen y dejarla a ella aquí.

Fuego se dio cuenta de que estaba abrazando al gatito, meciéndolo contra el pecho, como si lo estuviera protegiendo de algo. De la manera en que sentía que sus movimientos, e incluso sus sentimientos, fueran debatidos por dos hombres quisquillosos. De repente tuvo un fuerte deseo de que aquella pequeña criatura de pelo verde que tenía entre los brazos fuera su propio bebé; quería abrazarlo, adorarlo y que la liberara de la gente que no la comprendía. *Necia*, caviló con furia. *Ni se te ocurra pensarlo. ¿Acaso el mundo necesita a otro bebé capaz de apoderarse de las mentes?*

Lord Brocker agarró la mano de Arco y le miró a los ojos para apaciguarlo y tranquilizarlo. Luego se fue hacia la salida, cerró la puerta y dejó atrás aquella riña.

Arco observó a Fuego con el rostro vacilante. Y ella suspiró y perdonó a su amigo testarudo y al padre testarudo que lo había adoptado. Las peleas que tenían, por mucho que la apabullaran, provenían de los pozos de dos corazones muy grandes. Y además, tan solo eran ruido.

Dejó al gatito en el suelo y se puso en pie. Tomó la mano de Arco, igual que había hecho su padre. Arco bajó la vista hasta sus manos unidas, con seriedad. Se llevó sus dedos a la boca, le besó los nudillos y fingió examinarle la mano, como si no la hubiera visto antes.

—Prepararé el equipaje —dijo Fuego—. Tan solo dime cuándo partiremos.

Se puso de puntillas para darle un beso en la mejilla, pero él la interceptó y empezó a besarle en la boca, con suavidad. Ella se lo permitió durante un instante. Luego se desenredó y salió de la habitación.

Capítulo cuatro

El caballo de Fuego se llamaba Lento y era otro de los regalos de Cansrel. Lo escogió a él de entre el resto de los caballos por su pelaje pardo y apagado y por la manera sigilosa en que la siguió de acá para allá, con la valla del prado entre ellos, el día en que fue a uno de los espectáculos de Tajos para elegir.

Los otros caballos la habían ignorado o bien se habían puesto nerviosos y agitados a su alrededor, empujándose entre ellos y tratando de morderse. Lento había permanecido alejado del resto, a salvo de los empujones. Había trotado junto a Fuego, deteniéndose al mismo tiempo que ella, pestañeando ante ella con esperanza. Y, cada vez que Fuego se había alejado de la valla, él se había quedado quieto esperando hasta que ella volviera.

—Se llama Lento porque no es demasiado ágil mentalmente —dijo Tajos—. No se le puede enseñar nada. Y tampoco es ninguna belleza.

Tajos era el comerciante de caballos de Cansrel y su contrabandista de monstruos preferido. Vivía en los Gríseos Mayores Occidentales y, una vez al año, acarreaba sus productos por todo el reino en grandes caravanas, mostrando su mercancía y vendiéndola. A Fuego no le gustaba. No trataba bien a sus animales. Y tenía una boca grande y suelta, y unos ojos que siempre se fijaban en ella, como si Tajos fuera su dueño. Era muy desagradable. Le hacía querer acurrucarse hasta convertirse en una bola para poder ocultarse.

También estaba equivocado en cuanto a Lento. Fuego conocía la mirada de unos ojos estúpidos y la sensación de una mente fatua, tanto en animales como en hombres, y no sintió nada de eso con Lento. Lo que sintió fue la manera en que el caballo castrado temblaba y se mostraba reacio siempre que Tajos andaba cerca, y la manera en que esos temblores paraban cuando Fuego lo tocaba y le susurraba palabras bonitas. Fuego estaba acostumbrada a que la quisieran por su belleza, pero no a que la necesitaran por su dulzura.

Cuando Tajos y Cansrel se alejaron por un momento, Lento estiró el cuello por encima de la valla y descansó la barbilla sobre su hombro. Ella le rascó detrás de las orejas, y él hizo ruiditos de alegría y le cubrió el cabello de saliva. Ella se rio y se le abrió una puerta en el corazón. Al parecer, existía algo así como el amor a primera vista. O el amor a primer escupitajo, en cualquier caso.

Tajos le dijo que era bobo, y Cansrel intentó que se decantara por una deslumbrante yegua de pelaje negro que encajaba con su propia belleza extravagante. Pero ella quería a Lento, así que Lento fue el caballo que le entregó Tajos tres días más tarde. Temblando y aterrorizado, porque el hombre, con toda su crueldad, había metido al caballo en un vagón junto con un monstruo puma que había comprado Cansrel, con tan solo unos listones de madera precarios separándolos. Lento salió del vagón encabritado y gritando, y Tajos le había azotado con el látigo y le había llamado «cobarde».

Fuego fue corriendo hacia el caballo, ahogada por la indignación, y le transmitió todos los sentimientos de calma apasionados que pudo para apaciguarlo. Y le dijo a Tajos, con furia, con el tipo de palabras que no utilizaba nunca, lo que pensaba de su manera de tratar sus bienes.

Tajos se rio y le dijo que era doblemente gratificante cuando se enfadaba. Lo cual, evidentemente, fue un grave error por su parte, ya que cualquiera con un mínimo de inteligencia habría sabido que no era buena idea tratar a lady Fuego con esa falta de respeto ante la presencia de su padre. Fuego apartó a Lento a un lado, porque sabía lo que se venía. Primero, Cansrel hizo que Tajos se arrastrara, se disculpara y llorara. Luego le hizo creer que sufría un dolor terrible por unas lesiones imaginarias. Al final decidió herirle de verdad, y le dio varias patadas en la entrepierna hasta que se aseguró de que lo hubiera entendido.

Lento, mientras tanto, se quedó en silencio en cuanto Fuego lo tocó por primera vez, y desde entonces había hecho todo lo que le había pedido.

Ahora, estando al lado de Lento, abrigada para el amanecer, Arco se acercó a ella y le ofreció la mano. Ella sacudió la cabeza y agarró el borrén delantero con una sola mano. Montó conteniendo la respiración por el dolor.

Tan solo había descansado durante siete días, y el brazo, que ahora la incomodaba, terminaría doliéndole al final del viaje. Pero estaba decidida a que no la trataran como a una inválida. Intentó transmitirle serenidad a Lento, una discreta súplica para que le hiciera el favor de cabalgar con calma. Esa era otra razón por la que Lento y ella se adaptaban tan bien; la mente receptiva y afable del caballo.

—Recuerdos a la reina —dijo lord Brocker desde su silla en mitad del sendero—. Dile, si llega el día en el que tenga un instante de paz, que venga a visitar a un viejo amigo.

—Así lo haremos —dijo Arco, poniéndose los guantes. Se llevó la mano a la nuca para tocar el emplumado de las flechas que llevaba en la espalda, como hacía siempre antes de montar en su caballo, como si alguna vez en la vida se hubiera olvidado el carcaj; y luego se subió a la montura. Hizo un gesto para que sus guardias se pusieran delante y Fuego, tras ellos. Se colocó detrás de Fuego y se marcharon. Partieron con ocho soldados. Eran más de los que se habría llevado Arco si hubiera ido solo, pero tampoco muchos más. Nadie en Los Valles viajaba con menos de seis, a no ser que estuviera desesperado, quisiera matarse o tuviera alguna razón perversa para que quisiera que lo asaltaran los ladrones. Y la desventaja de la presencia de Fuego como jinete lesionada y blanco conocido quedaba prácticamente anulada por la habilidad que tenía para sentir tanto la proximidad como la actitud de las mentes de los extraños que se acercaran.

Fuera de casa, Fuego no tenía el lujo de poder elegir hacer uso o no del poder que tenía. Por lo general, las mentes no le llamaban la atención de igual manera a menos que estuviera buscándolas. La percepción de una mente dependía de su fuerza, propósito, familiaridad, cercanía, apertura, conciencia de su presencia y muchos otros factores. Y durante ese viaje no podía dejar que nadie pasara inadvertido. Estaría constantemente buscando a su alrededor y, si podía, se apoderaría de todas las mentes que encontrara hasta que estuviera segura de sus intenciones. Se esforzaría por ocultar su propia mente, para que no la reconocieran los monstruos depredadores. De lo contrario, los caminos serían demasiado peligrosos para todos.

La fortaleza de la reina Roen estaba a un largo día de viaje. Los guardias establecieron un ritmo enérgico, rodeando los límites del poblado, lo bastante cerca para oír a los gallos cacareando pero lo bastante lejos como para que no los vieran. Lo peor que podía hacer un viajero para que le robaran o asesinaran era hacer público su viaje.

Había túneles bajo las montañas que los habrían llevado hasta Roen más rápido, pero también habían planeado evitarlos. Por lo menos en el norte, los caminos escarpados al aire libre eran más seguros que lo desconocido que acechaba en la oscuridad.

Por supuesto, Fuego llevaba el cabello bien cubierto y ropas para montar sencillas. Aun así, esperaba no encontrarse con nadie. Los monstruos depredadores solían pasar por alto los encantos de un rostro y de un cuerpo si no veían un cabello interesante, pero no ocurriría lo mismo con los hombres. Si la veían, la escudriñarían. Y entonces la reconocerían. Y nunca resultaba agradable tener los ojos de unos desconocidos encima.

Para llegar hasta la fortaleza de la reina Roen por la superficie, había que seguir una ruta elevada y sin árboles, a través de las montañas Gríseos Menores, que separaban la tierra de Fuego y sus vecinos respecto de las de la reina. Se llamaban «menores» porque era posible atravesarlas a pie, y porque no eran tan inhóspitas como los Gríseos Mayores que formaban la frontera oeste y sur de Los Valles con las tierras desconocidas.

Había aldeas en las cimas de los acantilados de los Gríseos Menores o agazapados en los valles cerca de las entradas de los túneles. Eran toscas, frías, austeras y no tenían color. Fuego las había visto a lo lejos y le habían llamado la atención cada vez que había ido a visitar a Roen. Y en esa ocasión se dio cuenta de que faltaba una de ellas.

—Solía haber una aldea en aquel acantilado —dijo señalándola.

Y luego lo entendió. Vio los cimientos de piedra de los viejos edificios, derruidos, sobresaliendo por la nieve, y a los pies del acantilado en el que se había erigido la aldea, un montón de piedras, madera y escombros. Y trepando por encima de aquel montón, monstruos con forma de lobos. Y sobrevolando la zona en círculos, otros con forma de aves rapaces.

Aquello de despeñar una aldea entera desde una montaña, piedra a piedra, era un nuevo e ingenioso truco de los saqueadores. Arco se bajó del caballo con la mandíbula en tensión.

—Fuego, ¿hay mentes humanas con vida en ese cúmulo de escombros?

Había muchas mentes con vida, pero ninguna de ellas era humana: muchísimas ratas, tanto monstruos como corrientes. Fuego sacudió la cabeza.

Arco se encargó de disparar, porque no podían desperdiciar ninguna flecha. Primero disparó a las aves rapaces. Luego puso un trapo alrededor de una flecha, le prendió fuego y la lanzó hacia los monstruos y las ruinas. Tiró una flecha ardiendo tras otra hasta que el conjunto se prendió por completo.

En Los Valles, las llamas eran la manera que tenían de enviar los cuerpos de los muertos adonde habían ido sus almas, a la nada. Para respetar que todo tenía fin, excepto el mundo.

El grupo se fue deprisa de allí, porque con el viento, el hedor era horrible.

Ya estaban a más de medio camino de su destino cuando divisaron algo que les levantó el ánimo: el ejército del rey, saliendo de un agujero en la base de un precipicio muy por debajo de ellos y atravesando una planicie de roca con un gran estruendo. Se pararon en lo alto del camino para observar. Arco apuntó al frente de la carga.

—El rey Nash está con ellos —dijo—. ¿Lo ves? El hombre alto, sobre el ruano, cerca del abanderado. Y a su lado está su hermano, el comandante, el príncipe Brigan, que lleva un arco largo en la mano, sobre la yegua de pelo negro. Va de marrón. ¿Lo ves? Por Los Valles, ¿no te parece una vista magnífica?

Fuego nunca había visto a los hijos de Nax, y desde luego no había contemplado una división tan grande del ejército del rey. Habría miles de ellos. Cuando le preguntó a Arco, le dijo que había cinco mil en esa división. Algunos iban con cotas de malla, otros con el uniforme gris oscuro del ejército. Los caballos eran fuertes y rápidos; avanzaban por la tierra como el agua que fluye por un río. El que llevaba el arco largo en la mano, el príncipe y comandante, se puso en el bando derecho y retrocedió. Habló con uno o dos hombres que había en el medio de la columna y volvió a avanzar a toda velocidad hacia el frente. Estaban tan lejos que se veían como ratones, pero Fuego podía oír el estruendo de los cascos de unos cinco mil caballos y sentir la enorme presencia de unas diez mil conciencias. Y podía ver los colores de la bandera izada por el abanderado que permanecía siempre junto al príncipe, dondequiera que fuera: un valle arbolado, verde y gris, con un sol de color rojo sangre sobre un cielo naranja.

Entonces, el príncipe Brigan se dio la vuelta en la montura de repente y clavó la mirada en algún punto de las nubes sobre él, y en ese mismo momento Fuego sintió a las aves rapaces. Brigan dio la vuelta con su yegua de pelo negro y levantó la mano haciendo una señal ante la que una parte del grupo se detuvo y sacó flechas de sus espaldas. Tres aves rapaces, dos de ellas en tonos fucsia y violeta y otra verde manzana, volaban alto en círculos sobre el río de soldados, atraídas por las vibraciones o por el olor de los caballos.

Arco y sus guardias también prepararon las flechas. Fuego asió bien las riendas con una mano, tranquilizó a Lento e intentó decidir si someter su brazo a la agonía de preparar su propio arco.

No fue necesario. Los hombres del príncipe eran eficientes y utilizaron tan solo cuatro flechas para derribar a las aves fucsias. La verde era más inteligente. Daba círculos de forma irregular, cambiando la altura y la velocidad, sin dejar de bajar y cada vez más cerca de la columna de jinetes. La flecha que por fin le alcanzó fue la de Arco, un tiro rápido que planeó hacia abajo y sobrevoló las cabezas del ejército galopante.

El monstruo cayó y se estrelló contra la planicie. El príncipe dio la vuelta con el caballo y echó un vistazo a los senderos de la montaña, buscando de dónde había surgido la flecha, con el arco aún tensado por si acaso no le gustaba el arquero con el que se pudiera topar. Cuando vio a Arco y a los guardias, bajó el arco y levantó el brazo a modo de saludo. Entonces apuntó al cadáver del ave verde y volvió a apuntar a Arco. Fuego entendió el gesto: si la presa era de Arco, la carne también era suya.

Arco también hizo un gesto: «Es vuestra». Brigan alzó ambos brazos en señal de agradecimiento, y sus soldados arrojaron el cuerpo del monstruo a lomos de un caballo sin jinete. Ahora que se fijaba, Fuego se dio cuenta de que había varios caballos sin jinete que llevaban bolsas, provisiones y otras piezas de caza; algunas de ellas, monstruos. Sabía que fuera de Ciudad del Rey, el ejército buscaba refugio y se alimentaba por su cuenta. Imaginó que debía suponer un gran esfuerzo alimentar a un río de hombres hambrientos.

Se corrigió a sí misma. Hombres y mujeres hambrientos. Cualquier persona capaz de montar a caballo, pelear y cazar era bienvenida a unirse al protectorado del reino actual, y el rey Nash no exigía que fueran hombres. O, más concretamente, el príncipe Brigan no lo exigía. Lo llamaban «el ejército del rey», pero en realidad era el de Brigan. La gente decía que, a los veintisiete años, Nash era digno de ser rey, pero cuando se trataba de arrancar cabezas, su hermano menor, de veintidós, era al que se le daba bien.

A lo lejos, la riada de jinetes empezó a desaparecer por una grieta que había en la base de otro acantilado.

—Después de todo, hoy los túneles habrían sido un paso seguro tras la estela de este grupo —dijo Arco—. Ojalá hubiera sabido que estaban tan cerca. Lo último que supe fue que el rey estaba en su palacio, y el príncipe, en el extremo norte buscando problemas con los píqueos.

En la planicie, el príncipe le dio la vuelta a su yegua para unirse a la cola de su fuerza de combate, pero antes posó los ojos en la figura de Fuego. Era imposible que hubiera distinguido sus rasgos desde aquella distancia y con la luz del sol de cara. Lo único que podía haber advertido era que se trataba de una amiga de Arco, que iba vestida como un muchacho para montar a caballo pero que era una muchacha, y que llevaba el cabello cubierto. Aun así, a Fuego le ardía la cara. El príncipe sabía quién era, estaba segura. La última mirada que le dirigió era la prueba de ello, al igual que la furia con la que espoleó el caballo para que avanzara. Y al igual que su mente, fría y cerrada para no permitirle el acceso.

Por eso había evitado conocer a Nash y a Brigan hasta ese momento. Era natural que los hijos del rey Nax la detestaran. Se moría de vergüenza a causa del legado de su padre.

Capítulo cinco

Fuego supuso que era mucho esperar que el rey y el príncipe pasaran tan cerca de los terrenos de su madre sin que se detuvieran. La parte final del viaje la llevó a través de colinas rocosas llenas de soldados del rey que estaban descansando. Los soldados no habían establecido un campamento, pero estaban echando la siesta, cocinando carne en los fogones y jugando a las cartas. El sol se estaba poniendo. Fuego sentía la mente tan cansada que era incapaz de recordar si los ejércitos se desplazaban durante la noche. Esperaba que ese en concreto no se quedara hasta el amanecer en aquellas colinas.

Arco y sus guardias formaron un muro alrededor de Fuego al pasar por delante de los soldados. Arco caminaba tan cerca de su herida que sus piernas se rozaban. Fuego mantuvo la mirada baja, pero seguía notando los ojos de los soldados sobre su cuerpo. Estaba tan exhausta, tan imposiblemente dolorida, pero se mantuvo alerta y fue echando un vistazo a las mentes a su alrededor, buscando si había problemas. También buscaba al rey y a su hermano, y deseaba con todas sus fuerzas no encontrárselos.

Había mujeres entre los soldados, pero no muchas. Oyó algún silbido ocasional por lo bajo, algún gruñido. Epítetos también, y se armó más de una pelea entre los hombres cuando Fuego pasaba por delante, pero nadie la amenazó.

Y después, conforme se acercaban a la rampa del puente levadizo de Roen, Fuego se revolvió y miró hacia arriba. De repente se sintió agradecida por la presencia de los soldados. Sabía que al sur de los Gríseos Menores, los monstruos aves rapaces a veces se desplazaban en bandadas, encontraban áreas muy pobladas y volaban en círculos por ahí, a la espera, pero nunca había visto algo así. Debía haber unas doscientas aves rapaces de colores brillantes en contraposición a un cielo naranja y rosa, allí arriba, donde solo las flechas más afortunadas podían alcanzarlas. Sus chillidos le ponían los pelos de punta. Rápidamente se llevó la mano al borde del pañuelo para asegurarse de que no se le saliera ni un pelo, pues sabía que si las aves rapaces descubrían lo que era, hasta dejarían de fijarse en que había un ejército humano. Las doscientas aves, todas ellas, se darían la vuelta hacia ella.

—Tienes razón, cielo —murmuró Arco a su lado—. Rápido, ya casi estamos dentro.

Dentro del patio cubierto de la fortaleza de la reina Roen, Arco la ayudó, ya que, más que bajar de la grupa de Lento, cayó. Trató de mantener el equilibrio entre su caballo y su amigo y recobró el aliento.

—Estás a salvo, y tendrás tiempo para descansar antes de la cena —dijo Arco con el brazo a su alrededor, agarrándola.

Fuego asintió ligeramente.

—Trátalo con cuidado —consiguió decirle al hombre que tomó las riendas de Lento.

Apenas se fijó en la muchacha que la acompañó hasta su habitación. Arco estaba allí. Colocó a sus hombres en la entrada y, antes de marcharse, avisó a la muchacha que tuviera cuidado con el brazo de Fuego.

Luego, Arco se fue. La muchacha sentó a Fuego sobre la cama. La ayudó a quitarse la ropa y desatarse el pañuelo, y Fuego se desplomó sobre las almohadas. Y si la muchacha se quedó mirando a Fuego con los ojos como platos o le tocó el cabello brillante con asombro, a Fuego no le importó. Ya estaba durmiendo.

Cuando despertó, la habitación destellaba por las velas. Una mujer pequeña que llevaba un vestido marrón las estaba encendiendo. Fuego reconoció la mente de Roen, rápida y afable. Entonces la mujer se dio la vuelta para tenerla de frente, y Fuego reconoció los ojos oscuros de Roen, su boca, esculpida de manera preciosa, y el mechón blanco que le crecía en el centro de su larga melena negra.

Roen dejó la vela y se sentó en el filo de la cama de Fuego. Sonrió ante la expresión atontada de la chica.

—Bien hallada, lady Fuego.

—Bien hallada, majestad.

—He hablado con Arco —dijo Roen—. ¿Cómo está vuestro brazo? ¿Tenéis hambre? Cenemos ahora, antes de que lleguen mis hijos.

Sus hijos.

—¿Aún no han llegado?

—Siguen fuera con la Cuarta División. Brigan va a ceder el mando de la Cuarta a uno de sus capitanes y los mandará al este esta noche, y entiendo que esto implica un sinfín de preparativos. La Tercera División llegará en un día o dos. Brigan cabalgará con ellos hasta Ciudad del Rey y dejará a Nash en su palacio, y después se los llevará al sur.

Ciudad del Rey estaba en las tierras verdes, donde se encontraban el río Alado y el mar Invernal, y sobre las aguas se alzaba el palacio del rey, de piedra brillante negra. La gente decía que la ciudad era preciosa y un lugar de arte, medicina y ciencia. Fuego no la había vuelto a ver desde que era pequeña. No tenía recuerdos de aquel lugar.

Se sacudió, estaba soñando despierta.

—Cabalgará con ellos —dijo, con la mente aún alterada por el sueño—. ¿Con ellos?

—Brigan pasa el mismo tiempo con cada una de las divisiones del ejército —dijo Roen, dándole una palmadita en el regazo a Fuego—. Venga, querida. Cenad conmigo. Quiero saber cómo van las cosas al otro lado de los Gríseos Menores, y ahora tenemos la oportunidad de hablar. —Se levantó y retiró la vela de la mesa con un movimiento brusco—. Mandaré a alguien para que os ayude.

Roen cruzó la puerta en un instante y la cerró de un portazo. Fuego sacó las piernas de debajo de las sábanas y soltó un quejido. Soñaba con el día en el que pudiera despertarse del sueño y se encontrara con que podía mover el brazo sin ese dolor que no remitía.

Fuego y Arco cenaron con Roen en una mesa pequeña en la sala de estar de la reina. La fortaleza de Roen había sido el hogar de aquella mujer hacía años, antes incluso de que se casara con el rey, y ahora que Nax había muerto, volvía a ser su hogar. Era un castillo modesto rodeado por altos muros, caballerizas enormes, torres de vigilancia y patios que conectaban las estancias de los negocios con las de dormir y las salas de estar. El castillo era lo bastante grande como para que, en caso de que lo sitiaran, la gente de los poblados que había a muchos kilómetros a la redonda cupiera dentro de los muros. Roen regentaba el lugar con mano de hierro, y desde allí asistía a los miembros de la nobleza del norte que habían demostrado tener deseos por la paz. Guardias, comida, armas, espías. Roen les suministraba cualquier cosa que necesitaran.

—Mientras descansabas, escalé por el muro exterior —le dijo Arco a Fuego— y esperé a que esos monstruos aves rapaces se acercaran lo suficiente como para dispararles. Solo he matado a dos. ¿Las percibes? Yo percibo las ganas que tienen de devorarnos desde esta misma habitación.

—Malditas bestias despiadadas —dijo Roen—. Se quedarán ahí arriba hasta que el ejército se marche. Luego bajarán otra vez y esperarán a que la gente salga de la casa del guarda. Son más inteligentes cuando van en bandadas, y más bonitas, por supuesto; y su agudeza mental es más fuerte. No están beneficiando al comportamiento de mi gente, eso seguro. Tengo dos o tres sirvientes a quienes hay que vigilar; de lo contrario, saldrían ellos mismos y se ofrecerían para que se los comieran. Ya han pasado dos días. Sentí un gran alivio cuando apareció la Cuarta División esta mañana, es la primera vez que he podido mandar a alguien fuera de estos muros desde que llegaron. No podemos permitir que las bestias os vean, querida. Tomad un poco de sopa.

Fuego se sentía agradecida por la sopa que la sirvienta le ofreció en el cuenco porque era una comida que no tenía que cortar. Dejó el brazo izquierdo descansando en el regazo mientras reflexionaba. Una bandada de monstruos aves rapaces era impaciente. Esa se quedaría por allí durante una semana como mucho, y luego seguiría adelante. Pero mientras siguieran allí, Arco y ella estarían atrapados, a no ser que partieran con los caballos en uno o dos días, cuando el siguiente grupo de soldados llegara para recoger a su comandante y a su rey.

Durante un momento, a Fuego se le quitaron las ganas de comer.

—Además del embrollo de estar atrapados aquí dentro —comenzó Roen—, odio tener que cerrar el tejado. Nuestro cielo ya es bastante oscuro con esto abierto. Ahora sí que será deprimente.

Los patios de Roen y sus pasajes hacia las caballerizas estaban abiertos al cielo durante la mayor parte del año. Pero casi todos los otoños se daban lluvias torrenciales, y las bandadas de aves rapaces llegaban sin previo aviso. Por eso la fortaleza tenía toldos abatibles de tela sobre marcos de madera con bisagras que se desplegaban sobre los espacios abiertos y encajaban, pieza a pieza; ofrecían protección, pero bloqueaban toda la luz salvo la que entraba por las ventanas que daban al exterior.

—Mi padre siempre dice que los techos de cristal del palacio del rey son una extravagancia —dijo Arco—, pero he pasado el tiempo suficiente bajo los vuestros como para llegar a apreciarlos.

Roen sonrió mirando al plato de sopa.

—Una vez cada tres años, más o menos, Nax tenía una buena idea. —Cambió de tema de repente—. En esta visita tendremos que hacer malabarismos. Puede que mañana podamos sentarnos con mi gente para hablar sobre los sucesos de vuestras tierras. Después de que la Tercera División venga y se vaya, tendremos más tiempo.

Estaba evitando mencionar justo aquello que estaba en mente de todos. Arco lo dijo sin rodeos:

—¿Supondrán el rey o el príncipe un peligro para Fuego?

Roen no se hizo la loca.

—Hablaré con Nash y Brigan, y yo misma se la presentaré.

A Arco aquello no lo tranquilizó.

—¿Supondrán un peligro para ella?

Roen lo miró un momento en silencio y luego desvió la mirada hacia Fuego. La joven vio que había simpatía, puede que incluso una disculpa.

—Conozco a mis hijos y conozco a Fuego —dijo—. A Brigan no le gustará, y a Nash le gustará demasiado, pero Fuego podrá con ambos.

Arco contuvo la respiración y dejó el tenedor sobre la mesa. Se recostó, tenía la mandíbula en tensión. Fuego sabía que la presencia de la reina era la única razón por la que no le estaba diciendo lo que se podía leer en su mirada: que no debería haber venido.

Una pequeña determinación prendió en el pecho de Fuego. Decidió adoptar la actitud de Roen. Ni el rey ni el comandante podrían con ella.

Por supuesto, las circunstancias no siempre se alineaban con las intenciones humanas, y Roen no podía estar en todas partes al mismo tiempo. Fuego estaba cruzando el patio principal con Arco después de la cena, de camino a sus aposentos, cuando ocurrió. En el mismo instante en que sintió que se acercaban las mentes, las puertas se abrieron de par en par. Dos hombres montados a caballo irrumpieron en el patio, cargando el lugar con el ruido que hacían y su presencia, iluminada por una fogata al otro lado de las puertas. Arco y todos los que estaban allí se arrodillaron, excepto Fuego, que se quedó paralizada, estupefacta. El hombre que montaba en el primer caballo tenía el mismo aspecto que todos los cuadros que había visto del rey Nax, y el que iba a lomos del segundo caballo era su propio padre.

Sentía que le iba a estallar la cabeza. Cansrel. A la luz de las llamas, el cabello de su padre estaba cubierto de destellos plateados y azulados; y sus ojos azules eran preciosos. Se quedó embelesada ante aquellos ojos y vio que le devolvían la mirada con odio e ira, porque era Cansrel, que había regresado de la muerte, y Fuego no se podía esconder de él.

—Arrodíllate —le dijo Arco desde atrás, pero fue innecesario, pues cayó de rodillas.

Y entonces las puertas se cerraron de golpe. El resplandor blanco de la fogata disminuyó, y la luz de las antorchas del patio lo tiñeron todo de amarillo. El hombre que estaba sobre el caballo seguía mirándola fijamente, con odio, pero, conforme las sombras se fueron acomodando, ya no fue el odio de Cansrel. Tenía el cabello oscuro, los ojos pálidos, y Fuego vio que no era más que un hombre normal y corriente.

Estaba temblando en el suelo, helada. Y entonces, cómo no, reconoció a la yegua de pelaje negro sobre la que montaba el hombre, a su apuesto hermano y al ruano sobre el que iba. No eran Nax y Cansrel, sino Nash y Brigan. Se bajaron de sus monturas y se quedaron discutiendo al lado de los caballos. Aún temblando, Fuego tardaba en comprender las palabras que oía. Brigan dijo algo sobre echar a alguien a las aves rapaces. Nash dijo que él era el rey, que era su decisión y que no iba a echar a una mujer así de impresionante a ningún ave rapaz.

Arco estaba agachado sobre Fuego, y no dejaba de repetir su nombre mientras le agarraba el rostro. Le dijo algo con firmeza a los hermanos que estaban discutiendo. Levantó a Fuego con los brazos y la sacó del patio.

Fuego tenía algo muy claro sobre sí misma. A veces su mente cometía errores. Pero su cuerpo era el auténtico traidor.

Arco la dejó en la cama y se sentó a su lado. Le tomó las manos frías y se las frotó. Poco a poco, los temblores fueron remitiendo.

Oyó el eco de la voz del joven en su mente. Poco a poco fue poniendo en orden lo que le había dicho al rey y al príncipe antes de que se la hubiera llevado de allí: «Si la vais a echar a las aves rapaces, tendréis que echarme a mí también».

Le tomó las manos y se las sostuvo.

—¿Qué te ha pasado ahí fuera? —preguntó al instante.

¿Qué le había pasado? Fuego lo miró a los ojos con preocupación.

Se lo explicaría, pero más tarde. Ahora mismo no podía dejar de pensar en algo que quería expresarle, algo que necesitaba urgentemente de su amigo con vida. Tiró de sus manos.

Arco lo comprendió al momento. Inclinó el rostro hacia el de ella y la besó. Cuando Fuego fue a desabrocharle la camisa, él le detuvo los dedos. Le dijo que descansara el brazo y que le dejara a él hacer el trabajo.

Ella se rindió ante su generosidad.

Después, tuvieron una conversación en susurros.

—Cuando llegó al patio —le dijo Fuego, tumbada de lado, mirándolo—, pensé que era mi padre que había resucitado.

La confusión le cruzó el rostro, y después la comprensión. Arco le peinó el cabello con los dedos.

—Ay, Fuego, con razón… Pero Nash no se parece en nada a Cansrel.

—Nash, no. Brigan.

—Brigan se parece incluso menos.

—Fue la luz. Y el odio en su mirada —respondió ella.

Arco le acarició el rostro y el hombro con suavidad, teniendo siempre cuidado con su brazo vendado. La besó.

—Cansrel está muerto, no puede hacerte daño.

Fuego se atragantó con las palabras; no las podía decir en voz alta. Se las dijo mentalmente.

Era mi propio padre.

Arco la abrazó con fuerza. Fuego cerró los ojos y enterró sus pensamientos para que lo único que quedara fuera el olor y el tacto de Arco sobre su rostro y su pecho, su tripa y su cuerpo. Arco espantó los recuerdos.

—Quédate aquí conmigo —le dijo al poco tiempo, todavía abrazándola, medio dormido—. Sola no estás a salvo.

Qué raro era que el cuerpo de Arco pudiera entenderla tan bien, que su corazón pudiera entenderla tan bien cuando se trataba de la verdad sobre Cansrel, pero que, aún así, los conceptos más simples no penetraran nunca. De todo lo que podría haber dicho, había escogido las palabras con las que seguro que querría marcharse.

Siendo justos, probablemente se hubiera ido de todos modos.

Por amor a su amigo, esperó hasta que se quedó dormido.

No andaba buscando problemas; tan solo buscaba las estrellas para que la cansaran y se pudiera ir a dormir más tarde sin soñar. Sabía que tendría que encontrar la manera de llegar hasta una ventana que diera al exterior para poder verlas. Decidió intentarlo en las caballerizas, porque no era muy probable que se fuera a topar con un rey o con un príncipe a esas horas de la noche. Y si no encontraba ninguna ventana que diera al cielo, al menos estaría con Lento.

Se cubrió el cabello antes de partir y se puso ropa oscura. Pasó por delante de guardias y sirvientes, y, como es evidente, algunos la miraron, pero, como siempre ocurría en aquellos terrenos, nadie la importunó. Roen se había encargado de que las personas que vivían bajo su techo aprendieran a proteger sus mentes lo mejor que pudieran. Roen sabía lo importante que era aquello.

El pasadizo cubierto que llevaba a las caballerizas estaba desierto y flotaba un olor agradable a caballo y a heno nuevo en el ambiente. Las caballerizas estaban a oscuras, solo había un único farol casi al final. Los caballos estaban durmiendo, casi todos ellos, incluyendo a Lento. Estaba medio dormido de pie, tranquilo, inclinado de lado como un edificio a punto de desplomarse. De no haber sido por la frecuencia con que dormía así, inclinado de un lado o de otro, Fuego se habría preocupado.

En el otro extremo de la habitación había una ventana que daba al cielo, pero, cuando fue hacia ella, no vio ninguna estrella. La noche estaba nublada. Se dio la vuelta y volvió por la larga hilera de caballos; se detuvo otra vez ante Lento, sonriendo al ver la postura que había adoptado para dormir.

Abrió la puerta con cuidado y se introdujo en su cuadra. Se sentaría con él un rato mientras dormía y canturrearía hasta que se cansara. Ni siquiera Arco podría poner objeciones. Nadie la encontraría, así como estaba, acurrucada contra la puerta de Lento. Nadie que entrara en la caballeriza la vería siquiera. Y si Lento se despertaba, no le sorprendería encontrar a su dueña agazapada a sus pies. Lento estaba acostumbrado a su comportamiento nocturno.

Se puso cómoda y cantó en voz baja una canción sobre un caballo inclinado.

Lento la despertó con unos empujoncitos con la cabeza, y Fuego supo al instante que no estaba sola. Oyó la voz de barítono de un hombre hablando muy bajito y muy cerca.

—Peleo contra estos saqueadores y contrabandistas porque se oponen al gobierno del rey, pero, en realidad, ¿qué derecho tenemos a gobernar?

—Me asustas cuando te pones así.

Era Roen. Fuego se echó contra la puerta de Lento.

—¿Qué ha hecho el rey en treinta años para merecer lealtad?

—Brigan...

—Entiendo las motivaciones de algunos de mis enemigos mejor que las mías propias.

—Brigan, hablas así porque estás cansado. Tu hermano es un hombre justo, lo sabes, y con tu influencia hace el bien.

—Muestra algunas de las tendencias de padre.

—Bueno, ¿y qué vas a hacer? ¿Dejar que los saqueadores y los contrabandistas se salgan con la suya? ¿Dejar el reino en manos de lord Mydogg y de la matona de su hermana? ¿O en las de lord Gentian? Lo mejor para Los Valles es que Nash conserve la corona. Y si rompes con él, empezarás una guerra civil a cuatro bandas: tú, Nash, Mydogg y Gentian. Me da miedo pensar en quién saldría vencedor. Tú no, con la lealtad al ejército del rey dividida como está entre tu hermano y tú.

Fuego no debería estar escuchando aquella conversación, bajo ninguna circunstancia, bajo ningún concepto. Cuando lo comprendió, ya no podía hacer nada al respecto, ya que revelar su presencia sería desastroso. No se movió, apenas respiró. Y, a su pesar, escuchó con atención, porque le parecía asombroso que el corazón del comandante albergara dudas.

—Madre, estás exagerando. Jamás podría separarme de mi hermano, lo sabes. Y bien saben las rocas que no deseo reinar —dijo con suavidad y cierto tono de concesión.

—Ya estamos otra vez con esto, y no me consuela lo más mínimo. Si Nash muere, tendrás que ser rey.

—Los mellizos son mayores que yo.

—Estás especialmente obtuso hoy. Garan está enfermo, Clara es una mujer, y ambos son ilegítimos. Los Valles no saldrán de esta sin un rey digno de la corona.

—Yo no lo soy.

—Tienes veintidós años y estás al mando del ejército del rey, igual que hizo Brocker. Tus soldados se lanzarían sobre sus propias espadas por ti. Eres más que digno.

—De acuerdo, pero espero por las rocas que nunca me llamen «rey».

—En una ocasión deseaste no ser nunca soldado.

—No me lo recuerdes. —Su voz sonaba cansada—. Mi vida es una disculpa por la vida que llevó mi padre.

Hubo un largo silencio. Fuego se quedó sentada sin respirar. Una vida que era una disculpa por la vida que había llevado su padre: comprendía aquella idea más allá de las palabras y el pensamiento. Lo entendía de la misma manera en que entendía la música.

Lento se removió y sacó la cabeza por la cuadra para examinar a los visitantes que hablaban en voz baja.

—Dime que cumplirás con tu deber, Briganvalle —dijo Roen, utilizando su nombre de la realeza a propósito.

Hubo un cambio en la voz del príncipe. Se estaba riendo entre dientes:

—Me he convertido en un guerrero tan impresionante que crees que voy corriendo por las montañas clavándole la espada a la gente porque lo disfruto.

—Cuando hablas así, no puedes echarme la culpa de que me preocupe.

—Cumpliré con mi deber, madre, como he hecho cada día.

—Nash y tú conseguiréis que valga la pena defender Los Valles. Reestableceréis el orden y la justicia que Nax y Cansrel destrozaron con su negligencia.

De repente, y sin ningún rastro de humor en la voz, dijo:

—No me gusta ese monstruo.

La voz de Roen se suavizó:

—Nashvalle no es Naxvalle, y Fuego no es su padre.

—No, es peor: es una mujer. Y no veo a Nash capaz de resistirse a ella.

—Brigan —le reprendió con firmeza—. Fuego no tiene ningún interés en Nash. No seduce a los hombres para engatusarlos.

—Espero que tengas razón, madre, porque no me importa que la tengas en alta estima. Si es como Cansrel, le partiré el cuello.

Fuego se apretujó contra una esquina. Estaba acostumbrada a que la odiaran, pero aquel sentimiento siempre la dejaba helada y cansada. Ya estaba cansada de tener que pensar en las defensas que tendría que construir contra aquel hombre.

Y por encima de ella, una cosa incongruente. Brigan alzó la mano hacia el hocico de su caballo.

—Pobrecito —dijo acariciando la nariz de Lento—. Te hemos despertado. Vuelve a dormirte.

—Es su caballo —dijo Roen—. El caballo del monstruo al que acabas de amenazar.

—Ah, bueno. Eres una belleza —le dijo Brigan a Lento con una voz suave—. Y no es culpa tuya que tengas semejante ama.

Lento acarició con el hocico la mano de su nuevo amigo. Cuando Roen y Brigan se fueron, Fuego seguía agarrándose a las faldas con ambas manos, tragándose un cariño enfurecedor que no conseguía reconciliar.

Por lo menos, si decidía hacerle daño, podía confiar en que no lastimaría a su caballo.

Capítulo seis

Aquella larga noche no había terminado, ya que al parecer nadie de la familia real dormía. Fuego acababa de cruzar otra vez el patio y se introdujo en los pasillos de la zona de los dormitorios cuando se encontró al rey merodeando, esbelto y feroz a la luz de las antorchas. Se le pusieron los ojos vidriosos cuando la vio. A Fuego le pareció que le olía el aliento a vino. Cuando se acercó de repente, la puso contra la pared e intentó besarla, ya no le quedó ninguna duda.

La había sorprendido, pero como tenía el cerebro confundido por el vino, Fuego lo tuvo fácil.

No queréis besarme.

Nash dejó de besarla, pero continuó apretándose contra ella, tocándole los pechos y la espalda, y haciéndole daño en el brazo.

—Estoy enamorado de vos —dijo, echándole un aliento agrio en la cara—. Quiero casarme con vos.

No queréis casaros conmigo. Ni siquiera queréis tocarme. Queréis dejarme ir.

Nash dio un paso atrás y ella se alejó, inhaló aire fresco y se alisó la ropa. Se dio la vuelta para escapar.

Luego se giró de nuevo hacia él e hizo algo que no hacía nunca.

Disculpaos conmigo, pensó con rabia dirigiéndose a él. *Ya estoy harta. Disculpaos.*

Al instante, el rey se arrodilló a sus pies, gentil y cortés, con esos ojos negros ahogados en penitencia.

—Perdonadme, señora, por el insulto hacia vuestra persona. Volved a la cama.

Ella se fue corriendo antes de que nadie pudiera ver el absurdo espectáculo que era el rey arrodillado ante ella. Estaba avergonzada de sí misma. Y preocupada de nuevo por el estado de Los Valles, ahora que había conocido a su rey.

Casi había llegado a su habitación cuando Brigan apareció de entre las sombras, y en aquella ocasión Fuego no supo cómo evitarlo.

Ni siquiera tuvo que intentar colarse en su mente para saber que la tenía protegida. Era una muralla fortificada sin ninguna fisura, imposible de controlar. Contra Brigan no tenía más que su fuerza limitada y sus palabras.

La empujó contra la pared tal y como había hecho Nash. Le tomó ambas muñecas con una sola mano y tiró de sus brazos sobre su cabeza, con tanta brusquedad que le lloraron los ojos por culpa del dolor que sentía en el brazo herido. Brigan la aplastó con su cuerpo para que no pudiera moverse. Le lanzó una mirada despectiva y cargada de odio.

—Si mostráis el más mínimo interés por entablar una amistad con el rey, os mataré —dijo.

Brigan estaba demostrándole quién de los dos era el más fuerte, y a Fuego le resultaba humillante. Y la estaba lastimando más incluso de lo que era consciente. No le quedaba aliento para hablar.

Sois igual que vuestro hermano, pero menos romántico, le dijo mentalmente con vehemencia.

Brigan le apretó más aún las muñecas.

—Mentirosa comemonstruos.

Le cayeron lágrimas del dolor.

Menuda decepción sois, ¿no? La gente habla de vos como si fuerais algo especial, pero no hay nada de especial en un hombre que intimida a una mujer indefensa y le dice cosas feas. Es bastante ordinario.

Brigan le mostró los dientes.

—¿Debo creer que estáis indefensa?

Contra vos, sí.

—Pero no contra este reino.

No tengo nada en contra de este reino. Por lo menos, no más que vos, Briganvalle, añadió.

La miró como si le hubiera dado un guantazo. Había dejado de mirarla con desprecio, y de repente los ojos se le volvieron cansados y confusos. Le liberó las muñecas y dio un pequeño paso atrás, lo suficiente para que Fuego pudiera apartarse de él y de la pared, darle la espalda y abrazarse el brazo izquierdo con la mano derecha. Estaba temblando. Tenía el hombro del vestido pegajoso; Brigan había hecho que le sangrara la herida. Y le había hecho daño y estaba enfadada, más que nunca.

Sin saber cómo había recuperado el aliento, dejó que brotaran las palabras tal y como le llegaban.

—Veo que habéis estudiado el ejemplo de vuestro padre antes de decidir el hombre en el que os queríais convertir —le siseó—. Los Valles están en buenas manos, ¿no? Por mí como si os echan a las aves rapaces, tanto a vos como a vuestro hermano.

—Vuestro padre fue la ruina de mi padre y de Los Valles —le espetó—. Lo único que lamento es que no muriera atravesado por mi espada. Lo desprecio por haberse suicidado y haberme negado el placer de matarlo. Envidio al monstruo que le arrancó la garganta.

En aquel momento, Fuego se dio la vuelta y lo miró, lo miró bien por primera vez. Vio que respiraba con dificultad y que abría y cerraba los puños. Tenía los ojos de un gris muy claro, y en su mirada se intuía algo que iba más allá del enfado. Era desesperación. Su estatura y su complexión eran algo mayores que la media. Tenía la boca fina de su madre, pero a pesar de ello y de aquellos ojos de cristal pálido, no era apuesto. Brigan la miraba fijamente; estaba tan tenso que parecía que se iba a romper, y de repente a Fuego le pareció joven, agobiado y al borde de la extenuación.

—No sabía que estabais herida —añadió al ver la sangre en su vestido.

Aquello la confundió, porque lo cierto era que sonaba como si de verdad lo sintiera. No quería sus disculpas. Quería odiarlo porque era odioso.

—Sois inhumano. No hacéis más que dañar a las personas —dijo, porque era lo peor que se le ocurría—. Vos sois el monstruo, no yo.

Se dio la vuelta y se marchó.

Primero fue a los aposentos de Arco para limpiarse la sangre y volver a vendarse el brazo. Luego fue a hurtadillas hacia los suyos. Arco seguía durmiendo. Se desvistió y se puso una de sus camisas que encontró tirada en el suelo. Sabía que a Arco le gustaría que hubiera querido ponérsela por voluntad propia, y que jamás se le pasaría por la cabeza que lo único que quería Fuego era esconderse las muñecas, llenas de moratones; no quería que él los viera. No tenía energía para las preguntas de Arco y su ira vengativa.

Rebuscó entre sus bolsas y encontró las hierbas para prevenir el embarazo. Se las tragó en seco, se metió en la cama junto a Arco y durmió sin sueños.

Por la mañana, despertarse fue como ahogarse. Escuchó a Arco haciendo un gran estruendo en la estancia. Se esforzó por recobrar la conciencia, se levantó y se contuvo para no quejarse por el viejo dolor en el brazo y el nuevo dolor en las muñecas.

—Estás preciosa por la mañana —dijo Arco, deteniéndose ante ella y besándola en la nariz—. Te queda muy bien mi camisa.

Podría ser, pero se sentía horrible. Preferiría que fuera al revés: sentirse preciosa y tener un aspecto horrible.

Arco estaba vestido, salvo por la camisa, y era evidente que iba a salir.

—¿A qué viene tanta prisa?

—Han encendido una almenara —dijo.

Los poblados de la montaña encendían fuegos en las almenaras cuando los atacaban, para pedir auxilio a sus vecinos.

—¿Qué poblado?

—Guarida Gris, al norte. Nash y Brigan han salido de inmediato, pero están seguros de que los monstruos aves rapaces acabarán con muchos de sus hombres antes de que lleguen a los túneles. Dispararé desde el muro, junto con cualquiera que pueda.

Ante aquello, Fuego se despertó como si se hubiera metido en agua fría.

—Entonces, ¿la Cuarta División se ha ido? ¿Con cuántos soldados cuentan Nash y Brigan?

—Los ocho míos, y Roen tiene otros cuarenta que ofrecer desde la fortaleza.

—¡Solo cuarenta!

—Mandó una buena parte de su guardia junto con la Cuarta División —dijo Arco—. Los soldados de la Tercera van a reemplazarlos, pero, por supuesto, aún no han llegado.

—¿Cincuenta hombres en total contra doscientas aves rapaces? ¿Están locos?

—La única otra opción es ignorar la llamada de auxilio.

—¿Tú no vas a montar con ellos?

—El comandante cree que puedo ser más útil con el arco desde la muralla.

El comandante. Fuego se quedó helada.

—¿Ha estado aquí?

Arco le echó una mirada de reojo.

—Claro que no. Cuando sus hombres no pudieron encontrarme, vino la propia Roen.

Daba igual; ya se había olvidado de eso. Era otro detalle el que le rondaba la mente: la insensatez de que cincuenta hombres trataran de atravesar una bandada de doscientas aves rapaces. Salió de la cama, fue a buscar su ropa y fue al baño para que Arco no le viera las muñecas mientras se cambiaba. Cuando salió, ya se había ido.

Se cubrió el cabello y se puso un brazal. Tomó el arco y el carcaj y fue corriendo tras él.

En situaciones desesperadas, a Arco no le importaba tener que recurrir a las amenazas. En la caballeriza, con hombres gritando a su alrededor y con los caballos inquietos, le dijo a Fuego que la ataría a la puerta de Lento si fuera necesario para mantenerla lejos de la muralla.

Eran fanfarronadas, y ella lo ignoró y pensó lo que haría detenidamente, paso a paso. Era buena con el arco. Tenía el brazo lo bastante bien como para disparar, siempre y cuando pudiera soportar el dolor. En el tiempo que tardaran los soldados en adentrarse en los túneles, ella podía matar a dos de los monstruos, quizás a tres, y eso eran dos o tres peligros menos para los hombres.

Una única ave rapaz podía matar a un hombre sin problemas.

Algunos de esos cincuenta hombres iban a morir antes incluso de llegar a cualquier batalla en la que pudieran enfrascarse en Guarida Gris.

En aquel instante, el pánico se apoderó de Fuego y sus cálculos mentales se vinieron abajo. No quería que fueran. No quería que se arriesgaran de aquella manera para salvar un poblado de montaña. Antes no entendía lo que la gente quería decir cuando decía que el príncipe y el rey eran valientes. ¿Por qué tenían que ser tan valientes?

Dio vueltas buscando a los hermanos. Nash estaba en su caballo, enardecido, impaciente por empezar; se había transformado del borracho cabeza hueca de la noche anterior en un personaje que al menos daba la impresión de ser digno de un rey. Brigan estaba de pie, moviéndose entre los soldados, animándolos y hablando con su madre. Calmado, alentador e incluso riéndose de una broma por parte de uno de los guardias de Arco.

Y entonces, a través del mar de armaduras vociferantes y monturas de cuero, Brigan la vio y se disipó todo su regocijo. Los ojos se le volvieron fríos, la boca se le tensó y adoptó la apariencia con la que lo recordaba.

Verla había acabado con su alegría.

Bueno, no era la única persona con derecho a arriesgar su vida, ni la única persona valiente.

Parecía que todo tenía sentido en su mente mientras se giraba hacia Arco para asegurarle que, después de todo, no quería disparar a las aves rapaces desde la muralla. Y luego giró hacia la cuadra de Lento para hacer algo que no tenía ningún tipo de lógica, pero que en el fondo sabía que tenía que hacer.

Sabía que toda la empresa le iba a llevar menos de un minuto. Las aves rapaces se lanzarían en picado en cuanto se dieran cuenta de que los superaban en número. Los hombres de la retaguardia eran quienes corrían un mayor peligro, que tendrían que aminorar el paso conforme los caballos se fueran agolpando en la entrada del túnel más cercano. Los soldados que consiguieran entrar en el túnel estarían a salvo. A las aves rapaces no les gustaban los espacios estrechos y oscuros, y no seguían a los hombres al interior de las cuevas.

Entendió por la conversación que había escuchado en la caballeriza que Brigan le había ordenado al rey que fuera al frente de la columna, y a los mejores lanceros y espadachines en la retaguardia, porque en los momentos de mayor crisis, las aves rapaces estarían demasiado cerca como para poder utilizar las flechas. El propio Brigan cerraría la marcha.

Los caballos estaban saliendo en fila y reuniéndose cerca de las puertas cuando Fuego comenzó a preparar a Lento, enganchandole el arco y una lanza en el cuero de la montura. Conforme lo guiaba hacia el patio, nadie le prestó demasiada atención, en parte porque iba vigilando las mentes que la rodeaban y las apartaba cuando la tocaban. Llevó a Lento hacia la parte de atrás del patio, lo más lejos posible de las puertas. Intentó transmitirle lo importante que era aquello, y lo mucho que lo lamentaba y lo mucho que lo quería. El animal le babeó el cuello.

Entonces Brigan dio la orden. Los sirvientes abrieron las puertas y elevaron los rastrillos, y los hombres salieron a la luz del día. Fuego se subió en la montura y espoleó a Lento para que avanzara tras ellos. Las puertas se estaban volviendo a cerrar cuando ella y Lento las atravesaron al galope, y cabalgaron solos, lejos de los soldados, hacia la zona rocosa y desierta al este de los terrenos de Roen.

Los soldados estaban concentrados en avanzar hacia el norte y hacia arriba; ni siquiera se fijaron en ella. Algunas de las aves rapaces la vieron y se separaron con curiosidad de la bandada que descendía hacia los soldados, pero, como eran pocas, pudo abatirlas desde el caballo, apretando los dientes por el dolor cada vez que disparaba. Los arqueros que había en la muralla la vieron; de eso no había duda. Lo supo por la impresión y el pánico que Arco le estaba transmitiendo.

Será más probable que sobreviva si te quedas en esa muralla y sigues disparando, le comunicó mentalmente con determinación, con la esperanza de que fuese suficiente para que él no fuera tras ella.

Fuego estaba ya a un buen trecho de las puertas y de los primeros soldados que habían llegado al túnel, y vio que había comenzado una refriega entre los monstruos y los hombres de la retaguardia. Ahora era el momento. Hizo que su valiente caballo se pusiera sobre las patas traseras y se diera la vuelta. Se quitó el pañuelo de la cabeza. El cabello le cayó sobre los hombros como una llamarada al viento.

Durante un momento no pasó nada y se puso nerviosa, porque no estaba funcionando. Dejó de protegerse la mente para que las aves pudieran reconocerla. Pero siguió sin suceder nada, de modo que trató de llamarles la atención.

Entonces, un ave rapaz que volaba alto la percibió, luego la vio y soltó un horrible chillido, como el chirrido de metal contra metal. Fuego sabía lo que significaba ese sonido, al igual que lo sabían las otras aves. Como una nube de mosquitos, se alzaron desde la zona donde estaban los soldados, salieron disparadas hacia el cielo y empezaron a dar vueltas, desesperadas, en busca de una presa monstruo. Y la encontraron. Se olvidaron de los soldados. Hasta la última de las aves se lanzó a por ella.

Ahora tenía dos tareas: volver con Lento hasta las puertas, si podía, y evitar que los soldados cometieran alguna estupidez tratando de hacerse los héroes cuando vieran lo que acababa de hacer ella. Espoleó a Lento para que avanzara. Le transmitió el pensamiento a Brigan con tanta contundencia como pudo. No en un intento de manipularlo, pues sabía que era en vano; solo para asegurarse de que recibiera el mensaje.

Si no continuáis hacia Guarida Gris ahora mismo, habré hecho esto para nada.

Sabía que Brigan había vacilado durante unos instantes. No podía verlo o percibir sus pensamientos, pero sentía que su mente seguía allí, en ese caballo, sin moverse. Supuso que podría manipular al caballo si era necesario.

Dejadme hacerlo, le suplicó. *Yo puedo arriesgar mi vida igual que vos podéis arriesgar la vuestra.*

Le perdió el rastro a la mente de Brigan conforme se adentraba en el túnel.

Ahora era cuestión de ver quién era más veloz, Fuego y Lento o la bandada que descendía sobre ellos desde el norte. Lento avanzaba desesperado, lo que a Fuego le pareció maravilloso; nunca había cabalgado tan rápido.

Se agachó para pegarse más a la montura. Cuando la primera rapaz le desgarró el hombro, les lanzó el arco. Ya no le servía de nada; era un palo de madera que la estorbaba. El carcaj que tenía en la espalda podría servir como una especie de armadura. Tomó la lanza con una mano y se la colocó a la espalda, para que los pájaros tuvieran algo más que sortear. Aferraba el puñal con la otra mano, y lo blandía cada vez que sentía que una garra o un pico se le clavaba en el hombro o en la cabeza. Ya no sentía dolor; solo ruido —que podía ser su propia cabeza gritando—, resplandor —su cabello y su sangre— y viento —la velocidad de Lento—. Y, de repente, flechas que pasaban muy cerca de su cabeza.

Una garra se le posó sobre el cuello y tiró de ella hasta levantarla del asiento, y se le pasó por la cabeza que estaba a punto de morir. Pero entonces una flecha alcanzó al ave rapaz que la estaba arrastrando. Llegaron más flechas, Fuego miró hacia delante y vio las puertas muy cerca, entreabiertas, y a Arco en la abertura, disparando más rápido de lo que lo creía capaz.

Y entonces se hizo a un lado y Lento se adentró en la fortaleza, y detrás de ella, los cuerpos de los monstruos se estamparon contra las puertas, que se estaban cerrando. Gritaban y arañaban. Fuego dejó que Lento decidiera hacia dónde ir y cuándo parar. Había gente a su alrededor, y Roen estaba intentando tomar las riendas de Lento. Entonces la joven se percató de que el caballo estaba cojeando. Le miró el lomo, la grupa y las patas; las tenía destrozadas y estaban pegajosas por la sangre. Al verlo, lanzó un grito de angustia. Vomitó.

Alguien la tomó por debajo de los brazos y la bajó de la montura. Arco, rígido y sin dejar de temblar, parecía que quería matarla. Y también lo pensaba. Entonces Arco se tornó muy brillante y luego todo se volvió negro.

Capítulo siete

Fuego se despertó con un dolor agudo y percibiendo una mente hostil que avanzaba por el pasillo fuera de sus aposentos. Era la mente de un extraño. Intentó sentarse y jadeó.

—Deberíais descansar —dijo una mujer desde una silla en la pared. Era la curandera de Roen.

Fuego ignoró el consejo y se levantó con cautela.

—¿Y mi caballo?

—Vuestro caballo se encuentra prácticamente en el mismo estado que vos —dijo la curandera—. Sobrevivirá.

—¿Y los soldados? ¿Murió alguno?

—Todos los hombres consiguieron llegar al túnel con vida —respondió—. Murieron muchos monstruos.

Fuego permaneció sentada, quieta, esperando a que el martilleo de la cabeza remitiera para poder levantarse e investigar a la mente sospechosa que rondaba por el pasillo.

—¿Son muy graves mis heridas?

—Os quedarán cicatrices en la espalda, en los hombros y bajo vuestra cabellera durante el resto de vuestra vida. Pero aquí tenemos todas las medicinas que tienen en Ciudad del Rey. Os curaréis bien, no tendréis ninguna infección.

—¿Puedo caminar?

—No os lo recomiendo, pero si no hay más remedio, podéis.

—Tan solo necesito comprobar una cosa —dijo sin aliento ante el esfuerzo que supuso sentarse—. ¿Me ayudas a vestirme? —Y entonces, al darse cuenta de que llevaba puesto algo muy revelador, dijo—: ¿Lord Arco me ha visto las muñecas?

La mujer se acercó a Fuego con un traje blanco y suave y la ayudó a ponérselo; sentía pinchazos en los hombros.

—Lord Arco no ha entrado aquí.

Fuego decidió centrarse en la agonía que suponía meter los brazos en aquellas mangas en vez de intentar determinar lo furioso que debía estar Arco si ni siquiera se había dignado a entrar en la habitación.

La mente que percibía estaba cerca, con la guardia baja y consumida por un propósito deshonesto. Aquello era motivo suficiente para que captara la atención de Fuego, aunque no estaba segura de qué esperaba conseguir persiguiendo a aquella mente por el pasillo, cojeando como lo hacía, dispuesta a percibir cualquier emoción que se escapara por accidente, pero no a tomarla e investigar las intenciones verdaderas que tuviera.

Era una mente culpable, sospechosa.

No podía ignorarla. *Simplemente la seguiré. Veré a dónde va*, pensó.

Un instante después, se quedó estupefacta cuando una sirvienta que observaba cómo se movía se detuvo y le ofreció el brazo.

—Mi marido estaba en la retaguardia durante el ataque, lady Fuego —le dijo la muchacha—. Le salvasteis la vida.

Fuego siguió cojeando por el pasillo del brazo de la chica, contenta de haberle salvado la vida a alguien si aquello suponía que ahora contaba con una persona que evitaría que se desplomara sobre el suelo. Cada paso la acercaba más a su extraña presa.

—Espera —susurró al fin, apoyándose contra el muro—. ¿De quién son los aposentos que hay detrás de esta pared?

—Del rey, mi señora.

En ese instante, Fuego supo con una certeza absoluta que en los aposentos del rey había un hombre que no debería estar ahí. Percibió las prisas, el miedo a que lo descubrieran y el pánico.

Ni siquiera se planteó enfrentarse a él, no tenía fuerzas para ello. Y entonces, al final del pasillo, percibió a Arco en su propia habitación. Agarró a la sirvienta del brazo.

—Ve corriendo hasta la reina Roen y dile que hay un hombre en los aposentos del rey que no debería estar ahí —le dijo.

—Sí, mi señora. Gracias, mi señora —respondió la chica, y echó a correr. Fuego continuó a lo largo del pasillo, sola.

Cuando llegó a la habitación de Arco, se quedó apoyada en el umbral de la puerta. El joven estaba de pie frente a la ventana, mirando hacia el patio cubierto, dándole la espalda. Fuego le dio un toque mentalmente.

A Arco se le tensaron los hombros. Se dio la vuelta y fue hacia ella, sin mirarla ni una sola vez. La rozó al pasar y marchó furioso por el pasillo. Aquella sorpresa la dejó mareada.

Era lo mejor. No estaba en condiciones de hacerle frente si estaba tan enfadado.

Fuego entró en los aposentos de Arco y se sentó en una silla, solo durante un instante, para que se le pasara aquel dolor de cabeza.

Tardó mucho en llegar a la caballeriza, aun con toda la ayuda que recibió. Y, cuando vio a Lento, ya no pudo contenerse y rompió a llorar.

—No os preocupéis, lady Fuego —dijo el veterinario de Roen—. Son heridas superficiales. En una semana estará como una rosa.

Como una rosa… Estaba con todo el lomo trasero medio cosido y cubierto de vendas y tenía la cabeza gacha. El caballo se alegraba de verla, a pesar de que había sido culpa de ella que se encontrara en ese estado. Se apretujó contra la puerta de la cuadra y, cuando Fuego entró, se apretujó contra ella.

—Creo que ha estado preocupado por vos. Ahora que estáis aquí, se ha animado —dijo el veterinario.

Lo siento, le dijo Fuego mentalmente, abrazándole el cuello lo mejor que pudo. *Lo siento, lo siento.*

Supuso que los cincuenta hombres se quedarían en los Gríseos Menores hasta que llegara la Tercera División y los monstruos con forma de ave rapaz volvieran a alzar el vuelo. La caballeriza estaría tranquila hasta entonces.

Y así, Fuego se quedó con Lento, apoyada en él, quitándose de encima las babas que el animal le dejaba en el pelo y aliviando con la mente la sensación de dolor intenso del caballo.

Fuego estaba acurrucada en un lecho de heno fresco en un rincón de la cuadra de Lento cuando Roen llegó.

—Señora —le dijo Roen, de pie, delante de la puerta de la cuadra, con una mirada amable—. No os mováis —dijo mientras Fuego intentaba incorporarse—. La curandera me dijo que deberíais descansar, y supongo que lo mejor que podemos esperar es que lo hagáis aquí. ¿Queréis que os traiga algo?

—¿Comida?

Roen asintió con la cabeza.

—¿Algo más?

—¿A Arco?

Roen carraspeó:

—Os traeré a Arco en cuanto esté convencida de que no dirá nada intolerable.

Fuego tragó saliva.

—Jamás ha estado así de enfadado conmigo.

Roen torció el gesto y apoyó las manos sobre la puerta de la cuadra, entró y se puso de cuclillas delante de Fuego. Alargó la mano para alisarle el pelo a la joven y sostuvo unos mechones entre los dedos, los contempló con atención; estaba muy quieta, de rodillas sobre el heno, como si estuviera intentando descifrar el significado de algo.

—Mi hermosa joven, hoy habéis hecho algo bueno. Da igual lo que piense Arco. No obstante, la próxima vez, contádselo a alguien antes de hacer nada para que estemos mejor preparados —dijo.

—Arco no me habría dejado hacerlo.

—No, pero yo sí.

Durante un instante, sus miradas se encontraron. Fuego entendió que Roen lo decía en serio. Tragó saliva.

—¿Se sabe algo de Guarida Gris?

—No, pero han divisado a la Tercera División desde el puesto de vigilancia, por lo que puede que nuestros cincuenta hombres vuelvan esta misma tarde. —Roen se sacudió el regazo y se levantó, lista para volver a la carga—. Por cierto, no encontramos a nadie en los aposentos del rey. Y si insistís en adorar a vuestro caballo de esta manera, supongo que lo mínimo que podemos hacer es traeros almohadas y mantas. Dormid un poco, por favor. Ambos. Y, Fuego, espero que algún día me contéis por qué lo habéis hecho.

Con un giro de faldas y un clic del cerrojo, Roen se marchó. Fuego cerró los ojos y sopesó la pregunta.

Lo había hecho porque tenía que hacerlo. Había sido una disculpa por la vida que había llevado su padre, que había creado un mundo de anarquía en el que los poblados como Guarida Gris sufrían ataques de saqueadores. Lo había hecho para demostrarle al hijo de Roen que estaba de su parte. Y también para mantenerlo con vida.

Aquella noche, Fuego durmió en su habitación mientras los cincuenta hombres regresaban con un gran estruendo desde Guarida Gris. El príncipe y el rey no perdieron el tiempo: partieron hacia el sur de inmediato con la Tercera División. Cuando Fuego se despertó a la mañana siguiente, ya se habían ido.

Capítulo ocho

Cansrel siempre le había dado permiso a Fuego para que se adentrara en su mente y practicara su habilidad para modificar los pensamientos. La animaba, como parte de su entrenamiento. Y Fuego lo hacía, pero siempre le parecía una pesadilla.

Había escuchado historias de pescadores que luchaban por sus vidas con monstruos acuáticos en el Mar Invernal. La mente de Cansrel era como un monstruo con forma de anguila: fría, hábil y voraz. Cada vez que intentaba adentrarse en ella sentía que algo frío y húmedo se enrollaba a su alrededor y la empujaba hacia abajo. Tenía que hacer un gran esfuerzo; primero sencillamente para aferrarse a ella, y luego para transformarla en algo tierno y cálido. En un gatito. Un bebé.

Hacer que la mente de Cansrel entrase en calor requería toda su energía. Luego trataba de calmarla para saciar aquel apetito sin fondo, y luego empezaba a moldear su naturaleza con todas sus fuerzas para plasmar en su mente pensamientos que Cansrel jamás tendría por sí mismo: pena por un animal atrapado, respeto por una mujer, satisfacción. Aquello demandaba toda su fuerza. Una mente escurridiza y cruel se resistía al cambio.

Cansrel nunca lo dijo, pero Fuego creía que su droga favorita era tenerla a ella en su mente, manipulándolo para que se sintiera satisfecho. Estaba acostumbrado a las emociones fuertes, pero la satisfacción era algo novedoso para él, un estado que

Cansrel parecía no conseguir nunca sin ayuda de Fuego. La calidez y la ternura eran dos cosas que rara vez sentía. Nunca, jamás, rechazó a Fuego cuando ella le pedía permiso para entrar. Confiaba en ella, ya que sabía que utilizaba su poder para el bien y nunca para hacer daño.

El único problema era que había olvidado tener en cuenta la quebrada línea que separa el bien y el mal.

Aquel día no iba a adentrarse en la mente de Arco. El joven había decidido no dejarla entrar. No era que importara demasiado, ya que Fuego nunca entraba en la mente de Arco para modificarla, solo para tantear el terreno, y aquel día no tenía ningún interés en ello. No iba a disculparse ni a ceder ante la pelea que estaba buscando su amigo. Tampoco era que tuviera que esforzarse demasiado para encontrar de qué acusarlo: condescendencia, imperiosidad, obstinación.

Se sentaron en una mesa cuadrada con Roen y unos cuantos de sus espías para discutir sobre el arquero intruso con el que se había topado Fuego, los hombres a los que el arquero había disparado y el tipo que Fuego había percibido en los aposentos del rey el día anterior.

—El mundo está lleno de espías y de arqueros —dijo el jefe de espías de Roen—, pero pocos tan habilidosos como parece ser este misterioso arquero del que habláis. Lord Gentian y lord Mydogg han formado escuadrones enteros de arqueros. Y algunos de los mejores del reino están al servicio de los contrabandistas de animales.

Sí, Fuego se acordaba de aquello. Tajos, el contrabandista, solía fanfarronear sobre sus arqueros. Así era como atrapaba su mercancía, con dardos con somníferos en las puntas.

—Los píqueos también cuentan con arqueros decentes —dijo otro de los hombres de Roen—. Y sé que nos gusta pensar que son bobos y que actúan con una mentalidad de clan, que sus únicos intereses son la construcción de barcos, la pesca de altura y el saqueo puntual de nuestros poblados fronterizos, pero siguen nuestra política. No son estúpidos y no están del lado del rey. Son nuestros impuestos y nuestras normas comerciales los que los han mantenido pobres durante estos treinta años.

—La hermana de Mydogg, Murgda, se acaba de casar con un píqueo —dijo Roen—, un explorador naval de los mares orientales. Y tenemos razones para creer que, últimamente, Mydogg ha estado reclutando a píqueos para su ejército vallense. Y que no le va mal.

Fuego estaba sorprendida. Aquello era nuevo para ella, y no era precisamente algo positivo.

—¿Cuánto ha crecido el ejército de Mydogg?

—Aún no es tan grande como el del rey —dijo Roen con firmeza—. El mismo Mydogg me ha dicho que tiene veinticinco mil soldados tirando por lo bajo, pero los espías que tenemos en sus terrenos en el noreste dicen que la cifra auténtica es de unos veinte mil, más o menos. Brigan tiene veinte mil patrullando tan solo en las cuatro divisiones, y otros cinco mil en las tropas auxiliares.

—¿Y Gentian?

—No estamos seguros. Nuestra estimación es de unos diez mil, más o menos. Están todos viviendo en cuevas bajo el río Alado, al lado de sus tierras.

—Las cifras dan igual —dijo el jefe de los espías—. Todos tienen arqueros y espías. Vuestro arquero podría estar trabajando para cualquiera. Si dejáis el arco y el carcaj con nosotros, tal vez podríamos descartar algunas posibilidades o, por lo menos, determinar su procedencia. Pero seré franco con vos: yo no tendría demasiada esperanza. No nos habéis dado demasiado con lo que guiarnos.

—El hombre a quien mataron en las jaulas —dijo Roen—, el cazador furtivo, ¿no dio ninguna pista sobre su propósito? ¿Ni siquiera a vos, Fuego?

—Tenía la mente en blanco —dijo Fuego—. No tenía ninguna intención maligna, y tampoco honorable. Daba la sensación de ser un simplón, un mandado.

—¿Y el hombre que había en los aposentos del rey ayer? ¿Daba esa sensación? —preguntó Roen.

—No. Por supuesto que podría haber estado trabajando para otro, pero tenía la mente consumida por un propósito y por la culpa. Pensaba por sí mismo.

—Nash dijo que revolvieron sus pertenencias, pero que no le quitaron nada —dijo Roen—. Nos preguntamos si el hombre estaba buscando una serie de cartas que justo llevaba yo encima en ausencia de Nash. Y menos mal. Un espía, pero ¿de quién? Fuego, ¿reconoceríais al hombre si os encontrarais con él de nuevo?

—Sí. No creo que ahora esté en el castillo. Tal vez se haya ido al amparo de la Tercera División.

—Hemos desperdiciado un día —dijo el jefe de los espías—. Podríamos haberos utilizado ayer para encontrarlo e interrogarlo.

Y entonces Fuego pudo comprobar que, aunque Arco no le dirigiera la palabra, se preocupaba por ella, porque dijo secamente:

—Lady Fuego ayer necesitaba descansar y, de todos modos, no es una herramienta que podáis utilizar.

Roen dio golpecitos en la mesa con la punta de los dedos, sin prestar atención, centrada en sus propios pensamientos.

—Todos los hombres son enemigos —dijo en un tono sombrío—. Mydogg, Gentian, el mercado negro, Píquea. Tienen a personas husmeando e intentando averiguar cuáles son los planes de Brigan para sus tropas, robarnos a nuestros aliados y calcular un buen momento y lugar para eliminar a Nash, a Brigan o a uno de los mellizos. O incluso a mí. —Sacudió la cabeza—. Y mientras tanto, estamos intentando saber cuántos son, quiénes son sus aliados y cuántos son estos aliados. Sus planes de ataque. Estamos intentando convencer a sus espías para que estén de nuestro lado. Y no hay duda de que ellos estarán haciendo lo mismo con nuestros espías. Solo las rocas saben en quiénes de los nuestros deberíamos confiar. Un día de estos aparecerá un mensajero en la puerta para decirme que mis hijos están muertos —lo dijo sin emoción. No estaba intentando suscitar consuelo o contradicción; tan solo exponía los hechos—. Os necesitamos, Fuego —añadió—. Y no me miréis con esa cara de pánico. No es para cambiar los pensamientos de la gente, sino para aprovecharnos de que tengáis una percepción más amplia de las personas.

Sin duda, Roen lo decía en serio. Pero, con el reino así de inestable, lo menos que podían esperar era incluir a los mejores tarde o temprano. La cabeza de Fuego empezó a zumbar con más fuerza de lo que creía que podría soportar. Miró a Arco, que respondió evitando su mirada, con el ceño fruncido en dirección a la mesa y cambiando de tema de manera abrupta.

—¿Podéis cederme más soldados, majestad?

—Supongo que no puedo negaros mis soldados cuando ayer Fuego les salvó la vida —dijo Roen—. Brigan ha contribuido dejándome ciento veinte hombres de la Tercera División. Podéis llevaros a ocho de los soldados de la guardia original que fue a Guarida Gris.

—Preferiría ochenta de los ciento veinte de la Tercera —dijo Arco.

—Todos están en el ejército del rey —dijo Roen—, entrenados por los hombres de Brigan. Son todos igual de competentes, y los hombres que fueron a Guarida Gris ya son comprensiblemente leales a vuestra señora, Arco.

No era que fueran leales exactamente. Los soldados que habían ido a Guarida Gris parecían contemplar a Fuego con algo parecido a la adoración, lo cual era, obviamente, el motivo por el que Arco no los quería. Algunos de ellos habían ido a buscarla aquel día y se habían arrodillado ante ella, le habían besado la mano y jurado protegerla.

—Muy bien —dijo Arco malhumorado, aunque algo apaciguado, sospechaba Fuego, porque Roen se había referido a ella como su señora. Fuego añadió inmadurez a las cosas de las que podía acusar a Arco en la pelea que no iban a tener.

—Vamos a repasar el encuentro una vez más —dijo el jefe de los espías—. Todos los encuentros, al detalle. ¿Lady Fuego? Por favor, comenzad en el bosque.

Si tenía que volver a pasar por todo aquello, Fuego deseó poder estirarse sobre la mesa y cerrar los ojos mientras el curandero de Roen le embadurnaba el cuello de ungüentos y el jefe de los espías tomaba nota. Suspiró, se pasó la mano por la cabellera y volvió a empezar desde el momento en que llegó al bosque.

Arco habló al fin con ella. Fue una semana entera después, cuando las aves rapaces se fueron, al igual que gran parte de su dolor. Y cuando su propia partida era inminente. Estaban en la mesa del salón de Roen, esperando a que la reina se uniera a ellos para la cena.

—No puedo soportar tu silencio durante más tiempo —dijo Arco.

Fuego tuvo que contenerse para no reírse por semejante broma. Se dio cuenta de que había dos sirvientes de pie al lado de la puerta, esforzándose por mantener el rostro inexpresivo, pero sus mentes daban vueltas sin parar; seguramente estarían emocionados porque tendrían cotilleos que contar luego en la cocina.

—Arco —dijo—, tú eres quien ha estado haciendo como que no existo.

Arco se encogió de hombros. Se recostó y la contempló; era un desafío ante sus ojos.

—¿Puedo volver a confiar en ti? ¿O debo estar siempre preparado para este tipo de locura heroica?

Fuego tenía una respuesta para eso, pero no la podía decir en voz alta. Se inclinó hacia delante y le sostuvo la mirada.

No ha sido la primera locura que he hecho por este reino. Tal vez tú, que conoces la verdad, no deberías haberte sorprendido. Brocker no se sorprenderá cuando le contemos lo que he hecho.

Tras un instante, Arco le quitó los ojos de encima y volvió a alinear los tenedores que había sobre la mesa.

—Ojalá no fueras tan valiente.

Para eso no tenía respuesta. En ocasiones se sentía desesperada y un poco alocada, pero no era valiente.

—¿Estás decidida a dejarme en este mundo solo, sin tu amor? —preguntó Arco—. Porque eso es lo que estuviste a punto de hacer.

Observó a su amigo jugando con los flecos del mantel. Le evitaba la mirada y le hablaba con una voz que sonaba cautelosa y tierna; trataba de aparentar que estaba hablando de algo nimio, como un compromiso que ella había olvidado y que le había causado algún inconveniente.

Le tendió la mano abierta desde el otro lado de la mesa.

—Hagamos las paces, Arco.

En ese momento, Roen apareció por la puerta y se sentó entre ellos. Se dio la vuelta hacia Arco, con los ojos entrecerrados y serios.

—Arco, ¿hay alguna sirvienta en mi fortaleza a quien no os hayáis llevado a la cama? Anuncio que os marcháis y en cuestión de minutos tengo a dos de ellas atacándose y a otra llorando sin consuelo en el lavadero. De verdad. Habéis estado aquí nueve días. —Echó una mirada a la mano abierta de Fuego—. ¿He interrumpido algo?

Arco observó la mesa y acarició con los dedos el borde de su vaso. Era evidente que tenía la mente en otra parte. Suspiró en dirección a su plato.

—Las paces, Arco —volvió a decir Fuego.

Los ojos de Arco se posaron en el rostro de Fuego.

—Está bien —dijo a regañadientes—. Haremos las paces, porque estar en guerra es insoportable.

Roen resopló.

—Vosotros dos tenéis la relación más extraña de todos Los Valles.

Arco esbozó una ligera sonrisa.

—Ella no acepta que la convirtamos en un matrimonio.

—No se me ocurre qué puede ser lo que la detiene. Supongo que no habréis considerado ser menos munificente con vuestro amor, ¿no?

—¿Te casarías conmigo, Fuego, si no yaciera en cama ajena a la tuya?

Él ya sabía la respuesta, pero no estaba de más recordárselo.

—No, y me parece que estaríamos un poco apretados en mi cama.

Arco se rio y le besó la mano. Luego la soltó con ceremoniosidad, y Fuego tomó el cuchillo y el tenedor, sonriente.

Sacudiendo la cabeza con incredulidad, Roen se fue a un lado para recibir una nota de un sirviente que se estaba acercando.

—Ah —dijo mientras leía la nota y fruncía el ceño—. Qué bien que os vayáis; lord Mydogg y lady Murgda están de camino.

—¿De camino? Es decir que ¿vienen hacia aquí? —preguntó Fuego.

—Vienen de visita.

—¡¿De visita?! Pero no soléis haceros visitas, ¿no?

—Es todo una farsa, sin duda —dijo Roen haciendo un gesto cansado con la mano—. Es la manera que tienen de mostrar que la familia real no los intimida y la manera que tenemos nosotros de fingir que estamos abiertos al diálogo. Ellos vienen y yo tengo que dejar que entren, porque si los rechazo, lo tomarán como un gesto hostil y tendrán una excusa para volver con su ejército. Nos sentamos unos frente a otros, bebemos vino; me hacen preguntas entrometidas sobre Nash, Brigan y los mellizos a las que no contesto; me cuentan secretos sobre Gentian que se supone que han averiguado sus espías. Son secretos que ya conozco o bien que se los han inventado. Hacen como si el auténtico enemigo del rey fuera Gentian, y afirman que Nash debería aliarse con Mydogg contra Gentian. Yo hago como que es una buena idea y sugiero que Mydogg ceda su ejército al servicio de Brigan como muestra de fe. Mydogg se niega, nos ponemos de acuerdo en que hemos llegado a un punto muerto y Mydogg y Murgda se retiran, metiendo las narices en tantas habitaciones como puedan de camino a la salida.

Arco tenía las cejas arqueadas y una mirada escéptica.

—¿No son este tipo de reuniones más peligrosas que beneficiosas para todas las partes?

—Vienen en buen momento: Brigan acaba de dejarme todos esos soldados. Y cuando estén aquí, contamos con tanta protección en todo momento que no creo que ninguna de las partes intente nada, por miedo a que nos maten a todos. Estoy más segura que nunca, pero quiero que os marchéis mañana a primera hora —añadió, estudiándolos a ambos con gravedad—. No quiero que os encontréis con ellos; no hay ninguna razón por la que enredaros a vos y a Brocker en las tonterías de Mydogg, Arco. Y no quiero que vean a Fuego.

Casi lo consiguieron. De hecho, Fuego, Arco y sus guardias ya llevaban una buena distancia recorrida desde la fortaleza de Roen y estaban a punto de girar hacia un camino diferente cuando el grupo que venía del norte se les acercó. Eran veinte soldados con una apariencia bastante temible. ¿Los habrían elegido porque tenían aspecto de piratas? Tenían cicatrices y dientes rotos, y algunos de ellos eran corpulentos y tirando a pálidos. ¿Serían píqueos? También había un hombre con aspecto burdo y una mujer con el aura de un viento invernal. Daban la impresión de ser hermanos; ambos eran rechonchos, tenían los labios finos y lucían expresiones glaciales, hasta que repasaron con la mirada al grupo de Fuego y clavaron los ojos, con un asombro genuino y desmedido, sobre la propia Fuego. Los hermanos se miraron uno a otro. Ambos reconocieron algo en silencio.

—Vamos —murmuró Arco, indicando a sus guardias y a Fuego que continuaran adelante. Ambos grupos se cruzaron con un gran estrépito, pero sin saludarse siquiera.

Extrañada, Fuego acarició la crin de Lento, su cabello áspero. Antes, aquellos nobles no habían sido más que nombres, un punto en el mapa vallense y una cierta cantidad desconocida de soldados. Ahora eran reales, sólidos y fríos.

No le gustó la mirada que ambos habían intercambiado al verla. Ni la sensación de que le estaban clavando los ojos en la espalda mientras se marchaba a lomos de Lento.

Capítulo nueve

Volvió a ocurrir. A los pocos días de que Fuego y Arco volvieran a casa, encontraron a otro desconocido en el bosque de Arco. Era un forastero. Cuando los soldados lo trajeron ante ellos, Fuego percibió la misma confusión mental que en el cazador furtivo. Y entonces, antes de que Fuego pudiera empezar a considerar siquiera cómo utilizar su poder —y si debía hacerlo— para obtener información, entró por la ventana abierta una flecha que fue directa al centro de la sala de guardias de Arco y alcanzó al intruso entre los omoplatos. Arco se lanzó encima de Fuego y la tiró al suelo. El intruso se desplomó y cayó a su lado; un hilillo de sangre le caía de la comisura de la boca, y su mente vacía se desvaneció. Desde allí, en el suelo, con los soldados pisándole el pelo y con Arco gritando órdenes mientras la aplastaba, Fuego intentó alcanzar la mente del arquero que había disparado.

Su presencia era débil y estaba a una buena distancia, pero lo encontró. Intentó apoderarse de su mente, pero alguien le dio un pisotón con la bota en el dedo y la explosión de dolor la distrajo. Cuando trató de alcanzarlo de nuevo, el arquero ya se había ido.

Ha huido hacia el oeste, hacia el bosque de Trilling, le dijo mentalmente a Arco, porque le faltaba el aliento para hablar. *Y tiene la mente en blanco, igual que los demás.*

No le habían roto el dedo, pero le dolía horrores al moverlo. Era el dedo corazón de la mano izquierda, por lo que se olvidó de tocar el arpa y la flauta durante un par de días, pero se negó a hacer lo mismo con el violín. Llevaba demasiado tiempo sin tocarlo y nada la disuadiría. Simplemente intentó no pensar en el dolor, porque cada una de esas punzadas venía acompañada de una segunda punzada de irritación. Fuego estaba cansada de estar herida.

Un día, sentada en sus aposentos, ignorando los crujidos y gemidos de sus músculos, tocó y se centró con ahínco en los errores que cometía, en los lugares en los que aquella pieza concreta pedía un tono cuyo oído entendía pero cuyos dedos aún no lo habían captado.

Se trataba de una melodía alegre, una canción para bailar, pero aquel día había algo en su estado de ánimo que ralentizaba el tempo de la canción, y Fuego descubrió que tenía partes tristes. Terminó cambiando a una canción que no tenía nada que ver con la anterior, una canción llena de pena, y el violín soltó todo lo que sentía.

Fuego dejó de tocar y bajó el instrumento hasta su regazo. Lo observó y luego lo abrazó contra su pecho, como si fuera un bebé, preguntándose qué rocas le estaría pasando.

Tenía una imagen en la cabeza de Cansrel en el instante en que le había dado el violín.

—Me han dicho que tiene un sonido agradable, cariño —dijo ofreciéndoselo casi sin cuidado, como si fuera una birria sin importancia que no le había costado una pequeña fortuna.

Fuego tomó el instrumento y apreció su belleza, pero sabía que su valor real dependería del tono y la sensación que tuviera, y Cansrel no era capaz de juzgar ninguna de ambas. Probó a pasar el arco sobre las cuerdas y el violín respondió al instante: quería su tacto, le habló con una voz dulce que Fuego entendió y reconoció. Había hecho un nuevo amigo.

Fue incapaz de ocultarle a Cansrel el placer que sentía. La propia alegría de su padre había crecido.

—Eres asombrosa, Fuego —dijo—. No dejas de sorprenderme. Nunca soy más feliz que cuando te hago feliz, ¿a que es curioso? —dijo riendo—. ¿De verdad te gusta, cariño?

En la silla de su habitación, con el violín en mano, Fuego se obligó a mirar las ventanas y las paredes para volver al presente. Cada vez había menos luz. Arco no tardaría en regresar de los campos, donde estaba echando una mano con el arado. Quizá tuviera noticias sobre la búsqueda del arquero, que seguía en curso. O puede que Brocker tuviera una carta de parte de Roen con noticias sobre Mydogg y Murgda, Gentian, Brigan o Nash.

Encontró su arco y su carcaj y, sacudiéndose los recuerdos como si fueran pelos sueltos, salió de la casa para buscar a Arco y a Brocker.

No había noticias ni cartas.

Fuego pasó un sangrado mensual, con los dolores y molestias que lo acompañaban. Y luego otro. Era una manera de marcar el tiempo, pues todo el mundo en su casa, en la casa de Arco y en el poblado sabía qué significaba que saliera con un séquito de guardias. Sus sangrados eran eventos públicos, y, con cada uno de ellos, Fuego no podía pasar por alto que las semanas avanzaban lentamente. Se acercaba el verano. Los granjeros esperaban que las patatas y las zanahorias arraigaran en el suelo rocoso.

Sus lecciones transcurrieron casi como de costumbre.

—Parad, os lo ruego —dijo un día en casa de Trilling, interrumpiendo un clamor ensordecedor de flautas y trompas—. Vamos a volver a empezar por el principio de la página, ¿vale? Y, Trotter, intenta no soplar con tanta fuerza —le suplicó al hermano mayor—. Te aseguro que suena así de chillón porque estás soplando demasiado fuerte. ¿Entendido? ¿Listos?

Aquella masacre entusiasta volvió a empezar. Fuego se preguntó dónde se habría dejado la paciencia. ¿Y el sentido del humor? Solía enfrentarse con gusto a ese tipo de desafíos, antes quería mucho a esos niños.

No estaba siendo justa consigo misma, porque seguía queriéndolos mucho. Eran una de sus pequeñas alegrías, hasta en las ocasiones en las que se portaban mal entre ellos y en las que se creían que le ocultaban cosas, como su holgazanería o, en algunos casos, su talento. Los niños eran listos y maleables. El tiempo y la paciencia los volvían fuertes, y eso también hacía que dejaran de temerla o de adorarla en exceso. Además, las frustraciones que sentían los niños le resultaban muy familiares, y las recordaba con cariño.

A pesar de todo, cuando terminaba la jornada, Fuego debía dejar a aquellos niños. No eran sus hijos; había otras personas que les daban de comer y les contaban cuentos. Fuego pensaba que jamás tendría hijos. Se sentía atrapada en aquel poblado en el que nunca pasaba ni pasaría nada, en el que nunca había noticias. Estaba tan inquieta que se sentía capaz de arrebatarle aquella espantosa flauta a Renner y rompérsela en la cabeza.

Entonces se llevó la mano a la cabeza, respiró hondo y se aseguró de que el segundo hijo de Trilling no supiera nada acerca de cómo se sentía.

Debo tranquilizarme, pensó. *Además, ¿qué es lo que estoy esperando? ¿Otro asesinato en el bosque? ¿Una visita por parte de Mydogg y Murgda y sus piratas? ¿Una emboscada de monstruos lobos? Debo dejar de desear que ocurran cosas, porque terminará pasando algo y entonces desearé que no hubiera sucedido.*

Al día siguiente, Fuego iba caminando por el sendero desde su casa hasta la de Arco, con el carcaj a la espalda y el arco en la mano, cuando uno de los guardias la llamó desde la terraza trasera de Arco.

—¿Os apetece un *reel*, lady Fuego?

Era Krell, el guardia al que había engañado la noche en que no pudo trepar hasta la ventana de su habitación. Era un hombre que sabía tocar la flauta en condiciones, y ahí estaba él, ofreciéndose a salvarla de su nerviosismo desesperado.

—¡Rocas, sí! —dijo—. Deja que vaya a por mi violín.

Tocar un *reel* con Krell siempre era un juego. Tocaban por turnos, Fuego con el violín y Krell con la flauta, y cada uno inventaba un pasaje que suponía un reto para que el otro captara el ritmo y se uniera. Siempre iban al compás, pero también iban aumentando el tempo poco a poco, por lo que al final necesitaban toda su atención y habilidad para mantenerse al nivel del otro. Aquellas actuaciones merecían un público, y ese día Brocker y unos cuantos guardias deambulaban por la terraza trasera para disfrutar del espectáculo.

A Fuego le apetecía hacer gimnasia técnica, lo cual fue una suerte, porque Krell tocaba como si se hubiera propuesto que ella rompiera alguna cuerda del violín. Los dedos de Fuego volaban sobre el instrumento, el violín era una orquesta entera, y cada una de las preciosas notas que creaba sonaba a satisfacción en su interior. Se preguntó qué era aquella ligereza tan extraña que sentía en el pecho, y entonces se dio cuenta de que estaba riendo.

Estaba tan centrada que tardó un rato en darse cuenta de la expresión de extrañeza que cruzaba el rostro de Brocker mientras los escuchaba, siguiendo el ritmo con los dedos sobre el reposabrazos de la silla. Tenía los ojos clavados tras Fuego, hacia la derecha, en dirección a la puerta trasera de la casa de Arco. Fuego comprendió que debía haber alguien en la entrada de Arco, alguien a quien Brocker miraba de manera sobresaltada.

Y entonces todo ocurrió a la vez. Fuego reconoció la mente que estaba en la entrada de la casa. Se dio la vuelta, separando el arco del violín con un chirrido. Clavó la mirada en el príncipe Brigan, que estaba apoyado contra el marco de la puerta.

Krell también dejó de tocar al instante. Los soldados que estaban en la terraza carraspearon y volvieron a sus puestos al darse cuenta de que ahí estaba su comandante. Los ojos de Brigan no tenían expresión alguna. Se irguió, y la joven supo que el príncipe iba a hablar.

Fuego se dio la vuelta y bajó corriendo por los escalones de la terraza hacia el sendero.

En cuanto lo perdió de vista, Fuego aminoró la marcha y se detuvo. Se apoyó en un peñasco; le costaba respirar. Golpeó el violín contra la roca y el instrumento soltó un grito de protesta, un ruido seco, claro y disonante. Tovat, el guardia que tenía el pelo de un color anaranjado y una mente resistente, vino corriendo tras ella y se detuvo a su lado.

—Perdonad mi intromisión, mi señora —dijo—. Os habéis marchado desarmada. ¿Os encontráis bien?

Fuego pegó la frente contra el peñasco y respiró.

—¡Rocas! —dijo, porque tenía razón; además de huir como una gallina de las faldas de una mujer, lo había hecho desarmada—. ¿Por qué ha venido? —le preguntó a Tovat, aún apretando el violín, el arco y la frente contra el peñasco—. ¿Qué quiere?

—Me fui demasiado rápido como para averiguarlo —contestó Tovat—. ¿Volvemos? ¿Necesitáis que os eche una mano, mi señora? ¿Necesitáis que os vea el curandero?

Fuego no creía que Brigan fuera el tipo de persona que hacía visitas de cortesía, y no solía viajar solo. Cerró los ojos y trató de expandir su mente hacia las colinas. No percibió al ejército del príncipe, pero encontró a unos veinte hombres reunidos cerca de allí frente a la puerta principal de su casa, no de la de Arco.

Fuego suspiró contra la roca. Se irguió, comprobó que tuviera el pañuelo bien ajustado sobre el cabello y se guardó el violín y el arco bajo el brazo. Dio la vuelta y regresó a su casa.

—Venga, Tovat. No tardaremos en enterarnos. Ha venido a por mí.

Los soldados que estaban frente a su puerta no eran como los de Roen o de Arco, que la admiraban y sabían que podían confiar en ella. Aquellos soldados eran normales y corrientes, y, en cuanto Tovat y Fuego entraron en su campo de visión, la joven sintió una mezcla de las típicas reacciones: deseo, asombro, desconfianza. También sintió cautela. Aquellos hombres se habían protegido mentalmente, más de lo que habría esperado de un grupo cualquiera. Brigan debía haberlos seleccionado por su cautela. O, si no, les debía haber advertido que tuvieran cuidado con ella.

Entonces Fuego se corrigió a sí misma: no todos los soldados eran hombres. Entre ellos había tres que llevaban una larga melena recogida en una coleta, tenían rostros propios de mujeres y daban la sensación de serlo. Aguzó la mente. Había cinco hombres que no le prestaban demasiada atención. Y Fuego se preguntó, con cierta esperanza, si se trataría de hombres que no deseaban a las mujeres.

Se detuvo ante ellos y todos se quedaron mirándola.

—Bien hallados, soldados —dijo Fuego—. ¿Por qué no entráis y os sentáis?

Una de las mujeres, alta, con ojos de color miel y una voz poderosa, dijo:

—Nuestras órdenes son esperar fuera hasta que nuestro comandante vuelva de la casa de lord Arco, mi señora.

—Muy bien —respondió Fuego, algo aliviada de que no tuvieran órdenes de detenerla y meterla en una bolsa de yute. Pasó entre los soldados al dirigirse hacia la puerta. Tovat iba detrás de ella. La muchacha cayó en algo de repente y se volvió hacia la mujer soldado—: Entonces, ¿estás tú al mando?

—Sí, mi señora, en ausencia del comandante.

Fuego volvió a tantear las mentes del grupo, buscando alguna reacción ante el hecho de que Brigan hubiese escogido a una mujer oficial: resentimiento, celos o indignación. No encontró nada.

Al final iba a resultar que no eran soldados normales y corrientes. No podía estar segura de cuál había sido el motivo de Brigan para haberlos escogido, pero no los había elegido por casualidad.

Entró en la casa con Tovat y les cerró la puerta.

Arco había estado en el poblado durante el concierto en la terraza, pero debía de haber vuelto a casa poco después. Brigan no tardó mucho en aparecer ante la puerta de la casa de Fuego, y, en aquella ocasión, Brocker y Arco lo acompañaban.

Donal condujo a los tres hombres hasta la sala de estar. En un intento por cubrir la vergüenza que sentía y también para asegurarles que no iba a volver a salir corriendo hacia las colinas, Fuego habló rápidamente:

—Alteza, si vuestros soldados desean sentarse o beber algo, son bienvenidos en mi hogar.

—Gracias, señora —respondió, tranquilo—, pero confío en que no nos quedaremos mucho tiempo.

Arco estaba nervioso por algo, y Fuego no necesitaba poderes mentales para percibirlo. Ella les indicó a Brigan y a Arco que se sentaran, pero ambos se quedaron de pie.

—Señora —dijo Brigan—, vengo en nombre del rey.

Brigan no la miraba del todo cuando se dirigía a ella; los ojos la rozaban, pero no se posaban en ella. Fuego aprovechó la situación para examinar al príncipe con la mirada, ya que su mente estaba tan bien protegida que no lograba obtener nada de ese modo.

Brigan iba armado con un arco y una espada, pero no llevaba armadura, sino ropas para montar de colores oscuros. Se acababa de afeitar. Era más bajito que Arco, pero más alto de lo que ella recordaba. Trataba de mantener las distancias, con esa cabellera oscura, esa mirada poco amigable y ese rostro tan severo. Salvo por la resolución con la que no la miraba, Fuego no lograba percibir qué sentimientos tenía el príncipe sobre aquel encuentro. Se dio cuenta de que tenía un pequeño corte en la ceja derecha, estrecha y curvada. Era igual que las cicatrices que tenía ella en el cuello y en los hombros. Se lo había hecho un monstruo ave rapaz que había estado a punto de sacarle un ojo al príncipe. Tenía otra cicatriz en la barbilla, más estrecha, a causa de un puñal o una espada.

Fuego supuso que el comandante del ejército del rey tendría tantas cicatrices como una monstruo humana.

—Hace tres semanas, en el palacio del rey —empezó a contar Brigan—, encontraron a un forastero en los aposentos de su majestad y lo capturaron. Señora, el rey os pide que acudáis a Ciudad del Rey para conocer al prisionero y le digáis si es el mismo hombre que estaba en sus aposentos, en la fortaleza de mi madre.

Ciudad del Rey, el lugar en el que había nacido. El sitio en el que su propia madre había vivido y fallecido. La bella ciudad que se alzaba sobre el mar, y que caería o se salvaría a causa de la guerra que se estaba fraguando. Fuego nunca había visto Ciudad del Rey, salvo en su imaginación. Desde luego, nadie le había sugerido nunca que fuera para allá y la viera con sus propios ojos.

Se esforzó por considerar la cuestión con seriedad, a pesar de que su corazón ya hubiera tomado una decisión. Tendría muchos enemigos en Ciudad del Rey, y habría demasiados hombres a quienes les gustaría demasiado. Se la quedarían mirando embobados, sufriría agresiones y nunca tendría la opción de bajar la guardia mental. El rey la desearía, y tanto él como sus consejeros querrían utilizar su poder contra los prisioneros, contra sus enemigos y contra todas y cada una de las personas en quienes no confiaban.

Y tendría que viajar con aquel matón que no la soportaba y con todos sus soldados que la mirarían pasmados.

—¿Se trata de una petición del rey o de una orden? —preguntó Fuego.

Brigan bajó la mirada hacia el suelo con frialdad.

—Fue una orden, señora, pero no os forzaré a ir.

Por lo visto, al hermano le permitieron desobedecer las órdenes del rey. O tal vez se tratara de una muestra de las pocas ganas que tenía Brigan de entregarle a Fuego al mentecato de su hermano, que hasta estaba dispuesto a incumplir una orden.

—Si el rey espera que utilice mis poderes para interrogar a sus prisioneros, se llevará una decepción —dijo Fuego.

Brigan tensó y apretó la mano de la espada una vez. Un posible atisbo de impaciencia o enfado. La miró a los ojos durante un instante muy breve y luego apartó la mirada.

—No creo que el rey os obligue a hacer algo que no queráis hacer.

Al decir aquello, Fuego entendió que el príncipe creía que la muchacha podía y quería controlar al rey. Se puso roja de vergüenza, pero levantó ligeramente la barbilla y dijo:

—Iré.

Arco farfulló algo y, antes de que le diera tiempo a hablar, Fuego se giró hacia él y lo miró a los ojos.

No te pelees conmigo delante del hermano del rey. Y no rompas la paz de estos dos meses, le advirtió mentalmente.

Arco la volvió a fulminar con la mirada.

—No soy yo quien la está rompiendo —dijo en voz baja.

Brocker estaba acostumbrado a aquellas peleas, pero ¿qué debía pensar Brigan al ver cómo se miraban entre ellos, al estar oyendo una sola parte de la discusión?

Ahora no. Me niego. Tal vez te pongas en evidencia, pero a mí no me vas a poner en evidencia.

Arco tomó una bocanada de aire que sonó como un silbido, giró sobre los talones y salió de la habitación hecho una furia. Dio un portazo y dejó un silencio incómodo tras de sí.

Fuego se llevó la mano al pañuelo que llevaba en la cabeza y se volvió hacia Brigan.

—Por favor, disculpad nuestra falta de consideración —dijo.

—Faltaría más —contestó, sin un parpadeo de aquellos ojos grises.

—¿Cómo vais a garantizar su seguridad durante el viaje, comandante? —preguntó Brocker con tranquilidad.

Brigan se volvió hacia él, luego se sentó en una silla y descansó los codos sobre las rodillas. Su comportamiento parecía haber cambiado. De repente, se mostraba tranquilo, cómodo y respetuoso con Brocker; parecía un joven comandante militar dirigiéndose a un hombre que podría ser su mentor.

—Señor, cabalgaremos hasta Ciudad del Rey junto a toda la Primera División. Están destinados un poco al oeste de aquí.

—No me habéis entendido, hijo —respondió Brocker con una sonrisa—. ¿Cómo vais a garantizar que estará a salvo de la Primera División? En una fuerza de cinco mil soldados, alguno habrá que tenga en mente hacerle daño.

Brigan asintió.

—Yo mismo he seleccionado a una guardia de veinte soldados de confianza que la cuidarán.

Fuego se cruzó de brazos y apretó los dientes con fuerza. Luego dijo:

—No necesito que me cuiden, puedo cuidarme yo sola.

—No lo pongo en duda, señora —contestó Brigan con suavidad, mirándose las manos—, pero, si vais a venir con nosotros, tendréis una guardia. No puedo llevar conmigo a una civil en una partida de cinco mil hombres durante un viaje de casi tres semanas y no proporcionarle una guardia. Confío en que lo veáis razonable.

Se refería al hecho de que Fuego era un monstruo que provocaba que los demás se comportaran de la peor manera posible. Ahora que ya se había calmado, podía verle el sentido a lo que decía. Lo cierto era que nunca se había enfrentado a cinco mil hombres. Entonces se sentó.

—Muy bien.

Brocker se rio por lo bajo.

—Ojalá estuviera aquí Arco para ver el poder que tiene una discusión racional.

Fuego soltó un bufido. Arco no consideraría que su consentimiento a la guardia fuese una demostración de los beneficios que podía tener una discusión racional, sino que lo tomaría como una prueba de que estaba enamorada del guardia que fuera más atractivo.

Volvió a ponerse en pie.

—Ire preparándome —dijo—. Pedidle a Donal que prepare a Lento.

Brigan se puso en pie con ella. Volvía a tener el rostro imperturbable.

—Muy bien, señora.

—¿Os importa esperar aquí conmigo, comandante? —le preguntó Brocker—. Me gustaría contaros un par de cosas.

Fuego escudriñó a Brocker.

¿Ah, sí? ¿Qué tienes que contarle?

Brocker tenía demasiada clase como para mantener una discusión unilateral. También poseía una mente tan clara y fuerte que podía mostrarle un sentimiento con una precisión perfecta para que le llegara prácticamente como una frase. *Quiero darle un consejo militar*, le respondió Brocker.

Ya un poco más tranquila, Fuego se marchó.

Cuando Fuego llegó a sus aposentos, se encontró a Arco sentado en una silla contra la pared. Se estaba tomando una libertad con su presencia, ya que no podía entrar ahí sin permiso. Pero Fuego decidió perdonarlo. Arco no podía abandonar las responsabilidades de su hogar ni de sus granjas así como así para acompañarla en su viaje, de modo que tendría que quedarse y pasarían un buen tiempo separados: tardarían casi seis semanas en ir y volver, y demoraría aún más si Fuego decidía quedarse una temporada en Ciudad del Rey.

Cuando Fuego tenía catorce años, Brocker le había preguntado cuánto poder tenía sobre la mente de Cansrel cuando estaba dentro de ella, y había sido Arco quien la había defendido:

—¿Es que no tienes corazón? Ese hombre es su padre. No compliques aún más su relación.

—Solo le estoy haciendo unas preguntas —respondió Brocker—. ¿Acaso tiene el poder de cambiar su actitud? ¿Podría alterar sus ambiciones de manera permanente?

—Es obvio que no se trata de preguntas inocentes.

—Son preguntas necesarias —respondió su padre—, aunque ojalá no lo fueran.

—Me da igual, déjala en paz —dijo Arco con tanta pasión que Brocker la dejó tranquila, al menos, por el momento.

Fuego supuso que echaría de menos que Arco la defendiera durante el viaje. No porque quisiera que lo hiciera, sino porque era lo que su amigo hacía cuando estaba cerca.

Desenterró las alforjas de una pila que había al fondo de su armario y empezó a doblar ropa interior y de montar para meterla ahí dentro. No tenía sentido preocuparse por llevarse vestidos, nadie se fijaba en lo que se ponía y, de todos modos, tras tres semanas metidos en las alforjas, no se los podría poner.

—¿Vas a abandonar a tus alumnos? —le preguntó Arco, al fin, apoyándose sobre las rodillas mientras miraba cómo hacía el equipaje—. ¿Así, sin más?

Fuego le dio la espalda con el pretexto de que estaba buscando el violín y sonrió. Arco jamás se había preocupado por sus alumnos.

—No has tardado mucho en tomar la decisión —añadió el joven.

—Nunca he visto Ciudad del Rey —dijo Fuego sencillamente, ya que para ella era obvio.

—No es para tanto.

Fuego quería determinarlo por sí misma. Hurgó en los montones que había encima de la cama y no dijo nada.

—Será más peligroso que cualquier otro lugar en el que hayas estado —insistió Arco—. Tu padre te sacó de allí porque no estabas a salvo.

Fuego encontró el estuche del violín y lo sacudió para asegurarse de que el instrumento siguiera dentro. Después lo colocó al lado de las alforjas.

—Entonces, ¿debería escoger una vida lúgubre para mantenerme a salvo? No me esconderé en una habitación con la puerta y las ventanas cerradas. Eso no es vida.

Arco pasó los dedos por una de las plumas que había en el carcaj que tenía a su lado. Miró con el ceño fruncido hacia el suelo, apoyando la barbilla en el puño.

—Te vas a enamorar del rey.

Fuego se sentó en el borde de la cama, lo miró, y le ofreció una sonrisa sincera.

—Es imposible que me enamore del rey. Es un mentecato y bebe demasiado vino.

Sus miradas se cruzaron.

—¿Y? Yo soy un celoso y un promiscuo.

La sonrisa de Fuego se ensanchó.

—Por suerte para ti, yo ya te quería mucho antes de que te convirtieras en cualquiera de esas cosas.

—Pero tú no me quieres tanto como te quiero yo —dijo—. Y eso es lo que hace que sea como soy.

Era duro oír algo así de un amigo por el que daría la vida. Y también lo era que se lo dijera justo cuando estaba a punto de marcharse durante tanto tiempo. Fuego se puso en pie y le dio la espalda.

El amor no se mide de esa manera, le dijo mentalmente. *Puedes culparme por cómo te sientes, pero no es justo que me culpes por cómo has decidido comportarte.*

—Lo siento —dijo él—. Tienes razón. Perdóname, Fuego.

Y Fuego volvió a perdonarlo, con facilidad, porque sabía que sus enfados siempre se disipaban con la misma rapidez con la que aparecían, y, tras aquellos arranques, tenía un corazón que no le cabía en el pecho. Pero se detuvo en el perdón. Podía adivinar lo que quería Arco, allí, en su cuarto, antes de que se marchara. Y no se lo iba a dar.

Antes era fácil meter a Arco en su cama. No hacía mucho, era sencillo. Pero luego, por alguna razón que desconocía, algo se había desequilibrado entre ellos. Las propuestas de matrimonio, el mal de amor... Cada vez más, lo más sencillo era decir que no.

Se lo diría con dulzura. Se dio la vuelta hacia él y le tendió la mano. Arco se puso en pie y fue hacia ella.

—Debo cambiarme y ponerme la ropa de montar, y aún me quedan unas cuantas cosas por recoger —le dijo—. Vamos a despedirnos ahora. Baja y dile al príncipe que ya voy.

Arco se miró los zapatos y luego la miró a la cara, comprendiendo lo que quería decirle. Tiró del pañuelo que llevaba Fuego en la cabeza hasta que se deslizó y la melena le cayó alrededor de los hombros. Le recogió el pelo con una mano, inclinó el rostro hacia él y lo besó. Acercó a Fuego contra sí y le besó en el cuello y en la boca, de un modo en que su cuerpo deseó que su mente no fuera tan tiquismiquis. Después Arco se separó de ella y se fue hacia la puerta: su rostro era la viva imagen de la desdicha.

Capítulo diez

Fuego temía que el ejército avanzara demasiado rápido para ella o que todos y cada uno de los cinco mil soldados tuvieran que aminorar la marcha por ella. Y era cierto que el ejército iba rápido por la superficie, cuando el terreno por el que avanzaban era lo bastante llano como para permitirlo, pero la mayoría del tiempo el ritmo era más moderado. En parte era por las restricciones de los túneles y del terreno, y en parte por los objetivos de una fuerza armada que, por naturaleza, busca los mismos problemas que otros viajeros esperan evitar.

La Primera División era una maravilla de organización: una base móvil que estaba dividida en secciones, que a su vez estaban divididas en pequeñas unidades que se separaban de manera periódica, se alejaban al galope y desparecían por cuevas o por senderos montañosos y reaparecían después. Las unidades de exploradores cabalgaban a toda velocidad por delante de ellos, y las unidades de patrulla, en cada lado. Y a veces mandaban a subunidades que volvían corriendo para informar sobre algo o, en caso de que hubieran encontrado problemas, para solicitar apoyo. En ocasiones, los soldados que volvían estaban ensangrentados y llenos de magulladuras, y Fuego empezó a identificar las túnicas verdes de las unidades de curanderos que acudían corriendo en su ayuda.

Luego estaban las unidades de caza, que iban rotando, desaparecían y reaparecían de tanto en tanto con sus presas. Había unidades de abastecimiento, que se encargaban de las acémilas y controlaban el inventario. Las unidades de mando transmitían los mensajes de Brigan al resto de la división. Las unidades de arquería mantenían los ojos abiertos, atentos a animales y monstruos depredadores que fueran lo bastante necios como para atacar a la columna principal de jinetes. La propia guardia de Fuego conformaba también una unidad. Hacía de barrera entre ella y los miles de soldados mientras cabalgaban, y la ayudaban con cualquier cosa que necesitara, lo cual, al principio, consistía sobre todo en responder a las preguntas que tenía sobre por qué la mitad del ejército siempre parecía estar yendo o viniendo.

—¿Hay una unidad que se encargue de controlar a todas las demás? —le preguntó a la líder de sus guardias, la mujer con ojos de color miel cuyo nombre era Musa.

La líder se rio. La mayoría de las preguntas que hacía Fuego parecían hacerle reír.

—El comandante no usa ninguna con ese propósito, mi señora. Él mismo se ocupa de eso. Mirad el tráfico que hay alrededor del abanderado: todas las unidades que van o vienen se lo comunican primero al comandante.

Fuego había estado observando al abanderado y a su caballo con compasión, la verdad, porque parecía que tenían que cabalgar el doble que la mayoría del resto del ejército. El único cargo del abanderado era quedarse cerca del comandante para que no lo perdiera de vista. Y el comandante siempre estaba volviendo sobre sus pasos, separándose del grupo o avanzando, dependiendo —suponía Fuego— de cuestiones de gran importancia militar, significara eso lo que significare. Y el abanderado siempre lo seguía de aquí para allá. Fuego supuso que lo habían elegido para ese cargo porque era un excelente jinete.

Luego el príncipe y el abanderado se acercaron, y Fuego se volvió a corregir a sí misma: una excelente jinete.

—Musa, ¿cuántas mujeres hay en la Primera División?

—Unas quinientas, mi señora. Puede que unas dos mil quinientas en total, entre las cuatro divisiones y las tropas auxiliares.

—¿Dónde están las tropas auxiliares cuando el resto del ejército está patrullando?

—En los fuertes y en los puestos de señal que hay repartidos por todo el reino, mi señora. Entre los soldados que se ocupan de esos puestos hay bastantes mujeres.

Dos mil quinientas mujeres que se habían ofrecido voluntarias a vivir a lomos de un caballo y a luchar, comer, vestirse y dormir entre una muchedumbre de hombres. ¿Por qué elegiría una mujer una vida así? ¿Serían salvajes y violentas, como habían demostrado ser algunos hombres?

Cuando ella y su séquito salieron por primera vez del bosque de Trilling hacia las llanuras rocosas, donde estaba estacionado el ejército, se produjo una sola pelea a causa de Fuego, corta y brutal. Fue entre dos hombres enajenados al verla y que estaban en desacuerdo sobre algo —el honor de la muchacha, las oportunidades que tenía cada uno—; lo suficiente como para llegar a las manos, y para acabar con narices rotas y ensangrentados. Brigan se había bajado del caballo y, junto con tres de los guardias de Fuego, trató de interponerse antes de que Fuego pudiera comprender del todo lo que estaba ocurriendo. Y entonces Brigan y los guardias separaron a los combatientes, y bastó una sola palabra tajante de la boca de Brigan para ponerle fin a todo:

—Basta.

Fuego mantuvo la mirada en el lomo de Lento, apartada de los hombres que se estaban peleando. Peinó la crin de Lento con los dedos y no miró a nadie hasta que percibió un sentimiento de remordimiento de las mentes de los que se habían peleado. Entonces se permitió observarlos y se sorprendió al ver sus cabezas gachas, con miradas llenas de tristeza hacia Brigan y sangre chorreando de los labios partidos y las narices rotas. Se habían olvidado de ella. Fuego advirtió con total claridad que, por la vergüenza que sentían ante su comandante, se habían olvidado por completo de ella.

No era lo habitual. Los ojos de Fuego se posaron con curiosidad sobre Brigan. Su expresión era fría y su mente, imposible de interpretar. Habló en voz baja con los que se habían peleado y no la miró a ella ni una sola vez.

Poco después de que volvieran a cabalgar, las unidades de mando hicieron correr la voz de que cualquier soldado que peleara por cualquier cuestión relacionada con lady Fuego quedaría expulsado del ejército, le retirarían su protección, le desarmarían, le licenciarían y lo mandarían a casa. Fuego entendió, por los silbidos y las cejas levantadas entre su guardia, que se trataba de un castigo severo por una pelea.

No sabía lo suficiente sobre los ejércitos como para extrapolar aquello. ¿Un castigo severo convertía a Brigan en un comandante severo? ¿Era la severidad lo mismo que la crueldad? ¿Era la crueldad la fuente del poder que Brigan ejercía sobre sus soldados?

¿Y qué castigo era licenciar a un soldado de una fuerza de combate cuando la guerra era inminente? A Fuego aquello le sonaba más a un indulto.

Entre la marea de jinetes, Fuego estaba segura de que nunca se había sentido tan forastera. Se imaginó a Arco cabalgando por los prados, deteniéndose para hablar con los granjeros, riendo, maldiciendo el suelo rocoso del norte, como hacía siempre. Arco y Brocker sentándose a cenar sin ella.

Cuando por fin el ejército se detuvo para pasar la noche, insistió en almohazar a su propio caballo. Se inclinó ante Lento y le susurró algo. Sentirlo cerca le reconfortó: era el único corazón familiar en un mar de extraños.

Acamparon en una gigantesca caverna subterránea, a medio camino entre el hogar de Fuego y la fortaleza de Roen. Fuego no había visto nunca nada igual. Tampoco era que viera mucho en ese momento, ya que estaba bastante oscuro; la única luz era la que se colaba entre las grietas del techo y por las aberturas laterales. Cuando se puso el sol, la caverna se sumió en una oscuridad total, y la Primera División no era más que un conjunto de sombras que se movían, esparcidas por el suelo inclinado de la caverna.

Allí dentro todo sonaba muy alto, con un toque musical. Cuando el comandante se marchó del campamento con un grupo de doscientos soldados, el eco de los doscientos sonó como si fueran dos mil, y sus pasos repiquetearon alrededor de Fuego como si fueran campanas. El comandante se había ido en cuanto comprobó que todos se hubieran acomodado, con una expresión tan indescifrable como siempre. Una unidad de exploradores compuesta por cincuenta soldados no había vuelto a la hora y al lugar establecidos. Se había marchado en su búsqueda.

Fuego estaba inquieta. Las sombras cambiantes de sus cinco mil compañeros la desconcertaban. Su guardia la mantenía apartada de la mayoría de esos soldados, pero no podía evitar percibir sus mentes. Era extenuante estar pendiente de tantas. La mayoría de ellos eran conscientes de su presencia en cierta medida, incluso los que estaban más alejados. Muchos de ellos querían algo de ella, demasiados. Algunos se acercaron demasiado.

—Me gusta el sabor de monstruo —le siseó uno al que le habían roto la nariz en dos ocasiones.

—Os amo. Sois preciosa —le soltaron tres o cuatro, buscándola, apretujándose contra la barrera de su guardia para llegar hasta ella.

Brigan dio órdenes estrictas a su guardia antes de marcharse a caballo. Fuego debía permanecer en el interior de una tienda de campaña aunque el ejército estuviera bajo el cobijo de una caverna, y dos de sus guardias mujeres debían acompañarla siempre dentro.

—¿Es que nunca voy a tener privacidad? —se quejó al oír por casualidad la orden que Brigan le había dado a Musa.

Brigan tomó un guantelete de cuero de un joven que Fuego supuso que era su escudero y se lo puso en la mano.

—No —dijo—. Nunca.

Y antes de que le diera tiempo a tomar aire siquiera para protestar, Brigan se puso el otro guantelete y pidió que le trajeran su caballo. La melodía de los cascos de los caballos se hizo más fuerte y luego se desvaneció.

El olor a carne de monstruo asada llegó a su tienda. Se cruzó de brazos e intentó no lanzar una mirada de odio a las dos guardias que la acompañaban, cuyos nombres no recordaba. Se tiró del pañuelo que llevaba en la cabeza. Dio por hecho que en presencia de esas mujeres podría tener un respiro de la tela que tanto le apretaba la cabeza. Ellas no querían nada de Fuego; la emoción más fuerte que podía sentir proveniente de ambas era el aburrimiento.

Por supuesto, en cuanto se descubrió el cabello, su aburrimiento disminuyó. La miraron con ojos curiosos. Fuego les devolvió la mirada con cansancio.

—Lo siento, he olvidado vuestros nombres.

—Margo, mi señora —dijo la que tenía el rostro ancho y agradable.

—Mila, mi señora—dijo la otra, de facciones delicadas, cabello claro y muy joven.

Musa, Margo y Mila. Fuego soltó un suspiro. A esas alturas, reconocía la sensación que daban casi todos sus guardias, pero acordarse de sus nombres le llevaría más tiempo.

No sabía qué más decir, por lo que acarició el estuche del violín. Lo abrió e inhaló el cálido olor del barniz. Tocó una de las cuerdas, y la respuesta acústica, como la reverberación de una campana que suena bajo el agua, logró centrarla de nuevo. La entrada de la tienda estaba abierta, y la tienda estaba situada en un hueco contra el lateral de la caverna, donde el techo bajo se curvaba sobre ella como el interior de un instrumento musical. Se colocó el violín bajo la barbilla y lo afinó. Y luego, con calma, empezó a tocar.

Era una nana tranquilizadora para calmar sus propios nervios. El ejército se fue quedando dormido.

A Fuego no le resultó fácil conciliar el sueño aquella noche, y sabía que no tendría sentido salir en busca de las estrellas. La lluvia se colaba por las grietas que había en el techo y se iba deslizando por las paredes hasta el suelo. El cielo estaría negro, pero tal vez una tormenta de medianoche espantara sus pesadillas. Se destapó, agarró las botas, pasó sin hacer ruido junto a Margo y Mila, que estaban dormidas, y abrió la puerta de la tienda.

Fuera fue con cuidado de no tropezar con los otros guardias dormidos, colocados alrededor de su tienda como si fuera una especie de foso humano. Cuatro de los guardias estaban despiertos: Musa y tres hombres cuyos nombres no recordaba. Estaban jugando a las cartas a la luz de una vela. Las velas titilaban aquí y allá, por todo el suelo de la caverna. Fuego supuso que la mayoría de las unidades mantenían algún tipo de vigilancia durante la noche. Sintió pena por los soldados que estuvieran montando guardia en aquel momento en el exterior de aquel refugio, bajo la lluvia. Y por el pelotón de búsqueda de Brigan, y por los exploradores a quienes estaban buscando, ya que todos estaban aún por volver.

Los cuatro guardias se mostraron algo aturdidos al verla. Se echó la mano al pelo y se acordó de que lo llevaba suelto. Musa se recompuso.

—¿Ocurre algo, mi señora?

—¿Hay alguna abertura que dé al cielo en esta caverna? —preguntó Fuego—. Quiero ver la lluvia.

—Sí —contestó Musa.

—¿Me llevas hasta ella?

Musa dejó las cartas y empezó a despertar a los guardias que estaban en los extremos más alejados, apelotonados.

—Pero ¿qué Valles? —susurró Fuego—. Musa, no es necesario. Por favor, deja que duerman —dijo, pero Musa continuó agitando hombros hasta que hubo cuatro hombres despiertos.

Ordenó a dos de los que estaban jugando a las cartas que se levantaran e hicieran guardia. Les indicó a los otros que se armaran.

Cansada, y ahora además llena de culpa, Fuego volvió a adentrarse en la tienda para ponerse el pañuelo en la cabeza y para recoger su propio arco y carcaj. Salió de nuevo y se unió a seis compañeros armados y somnolientos. Musa encendió velas y las repartió. Sin hacer ruido, en procesión, los siete avanzaron en fila por el borde de la caverna.

El inclinado y estrecho sendero por el que subieron los llevó hasta un agujero en la ladera de la montaña. Fuego no podía ver mucho más allá de la abertura, pero el instinto le dijo que no se aventurara demasiado lejos y que se agarrara bien a los bordes de la roca que formaban una especie de portal a ambos lados. No quería caerse.

Hacía una noche ventosa, húmeda y fría. Sabía que era una inconsciencia mojarse, pero de igual modo se dejó empapar por la lluvia y por la indómita sensación de la tormenta, mientras su guardia se acurrucaba en la abertura e intentaba proteger las velas.

Percibió un cambio: se acercaba gente, a caballo. A esa distancia era difícil saber si se trataba de doscientos o doscientos cincuenta, y más conociendo personalmente a tan pocos de ellos. Se concentró y llegó a la conclusión de que estaba sintiendo a más de doscientos. Y que estaban cansados, pero no en un estado de angustia inusual. El pelotón de búsqueda debía de haber tenido éxito.

—El pelotón de búsqueda está volviendo —avisó a su guardia—. Están cerca. Creo que la unidad de exploradores está con ellos.

Ante el silencio de la guardia, Fuego se dio la vuelta para echarles una mirada furiosa y se encontró con seis pares de ojos que la contemplaban en diferentes estados de inquietud. Salió de la lluvia y se metió en el pasadizo.

—Pensé que querríais saberlo —dijo en voz más baja—, pero me puedo guardar las percepciones para mí si os hacen sentir incómodos.

—No —dijo Musa—. Es apropiado que nos lo contéis, mi señora.

—Mi señora, ¿está bien el comandante? —preguntó uno de los hombres.

Ella misma había estado tratando de averiguarlo, pero le parecía tan difícil separar su percepción de él de la de los demás que incluso le resultaba irritante. De lo que estaba segura era de que lo percibía con los demás. Fuego supuso que debía tomarse la constante impenetrabilidad de la mente del príncipe como indicación de que mantenía la fuerza.

—No termino de estar segura, pero creo que sí.

Y entonces la melodía de los cascos de los caballos resonó por todo el pasadizo mientras, en alguna parte, en alguna grieta a los pies de la montaña, los jinetes entraban por los túneles que conducían hacia la caverna donde habían acampado.

Un poco después, bajando con paso lento, Fuego recibió una respuesta abrupta a su preocupación cuando sintió al comandante caminando por el pasadizo hacia ellos. Se paró en seco, lo que hizo que el guardia que tenía a su espalda dijera algo poco caballeroso en voz baja, mientras se contorsionaba para evitar prenderle el pañuelo que llevaba en la cabeza con la llama.

—¿Existe otra ruta hacia la caverna desde aquí? —soltó, pero entonces supo la respuesta y se encogió por la vergüenza que sentía ante su propia muestra de cobardía.

—No, mi señora —dijo Musa con la mano sobre la espada—. ¿Percibís algo más adelante?

—No —contestó Fuego desconsolada—. Solo al comandante.

Había venido a buscar al monstruo deambulante, que había demostrado ser salvaje e irresponsable. A partir de ahora la tendría encadenada.

Apareció unos minutos después, con una vela en las manos. Cuando los alcanzó, se detuvo, asintió ante los saludos protocolarios de los soldados y habló en voz baja con Musa. Habían recuperado la unidad de exploradores ilesa. Se habían topado con un peligroso grupo de saqueadores de cuevas que los doblaban en número, y, después de haber hecho pedazos a esos bandidos, habían perdido el rumbo en la oscuridad. Las heridas que tenían eran menores. En menos de diez minutos estarían todos durmiendo.

—Espero que vos también durmáis, mi señor —dijo Musa.

De repente, Brigan sonrió. Se hizo a un lado para dejar que pasaran y, por un instante, se encontró con los ojos furibundos de Fuego. Brigan tenía la mirada exhausta. Llevaba una barba incipiente y estaba empapado.

Y al parecer, después de todo, no había ido a por ella. En cuanto Fuego y su séquito pasaron por delante de él, Brigan se desvió y continuó subiendo por el pasadizo inclinado.

Capítulo once

A la mañana siguiente, Fuego se levantó rígida y dolorida por la cabalgata del día anterior. Margo le pasó pan y queso, y un cuenco con agua para que se lavara la cara. Después tomó el violín y tocó un solo *reel*, primero despacio y luego cada vez un poco más rápido, para despertarse. El esfuerzo que le exigía la pieza le aclaraba la mente.

—El comandante no nos mencionó que contaríamos con este detalle al escoltarla —dijo Mila, sonriendo con algo de vergüenza.

Musa asomó la cabeza por la puerta de la tienda.

—Mi señora —dijo Musa—, el comandante me mandó deciros que pasaremos cerca de la fortaleza de la reina Roen hacia el mediodía. Tiene algún asunto que tratar con el caballerizo mayor. Habrá tiempo para que toméis una breve comida con su majestad, si así lo deseáis.

—Habéis estado cabalgando desde ayer —dijo Roen tomándola de las manos—, por lo que intuyo que no os sentís tan bien como parecéis estar. Vuestra sonrisa acaba de confirmarme que estoy en lo cierto.

—Estoy tan tensa como la cuerda de arco —admitió Fuego.

—Sentaos, querida. Poneos cómoda. Quitaos el pañuelo, no permitiré que ningún descabezado embobado entre aquí durante la próxima media hora.

Menudo alivio fue soltarse la melena. Le pesaba mucho, y después de toda una mañana montando a caballo, el pañuelo estaba pegajoso y le provocaba picores. Fuego se hundió en una silla, agradecida, se frotó el cuero cabelludo y permitió que la reina pusiera verduras y guiso en su plato.

—¿Alguna vez habéis considerado cortaros el pelo? —le preguntó Roen.

Sí, lo había considerado, dejarse el pelo corto. Había pensado en cortárselo todo, tirarlo de una vez por todas al fuego. Teñírselo de negro, si el pelo de monstruo absorbiera el color. Cuando eran muy pequeños, Arco y ella habían llegado a afeitárselo entero en una ocasión como experimento. Al cabo de una hora, a ella ya le estaba volviendo a crecer.

—Crece muy muy rápido —respondió Fuego, desanimada—, y me he dado cuenta de que es más fácil controlarlo si lo tengo largo. Los mechones cortos quedan sueltos y se escapan del pañuelo.

—Supongo que tenéis razón —dijo Roen—. Bueno, me alegro de veros. ¿Cómo están Brocker y Arco?

Fuego le contó que Brocker estaba estupendo y que Arco, como siempre, estaba enfadado.

—Sí, no imaginaba otra situación —dijo Roen con firmeza—. Pero no le hagáis caso. Estáis haciendo lo correcto al acudir a Ciudad del Rey para ayudar a Nash. Creo que sabréis manejar a su corte, ya no sois una niña. ¿Cómo está el guiso?

Fuego se comió el guiso, que estaba muy bueno, la verdad, y luchó para contener la expresión de incredulidad que intentaba imponerse en su rostro. ¿Que ya no era una niña? Fuego había dejado de ser una niña hacía bastante tiempo.

Y luego, cómo no, Brigan apareció por la puerta para saludar a su madre y acompañar a Fuego de vuelta a su caballo, y al momento la joven volvió a sentirse como una niña. Había una parte de su mente que le desaparecía cada vez que el comandante se le acercaba, que se le helaba por su frialdad.

—Briganvalle —dijo Roen, levantándose de la silla para abrazarlo—. Has venido a robarme a mi invitada.

—A cambio de cuarenta soldados —contestó Brigan—. Doce están heridos, por lo que también te he dejado a un curandero.

—Podemos arreglárnoslas sin el curandero si lo necesitas, Brigan.

—Su familia vive en los Gríseos Menores —respondió su hijo—, y le prometí que se quedaría aquí cuando se presentara la ocasión. Nos las arreglaremos con los que tenemos hasta que lleguemos a Fuerte Central.

—Bueno —dijo Roen entonces—, ¿estás durmiendo bastante?

—Sí.

—Venga, una madre sabe cuándo le está mintiendo su hijo. ¿Comes lo suficiente?

—No —dijo Brigan con seriedad—. Hace dos meses que no como. Estoy en huelga de hambre para protestar por las inundaciones de primavera que ha habido en el sur.

—¡Cielos! —respondió Roen yendo a por un cuenco lleno de fruta—. Cómete una manzana, querido.

Fuego y Brigan no hablaron cuando salieron juntos de la fortaleza para proseguir el viaje hacia Ciudad del Rey, pero Brigan se comió una manzana y Fuego se ocultó la melena con el pañuelo y descubrió que no se sentía tan incómoda al lado del príncipe.

Por algún motivo que desconocía, le ayudaba saber que Brigan era capaz de bromear.

Y entonces, ocurrieron tres actos de amabilidad.

La guardia de Fuego esperaba con Lento cerca de la retaguardia de la columna de tropas. Sin embargo, conforme Fuego y Brigan se iban acercando, Fuego empezó a percibir que algo no estaba bien. Intentó concentrarse, lo cual no fue fácil con tanta gente allí apilada. Esperó a que Brigan terminara de hablar con uno de sus capitanes, que había aparecido a su lado con una pregunta sobre el orden del día.

—Creo que mis guardias tienen a un hombre retenido —le dijo en voz baja a Brigan cuando el capitán se alejó.

—¿Cómo? —le preguntó en voz baja—. ¿Quién es?

Solo podía percibir lo más básico y esencial.

—No sé nada, excepto que me odia y que no ha herido a mi caballo.

Brigan asintió.

—No había pensado en ello. Tendré que hacer algo para que la gente deje de tener a vuestro caballo como objetivo.

Se apresuraron tras la advertencia de Fuego. Entonces llegaron hasta una escena bastante desagradable: dos de los guardias de Fuego habían apresado a un soldado que soltaba improperios y escupía sangre y dientes mientras un tercer guardia le aporreaba en la boca una y otra vez para que se callara.

—¡Rocas! —susurró Fuego, espantada, buscando la mente del guardia para que dejara de darle puñetazos.

Y entonces asimiló los detalles que dieron sentido a aquella escena. El estuche del violín estaba en el suelo, abierto y manchado de barro; los restos del violín estaban al lado. El instrumento estaba destrozado, tan astillado que había quedado irreconocible; el puente estaba incrustado en la caja del instrumento, como si lo hubieran pisoteado con odio y crueldad.

De alguna manera, aquello era peor que recibir el impacto de una flecha. Fuego trastabilló hasta Lento y enterró el rostro en el hombro del caballo; no era capaz de controlar las lágrimas que se le derramaban por las mejillas, y no quería que Brigan las viera.

A su espalda, el príncipe blasfemaba con dureza. Alguien —Musa— le colocó a Fuego un pañuelo sobre los hombros. El soldado apresado seguía echando pestes y, en cuanto vio a Fuego, comenzó a gritar y a decir cosas terribles sobre su cuerpo y todo lo que le haría. Aquellas palabras fueron inteligibles incluso con la boca rota e hinchada. Brigan se acercó a él.

No le hagáis más daño, le dijo Fuego mentalmente, desesperada. *Por favor, Brigan.* El estruendo de los huesos al chocar entre sí no ayudaba a que dejara de llorar. Brigan volvió a soltar otra palabrota, luego una orden clara, y Fuego entendió, al oír mascullar al soldado, que habían amordazado al hombre. Después se lo llevaron a rastras hacia la fortaleza, escoltado por Brigan y algunos de los guardias de Fuego.

De repente, todo quedó en silencio. Fuego se dio cuenta de que tenía la respiración agitada y se obligó a tranquilizarse. *Qué horror de hombre,* pensó contra la crin de Lento. *Menudo horror. Ay, Lento. Menudo hombre más horroroso.*

Lento soltó un bufido y un poco de baba sobre el hombro de la joven para reconfortarla.

—Lo siento muchísimo, mi señora —dijo Musa detrás de ella—. Nos ha engañado por completo. A partir de ahora no dejaremos que se acerque nadie a quien no haya enviado el comandante.

Fuego se limpió la cara con el pañuelo y se puso de lado hacia la capitana de su guardia. No era capaz de mirar el montón de madera que había en el suelo.

—No os culpo por ello.

—El comandante lo hará —respondió Musa—. Tal y como debería.

Fuego trató de tomar aire con normalidad.

—Debería haberme imaginado que tocar podría ser una provocación.

—Mi señora, os prohíbo que os echéis la culpa por esto. Lo digo en serio, no lo voy a permitir.

Al oírla, Fuego sonrió y le devolvió el pañuelo a Musa.

—Gracias.

—No es mío, mi señora. Es de Neel.

Fuego reconoció el nombre de uno de sus guardias hombres.

—¿De Neel?

—El comandante lo tomó de Neel y me lo dio para que os lo diera a vos, mi señora. Quedáoslo. Neel no lo echará en falta, tiene mil iguales. ¿Se trataba de un violín muy caro, mi señora?

Por supuesto que era un violín caro. Cansrel no compraba nada que no lo fuera, pero Fuego no lo valoraba por eso, sino porque había sido un gesto de amabilidad extraño y singular que acababa de desaparecer.

Examinó el pañuelo de Neel.

—No tiene importancia —dijo midiendo sus palabras—. El comandante no golpeó a aquel hombre. Le pedí mentalmente que no lo hiciera, y no lo hizo.

Musa aceptó el evidente cambio de tema.

—Me ha extrañado. Como norma, el comandante ya no suele pegar a sus propios soldados, ¿sabéis? Pero creí que esta vez haría una excepción. Tenía cara de querer matarlo.

Y se había tomado la molestia de conseguir el pañuelo de otro hombre. Y había compartido la preocupación por el caballo. Tres actos de amabilidad.

En ese momento, Fuego entendió que había tenido miedo de Brigan; que había temido resultar herida a causa del odio de una persona que, por mucho que lo intentara, no dejaba de gustarle. También se había sentido cohibida por su severidad y su impenetrabilidad. Y aún se sentía así, pero ya no tenía miedo.

Cabalgaron sin descanso durante el resto del día. Conforme fue cayendo la noche, asentaron el campamento en una planicie de roca. A su alrededor afloraron tiendas de campaña y fogatas, parecía que no dejaban de extenderse. Fuego cayó en la cuenta de que nunca había estado tan lejos de casa. Arco la echaría de menos, de eso estaba segura. Y ser consciente de ello aliviaba su propia soledad, aunque solo fuera un poquito. La furia que sentiría si se llegara a enterar de lo que había pasado con el violín habría sido terrible. En general, los enfados de Arco irritaban a Fuego, pero ahora hasta los echaba de menos. Si estuviera allí con ella, podría sacar fuerzas de la pasión de su amigo.

Poco después, las miradas de los soldados que estaban más cerca de ella la hicieron meterse en la tienda. No podía dejar de pensar en las palabras del hombre que había destrozado su violín. ¿Por qué era tan frecuente que el odio hiciera pensar a los hombres en la violación? ¡Además, sus poderes de monstruo tenían un defecto! Del mismo modo en que el poder de su belleza le permitía controlar a algunos hombres, también provocaba que otros se volvieran locos e incontrolables.

Los monstruos sacaban lo peor de los humanos —sobre todo cuando se trataba de un monstruo mujer—, a causa del deseo y los innumerables canales pervertidos por los que se podía expresar la malicia. Cuando la veían, Fuego era como una droga para las mentes de todos esos hombres débiles. ¿Qué hombre sería capaz de utilizar bien el odio o el amor bajo los efectos de una droga?

Sentía las conciencias de cinco mil hombres presionándola.

Como era evidente, Mila y Margo la habían seguido hasta la tienda, y se habían sentado cerca de ella, con las manos sobre las espadas. Guardaban silencio, estaban alerta y aburridas. Fuego se sentía mal por ser una carga tan tediosa. Le habría gustado salir a ver a Lento sin que la vieran. Le habría gustado traerse a Lento a la tienda.

Musa echó un vistazo hacia el interior de la tienda a través de la puerta.

—Disculpad, mi señora. Ha venido un soldado desde la unidad de exploradores para prestaros su violín. Cuenta con la aprobación del comandante, pero dice que debemos preguntaros qué impresión os da antes de permitir que se acerque a vos. Está aquí fuera, mi señora.

—Sí —dijo Fuego, sorprendida, al descubrir a aquel desconocido entre su guardia—. Creo que es inofensivo.

Inofensivo y enorme, por lo que vio Fuego al salir de la tienda. En sus manos, el violín parecía de juguete; y su espada debía parecer un cuchillo de mantequilla al blandirla. Pero el rostro que tenía sobre aquel corpachón era tranquilo, amable y dulce. Bajó la mirada al verla y le ofreció el violín.

Fuego sacudió la cabeza.

—Eres muy generoso —dijo—, pero no quiero arrebatártelo.

La voz del hombre era tan profunda que sonaba como si proviniera de la tierra.

—Todos conocemos la historia de lo que hicisteis en la fortaleza de la reina Roen hace unos meses, señora. Le salvasteis la vida a nuestro comandante.

—Bueno... —dijo, porque parecía que él esperaba que dijera algo—. Aun así.

—Los soldados no pueden dejar de hablar de vos —continuó, inclinándose para posar el violín con sus grandes manos sobre las manitas de Fuego—. Y además, vos sois mejor violinista.

Fuego observó al hombre mientras se alejaba con pesadez, conmovida, tremendamente sosegada por su voz y por la enorme sensación de amabilidad que irradiaba.

—Ahora entiendo que nuestras unidades de exploradores puedan terminar con hordas de bandidos que las doblen en tamaño —dijo en voz alta.

Musa se rio.

—Menos mal que está de nuestra parte.

Fuego punteó las cuerdas del violín. Estaba bien afinado, aunque sonaba un poco agudo, estridente. No era un instrumento profesional, pero era una herramienta con la que podía tocar.

Y también era una declaración.

Fuego se adentró en la tienda para buscar el arco y volvió a salir. Anduvo a zancadas entre los soldados, hacia una roca elevada que veía a lo lejos. Su guardia salió corriendo tras ella y la rodeó. Los ojos de los soldados se quedaban prendados al mirarla cuando pasaba por delante. Entonces llegó al peñasco y subió por él. Se sentó en lo alto y se colocó el violín bajo la barbilla.

Y tocó la música que le apetecía para que todo el mundo la oyera.

Capítulo doce

Si Fuego lograra reunir ese mismo valor al dormir…

Los ojos agonizantes de su padre nunca la dejaban dormir.

La respuesta a la pregunta que Brocker le hizo cuando tenía catorce años, sobre si podía alterar la mente de Cansrel de manera permanente, fue sencilla, una vez que se permitió considerarla. No. La mente de Cansrel era tan fuerte como un oso y tan dura como el acero de una trampa, y cada vez que la dejaba estar se cerraba de golpe. No se podía alterar la mente de Cansrel de manera permanente. No se podía cambiar quién era. El hecho de saber que no había nada que pudiera hacer le resultó un alivio, porque quería decir que nadie podría esperar eso de ella jamás.

Entonces, aquel mismo año, Nax murió a causa de las drogas. Dado que los contornos del poder habían cambiado y se habían reasentado, Fuego vio lo que habían visto Brocker, Arco y Roen: un reino que se mantenía al borde de diversas posibilidades. Un reino que, de repente, podía cambiar.

Fuego había estado asombrosamente bien informada. Por una parte, había recibido las confidencias de Cansrel. Por otra, Brocker le contaba todo lo que descubrían sus espías y los de Roen. Sabía que Nash era más fuerte de lo que había sido Nax. Lo bastante fuerte como para frustrar en ocasiones a Cansrel, pero para él no dejaba de ser un juego en comparación a su hermano menor, el príncipe. A los dieciocho años, del joven Brigan —un comandante jovencísimo— se decía que era resuelto, sereno, enérgico y persuasivo y que tenía mucho genio; que era la única persona con influencia en Ciudad del Rey que no se dejaba influenciar por Cansrel. Algunos entre los lúcidos parecían esperar que Brigan supusiera la diferencia entre una continuación del caos y la depravación del momento y el cambio.

—El príncipe Brigan está herido —anunció Brocker un día de invierno cuando Fuego fue de visita—. Acabo de recibir el mensaje por parte de Roen.

—¿Qué ha pasado? —preguntó Fuego, espantada—. ¿Se encuentra bien?

—Cada enero se celebra una gala en el palacio del rey —dijo Brocker—. Cientos de invitados, bailes y un buen montón de vino y tonterías, y unos mil pasillos oscuros por los que la gente puede escabullirse. Al parecer, Cansrel contrató a cuatro hombres para que arrinconaran a Brigan y le cortaran el cuello. Brigan se enteró de aquello, los esperó y mató a los cuatro…

—¿A los cuatro él solo? —preguntó Fuego, afligida y perpleja, desplomándose sobre un reposabrazos.

—El joven Brigan es bueno con la espada —dijo Brocker con seriedad.

—Pero ¿está muy malherido?

—Sobrevivirá, aunque al principio los cirujanos estaban preocupados. Le apuñalaron en la pierna, en una parte que sangra muchísimo. —Brocker acercó la silla hasta la chimenea y lanzó la carta de Roen a las llamas chisporroteantes—. Estuvo a punto de ser el final para ese muchacho, Fuego. Y no dudo de que Cansrel vuelva a intentarlo.

Aquel verano en la corte de Nash, uno de los capitanes de mayor confianza de Brigan alcanzó con una flecha la espalda de

Cansrel. Al comienzo del decimoquinto año de Fuego —en realidad, el día de su decimocuarto cumpleaños—, llegó un mensaje de Ciudad del Rey diciendo que habían herido a su padre y que era probable que muriera. La joven se encerró en su cuarto y lloró desconsolada sin siquiera estar segura de por qué estaba llorando, pero sin poder dejar de hacerlo. Apretó la cara contra una almohada para que nadie pudiera oírla.

Obviamente, a Ciudad del Rey se la conocía por sus curanderos, por los avances que había en medicina y cirugía. Allí la gente sobrevivía a heridas por las que habrían muerto en otros lugares. Sobre todo la gente que tenía poder para disponer de la atención de todo un hospital.

Unas semanas después, Fuego recibió la noticia de que Cansrel saldría de aquella. Volvió corriendo a su cuarto y se metió en la cama, completamente aturdida. Conforme fue dejando de sentirse paralizada, notó algo agrio en el estómago y empezó a vomitar. Se le rompió un vaso sanguíneo del ojo y se le comenzó a formar un hematoma en el borde de la pupila.

A veces, cuando su mente intentaba ignorar una verdad concreta, su cuerpo podía ser un poderoso comunicador. Exhausta y enferma, Fuego entendió el mensaje que le estaba mandando el cuerpo: era hora de reconsiderar la pregunta de hasta dónde podía llegar su poder sobre Cansrel.

Fuego se despertó de manera brusca por los mismos sueños de siempre. Se quitó las mantas a patadas, se cubrió el cabello, encontró las botas y las armas, y pasó de puntillas por delante de Margo y Mila. Fuera, la mayoría del ejército dormía bajo techos de tela, pero su guardia estaba tumbada a la intemperie y, otra vez, alrededor de su tienda. Bajo el vasto cielo, repleto de estrellas, Musa y otros tres jugaban a las cartas a la luz de una vela, igual que habían hecho la noche anterior. Fuego se agarró a la abertura de la tienda para contrarrestar el vértigo que sentía cuando levantaba la mirada hacia aquel cielo.

—Lady Fuego —dijo Musa—. ¿Qué podemos hacer por vos?

—Musa —contestó Fuego—. Me temo que tenéis la desgracia de vigilar a una insomne.

Musa se rio.

—¿Os apetece dar otro paseo esta noche, mi señora?

—Sí, os pido disculpas.

—Nosotros nos alegramos, mi señora.

—Espero que lo estés diciendo para apaciguar mi sentimiento de culpa.

—No, mi señora. Es cierto. El comandante también deambula por la noche y no consiente tener ni un guardia, incluso cuando lo ordena el rey. Si salimos con vos, tenemos una excusa para vigilarlo.

—Entiendo —dijo Fuego, tal vez con algo de sorna—. Pero esta noche, con menos guardias —añadió, pero Musa lo ignoró y despertó a tantos guardias como la noche anterior.

—Son órdenes —dijo Musa conforme los hombres iban incorporándose con ojos de sueño y cargaban con las armas.

—Y si el comandante no cumple las órdenes del rey, ¿por qué deberíais cumplir las del comandante?

Su pregunta provocó que más de una ceja se levantara.

—Mi señora —dijo Musa—, si el comandante ordenara que se precipitaran por un barranco, los soldados de este ejército lo harían.

Fuego empezaba a sentirse irascible.

—¿Qué edad tienes, Musa?

—Treinta y uno.

—Entonces, el comandante debe ser un niño para ti.

—Y vos, un bebé, mi señora —dijo Musa secamente, y le tomó por sorpresa que a Fuego se le dibujara una sonrisa en la cara—. Estamos listos. Después de vos.

Se dirigió hacia el mismo montículo de piedra al que había subido antes, porque la acercaría más al cielo y porque intuía que acercaría más a su guardia hasta el insomne a quien se suponía que no debían vigilar. Debía de estar en algún lugar entre las rocas, y la colina era lo bastante amplia como para que pudieran compartirla sin encontrarse.

Fuego encontró una roca alta y llana sobre la que sentarse. Su guardia se esparció a su alrededor. Cerró los ojos y se dejó llevar por la noche, con la esperanza de que, tras eso, estaría lo bastante cansada como para dormir.

No se movió cuando sintió que Brigan se estaba acercando, pero abrió los ojos cuando su guardia se retiró. Brigan se apoyó contra una roca que había a unos pasos. Estaba contemplando las estrellas.

—Señora —dijo a modo de saludo.

—Alteza —contestó ella en voz baja.

Permaneció allí un rato, mirando al cielo, y Fuego se preguntó si la conversación se iba a acabar ahí.

—Vuestro caballo se llama Lento —dijo por fin, y Fuego se sorprendió por ese comentario tan inesperado.

—Sí.

—La mía se llama Grande.

Fuego sonrió.

—¿La yegua de color negro? ¿Es muy grande?

—A mí no me lo parece —dijo Brigan—. Pero yo no le puse el nombre.

Fuego recordó el origen del nombre de Lento. Sin duda, jamás podría olvidar al hombre al que Cansrel había agredido por ella.

—Un contrabandista de animales le puso el nombre a Lento. Un bruto llamado Tajos que creía que cualquier caballo que no respondiera bien ante los azotes era lento.

—Ay, Tajos —dijo Brigan como si conociera a aquel hombre, lo cual, al fin y al cabo, no debería sorprenderla, ya que Cansrel y Nax probablemente tuvieran los mismos proveedores—. Bueno, he visto de lo que es capaz vuestro caballo. Obviamente, no es nada lento.

Esa amabilidad incesante hacia su caballo era una jugada sucia. Fuego se tomó un momento para tragarse su gratitud, que sabía que era desproporcionada porque se sentía sola. Decidió cambiar de tema.

—¿No podéis dormir?

Brigan giró la cara y rio por un momento.

—A veces, por la noche, la cabeza me da vueltas.

—¿Es por los sueños?

—Ni siquiera llego a dormir tanto como para eso. Son las preocupaciones.

En ocasiones, durante las noches de insomnio, Cansrel solía arrullarla. Si Brigan se lo permitiera, y sabía que no lo haría ni en un millón de años, ella podría aliviarle esas preocupaciones. Podría ayudar a dormir al comandante del ejército del rey. Sería un honor utilizar el poder de esa manera, algo práctico. Pero sabía que era mejor no sugerirlo.

—¿Y vos? —preguntó Brigan—. Parece que hacéis muchas excursiones nocturnas.

—Tengo pesadillas.

—¿Sobre miedos imaginarios? ¿O preocupaciones reales?

—Reales —contestó—. Siempre. Siempre he tenido sueños de cosas horrorosas que son reales.

Brigan permaneció en silencio. Se rascó la nuca.

—Es difícil despertarse de una pesadilla cuando se trata de algo real —dijo.

La mente de Brigan seguía sin facilitarle nada a Fuego sobre lo que sentía, pero pudo oír, en su tono de voz y en las palabras utilizadas, algo que se parecía a la compasión.

—Que paséis una buena noche, señora —dijo un instante después.

Se dio la vuelta y se retiró hacia la parte baja del campamento.

La guardia de Fuego se fue colocando a su alrededor. Volvió a levantar el rostro hacia las estrellas y cerró los ojos.

Tras una semana cabalgando con la Primera División, Fuego estableció una rutina, si se pudiera llamar «rutina» a una serie de experiencias perturbadoras.

¡Cuidado!, les dijo mentalmente a sus guardias una mañana, durante el desayuno, mientras forcejeaban con un hombre para derribarlo, ya que había ido corriendo hacia ella con una espada. *Ahí viene otro tipo con la misma idea. ¡Rocas!*, añadió. *También siento una manada de monstruos con forma de lobos por nuestro flanco occidental.*

—Informad de los lobos a uno de los capitanes de caza, por favor, mi señora —gritó Musa, tirando de los pies de la presa y vociferando a tres o cuatro guardias que fueran a golpear al otro agresor.

Para Fuego era duro que nunca le permitieran estar sola. Incluso en las noches en que sentía que estaba a punto de quedarse dormida, continuaba con sus caminatas nocturnas con su guardia, porque era lo más parecido a la soledad que conseguiría.

La mayoría de las noches se cruzaba en el camino con el comandante e intercambiaban unas cuantas frases. Le sorprendió lo fácil que era hablar con él.

—Vos permitís a ciertos hombres atravesar vuestras defensas mentales de forma intencionada, señora —le dijo Brigan aquella misma noche—, ¿no es así?

—Algunos de ellos me toman por sorpresa —dijo ella, descansando la espalda sobre una roca y mirando al cielo.

—Vale, está bien —dijo él—. Pero, cuando un soldado cruza el campamento entero con un puñal en la mano y la mente completamente abierta, sabéis que está viniendo, y en la mayoría de los casos podríais cambiar sus intenciones y hacer que diera la vuelta si quisierais. Si ese hombre os intenta atacar es porque lo habéis permitido.

La roca sobre la que Fuego estaba sentada se amoldaba a la curva de su cuerpo. Podría quedarse dormida allí mismo. Cerró los ojos y sopesó cómo admitirle que estaba en lo cierto.

—Hago que muchos hombres den la vuelta, como bien decís, y en ocasiones, alguna mujer. Mi guardia nunca sabe nada de ellos, pero se trata de los que solo quieren mirarme, tocarme o contarme cosas; son los que se sienten superados o creen que me aman y tienen sentimientos amables —vaciló—. Los que me odian y de verdad quieren hacerme daño… Sí, tenéis razón. A veces dejo que los hombres más malévolos me ataquen. Si lo hacen, terminarán encerrados, y esa es la única manera, aparte de la muerte, de que dejen de ser un peligro para mí. Vuestro ejército es demasiado grande, alteza —dijo, lanzándole una mirada—. Son demasiadas personas como para que las maneje a la vez. Necesito protegerme como pueda.

—Bueno, no lo discuto —contestó Brigan—. Vuestra guardia es más que competente, siempre y cuando podáis aguantar el peligro que conlleva.

—Supongo que, a estas alturas, debería estar más acostumbrada a la sensación de peligro —dijo Fuego—. Pero en ocasiones es desconcertante.

—Tengo entendido que os cruzasteis con Mydogg y Murgda cuando os fuisteis de la fortaleza de mi madre en primavera. ¿Os parecieron peligrosos? —preguntó Brigan.

Fuego recordó aquella inquietante mirada por partida doble.

—No lo tengo del todo claro. No sabría decir hasta qué punto, pero sí, me dieron la sensación de ser peligrosos.

Hubo una pausa.

—Va a estallar una guerra —dijo Brigan en voz baja—. Y, cuando termine, no sé quién será rey. Mydogg es un hombre frío y codicioso. Y un tirano. Gentian es peor que un tirano, porque además es un necio. Nash es el mejor de los tres, no hay duda. Puede ser desconsiderado, y es impulsivo, pero es justo y no se mueve por el interés propio. Es partidario de la paz y a veces tiene destellos de sabiduría... —se interrumpió, y cuando retomó la palabra, sonó algo desesperado—. Va a estallar una guerra, señora, y se perderán muchas vidas.

Fuego estaba sentada en silencio. No esperaba que la conversación fuera a tomar un cariz tan serio, pero no la sorprendió. En ese reino todos eran propensos a pensar en temas serios, y aquel hombre en concreto, más aún.

Este muchacho, pensó Fuego mientras Brigan bostezaba y se revolvía el pelo.

—Deberíamos intentar dormir algo —dijo—. Mañana espero que lleguemos hasta Lago Gris por lo menos.

—Bien —contestó Fuego—, porque quiero darme un baño.

Brigan echó la cabeza para atrás y sonrió mirando al cielo.

—Bien dicho, señora. Puede que el mundo se esté haciendo pedazos, pero al menos nosotros podremos darnos un baño.

Bañarse en un lago frío planteaba algunos desafíos imprevistos, como los monstruos con forma de pececillos, por ejemplo, que se arremolinaban alrededor de ella cuando sumergía el cabello, los monstruos insectos que intentaban comérsela viva o la necesidad de una guardia especial de arqueros por si acaso había depredadores. Pero a pesar de toda aquella escenita, sentaba bien estar limpia. Fuego se envolvió el cabello húmedo con unos trapos y se sentó tan cerca del fuego como pudo sin que llegara a prenderse en llamas. Llamó a Mila y le volvió a vendar el corte superficial que le recorría el codo a la muchacha. Se lo había hecho un hombre al que Mila había abatido tres días antes, un hombre con talento para la pelea con puñales.

Fuego estaba empezando a conocer a su guardia, y ahora entendía mejor que antes a las mujeres que habían elegido unirse a ese ejército. Mila provenía de las montañas del sur, donde todos los menores aprendían a luchar, niños y niñas, y todas las niñas tenían oportunidades de sobra para practicar lo que habían aprendido. No tenía más de quince años, pero como guardia era audaz y rápida. Tenía una hermana mayor con dos bebés y sin marido, por lo que los mantenía con su sueldo. A los miembros del ejército del rey les pagaban bien.

La Primera División continuó con su viaje hacia el sureste de Ciudad del Rey. Cuando llevaban casi dos semanas de viaje, y con otra más o menos por delante, llegaron a un lugar llamado Fuerte Central, una fortaleza de piedra tosca que se alzaba de las rocas, con muros altos y rejas de hierro en ventanas estrechas y sin cristal: el hogar de unos quinientos soldados auxiliares. Era un lugar con una pinta humilde y austera, pero todos, incluso Fuego, estaban contentos de haber llegado. Por una noche tenía una cama en la que dormir y un techo de piedra sobre su cabeza, lo cual quería decir que su guardia también.

Al día siguiente el paisaje cambió. De pronto, sin esperarlo, las rocas del suelo se volvieron redondeadas en vez de dentadas; eran rocas tan lisas que parecían pequeñas colinas. A veces la roca estaba cubierta de un musgo verde intenso, y hasta había tramos de pasto, y en una ocasión incluso atravesaron un campo de hierba alta, y suave bajo sus pies. Fuego nunca había visto tanto verde, y pensó que era el paisaje más bonito y más asombroso del mundo. El pasto era como cabello brillante, como si Los Valles mismos fueran un monstruo. Era un pensamiento tonto, lo sabía, pero cuando el reino se volvió deslumbrante por el color, de repente sintió que pertenecía a ese lugar.

Obviamente, no compartió aquel pensamiento con Brigan, pero sí que expresó la impresión que le dio el repentino verdor del mundo. Ante aquello, él esbozó una leve sonrisa mirando hacia el cielo de la noche, un gesto que Fuego empezó a asociar con él.

—Conforme nos vayamos acercando a Ciudad del Rey se irá volviendo más y más verde. Y más suave —dijo—. Veréis que hay una razón por la que el reino se llama Los Valles.

—En una ocasión le pregunté a mi padre… —empezó a decir Fuego, pero luego se detuvo, con la lengua trabada, horrorizada por que hubiera empezado a hablar de manera cariñosa sobre Cansrel ante él.

Cuando por fin Brigan rompió el silencio, dijo con voz apacible:

—Yo conocí a vuestra madre, señora. ¿Lo sabíais?

Fuego no se había dado cuenta, pero suponía que debía haberlo hecho, pues Jessa había trabajado al cuidado de los niños de la corte cuando Brigan debió ser muy pequeño.

—No lo sabía, alteza.

—Jessa era la persona a quien acudía cuando me había portado mal —dijo, y luego añadió irónicamente—: Después de haberme enfrentado a mi madre, claro.

Fuego no podía dejar de sonreír.

—¿Y os portabais mal con frecuencia?

—Por lo menos una vez al día, señora, según recuerdo.

A Fuego la sonrisa se le hacía cada vez más grande, y lo miraba mientras él observaba el cielo.

—¿Es que no se os daba demasiado bien seguir órdenes?

—Peor que eso: le ponía trampas a Nash.

—¿¡Trampas!?

—Era cinco años mayor que yo. Era el desafío perfecto: sigilo e ingenio, para compensar mi estatura. Armaba redes para que cayeran sobre él, lo encerraba en armarios… —Brigan sofocó una risa—. Era un bonachón mi hermano, pero cuando mi madre se enteraba, se ponía furiosa, y cuando terminaba de reñirme, solía irme con Jessa, porque su enfado era mucho más fácil de soportar que el de Roen.

—¿Qué queréis decir? —preguntó Fuego, sintiendo una gota de lluvia y deseando que no se pusiera a llover.

Brigan se quedó pensando un momento.

—Me decía que estaba enfadada, pero no lo parecía. Nunca levantaba la voz. Se sentaba ahí a coser o a hacer lo que estuviera haciendo y analizábamos las trastadas que había cometido, y siempre me quedaba dormido en la silla. Cuando me despertaba, era demasiado tarde para ir al comedor y ella me daba de comer en la guardería. Era como un regalo para un niño pequeño que normalmente tenía que arreglarse para la cena y comportarse de manera seria y estar callado ante un montón de gente aburrida.

—Un niño pícaro, por lo que veo.

En su rostro se atisbó una sonrisa y le cayó agua sobre la frente.

—Cuando tenía seis años, Nash tropezó con una cuerda de una trampa y se rompió la mano. Mi padre se enteró, y aquello puso fin a mis travesuras durante una temporada.

—¿Así de fácil os rendisteis?

No respondió a su tono burlón. Fuego lo miró; Brigan tenía las cejas arrugadas y miraba hacia el cielo, con el rostro sombrío, y de repente se sintió inquieta por el tema de conversación, pues de nuevo, de repente, parecía que estuvieran hablando de Cansrel.

—Creo que ahora entiendo por qué Roen se volvía loca cada vez que hacía travesuras —dijo—. Temía que Nax lo descubriera y que se le ocurriera castigarme. No fue un hombre... razonable, durante el tiempo en que lo conocí. Sus castigos no eran razonables.

De modo que sí estaban hablando de Cansrel, y Fuego se sentía avergonzada. Se sentó, agachó la cabeza y se preguntó qué había hecho Nax, qué le había dicho Cansrel a Nax que hiciera para castigar a un niño de seis años que probablemente ya fuera lo bastante listo como para ver cómo era en realidad Cansrel.

Las gotas de lluvia golpeteaban sobre el pañuelo y los hombros de Fuego.

—Vuestra madre tenía el cabello rojo —dijo Brigan, a la ligera, como si ninguno de ellos sintiera la presencia de dos hombres muertos entre aquellas rocas—. Nada que ver con el vuestro, faltaría más. Y tenía un don para la música, mi señora, como vos. Recuerdo cuando nacisteis. Y recuerdo que lloró cuando os alejaron de ella.

—¿Sí?

—¿Acaso mi madre no os ha contado nada sobre Jessa?

Fuego tragó saliva.

—Sí, alteza, pero siempre me gusta volver a escucharlo.

Brigan se secó la lluvia que le empapaba la cara.

—Entonces siento no recordar nada más. Si supiéramos que alguien iba a morir, nos aferraríamos con más fuerza a los recuerdos.

—A los buenos recuerdos —lo corrigió Fuego en un susurro.

Se puso en pie. Aquella conversación era una mezcla de demasiadas tristezas. Y no le importaba la lluvia, pero le parecía injusto imponérsela a su guardia.

Capítulo trece

La mañana del último día de viaje, Fuego se despertó con un dolor familiar. Le dolía la espalda, le dolían los pechos y notaba los músculos del cuello y de los hombros agarrotados. Nunca era capaz de predecir cómo se manifestarían los momentos previos a su sangrado mensual. A veces se daba sin apenas notarlo, y otras, se sentía una cautiva desdichada en su propio cuerpo.

Tendría que soportarlo. Al menos estaría bajo el techo de Nash para cuando empezara el sangrado, no se vería obligada a pasar el apuro de tener que dar explicaciones por el aumento de ataques de monstruo.

A lomos de Lento tenía la mente confusa; se sentía inquieta y nerviosa. Deseaba estar en su propia cama, no allí. No estaba de humor para contemplar la belleza, y, cuando pasaron por delante de una gran colina rocosa cubierta de flores silvestres que brotaban de todos los resquicios, tuvo que convencerse a sí misma para que no se le empañaran los ojos.

El terreno se volvió más verde, y al final llegaron a un barranco que se extendía a izquierda y derecha, repleto de árboles que se alzaban desde las profundidades, con el rugido de las aguas del río Alado de fondo. Había una vía que iba de este a oeste por encima del río, y también un sendero de hierba por el que estaba claro que había viajado mucha gente y que corría paralelo a la vía. El ejército giró hacia el este y avanzó veloz por el sendero de hierba. La vía estaba llena de gente, carros y carruajes que iban en ambas direcciones. Muchos se detenían para ver pasar a la Primera División y los saludaban con los brazos.

Fuego decidió imaginarse que había salido a galopar con su guardia y que estaban solos, que no había ningún río a su derecha ni que iban hacia Ciudad del Rey. Aquello la reconfortaba, y eso era lo que su cuerpo le pedía a gritos.

Cuando la Primera División hizo una parada para la comida del mediodía, Fuego no tenía hambre. Se sentó en la hierba y apoyó los codos en las rodillas para sujetarse la cabeza, que no dejaba de retumbarle.

—Señora —dijo la voz del comandante desde arriba.

Fuego adoptó una expresión plácida y alzó la mirada.

—Decidme, alteza.

—¿Necesitáis que os vea un curandero?

—No, alteza. Estaba dándole vueltas a una cosa, eso es todo.

No la creía, Fuego lo veía en la rigidez de los labios. Aun así, Brigan decidió dejar el tema.

—He recibido una llamada urgente del sur —dijo—. Iré para allá en cuanto hayamos llegado a la corte del rey. Me preguntaba si hay algo que deseéis y que os pueda proporcionar antes de partir, señora.

Fuego tiró de un trozo de hierba y se tragó su decepción. No se le ocurría nada que quisiera, al menos nada que pudieran proporcionarle, excepto por la respuesta a una pregunta. La formuló en voz muy baja:

—¿Por qué sois amable conmigo?

Brigan guardó silencio mientras miraba a Fuego tirar de la hierba. Se agachó hasta quedar a la misma altura.

—Porque confío en vos.

Fue como si el mundo se paralizara a su alrededor; y Fuego se quedó con la mirada clavada en la hierba. Era de un verde radiante bajo la luz del sol.

—¿Por qué confiáis en mí?

Brigan echó un vistazo a los soldados que estaban a su alrededor y sacudió la cabeza.

—Ya hablaremos de eso en otro momento.

—Se me ha ocurrido algo que podríais hacer por mí —dijo Fuego—. Se me acaba de ocurrir ahora mismo.

—¿Y bien?

—Podéis llevaros a un guardia cuando salgáis a pasear por la noche. —Y luego, al ver que Brigan levantaba las cejas y preparaba su negativa, añadió—: Por favor, alteza. Hay gente ahí fuera que quiere acabar con vos, pero también hay muchas personas que morirían para evitarlo. Mostrad respeto por quienes valoran tanto vuestra vida.

Brigan apartó la cara y frunció el ceño. Se notaba por la voz que no estaba conforme.

—Muy bien.

Aclarado el asunto —y, con toda seguridad, lamentando haber empezado aquella conversación—, Brigan volvió a su caballo.

De nuevo a lomos del caballo, Fuego reflexionó sobre el hecho de que el comandante confiara en ella, dándole vueltas a aquella idea como si tuviera un caramelo en la boca, e intentando decidir si se lo creía o no. No era que creyera que el príncipe estuviera mintiéndole, sino que no creía que pudiera confiar —al menos, no del todo— en ella como lo hacían Brocker, Donal o incluso Arco, en las ocasiones en las que decidía hacerlo.

El problema con Brigan radicaba en que era muy cerrado. ¿Cuándo había tenido que juzgar Fuego a una persona tan solo por sus palabras? No tenía modo de entender a alguien como el príncipe, ya que nunca había conocido a nadie como él.

El río Alado debía su nombre al hecho de que sus aguas alzaban el vuelo antes de llegar al final de su viaje. Ciudad del Rey había crecido en el lugar donde el río se precipitaba por un gran barranco verde y se zambullía en el mar Invernal. La ciudad había crecido desde la orilla norte y se había ido extendiendo hacia el sur, al otro lado del río. La parte antigua y la nueva de la ciudad quedaban unidas por puentes, cuya construcción le había costado la vida a más de un ingeniero desafortunado que había caído. En el norte, un canal de esclusas conectaba la ciudad con Puerto Bodega, que se encontraba mucho más abajo.

Al cruzar la muralla exterior con los cinco mil soldados, Fuego se sintió como una papanatas de campo. La ciudad estaba llena de gente, olores y ruidos, de edificios pintados de colores llamativos con tejados empinados y apelotonados entre ellos; había casas de madera rojiza con molduras verdes, lilas y amarillas, azules y naranjas. Fuego nunca había visto edificios que no estuvieran construidos con piedra. Jamás se habría imaginado que las casas pudieran ser de cualquier otro color que no fuera el gris.

La gente salía a las ventanas para ver pasar a la Primera División. Las mujeres que estaban en la calle flirteaban con los soldados y les tiraban flores, tantas flores que Fuego no podía creerse aquel derroche. Todas esas personas estaban tirando más flores sobre su cabeza de las que había visto en toda su vida.

Una flor se quedó enganchada en el pecho de uno de los mejores espadachines de Brigan, que iba montado a la derecha de Fuego. Cuando la joven se rio, el soldado le sonrió satisfecho y le entregó la flor. Mientras iban recorriendo las calles de la ciudad, Fuego estuvo rodeada no solo por su guardia, sino por los mejores guerreros de Brigan; él mismo iba a su izquierda. El comandante estaba vestido de gris, al igual que sus tropas, y había colocado al abanderado a cierta distancia detrás de él. Todo en un intento para que Fuego no llamara tanto la atención, aunque sabía que no estaba cumpliendo con su parte en aquella farsa. Debería haberse sentado con expresión seria, la cabeza inclinada hacia sus manos y sin llamar la atención. En cambio, se estaba riendo. Reía, sonreía, no parecía sentir dolor ni malestar. Estaba radiante por la novedad y el ajetreo del lugar.

Y entonces, poco después —Fuego no sabría decir si primero lo oyó o lo percibió—, se produjo un cambio entre la multitud. Fue como si un susurro hubiera conseguido colarse entre los vítores, y luego hubo un silencio extraño; una pausa. Percibió maravilla y admiración. Y entendió que, a pesar de llevar el cabello cubierto, a pesar de ir con ropas sucias y de colores apagados para montar, y a pesar de que esa ciudad no la había visto ni probablemente hubiera pensado en ella en diecisiete años, su rostro, sus ojos y su cuerpo les decían quién era. Y el pañuelo que llevaba en la cabeza lo confirmaba. ¿Por qué iba a cubrirse el pelo, si no? Se dio cuenta de que su propia felicidad tan solo lograba que destacara aún más. Borró la sonrisa de su rostro y agachó la cabeza.

Brigan le hizo un gesto a su abanderado para que se adelantara y cabalgara a su lado.

—No siento ningún peligro —le dijo Fuego en voz baja.

—Aun así, si un arquero se asoma por alguna de estas ventanas, quiero que se fije en ambos —respondió Brigan, muy serio—. Un hombre que quiera vengarse de Cansrel no disparará si corre el riesgo de darme a mí.

Fuego pensó en bromear al respecto. Si sus enemigos eran amigos de Brigan, y sus amigos eran enemigos del príncipe, ambos podían andar por el mundo tomados del brazo para que nunca más les volvieran a disparar con flechas.

Pero un sonido espeluznante se alzó entre el silencio.

—Fuego —la llamó una mujer desde una ventana de un piso superior.

Un grupo de niños descalzos hicieron eco de la llamada desde una puerta:

—¡Fuego! ¡Fuego!

Más voces se unieron. Los gritos se hicieron más fuertes hasta que, de repente, la gente empezó a vocear su nombre, a corearlo. Algunos lo hacían con veneración, otros en tono de acusación. Y había otros que no tenían ningún motivo para hacerlo, salvo que se habían dejado llevar por el fervor cautivador e irracional de la multitud. Fuego cabalgó hacia las murallas del palacio de Nash anonadada y perpleja por la melodía de su propio nombre.

Fuego había oído que la fachada del palacio del rey era negra, pero, aun así, no estaba preparada para la belleza y la luminosidad de la piedra. Era de un negro que cambiaba según el ángulo desde el que se observara y que resplandecía, por lo que la primera impresión de Fuego fue que se trataba de paneles cambiantes de color negro, gris y plata; del azul que se reflejaba del cielo del este, y del naranja y el rojo de la puesta de sol.

Sin saberlo siquiera, Fuego siempre había anhelado ver unos colores como los de Ciudad del Rey. ¡Cómo debió de relucir su padre en aquel lugar!

Los cinco mil soldados tomaron otra dirección cuando Fuego, su guardia y Brigan se acercaron a la rampa que llevaba hasta las puertas del palacio. Levantaron el rastrillo y las puertas se abrieron hacia dentro. Los caballos pasaron por un portón negro y salieron a un patio blanco deslumbrante a causa del reflejo del atardecer sobre las paredes de cuarzo y el cielo rosáceo tras un techo de cristal que centelleaba. Fuego estiró el cuello y se quedó boquiabierta ante las paredes y el techo. Un sirviente se acercó a ellos y se quedó mirando a Fuego, embobado.

—Mírame a mí, Welkley —dijo Brigan, bajándose del caballo.

Welkley era bajito, delgado, iba aseado y vestía de manera impecable. Carraspeó y se dirigió hacia Brigan:

—Perdonadme, alteza. He enviado a alguien al despacho para que alertase a la princesa Clara de vuestra llegada.

—¿Y Hanna?

—Está en la casa verde, alteza.

Brigan asintió con la cabeza y le echó una mano a Fuego.

—Lady Fuego, este es Welkley, el mayordomo mayor del rey.

Fuego sabía que ese era el momento para que se apeara del caballo y le diera la mano a Welkley, pero, al moverse, sintió un espasmo de dolor que se expandió desde la zona lumbar. Contuvo la respiración, apretó los dientes, pasó la pierna por encima de la montura y se soltó, esperando que los instintos de

Brigan evitaran que cayera de espaldas ante el mayordomo mayor del rey. Brigan la asió con serenidad y la ayudó a ponerse en pie con el rostro impasible, como si fuera habitual que Fuego se lanzara sobre él cada vez que bajaba del caballo. Luego miró hacia el suelo de mármol con el ceño fruncido mientras Fuego le daba la mano a Welkley.

Entonces entró en el patio una mujer a la que a Fuego le resultó imposible no percibir; era una fuerza de la naturaleza. La muchacha se giró para localizarla y vio una enorme melena marrón, unos ojos chispeantes, una sonrisa radiante y una esbelta figura con curvas. Era alta, casi tanto como Brigan. Abrazó al príncipe mientras reía y le besó en la nariz.

—¡Dichosos los ojos! —dijo. Y luego se dirigió a Fuego—: Soy Clara, y ahora entiendo lo que decía Nash: sois más deslumbrante incluso que Cansrel.

Fuego no logró encontrar las palabras para responder, y vio que en los ojos de Brigan había dolor. Pero Clara se limitó a reír de nuevo y le dio golpecitos en la cara a Brigan.

—Qué serio estás —dijo—. Venga, hermanito, yo me encargo de cuidar de la dama.

Brigan asintió con la cabeza.

—Lady Fuego, iré a buscaros antes de marcharme. Musa —dijo girándose hacia la escolta de Fuego, que estaba de pie, quieta, junto a los caballos—, acompañad todos a lady Fuego adonde sea que la lleve la princesa Clara. Clara, encárgate de que la vea una curandera. —Le dio un beso a la princesa en la mejilla a toda prisa—. Por si no te vuelvo a ver. —Entonces se dio la vuelta y se alejó, prácticamente corriendo, por una de las puertas abovedadas que conducían al palacio.

—Siempre parece que va a apagar un fuego este Brigan —dijo Clara—. Venid conmigo, lady Fuego, os mostraré vuestros aposentos. Os gustarán, tienen vistas a la casa verde. El hombre que se encarga de los jardines de la casa verde es una maravilla. Confiad en mí, seguramente no habrás probado unos tomates iguales.

Fuego se quedó sin palabras por el asombro. La princesa la tomó del brazo y tiró de ella hacia el palacio.

Era cierto que la sala de estar de Fuego tenía vistas a una curiosa casa de madera oculta en los terrenos traseros del palacio. La casa era pequeña, estaba pintada de un verde intenso y rodeada de jardines y árboles frondosos, de manera que parecía mimetizarse en el entorno, como si hubiera brotado del suelo igual que las plantas de su alrededor.

No se veía al famoso jardinero por ningún lado, pero, mientras Fuego estaba mirando por la ventana, la puerta de la casa verde se abrió, y una joven mujer de cabello castaño que llevaba un vestido amarillo pálido salió y atravesó el huerto hasta llegar al palacio.

—En teoría, es la casa de Roen —le dijo Clara colocándose al lado de Fuego—. La construyó ella, porque creía que la reina debía tener un lugar al que retirarse. De hecho, se fue a vivir allí tras la ruptura con Nax. Ahora se la ha dado a Brigan, para que la use hasta que Nash elija a una esposa.

De modo que la joven que acababa de salir de la casa debía tener alguna clase de relación con Brigan. No cabía duda de que aquello era muy interesante. Además, las vistas eran preciosas, hasta que Fuego fue hacia las ventanas de sus aposentos y se encontró con una vista que le gustó incluso más: la caballeriza. Proyectó la mente y encontró a Lento. Sintió un alivio inmenso al saber que estaría lo bastante cerca como para que ella lo percibiera.

Sus aposentos eran demasiado grandes, pero cómodos; las ventanas estaban abiertas y tenían mallas de protección hechas con alambre. Sospechaba que alguien había tenido aquella consideración pensando en ella, para que pudiera pasar por delante de la ventana con el cabello descubierto y no tener que preocuparse por los monstruos depredadores o por una invasión de monstruos con forma de insectos.

Entonces se le ocurrió que, tal vez, aquellos hubieran sido los aposentos de Cansrel o que las mallas hubieran sido cosa de él. Pero desechó aquella posibilidad al instante, ya que Cansrel habría tenido más estancias —y más grandes— que estuvieran más cerca del rey, con vistas a uno de los patios interiores blancos, con un balcón en cada uno de los ventanales, como los que había visto en el patio.

Entonces, la conciencia del rey interrumpió sus pensamientos. Miró hacia la puerta de sus aposentos, perpleja, y luego sobresaltada cuando Nash entró de repente.

—¡Hermano! —exclamó Clara, muy sorprendida—. ¿No puedes esperar siquiera a que se limpie las manos para quitarse el polvo del camino?

Los veinte guardias de Fuego se arrodillaron. Nash ni siquiera los vio, ni tampoco oyó a Clara; cruzó la habitación con varias zancadas hasta la ventana en la que estaba Fuego. Le puso las manos alrededor del cuello e intentó besarla.

Fuego había percibido que iba a ocurrir aquello, pero la mente de Nash era rápida y escurridiza, y ella no se había apoderado de su mente lo bastante rápido. Además, la última vez que se habían visto, el rey estaba borracho. Ahora no lo estaba, y se notaba la diferencia. Para evitar el beso, Fuego se arrodilló para fingir sumisión. Nash la agarró, pero le costaba levantarla.

—¡La estás ahogando! —gritó Clara—. ¡Nash, para!

Fuego trató de controlar de nuevo la mente de Nash. Se apoderó de ella, pero la volvió a perder, y, en un arrebato, decidió que prefería quedarse inconsciente antes que besar a ese hombre. Entonces, de repente, otra persona a la que Fuego reconoció le apartó las manos de Nash del cuello. Tomó un gran respiro de alivio, se levantó y fue hasta la cristalera.

La voz de Brigan sonaba tranquila y amenazante.

—Musa, déjanos sitio.

La guardia se desvaneció. Brigan agarró de la pechera a Nash y lo estampó con fuerza contra la pared.

—Mira lo que estás haciendo —le siseó Brigan—. ¡Aclárate la mente!

—Perdón —dijo Nash; parecía verdaderamente horrorizado—. He perdido la cabeza. Perdonadme, señora.

Nash intentó girar el rostro hacia Fuego, pero Brigan le apretó aún más en el cuello para detenerlo.

—Si no va a estar segura aquí, me la llevaré ahora mismo. Se vendrá al sur conmigo, ¿me oyes?

—De acuerdo —dijo Nash—. Está bien.

—No, no está bien. Estos son sus aposentos, ¿qué haces aquí?

—¡Ya está bien! —dijo Nash, empujando el puño de Brigan con las manos—. Ya basta. Entiendo que lo que he hecho está mal. Cuando la veo, pierdo el juicio.

Brigan retiró las manos del cuello de su hermano, dio un paso atrás y se frotó la cara.

—Pues no la mires —dijo con la voz cansada—. Tengo asuntos que tratar contigo antes de partir.

—Ven conmigo a mi despacho.

Brigan le señaló la puerta de la habitación con la cabeza.

—Nos vemos en cinco minutos.

Nash se dio la vuelta y se largó del cuarto, desterrado. El hijo mayor de Nax era todo un rompecabezas de inconsistencias y el rey en teoría, pero ¿cuál de los hermanos era el rey en la práctica?

—¿Os encontráis bien? —preguntó Brigan con el ceño fruncido mirando el dibujo de la alfombra.

Fuego no se encontraba bien. Se agarró la espalda, que le dolía.

—Sí, alteza.

—Podéis confiar en Clara —le dijo Brigan a Fuego—. Y también en mi hermano Garan, en Welkley y en un par de los hombres del rey; Clara os puede indicar quiénes son. En ausencia de lord Arco, me gustaría escoltaros de vuelta a casa la próxima vez que me dirija hacia el norte y pase por la ciudad. Es una ruta que hago a menudo. No deberían ser más de un par de semanas. ¿Os parece bien?

No se lo parecía. Era demasiado tiempo. Pero Fuego asintió, y tragó saliva con dolor.

—Debo partir —dijo—. Clara sabe cómo hacer que me lleguen los mensajes.

Fuego volvió a asentir. Brigan se dio la vuelta y se fue de allí.

La curandera le dio un baño, un masaje y le puso una compresa calentita. La mujer era tan talentosa que a Fuego no le importó que no dejara de tocarle el pelo. Se puso el vestido más sencillo de todas las opciones que le dio a elegir una sirvienta que la miraba embelesada; se sintió mejor. Al menos todo lo que podía en aquellos aposentos desconocidos y sin saber qué esperar de aquella extraña familia real. Además no tenía su música, ya que le había devuelto el violín prestado a su legítimo dueño.

La Primera División tenía un permiso de una semana en Ciudad del Rey, y luego se pondrían otra vez en camino bajo las órdenes del capitán que Brigan hubiera dejado al mando. Cuando salió del cuarto de baño, Fuego descubrió que Brigan había decidido asignarle toda su guardia de manera permanente, con las mismas reglas que antes: seis guardias debían acompañarla adondequiera que fuera, y dos mujeres debían estar en su cuarto mientras dormía. Fuego lamentaba que su escolta tuviera que seguir con aquella tarea tan aburrida, y lamentaba aún más pensar que los tendría todo el día por en medio. Aquella interminable ausencia de soledad era peor que tener una venda apretándole una herida.

A la hora de la cena, se excusó diciendo que tenía dolor de espalda para no tener que presentarse tan pronto ante Nash y su corte. Nash mandó a sus aposentos a sirvientes con carritos repletos de un festín que podría haber alimentado a todos los que vivían en su casa de piedra, en el norte, y también a los que vivían en la casa de Arco. Pensó en su amigo y luego apartó aquel pensamiento, porque pensar en Arco hacía que estuviera a punto de echarse a llorar.

Welkley apareció después de la cena con cuatro violines, dos en cada mano, colgando de los dedos. Eran unos instrumentos impresionantes, no había nada de modestos en ellos. Olían de maravilla, a madera y barniz, y eran de un reluciente marrón, naranja y bermellón. Welkley le explicó que eran los mejores que había podido encontrar en tan poco tiempo. Fuego debía escoger uno de los cuatro como regalo de la familia real.

Fuego creyó adivinar cuál de los miembros de la familia real se había tomado un momento entre todas sus obligaciones para pedir que le consiguieran los mejores violines de la ciudad, y otra vez estuvo a punto de romper a llorar. Qué incómodo. Fue tomando los instrumentos de las manos del sirviente uno a uno, cada cual más bonito que el anterior. Welkley esperó con paciencia mientras ella los tocaba y comprobaba la sensación que le transmitían al llevárselos al cuello y al pulsar las cuerdas, y la profundidad de su sonido. Siempre regresaba al mismo, al que tenía el barniz de un rojo cobrizo y la nitidez de la punta de una estrella: precisa y solitaria. De alguna manera, le recordaba a su hogar. *Este*, pensó para sí misma. *Este es.* Le dijo a Welkley que el único fallo que tenía era que el instrumento era demasiado bueno para su nivel.

Esa noche, los recuerdos la mantuvieron despierta. También los dolores y las preocupaciones. Evitó el ajetreo de la corte, aun cuando era bien entrada la noche, y al no saber cómo llegar a alguna zona desde la que poder ver con tranquilidad el cielo, se fue con seis de sus guardias a la caballeriza. Se apoyó sobre la puerta de la cuadra frente a su caballo, que estaba dormitando y ladeado.

¿Por qué he venido aquí?, se preguntó. *¿En qué me he metido? Este no es mi lugar.*

Ay, Lento. ¿Por qué estoy aquí?

Desde el calor del cariño que sentía por su caballo construyó algo frágil y voluble que casi parecía valor. Esperó que fuera suficiente.

Capítulo catorce

El fisgón al que habían capturado en el palacio del rey no era el mismo hombre que Fuego había percibido en sus aposentos en la fortaleza de Roen, pero su mente le transmitía una sensación parecida.

—¿Qué quiere decir eso? —exigió Nash—. ¿Quiere eso decir que lo mandó el mismo hombre?

—No tiene por qué, majestad.

—¿Quiere decir que es de la misma familia? ¿Que son hermanos?

—No tiene por qué, majestad. Los miembros de una misma familia pueden tener mentes muy distintas, igual que dos hombres con la misma ocupación. A estas alturas solo puedo determinar que las actitudes y aptitudes de ambos son parecidas.

—¿Y de qué nos sirve eso? No os hemos traído desde tan lejos para que pudierais decirnos que su carácter y su inteligencia son como los de la media, señora.

En el despacho del rey Nash, que tenía unas vistas espectaculares de la ciudad, unas estanterías que iban desde el suelo hasta el techo abovedado pasando por el entresuelo, una moqueta de un color verde intenso y lámparas de oro, y sobre todo, estando su monarca tan apuesto y agitado, Fuego se encontraba en un estado de estimulación mental que le complicaba centrarse en el prisionero o interesarse por lo que decía Nash sobre su inteligencia. El rey era inteligente, engreído, poderoso y veleidoso. Eso fue lo que impresionó a Fuego, el hecho de que ese hombre tan apuesto fuera todas esas cosas a la vez, que fuera abierto como el cielo y desesperadamente difícil de someter.

La primera vez que Fuego atravesó la puerta de su despacho con seis de sus guardias, el rey la saludó con desgana.

—Habéis entrado en mi mente antes que en esta habitación, señora.

—Sí, majestad —dijo, siendo honesta por lo sorprendida que estaba ante él y sus hombres.

—Me alegra oír eso —dijo Nash—. Y os doy permiso. No soporto mi propio comportamiento cuando estáis cerca.

Se sentó en su escritorio y miró fijamente el anillo de esmeralda que llevaba en el dedo. Mientras esperaban a que trajeran al prisionero ante ellos, la habitación se convirtió en un campo de batalla mental. Nash era plenamente consciente de la presencia física de Fuego, y se esforzaba por no mirarla. Era igual de consciente de la presencia de la joven en su mente, y ahí estaba el problema, porque era ahí donde se aferraba a ella, donde podía y de manera obstinada, para saborear la emoción que le despertaba. Y no era posible mantener ambas posturas a la vez: no podía ignorarla y aferrarse a ella de manera simultánea.

Nash era demasiado débil y demasiado fuerte en los ámbitos equivocados. Cuanto más se apoderaba Fuego de su conciencia, más tiraba él de ella para que continuara haciéndolo, para que el control que ella poseía pasara a ser, de algún modo, suyo. Fuego trató de luchar entonces contra sus tonterías mentales, pero tampoco sirvió de nada. Fue como si lo dejara ir y dejara su cuerpo a merced de la volatilidad de su mente.

No encontraba la manera correcta de apoderarse de su mente. Tuvo la sensación de que se le escapaba. Nash se fue inquietando cada vez más hasta que, al final, la miró a la cara. El rey se puso en pie y empezó a caminar de un lado para otro. Luego llegó el prisionero, y las respuestas de Fuego a las preguntas de Nash tan solo consiguieron que se frustrara más.

—Lamento no ser de más ayuda, majestad —se disculpó Fuego—. Mi percepción tiene límites, sobre todo con los desconocidos.

—Mi señora, sabemos que habéis atrapado a intrusos en vuestras tierras cuyas mentes os transmitían una sensación particular —dijo uno de los hombres del rey—. ¿Es este hombre como aquellos?

—No, señor. No lo es. Aquellos hombres parecían tener la mente en blanco. Este hombre piensa por sí mismo.

Nash se detuvo ante ella y frunció el ceño.

—Tomad el control de su mente —le dijo—. Obligadle a que nos diga el nombre de su amo.

El prisionero estaba agotado, acunándose el brazo herido y asustado por la dama monstruo. Y Fuego sabía que podía hacer lo que le pidiera el rey sin problemas. Se apoderó de la conciencia de Nash con tanta contundencia como pudo.

—Lo siento, majestad. Solo me apodero de las mentes de los demás cuando lo considero necesario para protegerme.

Nash le cruzó la cara de un golpe, con tanta fuerza que Fuego se cayó de espaldas. Volvió a ponerse en pie en cuanto rozó la alfombra, lista para salir corriendo, luchar o hacer lo que fuera necesario para defenderse de él, sin importar que se tratara del rey. Pero todos sus guardias, los seis, se pusieron a su alrededor y la alejaron del alcance del rey. Por el rabillo del ojo pudo ver que tenía sangre en la mejilla. Una lágrima se le mezcló con la sangre, lo cual le produjo un escozor terrible. Nash le había hecho el tajo con la gran esmeralda cuadrada de su anillo.

Odio a los abusones, le dijo mentalmente con furia.

El rey estaba agachado en el suelo, con la cabeza entre las manos, y sus hombres, detrás de él, confundidos, susurraban entre ellos. Levantó la mirada hacia Fuego. La joven percibió su mente: ahora Nash pensaba con claridad y entendía lo que había hecho. La vergüenza se apoderó de su rostro.

La furia que sentía se disipó tan rápido como había aparecido. Fuego sentía lástima por él. Le mandó un mensaje firme:

Esta es la última vez que me presentaré ante vos hasta que aprendáis a protegeros de mí.

Se dirigió hacia la puerta sin esperar a que le dieran permiso.

Fuego se preguntó si un moratón y un corte con forma de cuadrado en la mejilla la afearían. La curiosidad pudo con ella, y en el cuarto de baño se acercó un espejo al rostro.

Tras un solo vistazo, metió el espejo bajo un montón de toallas. Ya tenía respuesta a su pregunta. Los espejos eran aparatos inservibles e irritantes. Debía haberlo sabido.

Musa estaba sentada en el borde de la bañera, ceñuda. Llevaba así desde que el contingente de guardias había vuelto con su protegida cubierta de sangre. Fuego sabía que a Musa le molestaba verse atrapada entre las órdenes de Brigan y la soberanía del rey.

—Por favor, no se lo cuentes al comandante —dijo Fuego.

Musa frunció aún más el ceño.

—Lo siento, mi señora, pero pidió específicamente que le dijéramos si el rey había intentado lastimaros.

La princesa Clara llamó al marco de la puerta.

—Me dice mi hermano que ha hecho algo imperdonable —dijo, y luego, al ver la cara de Fuego, añadió—: ¡Rocas y monstruos! ¡Es evidente que ese corte ha sido con el anillo del rey! ¡Será bruto! ¿Se ha pasado por aquí la curandera?

—Se acaba de ir, alteza.

—¿Y qué plan tenéis para vuestro primer día en la corte? Espero que no os escondáis solo porque os haya dejado una marca.

Fuego se dio cuenta de que había ido a esconderse, y el tajo y el moratón tan solo eran parte del motivo. Era un alivio pensar en quedarse en aquella habitación con sus dolores y nervios hasta que volviera Brigan y la acompañara a casa.

—Pensé que tal vez os gustaría que os mostrara el palacio —dijo Clara—. Y mi hermano Garan quiere conoceros. Se parece más a Brigan que a Nash. Sabe controlarse.

El palacio del rey y un hermano como Brigan. La curiosidad pudo más que los temores de Fuego.

Como era de esperar, allá donde fuera Fuego se la quedaban mirando.

El palacio era gigantesco, como una ciudad interior con vistas impresionantes: las cascadas, el puerto, los barcos con bandera blanca en el mar. Los enormes puentes de la ciudad. La ciudad en sí, con todo su esplendor y su deterioro, que se extendía hacia campos dorados y colinas de rocas y flores. Y, cómo no, el cielo. Siempre se veía el cielo desde los siete patios y desde todos los pasillos superiores, donde los techos eran de cristal.

—No os ven —le dijo Clara a Fuego cuando un par de monstruos aves rapaces se posaron sobre el techo transparente de un pasillo, lo cual hizo que Fuego pegara un bote—. El cristal es reflectante por fuera; solo se ven a sí mismos. A propósito, todas las ventanas que hay en el palacio y que se abren están equipadas con una malla de protección. Incluso las del techo. Fue cosa de Cansrel.

No era la primera vez que Clara mencionaba a Cansrel. Cada vez que lo hacía, Fuego se estremecía. Así de acostumbrada estaba a que la gente evitara aquel nombre.

—Supongo que es lo mejor —continuó Clara—. El palacio está atestado de objetos creados a partir de monstruos: alfombras, plumas, joyas, colecciones de insectos… Las mujeres visten sus pieles. Decidme, ¿siempre os cubrís el cabello?

—Si me van a ver desconocidos, normalmente sí —dijo Fuego.

—Interesante —dijo Clara—. Cansrel nunca se cubría el cabello.

Ya, y a Cansrel le encantaba la atención, pensó Fuego con sequedad. Además, Cansrel era un hombre. Él no había tenido los problemas a los que se enfrentaba Fuego.

El príncipe Garan era demasiado delgado, mucho menos robusto que su hermana. A pesar de ello, era bastante apuesto. Tenía unos ojos oscuros que relucían bajo un manojo de cabello casi negro. Había algo furioso y elegante en su comportamiento que hacía que verlo resultara fascinante, atrayente. Se parecía mucho a su hermano, el rey.

Fuego sabía que estaba enfermo, que de niño había sufrido las mismas fiebres que se llevaron a su madre. Él había sobrevivido, pero su salud se había arruinado. También sabía, por las sospechas de Cansrel y las certezas de Brocker, que Garan y su melliza Clara eran el punto neurálgico del sistema de espías del reino. A Fuego le había costado mucho creerse eso de Clara mientras la seguía por todo el palacio. Pero ahora, en presencia de Garan, el comportamiento de Clara pasó a ser sagaz y serio, y Fuego entendió que una mujer que cotorreaba sobre parasoles de satén y su última aventura amorosa sabría bastante bien cómo mantener un secreto.

Garan estaba sentado ante una larga mesa con montones de documentos, en una sala repleta de guardias y llena de secretarios con aspecto de estar agobiados. El único ruido que había, aparte del crujido de los papeles, era el de un niño pequeño que parecía estar jugando con un perrito en un rincón, tratando de tirar de un zapato que el perro aferraba, algo que no casaba con la escena. Cuando Fuego entró, el niño la miró fijamente por un momento, luego bajó la vista con educación y no volvió a mirarla.

Fuego advirtió que Garan protegía su mente ante ella. De pronto se dio cuenta, sorprendida, de que ocurría lo mismo con Clara, y que había sido así todo ese tiempo. La personalidad de Clara era tan abierta que Fuego no se había percatado de lo protegida que tenía la mente. El niño también se estaba protegiendo con cuidado.

Además de protegerse contra Fuego, Garan era bastante poco amigable. Parecía poner empeño en no formularle a Fuego las típicas preguntas de cortesía, como qué tal había ido el viaje, si le gustaban sus aposentos y si le dolía mucho la cara por el puñetazo que le había asestado su hermano. Evaluó el daño de su mejilla con indiferencia.

—Brigan no puede enterarse de esto hasta que termine con lo que está haciendo —dijo con una voz lo bastante baja como para que la guardia de Fuego, que rondaba por detrás, no pudiera oírlo.

—Estoy de acuerdo —dijo Clara—. No podemos permitir que vuelva corriendo para darle una reprimenda al rey.

—Musa le informará de ello —avisó Fuego.

—Sus informes pasan por mí —dijo Clara—. Yo me encargaré.

Con los dedos manchados de tinta, Garan hojeó algunos papeles y deslizó una hoja suelta por la mesa hacia Clara. Mientras la leía, él se llevó la mano a un bolsillo y echó un vistazo a un reloj. Le habló al niño por encima del hombro.

—Cielo, no hagas como que no sabes qué hora es —le dijo.

El pequeño soltó un gran suspiro de tristeza. Le dijo algo al perrito moteado que hizo que soltara el zapato, se lo puso y salió por la puerta con la cara mustia. El perrito esperó un momento y luego fue trotando hacia su... ¿dueña? Sí, Fuego supuso que, en la corte del rey, una melena larga y oscura era mayor indicación que las ropas de aspecto masculino, por lo que supuso que era una niña. Probablemente tuviera unos cinco o seis años y fuera de Garan. Él no estaba casado, pero eso no quería decir que no tuviera hijos. Fuego trató de ignorar su propio e involuntario arrebato de resentimiento hacia aquellos para quienes tener hijos era algo natural.

—Mmm... —empezó a decir Clara con el ceño fruncido por el documento que tenía ante ella—. No sé qué pensar de esto.

—Lo hablaremos más adelante —dijo Garan. Miró a Fuego, que recibió su mirada con curiosidad. Garan bajó las cejas, lo cual hizo que se volviera temible y le otorgó un parecido inquietante a Brigan—. Y bien, lady Fuego —dijo dirigiéndose a ella directamente por primera vez—, ¿vais a hacer lo que os pidió el rey y utilizaréis vuestro poder mental para interrogar a nuestros prisioneros?

—No, alteza. Solo utilizo mi poder en defensa propia.

—Eso es muy noble por vuestra parte —dijo Garan de manera que pareció que quería decir lo contrario para confundirla, pero Fuego lo miró con calma y no dijo nada.

—Sería defensa propia —interrumpió Clara en tono distraído, todavía frunciendo el ceño por el papel que tenía ante ella—. Defensa del propio reino. No es que no entienda que os neguéis a seguirle la corriente a Nash y sus cambios de humor, sobre todo sabiendo que se ha comportado como un palurdo, pero os necesitamos.

—¿Seguro? No termino de decidirme en este asunto —dijo Garan.

Metió la pluma en el tintero, secó el exceso con cuidado y garabateó unas cuantas frases sobre el papel que tenía ante él. Sin mirar a Fuego, le transmitió un sentimiento de manera fría y con un control absoluto. Fuego lo percibió alto y claro. Era sospecha. Garan no confiaba en ella y quería que lo supiera.

Aquella noche, cuando Fuego sintió que el rey se estaba acercando, cerró con llave la puerta de sus aposentos. Él no puso ninguna objeción. Al parecer, se había resignado a mantener una conversación con ella a través del roble de la puerta. No era una conversación demasiado privada, al menos por parte de la joven, ya que los guardias que estaban a su servicio no podían alejarse demasiado dentro de su habitación. Antes de que hablara el rey, le avisó que le iban a oír.

Nash tenía la mente abierta y atormentada, pero lúcida.

—Si tenéis un momento, señora, solo quiero deciros dos cosas.

—Adelante, majestad —dijo Fuego en voz baja, con la frente apoyada contra la puerta.

—Lo primero es pediros disculpas con todo mi ser.

—No hace falta que os disculpéis con todo vuestro ser —contestó Fuego cerrando los ojos—, solo tenéis que disculparos con la parte que quiere que me apodere de ella.

—No puedo cambiar esa parte.

—Sí que podéis. Si sois demasiado fuerte como para que yo os controle, sois lo bastante fuerte como para autocontrolaros.

—No puedo, lo juro.

No queréis, le corrigió en silencio. *No queréis renunciar a sentirme, y ese es vuestro problema.*

—Sois un monstruo muy extraño —dijo casi en un susurro—. Se supone que los monstruos desean abrumar a los hombres.

¿Qué podía responder a eso? Fuego era un mal monstruo y un ser humano peor.

—Habéis dicho que eran dos cosas, majestad.

Nash tomó una bocanada de aire como para aclararse la mente y habló con más firmeza.

—Lo otro era pediros que reconsideraseis el asunto del prisionero. Son tiempos de desesperación. Sin duda, tenéis una opinión muy mala sobre mi capacidad de razonamiento, pero os juro, señora, que cuando estoy en el trono, y cuando no estáis en mis pensamientos, veo con claridad lo que es correcto. El reino está a punto de vivir algo de gran importancia. Puede que sea la victoria, puede que sea la ruina. Vuestro poder mental podría ayudarnos muchísimo, y no solo con un prisionero.

Fuego se puso de espaldas contra la puerta y se dejó caer hasta el suelo; se quedó en cuclillas y con la cabeza apoyada.

—No soy ese tipo de monstruo —dijo con desconsuelo.

—Reconsideradlo. Podríamos poner unas normas, establecer unos límites. Cuento con hombres razonables entre mis consejeros; no os pedirían demasiado.

—Marchaos para que lo piense.

—¿Lo haréis? ¿De verdad que lo consideraréis?

—Marchaos —dijo, ahora de manera más enérgica. Sintió que su atención pasaba de los negocios otra vez a sus sentimientos. Hubo un silencio prolongado.

—No quiero marcharme —dijo.

Fuego se mordió su creciente frustración.

—Largo.

—Casaos conmigo —susurró—. Os lo ruego.

Cuando lo dijo, su mente no estaba sometida al control de nadie, y era consciente de lo necio que era. Fuego percibió con total claridad que no podía evitarlo.

Se hizo la dura, aunque no se sentía como tal.

Marchaos antes de que arruinéis la paz que hay entre nosotros.

En cuanto se fue, Fuego se sentó en el suelo, con el rostro entre las manos, deseando estar sola, hasta que Musa le trajo una bebida y Mila, con timidez, una compresa caliente para la espalda. Fuego les dio las gracias y bebió. Y, dado que no tenía otra opción, disfrutó de la tranquila compañía.

Capítulo quince

La capacidad de Fuego para controlar la mente de su padre dependía de la confianza que él depositara en ella.

A modo de experimento, durante el invierno después de su accidente, Fuego hizo que Cansrel metiera la mano en la chimenea de sus aposentos. Lo consiguió haciéndole creer que lo que había ahí dentro eran flores y no llamas. Su padre estiró el brazo para agarrarlas, pero se echó atrás. Fuego trató de obtener un mayor control sobre la mente de Cansrel para despejarle las dudas. Volvió a estirar el brazo, decidido a recoger las flores, y esa vez creyó que eso era lo que hacía hasta que el dolor le aclaró la mente y le hizo volver a la realidad. Pegó un grito y fue corriendo hacia la ventana, la abrió de par en par y metió la mano en la nieve que se había acumulado contra el cristal. Se dio la vuelta hacia su hija, llamándola de todo, con lágrimas en los ojos, para exigir qué rocas se creía que estaba haciendo.

No era algo fácil de explicar, y Fuego rompió a llorar. Eran lágrimas sinceras que brotaban a causa de la confusión que generaban sus sentimientos encontrados. La angustia al ver la piel de su padre llena de ampollas, las puntas de los dedos ennegrecidas y cubiertas de sangre; y un olor horroroso que no había esperado. El miedo a que dejara de quererla, ahora que había provocado que se hiriera a sí mismo. El miedo a perder su confianza y, con ella, su poder para repetirlo alguna vez. Se lanzó sobre los almohadones de la cama de su padre, sollozando.

—Quería saber qué se sentía al herir a alguien, como siempre me dices que haga —le espetó—. Y ahora que lo sé, estoy horrorizada contigo y conmigo. No volveré a hacerlo jamás. No se lo haré a nadie.

Entonces Cansrel se acercó a ella, ya no había enfado en su rostro. Estaba claro que las lágrimas le apenaban, por lo que Fuego dejó que corrieran. Su padre se sentó a su lado con la mano que se había quemado apretada contra el cuerpo, pero con la atención puesta, sin duda, en ella y en la tristeza que sentía. Le acarició el cabello con la mano sana para intentar calmarla. Fuego le tomó la mano, la apoyó sobre su rostro húmedo y la besó.

Estuvieron un momento así, pero después su padre cambió de postura y le apartó la mano.

—Ya eres muy mayor para estas cosas —le dijo.

Fuego no entendía lo que quería decir. Cansrel carraspeó; tenía la voz ronca a causa del dolor que sentía.

—Debes recordar que ahora eres una mujer, Fuego, y que posees una belleza sobrenatural. Los hombres no podrán resistirse a tu roce, ni siquiera tu padre.

Fuego sabía que su padre solo estaba constatando un hecho; que no la estaba amenazando ni sugiriendo nada. Solo estaba siendo sincero, como con todo lo que tenía que ver con su poder de monstruo, y también le estaba enseñando algo importante para su propia seguridad. Pero el instinto de la joven vio una oportunidad, una manera de asegurarse la confianza de Cansrel dándole la vuelta a la situación y haciendo que su padre sintiera la necesidad de mostrarle que podía confiar en él.

Fuego se alejó de él, fingiendo que estaba horrorizada, y se fue corriendo de la habitación.

Aquella noche, su padre se plantó ante la puerta cerrada de su habitación y le suplicó que lo entendiera.

—Mi querida hija —empezó—, a mí no debes temerme. Sabes que nunca cedería a unos instintos tan viles. Lo que ocurre es que me preocupo por los hombres que sí lo harían. Tienes que entender los peligros que tu poder entraña para ti. Si fueras mi hijo, no estaría tan preocupado.

Fuego le dejó explicarse durante un rato mientras ella, dentro del dormitorio, estaba estupefacta ante lo fácil que le resultaba manipular al maestro de la manipulación. Pasmada y consternada, pues era consciente de que había aprendido a hacerlo gracias a él.

Al final terminó saliendo de los aposentos y se plantó ante Cansrel.

—Lo entiendo —dijo Fuego—. Lo siento, padre. —Las lágrimas empezaron a correrle por el rostro y fingió que se debían a la mano vendada de su padre, lo cual era cierto… En parte.

—Me gustaría que fueras más cruel con el poder que posees —le dijo su padre mientras le acariciaba el pelo y le daba un beso—. La crueldad es una buena autodefensa.

Y así, tras concluir aquel experimento, Cansrel siguió confiando en ella. Y tenía motivos para hacerlo, ya que Fuego no creía que pudiera repetir algo parecido.

Luego, en primavera, Cansrel empezó a decir que necesitaba un nuevo plan para deshacerse de Brigan. Un plan infalible.

Cuando empezó el sangrado, Fuego se sintió obligada a explicarle a su guardia por qué los monstruos con forma de pájaros habían comenzado a juntarse ante las mallas de protección de las ventanas y por qué los que tenían forma de aves rapaces descendían en picado de vez en cuando, destrozaban a los pájaros más pequeños y se encaramaban en los alféizares para mirar hacia dentro sin dejar de chillar. Le pareció que se lo habían tomado bastante bien —los guardias, no los pájaros—. Musa mandó a los dos guardias con mejor puntería al nivel inferior del palacio, justo debajo de los aposentos de Fuego, para que cazaran a unas cuantas aves rapaces en una zona tan cerca de los muros del palacio que resultaba peligroso.

Los Valles no eran famosos por sus calurosos veranos, pero estaba claro que un palacio de piedra negra con techos de cristal se iba a calentar; de modo que, durante los días en que el cielo estaba despejado, dejaban las ventanas de los techos abiertas. Cuando Fuego atravesaba el patio o los pasillos durante su sangrado, los pájaros piaban y las aves rapaces chillaban a través de aquellas mallas. A veces le seguía una estela de monstruos insectos voladores. Fuego no creía que aquella situación mejorara la opinión que se tenía de ella en la corte, pero lo cierto era que pocas cosas podían mejorarla. La marca cuadrada que se le había quedado en la mejilla se reconocía con facilidad y se hablaba mucho de ella. Fuego percibía los chismorreos que circulaban por la corte, que cesaban en cuanto entraba en una sala y se retomaban apenas salía.

Le había dicho a Nash que le daría vueltas al asunto del prisionero, pero, en realidad, no lo hizo. No necesitaba hacerlo: había tomado una decisión. Empleaba parte de su energía en controlar por dónde andaba Nash para poder evitarlo, y otra parte en desviar la atención de los miembros de la corte, de quienes, por lo general, percibía curiosidad y admiración; y también algo de hostilidad por parte de los sirvientes. Se preguntó si el servicio de la corte recordaría con mayor claridad las crueldades de Cansrel. Se preguntó si su padre habría sido más cruel con ellos.

A veces había gente que la seguía a cierta distancia, tanto hombres como mujeres, sirvientes y nobles. Por lo general, no tenían ningún antagonismo en particular. Algunos intentaban hablar con ella y la llamaban. En una ocasión, una mujer de pelo cano se le acercó directamente y dijo:

—Lady Fuego, sois como una flor delicada.

Y la habría abrazado de no haber sido porque Mila se lo impidió con el brazo. Fuego, que notaba el abdomen pesado y calambres dolorosos, además de tener la piel sensible y ardiente, se sentía todo lo contrario a una flor delicada. No supo si darle un bofetón a la mujer o echarse en sus brazos entre lágrimas. Entonces un monstruo con forma de ave rapaz arañó la malla de la ventana que tenían justo encima, y la mujer alzó la mirada y los brazos hacia él, tan embelesada por el depredador como había estado con Fuego.

Lo que Fuego sentía por parte de otras mujeres de la corte era envidia, resentimiento y celos por la atención que le prestaba el rey, que se preocupaba por ella desde la distancia, como un semental tras una valla, y no hacía mucho por esconder su frustrada estima. Cuando los ojos de Fuego se encontraban con los ojos de esas mujeres, algunas de las cuales llevaban plumas de monstruo en el pelo o zapatos hechos con piel de monstruo lagarto, la muchacha bajaba la mirada y continuaba a lo suyo. Tomaba las comidas en su cuarto. Se sentía tímida ante los gustos urbanos y rigurosos de la corte. Estaba convencida de que nunca llegaría a integrarse. Además, era una manera de evitar al rey.

Un día, mientras cruzaba un patio blanco y resplandeciente, Fuego fue testigo de una pelea espectacular entre una pandilla de niños pequeños y la hija del príncipe Garan, que contaba con la ayuda entusiasta de su perrito. Fuego vio claro que la hija de Garan era la instigadora de los puñetazos, pero además percibió, por las emociones candentes del grupito, que tal vez fuera también el asunto de la disputa.

Parad ya, les dijo mentalmente a los niños desde el otro lado del patio. Todos salvo la hija de Garan se quedaron paralizados. Se dieron la vuelta para mirarla y luego echaron a correr hacia el palacio sin dejar de chillar.

Fuego mandó a Neel a por un curandero y corrió junto al resto de su guardia hacia la niña, que tenía la cara hinchada y le sangraba la nariz.

—¿Te encuentras bien?

La niña estaba enzarzada en una discusión con su perrito, que saltaba, ladraba y tiraba de la correa con la que lo tenía sujeto.

—¡Manchitas! —dijo poniéndose de cuclillas hasta llegar a su nivel, con la voz congestionada por la sangre—. ¡Abajo! ¡Abajo, he dicho! ¡Basta! ¡Por los monstruos! —esto último lo dijo mientras Manchitas brincaba y se golpeaba contra su cara ensangrentada.

Fuego trató de controlar la mente del perrito y lo calmó hasta que se quedó tranquilo.

—Gracias a Los Valles —dijo la niña afligida, y se desplomó en el suelo de mármol al lado de Manchitas. Se tanteó las mejillas y la nariz, hizo un gesto de dolor y se apartó el pelo pegajoso de la cara—. Papá va a estar muy decepcionado.

Al igual que en su primer encuentro, la niña tenía la mente cerrada casi por completo. Aquello la impresionó, pero Fuego había entendido lo suficiente de los sentimientos de los otros niños como para interpretar lo que quería decir.

—Porque has salido en mi defensa. Es eso, ¿no?

—No, porque se me ha olvidado cubrirme el flanco izquierdo. Siempre está recordándomelo. Creo que me he roto la nariz. Me va a castigar.

Era cierto que Garan no era la personificación de la bondad, pero, aun así, Fuego no se lo imaginaba castigando a una niña por no haber ganado una pelea contra unos ocho adversarios.

—¿Porque alguien te ha roto la nariz? No lo creo.

La niña suspiró con pesar.

—No, porque he dado el primer puñetazo. Siempre dice que no debo hacerlo. Y porque no estoy en clase. Se supone que debo estar atendiendo mis clases.

—Bueno, pequeña —dijo Fuego intentando que no se le notara lo entretenida que estaba—, hemos ido a buscar a un curandero.

—¡Es que son muchísimas clases! —empezó la niña, sin apenas mostrar interés en el curandero—. Si papá no fuera un príncipe, yo no tendría tantas clases. Me encantan las de montar, pero las de historia me matan. Y ahora no me va a dejar que me monte en sus caballos nunca más. Me deja elegir los nombres de sus caballos, pero nunca me permite montar en ellos. Y el tío Garan le contará que me he perdido las clases y papá dirá que no puedo volver a montar. ¿Alguna vez ha consentido mi papá que montaras sus caballos? —le preguntó la niña a Fuego con un ademán trágico, como si supiera que iba a recibir la respuesta más catastrófica.

Pero Fuego no pudo responder, ya que se había quedado con la boca abierta y tratando de buscarle el sentido, con esfuerzo, a lo que creía que acababa de entender. Una niña de ojos y cabello oscuros con la cara machacada, un tío Garan y un padre príncipe; y una propensión poco habitual a tener la mente cerrada.

—Solo he montado en mi propio caballo —consiguió decir.

—¿Conocéis a sus caballos? Tiene muchos. Le encantan.

—Creo que solo he conocido a uno —dijo Fuego, aún sin poder creérselo. Poco a poco empezó a esforzarse para hacer los cálculos mentales.

—¿A Grande? Grande es una yegua. Papá dice que la mayoría de los soldados prefieren a los sementales, pero Grande es valiente y no la cambiaría por ningún semental. Dice que vos también sois valiente. Dice que le salvasteis la vida, por eso os defendí —dijo en tono sombrío, dándole vueltas otra vez al dilema que tenía entre manos. Se tocó los alrededores de la nariz—. Puede que no esté rota, puede que solo me la haya torcido. ¿Creéis que se enfadará menos si solo tengo la nariz torcida?

Fuego empezó a mesarse las sienes.

—¿Cuántos años tienes, pequeña?

—Cumpliré seis cuando llegue el invierno.

En ese momento Neel atravesó el patio a toda prisa junto a un curandero, un hombre sonriente vestido de verde.

—Lady Fuego —dijo el curandero, inclinando la cabeza y agachándose ante la niña—. Princesa Hanna, creo que lo mejor será que me acompañéis a la enfermería.

Ambos se fueron despacio de allí, la niña seguía de cháchara con la voz congestionada. Manchitas esperó un momento y luego fue tras ellos. Fuego seguía con la boca abierta. Luego se dirigió a su guardia:

—¿Por qué nadie me ha dicho que el comandante tiene una hija?

Mila se encogió de hombros.

—Al parecer, se lo tiene bastante callado, mi señora. Todo lo que hemos oído son rumores.

Fuego se acordó entonces de la mujer que había visto en la casa verde con el cabello castaño.

—¿Y la madre de la niña?

—Dicen que murió, mi señora.

—¿Cuánto tiempo hace de eso?

—No lo sé. Puede que Musa lo sepa. O quizás os lo pueda decir la princesa Clara.

—Bueno —dijo Fuego, intentando recordar qué estaba haciendo antes de la pelea—. Será mejor que vayamos a algún lugar en el que las aves rapaces no estén chillando.

—Íbamos de camino a la caballeriza, mi señora.

Ah, sí, la caballeriza. Para visitar a Lento y a todos sus amigos caballos, de los cuales algunos, al parecer, tendrían nombres cortos y descriptivos.

Fuego podría haber acudido a Clara de inmediato para que le contara la historia de cómo un príncipe de veintidós años había acabado con una hija secreta de casi seis. Pero, en cambio, esperó hasta que su sangrado cesara y entonces acudió a Garan.

—Vuestra hermana me ha comentado que trabajáis demasiado —le dijo al jefe de los espías.

Garan levantó la vista de la larga mesa llena de documentos y entrecerró los ojos.

—Así es.

—¿Os importaría acompañarme a dar un paseo, alteza?

—¿Por qué queréis pasear conmigo?

—Porque estoy intentando determinar qué pienso de vos.

Garan arqueó las cejas de repente.

—Anda, así que se trata de una prueba, ¿no es así? Entonces, ¿esperáis que actúe de cierta manera para vos?

—Me trae sin cuidado lo que hagáis, pero yo voy a ir. Hace cinco días que no salgo.

Fuego dio la vuelta y salió de la habitación; y, mientras avanzaba por el pasillo, se alegraba de percibir al príncipe zigzagueando entre sus guardias y hasta llegar a ella.

—Tengo el mismo motivo que vos —dijo con una voz evidentemente poco amigable.

—Me parece bien. Yo puedo actuar para vos si así lo deseáis. Podríamos parar un momento para recoger mi violín.

Garan soltó un bufido.

—Vuestro violín, sí, ya me he enterado de lo que pasó. Brigan se piensa que nos sobra el dinero.

—Supongo que os enteraréis de todo.

—Es mi trabajo.

—Entonces tal vez podríais explicarme por qué nadie me ha hablado de la princesa Hanna.

Garan la miró de reojo.

—¿Por qué debería preocuparos la princesa Hanna?

Era una pregunta razonable, pero fue como un pinchazo en una herida de la que Fuego todavía no era del todo consciente.

—Tan solo me pregunto por qué ni la reina Roen ni lord Brocker la han mencionado jamás.

—¿Por qué deberían hacerlo?

Fuego se frotó el cuello bajo el pañuelo que llevaba para cubrirse el cabello y suspiró, pues acababa de comprender por qué había querido mantener esa conversación con Garan, ni más ni menos.

—La reina y yo hablamos con total libertad entre nosotras —dijo—. Y Brocker comparte todo lo que descubre conmigo, ya que formo parte de su equipo de espías. La cuestión no es por qué deberían haberme hablado de ella, sino por qué se han preocupado de no hacerlo.

—Ah, de modo que esta conversación trata sobre la confianza —respondió Garan.

Fuego respiró hondo.

—¿Por qué habrían de mantenerla en secreto? No es más que una niña.

Garan se quedó callado durante un momento, pensativo, mirándola de vez en cuando. La condujo a través del patio central del palacio. Fuego estaba encantada de dejar que él escogiera la ruta, todavía se perdía en los laberintos del palacio. Esa mañana, sin ir más lejos, había aparecido en la lavandería cuando trataba de llegar hasta el taller del herrero.

—No es más que una niña —dijo Garan, al fin—, pero su identidad se ha mantenido en secreto desde antes de que naciera. El propio Brigan no supo de su existencia hasta que tuvo cuatro meses de vida.

—¿Por qué? ¿Quién era la madre? ¿La esposa de un enemigo o la de un amigo?

—La esposa de nadie. Era una muchacha de la caballeriza.

—Y entonces, ¿por qué…?

—Al nacer, era la tercera en la línea en sucesión —dijo Garan en voz muy baja—. Y es la hija de Brigan. No la de Nash, ni la de Clara, ni la mía. Pensad cómo eran las cosas hace seis años. Si, como aseguráis, Brocker os ha educado, sabréis el peligro al que se enfrentó Brigan al convertirse en adulto. Era el único enemigo declarado de Cansrel en la corte.

Aquello la dejó sin palabras, de modo que escuchó, avergonzada, mientras Garan le relataba la historia.

—Era la muchacha que cuidaba a sus caballos. Brigan apenas tenía dieciséis años, y ella también era muy guapa. Saben las rocas la poca alegría que había en su vida. Se llamaba Rose.

—Rose —repitió Fuego, sin apenas expresión en la voz.

—Nadie se enteró de lo suyo, excepto cuatro miembros de la familia: Nash, Clara, Roen y yo. Brigan la mantuvo en secreto para resguardar su vida. Quería casarse con ella. —Garan soltó una risotada—. Era un romántico empedernido, el muy cabeza de roca. Por suerte, no pudo hacerlo, y siguió manteniéndola en secreto.

—¿Por qué decís «por suerte»?

—¿El hijo de un rey y una muchacha que dormía en el establo?

A Fuego le parecía que ya era lo bastante extraño que alguien conociera a una persona con la que quisiera casarse. Qué injusto le parecía encontrar a esa persona y no poder hacerlo porque su cama estaba hecha de heno y no de plumas.

—En cualquier caso —continuó Garan—, más o menos por aquella época, Cansrel convenció a Nax de que metiera a Brigan en el ejército y lo mandara a la frontera, donde Cansrel confiaba en que lo matarían. Brigan estaba furioso, pero no le quedó otra opción que la de ir. Poco después nos quedó claro a quienes conocíamos a Rose que Brigan había dejado parte de él aquí.

—Estaba encinta.

—Exacto. Roen se encargó de todo; en secreto, claro. Al final, a Brigan no lo mataron, y Rose murió durante el parto de la niña. Brigan volvió a casa con diecisiete años, y descubrió en un mismo día que Rose había muerto, que tenía una hija y que Nax lo había nombrado comandante del ejército del rey.

Fuego conocía aquella parte de la historia. Cansrel había convencido a Nax de que ascendiera a Brigan a un cargo para el que no creía que estuviese preparado, con la esperanza de que Brigan echara por tierra su reputación mostrando su incompetencia militar. Recordaba el goce y el orgullo que había sentido Brocker cuando Brigan, mediante un arrebato tremendo de determinación, se convirtió primero en un líder íntegro y, después, en un comandante excepcional. Reorganizó a todo el ejército del rey, no solo a la caballería, sino a la infantería y a los arqueros. Elevó los estándares de los entrenamientos y aumentó la paga. Amplió los rangos, animó a que se alistaran las mujeres, mandó construir estaciones de señalización en las montañas a lo largo de todo el reino para que los lugares más alejados pudieran comunicarse entre sí. Planificó nuevos fuertes con cultivos de cereales inmensos y una caballeriza enorme para cuidar de los mejores activos del ejército: los caballos que hacían que fuera móvil y veloz. Todo con la intención de ponérselo más difícil a los contrabandistas, a los saqueadores, a los invasores píqueos y a nobles rebeldes como Mydogg y Gentian, para que tuvieran que detenerse y reevaluar sus pequeños ejércitos y sus dudosas ambiciones.

Pobre Brigan. Fuego ni siquiera podía imaginárselo. Pobre muchacho con el corazón partido.

—Cansrel iba tras todo lo que fuera de Brigan —dijo Garan—. Sobre todo cuando su poder fue creciendo. Envenenó a sus caballos por puro rencor. Torturó a uno de sus escuderos y lo mató. Como entenderéis, quienes conocíamos la verdad sobre Hanna, sabíamos que no podíamos decir ni una palabra.

—Claro. Por supuesto —susurró Fuego.

—Luego Nax murió —dijo Garan—, y Brigan y Cansrel se pasaron los siguientes dos años intentando matarse el uno al otro. Y luego Cansrel se suicidó. Brigan al fin pudo nombrar a su hija su heredera y la segunda en línea de sucesión al trono. Pero solo lo hizo ante la familia. No es ningún secreto de Estado. La mayor parte de la corte sabe que es hija suya, pero sigue siendo un tema del que no se habla. En parte por costumbre y en parte para evitar que la gente se fije demasiado en ella. No todos los enemigos de Brigan murieron con Cansrel.

—Pero ¿cómo es posible que sea una heredera al trono si vos no lo sois? —dijo Fuego—. Nax era vuestro padre, y vos no sois más ilegítimo de lo que es ella. Además, es una mujer. ¡Es una niña!

Garan frunció los labios y apartó la mirada. Cuando habló, no lo hizo para responder a su pregunta.

—Roen confía en vos —dijo—, y Brocker también, por lo que vuestro corazón de monstruo puede estar tranquilo. Si Roen no os habló nunca de su nieta es porque tiene la costumbre de no contárselo nunca a nadie. Y si Brocker no os lo ha contado, probablemente sea porque Roen nunca se lo haya dicho. Y Clara también confía en vos, porque Brigan confía en vos. Y debo admitir que el hecho de que el comandante confíe en vos es una buena recomendación. Pero, como es evidente, nadie es infalible.

—Claro —respondió Fuego con sequedad.

En ese instante, una de las escoltas de Fuego derribó a un monstruo ave rapaz. Era verde y dorado. Cayó del cielo y fue a parar a una arboleda que no alcanzaba a ver. De repente, Fuego tomó conciencia de dónde estaban. Estaban en el huerto de árboles frutales que había detrás del palacio, y al fondo estaba la casita verde.

Fuego se quedó mirando con asombro el árbol que crecía al lado de la casa, preguntándose cómo no lo había visto desde su ventana. Entonces comprendió que era porque desde allá arriba había asumido que se trataba de una arboleda y no de un solo árbol. Aquel tronco descomunal se dividía en seis direcciones. Había tantas ramas y eran tan grandes que algunas de ellas se combaban bajo su propio peso hasta llegar al suelo, se metían en la hierba y volvían a alzarse hacia el cielo. Habían colocado soportes para algunas de las ramas más pesadas, para aguantarlas y que no se rompieran.

Garan, a su lado, observaba el asombro de su rostro, y entonces, suspirando, fue hacia un banco que había al lado del camino que conducía hasta la casa y se sentó allí con los ojos cerrados. Fuego se dio cuenta de la cara tan larga que tenía y de su postura alicaída. Parecía agotado. Fuego se acercó a él y se sentó a su lado.

—Sí, es extraordinario —dijo, abriendo los ojos—. Ha crecido tanto que va a acabar consigo mismo. Los padres nombran a sus herederos, estoy seguro de que lo sabéis.

Fuego apartó la vista del árbol para mirarlo, sorprendida. Garan le devolvió la mirada con frialdad.

—Mi padre nunca me nombró su heredero —dijo él—. Nombró a Nash, y después a Brigan. Brigan quiso hacer las cosas de manera diferente. Hanna será su primera heredera, incluso aunque se case y tenga un ejército de hijos varones. Desde luego, a mí nunca me importó. Nunca he querido ser rey.

—Y, desde luego —dijo Fuego, impasible—, nada de esto tendrá importancia cuando el rey y yo nos casemos y tengamos un montón de monstruos herederos.

Aquella ocurrencia pilló por sorpresa a Garan. Se quedó quieto durante un instante, reflexionando sobre lo que acababa de decir la joven, y luego, a su pesar, una media sonrisa le cruzó el rostro al comprender que se trataba de una broma. Entonces volvió a cambiar de tema.

—¿Y qué habéis estado haciendo estos días? Lleváis diez días en la corte con poco más que hacer que tocar el violín.

—¿Por qué os preocupa? ¿Os gustaría que hiciera algo en concreto?

—No tengo ninguna tarea para vos hasta que os decidáis a ayudarnos.

Ayudarlos... Ayudar a esa extraña familia real. Se vio a sí misma deseando que no fuera una idea tan imposible.

—Dijisteis que no queríais que os ayudara.

—No, dije que aún no había tomado una decisión al respecto; y aún no lo he hecho.

La puerta de la casa verde se abrió de par en par y la dama del pelo castaño recorrió el camino hasta llegar a ellos. Y de repente, Fuego percibió un cambio en la mente de Garan, como si se aligerara. Se puso de pie de un salto y fue hacia la mujer para darle la mano. La acompañó de vuelta hasta Fuego, con el rostro resplandeciente. Fuego comprendió entonces que había dirigido el paseo en esa dirección a propósito. Había estado demasiado ensimismada en la conversación como para darse cuenta.

—Lady Fuego —dijo Garan—, os presento a Sayre. Tiene la desgracia de ser la tutora de historia de Hanna.

Sayre miró a Garan y sonrió de un modo que no dejaba lugar a dudas sobre cuál era el motivo de su sonrisa; Fuego lo vio clarísimo.

—No es para tanto —dijo Sayre—. Hanna es muy lista, lo que pasa es que se impacienta.

Fuego le tendió la mano y ambas se saludaron. Sayre se mostró sumamente cortés y un poco celosa. Era comprensible. Fuego tendría que avisar a Garan de que no fuera acompañado de damas monstruo durante sus escapadas para ir a visitar a su novia. Algunos de los hombres más inteligentes tenían problemas para comprender las cosas más obvias.

Entonces Sayre se marchó y Garan la vio alejarse, frotándose la cabeza distraídamente y tarareando.

¿El hijo de un rey y una tutora de palacio?, pensó Fuego, dirigiéndose mentalmente hacia él; una extraña alegría la impulsó a ser descarada. *Qué sorpresa.*

Garan bajó las cejas e intentó parecer severo.

—Si tan desesperada estáis por manteneros ocupada, lady Fuego, id a la guardería y enseñadles a los niños a protegerse de los monstruos animales. Conseguid ganaros a los pequeños para que la hija de Brigan siga teniendo dientes en la boca la próxima vez que la veáis.

Fuego se dio la vuelta para marcharse con una sonrisa dibujada en los labios.

—Gracias por pasear conmigo, alteza. Debo deciros que no es fácil engañarme. Puede que no confiéis en mí, pero sé que os caigo bien.

Y se dijo a sí misma que había sido el aprecio de Garan lo que le había levantado el ánimo y que no tenía nada que ver con que hubiera descubierto quién era cierta mujer.

Capítulo dieciséis

Lo cierto era que Fuego tenía la necesidad de hacer algo, porque sin estar ocupada lo único que podía hacer era pensar. Y pensar la llevaba de nuevo, una y otra vez, a su falta de ocupación y a la cuestión de cuánta ayuda, en realidad, sería capaz de ofrecer a ese reino si el corazón y la cabeza no se lo prohibieran rotundamente. Aquello la atormentaba por las noches, cuando no podía dormir. Tenía pesadillas sobre lo que significaba engañar a la gente y hacerle daño, pesadillas sobre Cansrel haciendo que Tajos se arrastrara por culpa de un dolor imaginario.

Clara decidió mostrarle la ciudad a Fuego. Allí, la gente vestía incluso más adornos de monstruos que en la corte, y con mucha menos preocupación por la estética a la hora de integrar los adornos en el conjunto. Vio ojales atestados de plumas; joyas deslumbrantes, como los collares y pendientes hechos con caparazones de monstruos que llevaba una panadera cubierta de harina mientras mezclaba una masa en un recipiente. Una mujer que lucía una peluca azul violácea del pelaje de alguna bestia sedosa, un conejo o un perro, con el cabello corto, desigual y de punta. El rostro de la mujer, sin embargo, no tenía nada de especial. El efecto general tendía a ser el de una caricatura de la propia Fuego. Aun así, no se podía negar que lo que llevaba en la cabeza era precioso.

—Todo el mundo quiere algo bonito, aunque sea solo un trozo —dijo Clara—. Los pudientes quieren las pieles y los pelajes raros que se venden en el mercado negro. Los demás, cualquier cosa que encuentren atascada en las alcantarillas o enganchada en las trampas de las casas. Al final termina siendo lo mismo, claro está, pero los ricos se sienten mejor sabiendo que han pagado una fortuna.

Lo cual era, sin duda alguna, una estupidez. Fuego vio que la ciudad era en parte sobria y en parte absurda, en parte deteriorada y en parte magnífica. Le gustaban los jardines y las viejas esculturas en ruinas, las fuentes de las plazas, los museos, las bibliotecas y las hileras deslumbrantes de tiendas por las que Clara la guiaba. Le gustaban las calles empedradas y bulliciosas en las que la gente estaba tan ocupada con su alborotada vida que a veces ni siquiera se daban cuenta de que una dama monstruo estaba paseando con su guardia. Solo a veces. En una ocasión, calmó a una caballada que se había asustado cuando unos niños pasaron corriendo demasiado cerca de sus cascos, murmurándoles y acariciándoles el cuello. Toda la actividad de la calle cesó en ese instante, y no se reanudó hasta que Clara y ella doblaron la esquina.

También le gustaban los puentes. Le gustaba quedarse en el centro y mirar hacia abajo, con la sensación de que se podía caer, pero sabiendo que no ocurriría. El puente que había más alejado de las cascadas era un puente levadizo. Le gustaban las campanas que sonaban cuando se elevaba y cuando bajaba. Sonaban suaves, casi melódicas, susurrando a su alrededor, por encima del resto de los ruidos de la ciudad. Le gustaban los almacenes y los muelles que había a lo largo del río, los acueductos y las alcantarillas, y las esclusas, lentas y chirriantes, que transportaban a los barcos de abastecimiento arriba y abajo, entre el río y el puerto. Le gustaba especialmente Puerto Bodega, donde las cataratas creaban una bruma de agua de mar y ahogaban todos los sonidos y las sensaciones.

Incluso le gustaba —aunque con ciertas dudas— la sensación que le transmitían los hospitales. Se preguntaba en cuál habrían curado a su padre de la herida de flecha en la espalda, y esperaba que los cirujanos también devolvieran a la vida a las buenas personas. Siempre había gente a las puertas de los hospitales, esperando y preocupados. Los miró y les envió deseos subrepticios de que sus preocupaciones tuvieran un final feliz.

—Antes había colegios de medicina por toda la ciudad —le contó Clara—. ¿Sabéis quiénes fueron el rey Arn y su consejera monstruo, lady Ella?

—Recuerdo esos nombres de las lecciones de historia —dijo Fuego, pensativa pero sin que se le ocurriera gran cosa.

—Gobernaron hace unos cien años —dijo Clara—. El rey Arn era herborista y lady Ella, cirujana. Ambos se obsesionaron bastante con esos asuntos, la verdad. Se rumorea que llevaban a cabo experimentos extraños con personas que seguramente no habrían dado su consentimiento de no haber sido un monstruo quien se lo proponía. Sabéis a lo que me refiero, ¿no? Descuartizaban cadáveres y los estudiaban, pero nadie sabía con certeza de dónde los sacaban. En fin —dijo Clara levantando las cejas de manera burlona—. Sea como fuere, revolucionaron nuestro entendimiento de la medicina y la cirugía. Gracias a ellos conocemos los usos de todas las hierbas raras que crecen en las grietas y en las cuevas a las afueras del reino. Las medicinas con las que contamos para detener las hemorragias, para evitar que las heridas se infecten, para eliminar tumores, para unir huesos y para hacer casi cualquier cosa… Todo se debe a sus experimentos. Claro que también descubrieron las sustancias que le destrozan la mente a la gente —añadió en un tono sombrío—. De todos modos, ahora los colegios están cerrados; no hay dinero para la investigación. Ni para el arte, la verdad, ni para la ingeniería. Todo se destina al orden y la vigilancia: al ejército, a la guerra que se avecina. Supongo que la ciudad empezará a deteriorarse.

Fuego pensó que la ciudad ya se estaba deteriorando, aunque no lo dijo. Vio los barrios sórdidos que se iban expandiendo en la linde de los muelles, en el banco sur del río, y los callejones ruinosos que había en zonas del centro de la ciudad, donde uno no se los esperaba. Había muchas, muchísimas partes de la ciudad que no estaban dedicadas al conocimiento ni a la belleza ni a ningún tipo de bien.

En una ocasión, Clara la llevó a comer con la madre de los mellizos, que tenía una casa pequeña y agradable en una calle de floristas. También tenía marido: un soldado retirado que además trabajaba como uno de los espías más fiables de los mellizos.

—Ahora estoy centrado en el contrabando —les dijo en confianza durante la comida—. Casi todos los ricos de la ciudad se involucran de vez en cuando en el mercado negro, pero la mitad de las veces, cuando os encontráis con alguien que está muy involucrado, suele ser también un enemigo del rey. Sobre todo si están haciendo contrabando con armas, caballos o cualquier cosa píquea. Con suerte, podemos seguir el rastro de un comprador hasta el tipo al que le está comprando y, si resulta que es uno de los nobles rebeldes, arrestamos al comprador para interrogarlo. No siempre podemos fiarnos de sus respuestas, claro.

Como era de esperar, ese tipo de conversación siempre animaba a Clara a persistir en sus tácticas de presión sobre Fuego. Solía decir: «Con vuestro poder, nos sería muy fácil saber quién está de cada lado. Nos podríais ayudar a descubrir si nuestros aliados lo son de verdad», o: «Podríais averiguar qué lugar estaba planeando Mydogg atacar primero». Cuando aquello no funcionaba, decía: «Podríais destapar una trama de asesinato. ¿No os sentiríais fatal si me asesinaran porque vos no estabais ayudando?»; y en un momento de desesperación: «¿Y si están planeando asesinaros a vos? Seguro que lo está planeando alguien, sobre todo ahora que la gente cree que os podríais casar con Nash».

Fuego nunca respondía a aquella serie interminable de ruegos, nunca admitía la duda —ni la culpa— que empezaba a sentir. Simplemente tomaba nota de los argumentos para reflexionar sobre ellos más adelante, junto con los argumentos del rey. A menudo —tan a menudo como para que Welkley instalara una silla en el pasillo—, después de la cena, Nash iba a hablar con ella a través de la puerta. Se comportaba de manera decente, hablaba del tiempo y de los imponentes visitantes que venían a la corte. Y siempre, siempre, intentaba convencerla para que reconsiderara el asunto del prisionero.

—Vos provenís del norte, señora —le decía, o algo por el estilo—. Habéis visto que, fuera de esta ciudad, la ley casi no se respeta. Un paso en falso, y el reino entero podría desmoronarse y resbalarse entre nuestros dedos.

Y luego se quedaba callado, y Fuego sabía que se avecinaba la propuesta de matrimonio. Lo rechazaba, le pedía que se marchara y se consolaba como podía con la compañía de su guardia mientras reflexionaba muy seriamente sobre el estado de la ciudad, del reino y del rey. Y sobre cómo encajaba ella en todo eso.

Para mantenerse ocupada y aliviar su sensación de inutilidad, siguió el consejo de Garan y acudió a la guardería. Al principio entraba con cautela, se sentaba en una silla sin hacer ruido y observaba a los niños mientras jugaban, reían y se peleaban, pues ahí era donde su madre había trabajado, y quería absorber esa sensación de manera pausada. Intentaba vislumbrar a una mujer joven y con el pelo naranja en esas habitaciones, aconsejando a los niños con su carácter templado. Jessa encontró su lugar en esas estancias ruidosas y bañadas por la luz. De algún modo, el mismo pensamiento hizo que Fuego se sintiera menos como una forastera allí, aunque eso la hiciera sentir también más sola.

Enseñar a protegerse contra los monstruos animales era una tarea delicada, y Fuego se encontró con algunos padres que no querían que se acercara a sus hijos. Pero acabó reuniendo un grupo de pupilos, una mezcla de niños de la realeza y de los sirvientes.

—¿Por qué te fascinan tanto los insectos? —le preguntó a uno de sus estudiantes más listos, un niño de once años llamado Cob que era capaz de construir un muro en su mente para protegerse de los monstruos depredadores y resistir el deseo de tocar el pelo de Fuego cuando lo veía, pero que no mataría a un monstruo con forma de insecto aunque se le hubiera posado en la mano y estuviera cenándose su sangre—. No tienes ningún problema con los depredadores.

—Los depredadores no son inteligentes —respondió en un tono agudo de desprecio—; solo saben lanzarme oleadas insignificantes de sensaciones con las que creen que me pueden hipnotizar. No son nada sofisticados, en absoluto.

—Cierto —dijo Fuego—. Pero, en comparación con los monstruos insectos, son verdaderos genios.

—Pero esos insectos son perfectos —dijo Cob pensativo, poniendo los ojos bizcos al rondarle un monstruo con forma de libélula por la punta de la nariz—. Mirad sus alas. Mirad sus patitas, juntas, y los ojos pequeños y brillantes que tienen. Mirad qué listos son con sus pinzas.

—Le encantan todos los insectos, no solo los que son monstruos —dijo la hermana pequeña de Cob poniendo los ojos en blanco.

Fuego pensó para sí misma que, tal vez, el problema fuera que era un científico.

—Muy bien —dijo—. Puedes dejar que los monstruos insectos te piquen como modo de apreciar las excelentes pinzas que tienen, pero —añadió con seriedad— existen dos o tres que, si pudieran, te harían daño. Debes aprender a protegerte de ellos. ¿Entiendes lo que te estoy diciendo?

—¿Debo matarlos?

—Sí, debes hacerlo. Pero, en cuanto estén muertos, siempre puedes diseccionarlos. ¿Has pensado en eso?

Cob se animó.

—¿De verdad? ¿Me ayudaréis?

Y así Fuego se vio pidiéndole prestados a una curandera de la enfermería del castillo escalpelos, pinzas y bandejas, e involucrándose en experimentos de lo más peculiares, puede que algo por el estilo de lo que habían hecho el rey Arn y lady Ella cien años antes. A una escala menor, por supuesto, y con resultados mucho menos brillantes.

Fuego solía encontrarse con la princesa Hanna. Desde las ventanas veía a la niña yendo y viniendo a todo correr de la pequeña casa verde. También veía a Sayre y a otros tutores, y a veces a Garan y hasta al legendario jardinero de Clara, que era rubio, tenía la piel bronceada y los músculos marcados, como si hubiera salido de un romance épico. Y a veces también veía a una mujer mayor, pequeña y encorvada, que llevaba un delantal y tenía los ojos de un color verde claro, y solía ser quien se encargaba de detener a Hanna cuando salía corriendo.

La mujer, que siempre llevaba a Hanna a cuestas, era menuda pero fuerte, y parecía ser el ama de llaves de la casa verde. El amor que sentía por la niña era evidente; a Fuego, sin embargo, no la apreciaba lo más mínimo. Se encontró con ella una vez en el huerto y vio que tenía la mente tan cerrada como Brigan. En cuanto vio a la dama monstruo, su rostro se tornó frío y desagradable.

El palacio tenía pasarelas exteriores construidas en las partes de piedra del tejado. Por la noche, cuando no podía conciliar el sueño, Fuego paseaba por ellos con su guardia. Desde aquella altura podía ver la luz trémula de las grandes antorchas de los puentes, que se mantenían encendidas a lo largo de la noche para que los barcos que navegaban sobre aquellas aguas rápidas supieran justo a qué distancia se encontraban las cataratas. Y desde allí podía oír el rugir de esas cataratas. En las noches claras veía la ciudad dormida a su alrededor y los destellos de las estrellas sobre el mar. Se sentía como una reina. No como una reina de verdad, no como la esposa del rey Nash, sino más bien como una mujer en la cima del mundo. En la cima de una ciudad, concretamente, en la que empezaba a conocer a la gente. Una ciudad a la que le estaba tomando cariño.

Brigan volvió a la corte a las tres semanas de haber partido. Fuego supo el momento exacto en que llegó. Una conciencia era como un rostro que se ve una vez y ya se puede reconocer para siempre. La de Brigan era tranquila, impenetrable y fuerte; en cuanto Fuego tropezó con ella, no le quedó duda de que era suya.

Dio la casualidad de que Fuego estaba con Hanna y con Manchitas en aquel momento, al sol de la mañana, en un rincón del patio. La pequeña estaba examinando las cicatrices de ave rapaz en el cuello de Fuego e intentaba sonsacarle —no por primera vez— la historia de cómo se las había hecho y cómo había salvado a los soldados de Brigan. Cuando Fuego se negó a contárselo, la niña trató de sonsacárselo a Musa.

—Pero si ni siquiera estabas —objetó Fuego, riéndose, cuando Musa empezó a contar la historia.

—Bueno, si nadie de quienes estuvieron allí quiere contarlo… —dijo Musa.

—Está viniendo alguien que lo sabe y que te lo va a contar —dijo Fuego con un aire de misterio, tras lo que Hanna se quedó congelada y se puso en pie, muy erguida.

—¿Papá? —dijo, girando de un lado a otro para mirar hacia todas las entradas—. ¿Te refieres a papá? ¿Dónde está?

Brigan apareció por un pasaje abovedado que había al otro lado del patio. Hanna chilló y echó a correr por el suelo de mármol. Su padre la levantó en brazos y se la llevó de vuelta hacia el lugar del que había salido, inclinando la cabeza hacia Fuego y su guardia, y sonriendo ante el parloteo sin cesar de Hanna.

¿Qué pasaba con Brigan cada vez que volvía a aparecer? ¿Por qué sentía el impulso de salir corriendo? Ahora eran amigos, y Fuego debería haber superado ese miedo que le tenía. Se prohibió moverse y se centró en Manchitas, que ofreció sus orejas para que lo acariciaran.

Brigan bajó a Hanna y se puso en cuclillas ante la niña. Le agarró la barbilla y le movió la cara de un lado a otro, estudiándole la nariz, aún magullada y vendada. La interrumpió en voz baja.

—Dime, ¿qué ha pasado aquí?

—Pero, papá —dijo, cambiando de tema a mitad de frase—. Estaban hablando mal de lady Fuego.

—¿Quiénes?

—Selind, Midan y los otros.

—¿Y entonces? ¿Uno de ellos te dio un puñetazo en la nariz?

Hanna arrastró los pies.

—No.

—¿Qué ocurrió entonces?

Hanna arrastró los pies otra vez, y luego dijo en tono sombrío:

—Yo le pegué a Selin. ¡No tenía razón, papá! ¡Alguien tenía que mostrárselo!

Brigan se quedó callado un momento. Hanna apoyó las manos en las rodillas flexionadas de su padre y bajó la mirada al suelo. Soltó un suspiro dramático bajo la cortina de pelo.

—Mírame, Hanna. —La niña obedeció—. ¿Pegarle a Selin fue una manera razonable de mostrarle que se equivocaba?

—No, papá. No ha estado bien. ¿Me vas a castigar?

—Por ahora, te quedas sin clases de lucha. No acepté que las tomaras para que hicieras mal uso de lo que aprendieras.

Hanna volvió a suspirar.

—¿Durante cuánto tiempo?

—Hasta que esté convencido de que has entendido su propósito.

—¿Y me vas a quitar las clases de equitación?

—¿Has cabalgado sobre alguien que no debías?

Una risita.

—Claro que no, papá.

—Entonces puedes continuar con las clases de equitación.

—¿Me dejas montar tus caballos?

—Ya sabes la respuesta a eso. Los caballos de batalla son para los mayores.

Hanna estiró la mano y le pasó la palma por la barba incipiente con una confianza y un cariño que a Fuego le costó soportar, por lo que tuvo que apartar la vista y lanzarle una mirada asesina a Manchitas, que le estaba llenando la falda de pelo sedoso.

—¿Cuánto tiempo te quedarás, papá?

—No lo sé, mi amor. Me necesitan en el norte.

—Tú también tienes una herida, papá. —Hanna tomó la mano izquierda de Brigan, que la tenía vendada, y la inspeccionó—. ¿Diste tú el primer puñetazo?

A Brigan se le dibujó una sonrisa y miró a Fuego. Se centró en la dama con más atención. Y entonces su mirada se volvió fría y la sonrisa, tensa. A Fuego le entró miedo y le dolió su indiferencia. Luego volvió a entrar en razón y entendió lo que Brigan había visto. Era la marca cuadrada del anillo de Nash en su mejilla, que no terminaba de desaparecer.

Fue hace semanas. Desde entonces se ha comportado, pensó dirigiéndose a él.

Brigan se puso en pie y levantó a Hanna con él. Le dijo en voz baja a la niña:

—No, yo no di el primer puñetazo, y ahora mismo debo tener unas palabras con tu tío, el rey.

—Yo también quiero ir —dijo Hanna, abrazándolo.

—Puedes venir hasta el vestíbulo, pero a partir de ahí debo ir solo.

—Pero ¿por qué? Yo quiero ir.

—Es una conversación privada.

—Pero…

—Hanna —dijo con firmeza—. Ya me has oído.

Hubo un silencio desagradable.

—Puedo caminar yo solita.

Brigan bajó a Hanna al suelo. Se produjo otro silencio hosco mientras se observaban el uno al otro; el más alto de los dos, mucho más calmado que la pequeña. Y luego, se oyó una vocecita:

—¿Me llevas en brazos, papá?

Brigan esbozó otra sonrisa.

—Supongo que aún no eres demasiado grande.

Brigan llevó a Hanna de vuelta atravesando el patio y Fuego escuchó cómo iba disminuyendo la música de la voz de la niña. Manchitas, como siempre, estaba sentado, y se quedó así un rato, reflexionando, antes de seguir a su dueña. Sabiendo que no era ético, Fuego se adentró en su mente y lo convenció para que se quedara. No se pudo resistir; lo necesitaba. Tenía las orejas tan blanditas...

Fuego se había fijado en que Brigan no se había afeitado, iba vestido de negro y tenía las botas salpicadas de barro. Sus ojos claros destacaban en su rostro cansado.

Se dio cuenta de que le gustaba ese rostro.

Y, por supuesto, ahora entendía por qué su cuerpo quería salir corriendo cada vez que Brigan aparecía. Era un instinto adecuado, ya que lo único que le transmitía era tristeza.

Ojalá no hubiera visto lo dulce que había sido con su hija.

A Fuego se le daba de maravilla no pensar en algo cuando se lo proponía, si le resultaba doloroso o, directamente, le parecía una idiotez. Lo agarraba, lo aporreaba y lo apartaba de su cabeza. El hermano de Brigan enamorado de ella... Y ella, ¡la hija de Cansrel!

Era mejor no pensar en eso. En lo que sí pensaba, y ahora con más urgencia, era en la cuestión de su propósito en la corte, ya que si Brigan tenía que volver al norte por alguna obligación, seguro que tenía la intención de dejarla en su casa. Y no estaba lista para irse.

Fuego había crecido entre Brocker y Cansrel, de modo que no era ninguna ingenua. Había visto las partes de la ciudad repletas de edificios abandonados y olor a suciedad; sabía el aspecto que tenían y lo que sentían las personas que pasaban hambre o que se habían echado a perder por las drogas. Entendía lo que quería decir que, a pesar de poseer una fuerza militar conformada por cuatro grandes divisiones, Brigan no podía evitar que unos saqueadores tiraran una aldea por un precipicio. Y esos eran solo los asuntos más insignificantes, las cuestiones del orden público. Se avecinaba una guerra y, si Mydogg y Gentian invadían esa ciudad y ese reino con sus ejércitos, si uno de ellos se convertía en rey, ¿cuánto más hundirían a los que ya estaban en el fondo?

Fuego no quería imaginarse tener que marcharse de allí, volver a su casa de piedra, donde los informes llegaban con lentitud y lo único que trastocaba su rutina era que de tanto en tanto aparecía un intruso con la cabeza hueca, alguien sin relevancia. ¿Cómo podía negarse a ayudar cuando había tanto en juego? ¿Cómo podía marcharse?

—Estáis desperdiciando algo que poseéis —le dijo Clara en una ocasión, casi con resentimiento—. Algo con lo que el resto de nosotros tan solo podríamos soñar. Desperdiciarlo sería un crimen.

Fuego no respondió, pero prestó atención. Le llegó mucho más profundo de lo que la princesa se imaginaba.

Aquella noche, mientras luchaba consigo misma en el tejado, Brigan apareció a su lado y se apoyó sobre la baranda. Fuego tomó aire para calmarse y observó la luz trémula de las antorchas de la ciudad, intentando no mirarlo a él ni alegrarse de su compañía.

—Me he enterado de que os vuelven loco los caballos —dijo con ligereza.

Brigan esbozó una sonrisa.

—Ha surgido un imprevisto y me marcho mañana por la noche, siguiendo el río en dirección al oeste. Volveré en dos días, pero Hanna no me lo va a perdonar. Menuda desgracia.

Fuego recordó cómo era tener cinco años.

—Supongo que os echa mucho de menos cuando os marcháis.

—Sí —dijo—. Y casi siempre estoy de viaje. Ojalá las cosas no fueran así. Pero quería consultaros algo antes de partir. Pronto me iré al norte. Sin el ejército esta vez. Será más rápido y seguro, si deseáis volver a casa.

Fuego cerró los ojos.

—Supongo que debería decir que sí.

Brigan vaciló.

—¿Preferiríais que organizara una escolta distinta?

—Rocas, no —respondió Fuego—. No es eso. Es que todos vuestros hermanos están presionándome para que me quede en la corte y para utilizar mi poder para ayudar con la labor de los espías. Incluso el príncipe Garan, que aún no ha decidido si confía en mí o no.

—Ah —dijo él, comprensivo—. Pero Garan no confía en nadie. Es su naturaleza y su trabajo. ¿Os lo está haciendo pasar mal?

—No, es bastante amable. En realidad, todos lo son. Es decir, aquí no lo estoy pasando peor que en cualquier otra parte. Es diferente.

Brigan reflexionó durante un instante.

—Bueno, no debéis dejar que os intimiden. Ellos solo ven su parte. Están tan enredados en los asuntos del reino que no pueden imaginar otra manera de vivir.

Fuego se preguntó qué otra manera de vivir se imaginaba Brigan. Con qué tipo de vida soñaría él, si pudiera elegir. Habló con cuidado:

—¿Creéis que debería quedarme y ayudarlos, como me han pedido?

—Yo no puedo deciros qué hacer. Debéis hacer lo que creáis correcto.

Habló con cierto tono defensivo, pero no estaba segura de a cuál de los dos estaba defendiendo. Lo volvió a presionar:

—¿Y qué creéis vos que es lo correcto?

Brigan estaba confuso y le quitó la mirada de encima.

—No deseo influenciaros. Si os quedáis, me alegrará mucho. Seréis de una ayuda incalculable. Pero también sé que lamentaré muchas de las cosas que os tendremos que pedir.

Fue un arrebato raro, porque él no era dado a los arrebatos y porque no era probable que a nadie más se le ocurriera lamentarlo. Algo desconcertada, Fuego agarró el arco con fuerza y dijo:

—Tomar la propia mente de alguien y cambiarla como a mí me venga en gana es violencia. Mi poder es una intrusión. ¿Acaso podría usar algo así sin sobrepasar mi derecho? ¿Cómo podría saber si me estoy pasando de la raya? Soy capaz de cometer tantos actos horrorosos…

Brigan se tomó un momento para pensar, mirándose las manos con atención. Tiró del borde del vendaje.

—Os entiendo —dijo en voz baja—. Sé lo que es ser capaz de cometer actos horrorosos. Estoy entrenando a veinticinco mil soldados para un baño de sangre. Y he hecho cosas que desearía no haber tenido que hacer. Y cosas que haré en el futuro. —Alzó la mirada hacia ella y luego se volvió a mirar las manos—. Sin duda, es algo presuntuoso, pero, por si sirve de algo, si quisierais, os podría prometer que os avisaría si creyera que en algún momento estáis sobrepasando vuestro derecho con vuestro poder. Y si elegís aceptar esta promesa, me gustaría mucho pediros que hicierais lo mismo por mí.

Fuego tragó saliva; apenas se podía creer que le estuviera confiando algo tan importante.

—Sería un honor —susurró—. Acepto vuestra promesa, y os promemto cumplir con la mía.

Las luces en las casas de la ciudad se estaban apagando una a una. Y para evitar pensar en algo, no había que dejar que surgiera la oportunidad de que ese algo se hiciera palpable.

—Gracias por el violín —dijo—. Lo toco cada día.

Fuego abandonó a Brigan y volvió hacia sus aposentos con su guardia.

Al día siguiente, en el vestíbulo principal, entendió lo que tenía que hacer.

Las paredes de aquella estancia cavernosa estaban hechas de espejos. Al pasar por delante de ellos, por un impulso repentino, Fuego se miró.

Contuvo la respiración y continuó mirando hasta que pudo superar aquel primer momento impactante de incredulidad. Se cruzó de brazos y enderezó los pies. Se miró y se volvió a mirar. Se acordó de algo que la enfadaba. Le había contado a Clara que tenía la intención de no tener hijos, y ella le había hablado de un medicamento que haría que se pusiera muy enferma, pero solo durante dos o tres días. Después de recuperarse, no tendría que volver a preocuparse por la posibilidad de quedarse embarazada, sin importar el número de hombres que se llevara a la cama. Si tomaba ese medicamento, no podría tener hijos nunca; era algo permanente. Se trataba de uno de los descubrimientos más útiles del rey Arn y de lady Ella.

La idea de un medicamento así la enfadaba muchísimo, una forma de violencia ejercida sobre sí misma para impedir que pudiera crear algo parecido a ella. ¿Cuál era entonces el propósito de esos ojos, de aquella cara tan increíble, de la suavidad y de las curvas de su cuerpo, de la fuerza de su mente? ¿Qué sentido tenía si ninguno de los hombres que la deseaban le iba a dar hijos y lo único que le proporcionaba era dolor? ¿Cuál era el propósito de una mujer monstruo?

—¿Para qué sirvo? — se le escapó en un susurro.

—¿Cómo decís, mi señora? —le preguntó Musa.

Fuego sacudió la cabeza.

—Nada.

Fuego dio un paso para acercarse y se quitó el pañuelo que llevaba en la cabeza. La melena le cayó por los hombros, reluciente. Uno de los guardias se quedó sin aliento. Era tan hermosa como Cansrel. De hecho, se parecía mucho a él.

Tras ella, Brigan entró en el vestíbulo principal de repente y se detuvo. Sus miradas se encontraron en el espejo y ambos las mantuvieron. Era evidente que Brigan estaba en mitad de un pensamiento o de una conversación que la aparición de Fuego había interrumpido por completo.

Rara vez Brigan le sostenía la mirada. Todas las emociones que Fuego había estado intentando apartar amenazaron con volver.

Y luego Garan alcanzó a Brigan, hablando alterado. Detrás de Garan se podía oír la voz de Nash, y luego el propio Nash apareció, la vio y se paró en seco al lado de sus hermanos. En un momento de pánico, Fuego se echó las manos a la melena para recogérsela, armándose de valor para enfrentarse a cualquier comportamiento estúpido del rey.

Pero todo siguió en orden; estaban a salvo, ya que Nash estaba intentando con mucho empeño protegerse la mente.

—Bien hallada, señora —dijo con un esfuerzo considerable.

Echó los brazos sobre los hombros de sus hermanos y salió con ellos del vestíbulo. Fuego los perdió de vista. Estaba impresionada y aliviada. Volvió a encerrar sus sentimientos en una celda. Y entonces, justo después de que desaparecieran los hermanos, vio el destello de algo que había en la cadera de Brigan.

Era la empuñadura de su espada, la espada del comandante del ejército del rey. De pronto, Fuego lo entendió.

Brigan cometía actos horribles. Le clavaba la espada a hombres en las montañas. Entrenaba a soldados para la guerra. Tenía un poder destructivo enorme, igual que su padre, pero él no utilizaba aquel poder de la misma manera. Lo cierto era que preferiría no tener que utilizarlo en absoluto, pero había elegido hacerlo para poder detener a gente que emplearía el poder de maneras más perversas aún.

Su poder era su carga, y la había aceptado. Y Brigan no tenía nada que ver con su padre. Ni Garan ni Clara. Tampoco Nash, a decir verdad. No todos los hijos eran como sus padres. Un hijo podía elegir el hombre en que se iba a convertir.

No todas las hijas eran como sus padres. Una hija monstruo podía elegir el monstruo que iba a ser.

Fuego se miró la cara. Aquella hermosa visión se volvió borrosa, de repente, detrás de sus propias lágrimas. Parpadeó para deshacerse de ellas.

—Temía convertirme en Cansrel —le dijo en voz alta a su reflejo—. Pero yo no soy él.

A su lado, Musa dijo, sin darle demasiada importancia:

—Cualquiera de nosotros os podría haber dicho eso, mi señora.

Fuego miró a la capitana de su guardia y se rio, porque no era Cansrel. No era nadie más que ella misma. No tenía que seguir el camino de nadie; ella misma elegiría qué camino seguir. Y luego dejó de reír, porque le aterraba el camino que, de pronto, vio que estaba eligiendo.

No puedo hacer esto, pensó. *Soy demasiado peligrosa. Lo único que conseguiré será empeorar las cosas.*

No, se contestó. *Ya me estoy olvidando de que no soy Cansrel. Con cada paso que doy en el camino me voy creando a mí misma. Tal vez siempre me parezca que mi poder es horrible, y puede que nunca llegue a ser lo que quiero ser.*

Pero puedo quedarme aquí y convertirme en lo que debería ser.

Desperdiciar mi poder es un crimen. Lo usaré para deshacer lo que ha hecho Cansrel. Lo usaré para luchar por Los Valles.

SEGUNDA PARTE

Espías

Capítulo diecisiete

Aunque Fuego había sido consciente del juego de poder que existía en Los Valles, lo que sabía era muy superficial. Ahora lo entendía porque contaba con un mapa específico y minucioso en la mente. Los puntos principales eran: Ciudad del Rey, los territorios de Mydogg al noreste de la frontera píquea, las tierras de Gentian en las montañas del sur —al otro lado del río, cerca de Fuerte Diluvio—, y los otros fuertes y avanzadas de Brigan, que eran muchos. Y los lugares entremedias: las tierras de señores y señoras de la nobleza que tenían pequeños ejércitos y alianzas cambiantes; los Gríseos Mayores, al sur y al oeste; los Gríseos Menores, al norte; el río Alado, el río Píqueo, la zona elevada y llana al norte de Ciudad del Rey llamada Meseta Marmórea. Terrenos rocosos llenos de pobreza, rachas de violencia, saqueos y desolación; paisajes y puntos de referencia que iban a resultar clave en la guerra entre Nash, Mydogg y Gentian.

El trabajo de Fuego nunca era el mismo de un día para otro. Nunca sabía qué clase de personas le traerían quienes estaban al servicio de Garan y Clara: contrabandistas píqueos, soldados rasos de Mydogg o de Gentian, mensajeros de alguno de los dos nobles, sirvientes que en algún momento habían trabajado para ellos. Hombres sospechosos de ser espías de los nobles rebeldes de sus aliados. Fuego llegó a comprender que, en un reino que se mantenía en un equilibrio muy precario sobre un montón de alianzas que iban cambiando, la mercancía fundamental era la información. Los Valles espiaban a sus amigos y a sus enemigos; espiaban a sus propios espías. De hecho, todos los participantes de aquel juego de poder que se disputaba en el reino hacían lo mismo.

El primer hombre que le trajeron, un antiguo sirviente de un vecino de Mydogg, dejó su mente abierta de par en par al verla y soltó todos y cada uno de los pensamientos que albergaba.

—Tanto lord Mydogg como lord Gentian están impresionados con el príncipe Brigan, y con razón —le dijo el hombre, sin dejar de mirarla, temblando—. Ambos llevan unos años comprando caballos y organizando sus ejércitos, igual que hizo el príncipe, y reclutando a montañeros y saqueadores como soldados. Ven en el príncipe a un oponente digno, mi señora. ¿Sabíais que lord Mydogg cuenta con píqueos entre las filas de su ejército? Son hombres enormes y pálidos que deambulan por sus tierras.

A Fuego le pareció que su tarea era fácil. Solo tenía que quedarse allí sentada y dejar que soltaran todo lo que sabían. Pero Garan no parecía impresionado.

—No nos ha dicho nada que no supiéramos ya. ¿Habéis penetrado en su mente para que dijera más cosas? Nombres, lugares, secretos… ¿Cómo sabéis que os ha revelado todo lo que sabe?

Los dos siguientes se mostraron más reservados. Se trataba de un par de espías a los que habían apresado, que poseían mentes fuertes y se resistieron a Fuego. Ambos tenían la cara magullada, estaban demacrados; uno de ellos cojeaba y tenía los hombros caídos. Al acomodarse en la silla, soltó una mueca de dolor, como si tuviera cortes o heridas en la espalda.

—¿Cómo os habéis lesionado? —les preguntó, con desconfianza—. Y ¿dónde?

Se sentaron frente a ella, mudos, tratando de no mirarla y con una expresión pétrea. No contestaron a ninguna de las preguntas que les hizo Fuego.

Cuando el interrogatorio terminó y se llevaron a ambos espías de vuelta a las mazmorras, se disculpó con Garan, que había estado presente todo el tiempo.

—Eran demasiado fuertes para mí, alteza. No he podido sonsacarles nada.

Garan la miró malhumorado por encima de un manojo de papeles.

—¿Lo habéis intentado?

—Por supuesto que sí.

—¿De verdad? ¿Le habéis puesto empeño? —Se puso de pie, con los labios apretados—. No tengo tiempo ni energía que malgastar, lady Fuego. Cuando os decidáis a colaborar de verdad, hacédmelo saber.

Se puso los papeles bajo el brazo y abrió de golpe la puerta de la sala de interrogatorios, dejando a la joven con su propia indignación. Garan estaba en lo cierto: Fuego no lo había intentado con esmero. Había tanteado la mente de aquellos hombres y, al ver que la tenían cerrada, no había tratado de forzarla. Ni siquiera había intentado obligarlos a que la miraran a la cara. ¿Cómo iba a hacerlo? ¿De verdad esperaban que se sentara frente a hombres debilitados por los malos tratos y que abusara aún más de ellos?

Fuego se puso en pie de un salto y fue corriendo detrás de Garan, a quien encontró en el escritorio de su despacho, garabateando como un loco con letras en clave.

—Tengo una serie de normas —le dijo al príncipe.

Garan dejó quieta la pluma, levantó su mirada inexpresiva hacia ella y esperó.

—Cuando me traigáis a un antiguo sirviente que haya venido por voluntad propia adonde los hombres del rey lo hayan mandado, a un hombre que nunca haya sido condenado o incluso acusado de ningún crimen —dijo Fuego—, no me apoderaré de su mente. Me sentaré delante de él y le haré preguntas, y si mi presencia hace que esté más hablador, estupendo. Pero no lo obligaré a decir nada que, de otro modo, no habría dicho. —Después añadió, elevando la voz—: Tampoco me apoderaré de la mente de nadie a quien apenas le hayan dado de comer, le hayan negado medicinas o haya recibido palizas en vuestros calabozos. No voy a manipular a un prisionero a quien ya hayan maltratado.

Garan se recostó y se cruzó de brazos.

—Tiene gracia, vuestra propia manipulación es maltrato. Vos misma lo habéis reconocido.

—Sí, pero yo lo hago por una buena razón. No como vos.

—Yo no soy el responsable de los maltratos. No soy yo el que da las órdenes en las mazmorras, ni siquiera sé qué es lo que ocurre allí abajo.

—Más os vale averiguarlo si queréis que siga con los interrogatorios.

Fuego tuvo que reconocerle a Garan que el trato de los prisioneros de Los Valles había cambiado después de aquella conversación. Un hombre que se había mostrado especialmente lacónico tras una sesión en la que Fuego no sacó nada en claro le dio las gracias por su intervención.

—Sin duda las mejores mazmorras en las que he estado —dijo mientras mordisqueaba un mondadientes.

—Fantástico —se quejó Garan cuando se hubo marchado el hombre—. Ahora nos ganaremos la reputación de ser amables con los infractores.

—Dudo de que una prisión que cuenta con un monstruo entre sus interrogadores vaya a tener buena reputación por su amabilidad con los infractores —respondió Nash con tranquilidad.

También había a quienes les encantaba que los llevaran ante ella; disfrutaban tanto de su presencia que no les importaba lo que pudieran revelar. Pero, en general, Nash tenía razón. Fuego se encontró con decenas y, poco a poco, centenares de espías, contrabandistas y soldados que acudían a la sala con aire sombrío, a veces incluso luchando contra los guardias, que tenían que llevarlos a rastras. Fuego se encargaba de formular las preguntas.

¿Cuándo fue la última vez que hablaste con Mydogg? ¿Qué te dijo? Cuéntamelo todo. ¿A cuál de nuestros espías es el que está intentando convencer de que se pase a su bando? ¿Cuáles de nuestros soldados son unos traidores? Se tomaba un respiro y se obligaba a indagar, retorcer y machacar, a veces incluso a amenazar. *No, estás mintiendo otra vez. Una mentira más y empezarás a sentir dolor. Me crees capaz de infligir dolor, ¿no?*

Se repetía a sí misma todo el tiempo que lo hacía por Los Valles cuando su propia capacidad de maltratarlos la paralizaba a causa de la vergüenza y el pánico. *Lo hago para proteger a Los Valles de quienes quieren destruirlo.*

—En el caso de que se produjera una guerra a tres bandos —dijo un prisionero a quien habían pillado haciendo contrabando con espadas y puñales para Gentian—, me parece a mí que el rey tiene los números a su favor. ¿No lo creéis vos, mi señora? ¿Sabe alguien con seguridad cuántos soldados tiene Mydogg?

Se trataba de un tipo que intentaba liberarse del control de Fuego todo el tiempo, un hombre amable y agradable que, en tan solo un instante, pasaba de tener la mente aturdida a tenerla completamente despejada y a volver a forcejear con los grilletes de las muñecas y los tobillos y a lloriquear al verla.

Le dio un golpe mental para apartarlo de aquellas especulaciones vacuas y que se centrara en lo que de verdad sabía.

—Háblame de Mydogg y Gentian —le ordenó Fuego—. ¿Planean organizar un ataque este verano?

—No lo sé, mi señora. Solo he oído rumores.

—¿Sabes de cuántos hombres dispone Gentian?

—No, pero ha comprado un número sinfín de espadas.

—¿Cuánto es «un número sinfín»? Sé más específico.

—No puedo daros un número concreto —respondió con franqueza, pero empezaba a liberarse de nuevo del control de Fuego y a percatarse de la realidad de la situación en la que se encontraba—. No tengo nada más que deciros —anunció de repente y, mirándola fijamente con los ojos bien abiertos, empezó a temblar—. Sé lo que sois. No dejaré que me utilicéis.

—No disfruto utilizándote —contestó Fuego en tono cansado, permitiéndose, al menos por un vez, decir lo que sentía. Lo observó tirando de las muñecas, jadeando y cayendo de nuevo sobre la silla, exhausto y sorbiendo la nariz. Luego ella se levantó y tiró del pañuelo que le cubría la cabeza para que su cabello cayera. El brillo que tenía lo sobresaltó. Se quedó boquiabierto ante ella, pasmado. En ese momento, Fuego volvió a presionar en su mente y pudo asirla con facilidad—. ¿Cuáles son los rumores que habéis oído sobre los planes de los nobles rebeldes?

—Bueno, mi señora —dijo, transformado de nuevo, sonriendo con alegría—, he oído que lord Mydogg quiere convertirse en rey de Los Valles y de Píquea. Luego quiere utilizar los barcos píqueos para explorar el mar y encontrar nuevos territorios que conquistar. Eso fue lo que me dijo un contrabandista píqueo, mi señora.

Fuego pensó que cada vez se le estaba dando mejor todo aquello, que se estaba aprendiendo todos los truquitos. Y estaba mejorando su agilidad mental. La práctica hacía que fuera más rápida, más fuerte. Cada vez le resultaba más fácil y cómodo controlar las mentes de los demás.

Tras algunos de sus interrogatorios se vio a sí misma agachada con la cara pegada a la pared, dándole la espalda al guardia, los ojos cerrados con fuerza y deseando desesperadamente que le permitieran, de vez en cuando, un momento de soledad. Pensó que tal vez sería más fácil aceptar el desarrollo de su propia habilidad, para poder mantenerlo en equilibrio con su profundo malestar, si de vez en cuando le permitieran estar sola.

Ojalá pudiera desvelar algo útil, algo de extrema importancia. Eso también haría que fuera más fácil. Pero lo único de lo que se enteró fue de que había vagos planes para atacar algún lugar en algún momento cercano, vagas intenciones violentas en contra de Nash o de Brigan, a veces incluso contra ella misma. Vagos cambios rápidos en cuanto a las alianzas que volvían a cambiar a la misma velocidad. Al igual que Garan, Clara y el resto, estaba esperando descubrir algo de peso, algo grande y traicionero que pudiera servir como una llamada a la acción.

Todos estaban esperando un gran descubrimiento.

Fuego nació en verano, y en julio fue su cumpleaños. No hubo mucho alboroto, ya que decidió no contárselo a nadie. Arco y Brocker le mandaron flores. Fuego sonrió ante aquel detalle, ya que, si hubieran sabido cuántos hombres de la corte y de la ciudad habían estado mandando un sinfín de flores desde que había llegado a la ciudad hacía dos meses, le habrían enviado cualquier otro detalle. Sus aposentos siempre parecían un invernadero. Se habría deshecho de las flores, las orquídeas, los lirios y las rosas de tallos altos y finos porque no tenía ningún interés en la atención que le brindaban aquellos hombres, pero le encantaba estar rodeada de tanta belleza, y había descubierto que tenía maña para preparar arreglos por colores.

El rey no le mandó flores. Sus sentimientos no habían cambiado, pero había dejado de rogarle que se casara con él. De hecho, justo después de la vuelta de Brigan, el monarca le pidió a Fuego que le enseñara a protegerse de los monstruos. De modo que, a lo largo de varios días y semanas, cada uno a un lado de la puerta de su habitación, Fuego le echó una mano para ayudarle a recordar lo que ya sabía: intención, concentración y autocontrol. Con la práctica, y gracias a aquel nuevo y sombrío compromiso con la disciplina, la mente del rey se volvió más fuerte, por lo que pudieron seguir con las lecciones en su despacho. Ahora podía fiarse de que no la tocaría, excepto cuando había bebido demasiado vino, lo cual ocurría de vez en cuando. Sus lágrimas de borracho eran irritantes, pero, al menos, era fácil de controlar cuando estaba borracho.

Como es evidente, todo el palacio se daba cuenta de cuándo estaban juntos, y era factible que hubiera chismorreos. Algunos de los rumores afirmaban que el monstruo terminaría casándose con el rey.

Brigan estuvo fuera casi todo julio. Siempre estaba yendo y viniendo, y Fuego comprendió al fin a dónde iba siempre. Aparte del tiempo considerable que pasaba con el ejército, también se reunía con miembros de la nobleza, hombres de negocios del mercado negro, amigos, enemigos, ya fuera para convencerlos de que se aliaran con él o para poner a prueba su lealtad. En algunos casos, la única manera de referirse a lo que hacía era «espiar». A veces tenía que luchar para escapar de las trampas en las que había caído —a veces de forma intencionada—, y volvía con una mano vendada, los ojos morados o, como ocurrió en una ocasión, una costilla rota que habría hecho que cualquier persona cuerda dejara de montar a caballo. Para Fuego algunas de las situaciones en las que Brigan terminaba metiéndose eran horribles. Debería ser otro quien lidiara con las negociaciones con un comerciante de armas conocido por hacerle favores de vez en cuando a Mydogg, y también debería ser otro el que se encargara de ir a las tierras remotas del hijo de Gentian, Gunner, custodiadas como una fortaleza en las montañas del sur, para dejar claras las consecuencias que tendría que Gunner siguiera siendo leal a su padre.

—Se le da muy bien —le dijo Clara cuando Fuego cuestionó si era algo acertado organizar tantos encuentros—. Sabe convencer a la gente de que quieran lo que él quiere. Y si no los puede persuadir con las palabras, no suele tener tantos problemas con la espada.

Fuego recordó a los dos soldados que se habían peleado al verla el día en que se había unido a la Primera División. Recordó la manera en que la brutalidad se había transformado en vergüenza y arrepentimiento después de que Brigan hablara con ellos durante unos minutos.

No todas las personas que despertaban devoción eran monstruos.

Y, al parecer, era famoso por su habilidad con la espada. Hanna, desde luego, hablaba como si su padre fuera invencible:

—La destreza para luchar me viene de papá —decía, y estaba claro que la había sacado de algún lugar. A Fuego le parecía que casi ningún niño de cinco años que se metiera en una pelea con una panda de niños habría salido con una nariz rota, si era que salía siquiera.

El último día de julio, Hanna se acercó a ella con un puñado de flores silvestres resplandecientes. Fuego se imaginó que las había recogido de entre las hierbas que crecían en el precipicio encima de Puerto Bodega, detrás de la casa verde.

—La abuela me dijo en una de sus cartas que creía que tu cumpleaños era en julio. ¿Se me ha pasado? ¿Por qué nadie sabe cuándo es tu cumpleaños? El tío Garan dice que a las damas les gustan las flores.

La niña arrugó la nariz al decirlo, no estaba convencida, y le plantó a Fuego las flores en la cara, como si pensara que las flores se comían y esperara que Fuego se inclinara y empezara a masticar, igual que habría hecho Lento.

Junto a las de Arco y Brocker, aquellas eran sus flores favoritas entre todas las que había en sus aposentos.

Un angustioso día a finales de agosto, Fuego se encontraba en la caballeriza cepillando a Lento para despejarse la mente. Su guardia se retiró cuando Brigan se acercó despacio, cargando con una colección de bridas al hombro. El príncipe se apoyó sobre la puerta de la cuadra y le rascó la nariz a Lento.

—Bien hallada, lady Fuego.

Acababa de llegar aquella mañana de su última salida.

—¡Príncipe Brigan! ¿Dónde está vuestra dama?

—En su clase de historia. Fue sin rechistar y yo me he estado previniendo para lo que puede que signifique: o se está preparando para sobornarme o está enferma.

Fuego quería hacerle una pregunta a Brigan, pero era una pregunta incómoda. Lo único que podía hacer era fingir dignidad y lanzarse, así que levantó la barbilla y le dijo:

—Hanna ya me ha preguntado en varias ocasiones por qué los monstruos pierden la cabeza por mí todos los meses y por qué no puedo salir de casa durante cuatro o cinco días seguidos a no ser que vaya con algunos guardias más. Me gustaría explicárselo. Me gustaría que me dierais permiso.

Brigan reaccionó de un modo impresionante, ya que logró dominar su expresión, impasible, de pie, al otro lado de la puerta. Entonces le acarició el cuello a Lento.

—Tiene cinco años. —Fuego no dijo nada, se quedó esperando. Entonces Brigan se rascó la cabeza y la miró con los ojos entrecerrados, indeciso—. ¿Qué pensáis vos? ¿Creéis que es muy pequeña como para entenderlo? No quiero que se asuste.

—Los monstruos no la asustan, alteza. Dice que quiere protegerme de ellos con su arco.

—Me refiero a los cambios que ocurrirán en su cuerpo —respondió en voz baja Brigan—. Me preocupa que saberlo la asuste.

—Ah —dijo Fuego con una voz tranquila—, pero, en ese caso, tal vez yo sea la persona indicada para explicárselo, ya que sus defensas mentales no son tan férreas como para que no sepa si le afecta. Puedo adaptar la explicación según sus reacciones.

—Sí —dijo Brigan, todavía vacilante y con los ojos entrecerrados—, pero ¿no os parece que es muy pequeña con cinco años?

Qué raro era y qué peligrosamente adorable le resultaba ver a Brigan tan fuera de su elemento, tan varonil y pidiéndole consejos a Fuego en aquel asunto. La joven le dio su opinión de manera franca:

—No creo que Hanna sea demasiado pequeña como para entenderlo. Y creo que debería recibir una respuesta sincera a algo que la desconcierta.

Brigan asintió con la cabeza.

—¿Por qué no me lo habrá preguntado a mí? No tiene vergüenza a la hora de hacer preguntas.

—Puede que intuya la naturaleza del asunto.

—¿De verdad puede ser tan sensible?

—Los niños son unos genios —dijo Fuego con firmeza.

—Cierto —dijo Brigan—. Bueno, tenéis mi permiso. Contadme después cómo ha ido.

Pero de repente Fuego dejó de escucharle porque se sintió intranquila, como ya le había ocurrido varias veces ese mismo día. Tenía la sensación de que había una presencia extraña y familiar a la vez, y fuera de lugar. Una persona que no debería estar allí. Agarró a Lento por la crin y sacudió la cabeza. Lento apartó la nariz del pecho de Brigan y miró a Fuego.

—Señora, ¿qué pasa? —dijo Brigan.

—Es casi como si... No, ya ha pasado. No importa, no es nada. —Brigan la miró, desconcertado. Fuego sonrió y trató de explicárselo—: A veces tengo que dejar que una impresión repose un rato para encontrarle sentido.

—Ah. —Brigan le examinó el hocico a Lento—. ¿Tenía algo que ver con mi mente?

—¡Por las rocas! —dijo Fuego—. ¿Estáis de broma?

—¿Debería?

—¿Creéis que puedo percibir algo de vuestra mente?

—¿No?

—Brigan —dijo, perdiendo las formas a causa de la sorpresa—. Vuestra conciencia es un muro sin una sola grieta. Jamás he percibido el menor indicio de lo que albergáis en vuestra mente.

—Vaya —dijo de manera elocuente—. Esto... —Se volvió a colocar las bridas de cuero que llevaba al hombro, parecía muy orgulloso de sí mismo.

—Tenía asumido que lo hacíais a propósito —dijo Fuego.

—Sí, lo que pasa es que me era difícil saber si estaba saliendo bien.

—Os ha salido bien.

—¿Y ahora qué tal?

Fuego se quedó mirándolo fijamente.

—¿A qué os referís? ¿Me estáis preguntando si estoy percibiendo lo que sentís? ¡Claro que no!

—¿Y ahora?

Le llegó como si fuera una suave ola desde las profundidades del océano de su conciencia. Fuego se quedó quieta, lo asimiló y se aferró a sus propios sentimientos, ya que el hecho de que aquella fuera la primera vez que Brigan le dejaba percibir algo de su mente la hizo extremadamente feliz.

—Percibo que os divierte esta conversación —le dijo.

—Interesante —respondió él, riendo—. Fascinante. Y ahora que tengo la mente abierta, ¿podrías apoderaros de ella?

—Jamás. Habéis dejado que saliera un sentimiento, pero eso no quiere decir que yo pueda adentrarme y tomar el control.

—Intentadlo —dijo, y aunque el tono con el que lo dijo sonaba amistoso y su rostro parecía franco, Fuego sintió miedo.

—No quiero hacerlo.

—Es como un experimento, nada más.

Aquella palabra la dejó sin respiración, presa del pánico.

—No, no quiero hacerlo. No me lo pidáis.

Brigan se apoyó sobre la puerta de la cuadra para acercarse.

—Disculpadme. Os he afligido. No os lo volveré a pedir, lo prometo.

—No lo entendéis; jamás intentaría…

—Lo sé. Sé que no lo haríais. Por favor, señora… Ojalá no lo hubiera dicho.

Fuego se dio cuenta de que se estaba agarrando a la crin de Lento con más fuerza de la que pretendía. Soltó el pelo del pobre caballo y se lo alisó mientras trataba de contener las lágrimas que querían brotar. Apoyó la cabeza sobre el cuello de Lento y respiró el cálido olor del animal.

De repente se echó a reír. Era una risa entrecortada que sonaba como si fuera un sollozo.

—En realidad, hubo una ocasión en la que pensé en controlaros la mente si me lo pedíais. Creí que os podría ayudar a dormir por las noches.

Brigan abrió la boca para responder, pero la volvió a cerrar. Durante un instante su rostro quedó nuevamente inexpresivo; se había puesto otra vez aquella máscara inescrutable.

—Pero eso no sería justo —le dijo en voz baja—, porque entonces, después de quedarme dormido, vos estaríais despierta, sin nadie que os ayudara a dormir.

Fuego ya no estaba segura acerca de qué estaban hablando y se sentía terriblemente desdichada, ya que no se trataba de una conversación que pudiera distraerla de lo que sentía por aquel hombre.

Entonces apareció Welkley con la orden de que Brigan se presentara ante el rey. Fuego sintió alivio al verlo marchar.

De camino al dormitorio, acompañada por su guardia, aquella conciencia extraña y familiar volvió a revolotear por su mente. Era el arquero, el de la mente nublada.

Fuego soltó un bufido de frustración. El arquero estaba en el palacio o en los terrenos, o cerca, en la ciudad. Por lo menos, eso era lo que había percibido en ciertos momentos aquel día, pero nunca se quedaba en su mente el tiempo suficiente para que pudiera atraparlo o para saber qué hacer. No era normal. Sencillamente, no era normal que hubiera hombres merodeando por allí con las mentes en blanco, como si estuviesen hipnotizados por monstruos. No se alegraba de percibir la presencia del arquero cuando habían transcurrido tantos meses.

Más tarde, en sus aposentos, encontró a los guardias allí apostados en un estado peculiar.

—Ha venido un hombre a vuestra puerta, mi señora —dijo Musa—, pero no decía más que tonterías. Dijo que venía de parte del rey y que quería comprobar las vistas de vuestras ventanas, pero yo no lo reconocí como uno de los hombres del rey y no me fie de él, de modo que no lo dejé entrar.

Fuego se quedó estupefacta.

—¿Las vistas que hay desde mis ventanas? ¡Por todos Los Valles, ¿por qué?!

—No me daba buena espina, mi señora —dijo Neel—. Había algo raro en él. Nada de lo que decía tenía sentido.

—A mí no me ha causado mala impresión —dijo otro guardia con brusquedad—. Al rey no le gustará oír que lo hemos desobedecido.

—No —les dijo Musa a sus soldados—. Ya basta. Neel tiene razón, el hombre daba mala espina.

—Hacía que me sintiera aturdida —dijo Mila.

—Era un hombre honrado —dijo otro—. Y no creo que tengamos autoridad para echar a los hombres del rey.

Fuego apoyó la mano en el marco de la puerta para sostenerse. Al escuchar la discusión entre sus guardias, que jamás discutían frente a su señora y que nunca respondían a su capitana, estaba segura de que algo iba mal. No solo porque estuvieran discutiendo o porque el visitante pareciera sospechoso, sino porque Neel le había dicho que el hombre no le había dado buena espina, y la verdad era que varios de sus guardias no le daban buena espina en ese momento. Sus mentes estaban mucho más abiertas de lo habitual, y la tenían envuelta en una especie de bruma. Los más afectados eran los guardias que estaban discutiendo con Musa.

Y sabía por instinto —monstruo o humano— que si decían de ese hombre que era honrado, no lo estaban entendiendo bien. Estaba convencida, aunque no sabía explicar por qué, de que Musa había hecho lo correcto al echar a aquel hombre.

—¿Qué aspecto tenía?

Un par de guardias se rascaron la cabeza y refunfuñaron que no se acordaban. Fuego prácticamente podía acariciar la niebla que había en sus mentes, aunque la de Musa estaba despejada.

—Era alto, mi señora. Más alto que el rey. Y delgado. Estaba demacrado. Tenía el pelo blanco, los ojos oscuros y no tenía buen aspecto. Tenía un color raro, era como gris. Y tenía marcas en la piel. Un sarpullido.

—¿Un sarpullido?

—Llevaba ropas sencillas y todo un armamento a la espalda: una ballesta, un arco corto y un arco largo extrordinario. Tenía un carcaj lleno y un puñal, pero no llevaba espada.

—¿Y de qué estaban hechas las flechas que había en el carcaj?

Musa frunció los labios.

—No me fijé.

—De madera blanca —respondió Neel.

Así que el arquero con la mente nublada había ido a su dormitorio a ver las vistas que tenía y había dejado a varios de sus guardias desconcertados y con las mentes ofuscadas.

Fuego se acercó al guardia que tenía la mente más nublada, el que había empezado la discusión. Era un tipo llamado Edler que, normalmente, era bastante amable. Fuego le puso la mano sobre la frente.

—Edler, ¿te duele la cabeza?

El soldado tardó un momento en procesar la respuesta.

—No exactamente, mi señora. No me duele, pero no termino de sentirme yo mismo.

Fuego trató de encontrar las palabras para decirle lo que quería proponerle:

—¿Me das permiso para que intente aliviar el malestar?

—Desde luego, mi señora, si así lo deseáis.

Fuego se adentró en la conciencia de Edler con facilidad, igual que hizo con el cazador furtivo. Jugueteó con la niebla, la tocó y la retorció, tratando de averiguar qué era exactamente. Parecía un globo que llenaba la mente de Edler con un vacío que empujaba la inteligencia del soldado hacia los bordes.

Fuego pinchó el globo con fuerza y explotó con un siseo. Los pensamientos de Edler se precipitaron y volvieron a su sitio. El soldado se frotó la cabeza con ambas manos.

—Me siento mejor, mi señora. Ahora veo al hombre con claridad. No creo que fuera un hombre del rey.

—No lo era —respondió Fuego—. El rey no mandaría a un tipo enfermizo armado con un arco largo a mis aposentos para admirar las vistas.

Edler soltó un suspiro.

—Rocas, qué cansado estoy.

Fuego entró en la mente abotagada del siguiente guardia y pensó para sí misma que había algo más siniestro que todo lo que había desvelado en la sala de interrogatorios.

Más tarde, ya en la cama, encontró una carta de Arco. Tenía la intención de ir a verla en cuanto hubieran acabado con la cosecha del verano. Fue una alegría, pero no alivió el estado de la situación.

Había creído que ella era la única persona en Los Valles capaz de manipular mentes.

Capítulo dieciocho

El año que Fuego pasó entrenando a su padre para que experimentara cosas que no existían también fue, afortunadamente, el año en que la relación que tenía con Arco mejoró.

A Cansrel no le importaba experimentar cosas que no existían, ya que era una época en que las cosas que sí existían lo deprimían. Nax había sido su medio hacia todas las alegrías, y Nax ya no estaba. Brigan había ido ganando influencia y había salido ileso de otro ataque. A Cansrel le proporcionaba algo de alivio sentir un sol inexistente sobre la piel en medio de aquellas semanas de llovizna o saborear la carne de monstruo cuando no se la servían. Encontraba consuelo en el contacto con la mente de su hija, ahora que Fuego sabía que no debía transformar las llamas en flores.

Por su parte, la salud de Fuego empeoró. Perdió el apetito, adelgazó, sufría mareos, dificultad al respirar y calambres en el cuello y en los hombros que hacían que tocar el violín le resultara doloroso y le causara terribles dolores de cabeza. Evitaba reflexionar sobre las cosas que pensaba hacer; estaba segura de que, si lo hacía, perdería el control sobre sí misma.

De hecho, Arco no fue la única persona en proporcionarle consuelo aquel año. Un día de primavera, Liddy, su doncella, una joven dulce con los ojos color miel, se encontró a Fuego en la cama hecha un ovillo y luchando contra un pánico que la reconcomía. A Liddy le caía bien su señora, que siempre había sido amable con ella, y lamentaba la angustia que sufría. Se sentó al lado de Fuego y le acarició el pelo, la frente, por detrás de las orejas y por el cuello y fue bajando hasta la región lumbar. Sus caricias fueron amables y a Fuego le parecieron el consuelo más profundo y tierno del mundo. Apoyó la cabeza sobre el regazo de Liddy mientras ella continuaba acariciándola. Era un regalo que Liddy le ofrecía de forma altruista, y Fuego lo aceptó.

Aquel día, a partir de aquel momento, se forjó una alianza tácita entre ellas. A veces se cepillaban el pelo la una a la otra y se ayudaban a vestirse y desvestirse. Pasaban tiempo juntas, cuchicheando, como niñas pequeñas que habían descubierto a su alma gemela.

Había ciertas cosas que no podían ocurrir en el entorno de Cansrel sin que se enterara; los monstruos se enteraban de todo. Cansrel empezó a quejarse de Liddy. No le gustaba ella ni el tiempo que pasaban juntas. Al final, perdió la paciencia y concertó un matrimonio para Liddy. La mandó a unas tierras al otro lado de la ciudad.

Fuego se quedó asombrada, pasmada y destrozada. Desde luego, se alegraba de que tan solo la hubiera echado y no la hubiera matado o se la hubiera llevado a la cama para darle una lección. Pero, aun así, fue un acto de crueldad amargo y egoísta, de modo que Fuego no sintió ninguna compasión.

Tal vez la soledad que sintió después de lo de Liddy la preparara para Arco, aunque resultaba evidente que ambos eran muy diferentes.

Durante aquella primavera, y con la llegada del verano en que cumplió quince años, Arco averiguó la locura que Fuego planeaba cometer. Sabía por qué no podía comer y por qué sufría. Lo atormentaba; temía tanto por ella que estaba desquiciado.

Se peleó con ella y también con Brocker. Le suplicó una y otra vez a Fuego que se olvidara de todo aquello. Y, una y otra vez, ella se negó.

Una noche de agosto, durante una pelea frenética a susurros bajo un árbol que había al salir de su casa, Arco la besó. Fuego se puso rígida, sobresaltada. Y entonces supo, mientras empezaba a acariciarla y volvía a besarla, que Fuego también quería besarlo, que necesitaba a Arco. Su cuerpo necesitaba ese desenfreno que también la consolaba. Se acurrucó contra él. Se lo llevó adentro de casa, al piso de arriba. Y así fue como ocurrió: los amigos de la infancia se convirtieron en amantes. Encontraron un lugar en el que podían estar de acuerdo, una liberación de la preocupación y la desdicha que amenazaban con arrollarlos. A Fuego, hacer el amor con su amigo solía darle hambre. Entre besos y risas, Arco le daba de comer en su propia cama con la comida que colaba a través de la ventana.

Cansrel lo sabía, por supuesto. Pero, aunque el cariño amable de Liddy le había parecido intolerable, aceptó, e incluso le divirtió, el hecho de que Fuego necesitara a Arco, ya que sabía que era inevitable. No le importaba, siempre y cuando se tomara las hierbas cuando fuera necesario. «Suficiente tenemos con dos de nosotros, Fuego», solía decirle con tacto. Fuego entendía la amenaza que había en sus palabras hacia el bebé que no iba a tener, de modo que se tomaba las hierbas.

Arco no se mostraba celoso ni dominante en aquellos tiempos; eso llegaría más tarde.

Fuego sabía perfectamente que las cosas nunca eran eternas; que todo lo que empieza de manera natural termina llegando a su fin, natural o no. Estaba deseando ver a Arco, pero sabía con qué esperanza iría a Ciudad del Rey. No le apetecía nada decirle que lo que había entre ellos se había acabado.

Fuego había empezado a describir al arquero misterioso a todo aquel que interrogara, aunque solo fuera de pasada. Hasta el momento, había sido inútil.

—¿Os habéis enterado de algo sobre el arquero ese? —le preguntó Brigan aquel día en el dormitorio de Garan.

—No, alteza. Parece que nadie reconoce su descripción.

—Bueno, espero que sigáis preguntando —dijo.

La salud de Garan había sufrido un revés, pero se negaba a ir a la enfermería o a dejar de trabajar, lo que quería decir que en los últimos días sus aposentos se habían convertido en el centro de actividades. Le resultaba difícil respirar y no tenía fuerza para sentarse. A pesar de ello, continuaba siendo más que capaz de mantener su postura en una discusión.

—Olvidaos del arquero —dijo entonces—. Tenemos temas más importantes sobre los que discutir, como el coste desorbitado de tu ejército. —Le lanzó una mirada de odio a Brigan, que se había apoyado contra el armario. Estaba en el campo de visión de Fuego, de modo que la joven no podía ignorarlo mientras jugueteaba con una pelota entre las manos; era la pelota con la que había visto pelearse a Hanna y a Manchitas—. Es demasiado caro —continuó Garan, que seguía mirando con odio a Brigan desde la cama—. Les pagáis demasiado, y luego, cuando quedan heridos o los matan y ya no nos sirven, continuáis pagándoles.

Brigan se encogió de hombros.

—¿Y?

—Te crees que nos sobra el dinero.

—No les voy a recortar la paga.

—Brigan, no nos lo podemos permitir —dijo Garan, cansado.

—Debemos permitírnoslo. Se avecina una guerra; no es el momento de hacer recortes en el sueldo del ejército. ¿Cómo piensas que he podido reclutar a tantos? ¿De verdad crees que son tan fieles al linaje de Nax como para no irse al bando de Mydogg si les ofreciera más?

—Según tengo entendido, todos ellos pagarían por el privilegio de morir en vuestra defensa —dijo Garan.

Nash llevaba un buen rato sentado en la ventana, donde no era más que una figura oscura perfilada a la luz de un cielo azul. Fuego sabía que la estaba mirando. En ese instante, dijo:

—Y eso es porque siempre los defiende, Garan, cuando los brutos como tú intentan quitarles el dinero. Deberías descansar; parece que estás a punto de desmayarte.

—No seas condescendiente —dijo Garan, y entonces le entró un ataque de tos que sonaba como si estuvieran talando un árbol con una sierra.

Fuego, aún sentada, se inclinó hacia delante y le tocó el rostro húmedo a Garan. Había llegado a un acuerdo con él al ver que su salud había empeorado. Él insistía en seguir trabajando, por lo que ella había accedido a llevarle los informes de las salas de interrogatorios, pero solo si le dejaba entrar en su mente para aliviarle el dolor punzante de la cabeza y la quemazón de los pulmones.

—Gracias —le dijo Garan en voz baja, tomándole la mano y llevándosela al pecho—. Esta conversación me tiene harto. Dadme buenas noticias de la sala de interrogatorios.

—Me temo que no hay ninguna noticia, alteza.

—¿Siguen surgiendo contradicciones?

—Desde luego. Un mensajero me dijo ayer que Mydogg tiene planes concretos para atacar al rey y a lord Gentian en noviembre. Y hoy otro tipo me dice que Mydogg planea llevarse a todo el ejército al norte, a Píquea, y esperar a que se desate una guerra entre Gentian y el rey antes de alzar siquiera una espada. Además, he hablado con un espía de Gentian que afirma que su señor mató a lady Murgda en una emboscada en agosto.

Brigan estaba dándole vueltas a la pelota con la punta de los dedos, distraído.

—Me reuní con lady Murgda el quince de septiembre —dijo—. No se mostró demasiado simpática, pero era obvio que no estaba muerta.

De repente, durante las últimas semanas, en la sala de interrogatorios había surgido esa tendencia a contradecir y desinformar, lo cual hacía que a Fuego le resultara muy difícil saber en qué fuentes confiar. Los mensajeros y los espías a los que Fuego cuestionaba tenían la mente despejada y eran honrados a la hora de compartir lo que sabían. Lo que ocurría era que lo que sabían no era verdad.

En la corte de Los Valles, todos se daban cuenta de lo que aquello significaba. Tanto Mydogg como Gentian eran conscientes de que Fuego se había unido al bando de los enemigos. Para reducir la ventaja que ella le proporcionaba al trono vallense, ambos nobles rebeldes habían empezado a desinformar a algunos de los suyos y los habían enviado para que los atraparan.

—Hay personas cercanas a ambos hombres que conocen la verdad sobre sus planes —dijo Garan—. Necesitamos encontrarlos: a un aliado cercano de Mydogg y a otro de Gentian. Y tienen que ser personas de las que normalmente no sospecharíamos, pues ni Mydogg ni Gentian deben sospechar que los estamos interrogando.

—Necesitamos a un aliado de Mydogg o de Gentian que se esté haciendo pasar por uno de los aliados más leales del rey —dijo Brigan—. Lo cierto es que no debería ser muy difícil. Si disparara una flecha por la ventana, probablemente alcanzaría a alguno.

—A mí me parece que —dijo Fuego con precaución—, si adopto un enfoque menos directo, si interrogo a todas las personas a las que tenemos retenidas sobre cosas que no me he preocupado por investigar antes, todas las fiestas a las que han acudido, todas las conversaciones que han oído por casualidad pero que tal vez no hayan entendido del todo, todos los caballos que han visto en dirección al sur cuando deberían haber estado yendo hacia el norte...

—Sí —interrumpió Brigan—. Puede dar algún resultado.

—¿Y dónde están las mujeres? —preguntó Fuego—. Ya basta de hombres; traedme a las mujeres a las que Mydogg y Gentian se han llevado a la cama y a las mozas que han tenido que servirles el vino. Los hombres son unos bobos cuando hay mujeres alrededor; se vuelven imprudentes y fanfarrones. Debe de haber un centenar de mujeres ahí fuera con información que nos vendría muy bien.

Nash dijo con sobriedad:

—Parece un buen consejo.

—No sé —dijo Garan—. Me ofende... —Se interrumpió, ahogado por el espasmo de una tos.

Nash fue hacia la cama de su hermano, se sentó a su lado y le agarró el hombro para que se tranquilizara. Garan le ofreció una mano temblorosa a Nash, que se la estrechó.

A Fuego siempre le sorprendía el afecto físico que se tenían los hermanos, ya que, por otro lado, cada dos por tres se peleaban por cualquier cosa. Le gustaba la manera en que los cuatro cambiaban de parecer en un abrir y cerrar de ojos: chocaban entre sí, armaban un estruendo y se sacaban de quicio mutuamente, pero luego se volvían a calmar. Y de alguna manera, siempre encontraban el modo de encajar unos con otros.

—Y, señora —añadió Brigan, volviendo con calma al tema anterior—, no os rindáis con el arquero.

—Claro que no; me preocupa mucho —contestó Fuego, y luego percibió que se estaba acercando un arquero completamente diferente. Se miró el regazo para esconder el rubor que le causó la alegría—. Lord Arco acaba de llegar a la corte —anunció—. Welkley lo está trayendo hacia aquí.

—Ah —dijo Brigan—. He aquí el hombre al que deberíamos reclutar para lanzar flechas desde la ventana.

—Sí —dijo Garan con una voz perversa—. He oído que su flecha siempre encuentra nuevos blancos.

—Ya te habría pegado si no estuvieras tumbado de espaldas —dijo Brigan, enfadado de repente.

—Compórtate, Garan —dijo Nash entre dientes.

Antes de que Fuego pudiera reaccionar ante la pelea, que a ella le pareció bastante divertida, Welkley y Arco entraron por la puerta, y todos menos Garan se pusieron de pie.

—Majestad —dijo Arco de inmediato, arrodillándose ante Nash—. Altezas —dijo a continuación, tras levantarse para tomarle la mano a Brigan y encorvarse para tomársela a Garan.

Se giró hacia Fuego. Le sostuvo las manos con gran decoro, y en el momento en que sus miradas se encontraron, Arco se estaba riendo con una expresión traviesa. Su gesto reflejaba tanta felicidad y era tan típico de Arco que Fuego empezó a reírse también.

La levantó para darle un abrazo en condiciones. Olía a casa, como las lluvias otoñales del norte.

Fuego salió a dar un paseo con Arco por las inmediaciones del palacio. Los árboles resplandecían con los colores del otoño. Fuego estaba asombrada, y entusiasmada, por el árbol que había al lado de la casa verde, porque en los últimos días se había transformado en el elemento de la naturaleza más parecido a su pelo que había visto.

Arco le habló de lo lúgubre que estaba el norte en comparación. Le habló de las actividades de Brocker, de la buena cosecha de ese año y de la travesía que había hecho al sur con diez soldados bajo la lluvia.

—Te he traído a tu músico favorito —dijo Arco—. Y se ha traído la flauta.

—¡Krell! —dijo Fuego, sonriendo—. Gracias, Arco.

—Tener una guardia pisándonos los talones está muy bien —dijo Arco—, pero ¿cuándo podremos estar a solas?

—Nunca lo estoy. Siempre tengo una guardia, incluso en mis aposentos.

—Seguro que eso puede cambiar ahora que estoy aquí. ¿Por qué no les dices que se marchen?

—Están bajo las órdenes de Brigan, no bajo las mías —dijo Fuego a la ligera—. Y resulta que es bastante tozudo. No he podido hacerle cambiar de parecer.

—Bueno —dijo Arco con una sonrisa de satisfacción—, yo le haré cambiar de parecer. Me atrevería a decir que entenderá la necesidad que tenemos de privacidad. Y la autoridad que tiene sobre ti debe reducirse ahora que estoy aquí.

Claro que sí, y tu autoridad debe aumentar para poder reemplazarla, pensó Fuego. Se puso como una fiera, pero se detuvo en el último instante y pudo contenerse.

—Hay algo que debo decirte, Arco, y no te va a gustar.

La actitud de Arco cambió por completo al instante. Se le tensó la boca y parpadeó. A Fuego le fascinó lo rápido que su reunión había llegado a ese punto. Se detuvo y lo observó con exasperación. Lo interrumpió para detenerlo.

—Arco, para el carro. Ni se te ocurra empezar a acusarme de haberme llevado a algún hombre a la cama.

—¿A una mujer, entonces? —dijo entre dientes—. No sería la primera vez, ¿a que no?

Fuego apretó los puños con tanta fuerza que las uñas le hicieron daño en las palmas de la mano. De repente, ya no le preocupaba detener la furia que sentía.

—Estaba muy emocionada con tu visita —dijo—. Estaba muy contenta de verte. Y ahora has empezado a atacarme y me gustaría que te fueras. ¿Me oyes, Arco? Cuando te pones así, prefiero que te marches. Tomas el amor que te doy y lo usas contra mí.

Se alejó, dando grandes zancadas, volvió y se quedó echa una fiera ante él, consciente de que era la primera vez que le hablaba de esa manera. Debería haber hablado así más veces; había sido demasiado generosa con su paciencia.

Ya no somos amantes, le dijo mentalmente. *Eso es lo que tenía que decirte. Cuanto más te acercas, más tiras de mí, y aprietas demasiado fuerte. Me haces daño. Me quieres tanto que has olvidado cómo ser mi amigo. Extraño a mi amigo. Quiero mucho a mi amigo. Hemos terminado como amantes. ¿Lo entiendes?*

Arco se quedó aturdido, respiraba con dificultad y la miraba con ojos pétreos. Fuego sabía que lo había entendido. Y en ese momento vio a Hanna y la percibió al mismo tiempo. Se estaba acercando por la colina hacia el campo de tiro, corriendo hacia ellos tan rápido como se lo permitían sus piernecitas.

Fuego empezó a luchar para mantener la compostura.

—Viene una niña de camino —le dijo a Arco con voz ronca—. Si sacas tu carácter infame sobre ella, no te volveré a hablar.

—¿Quién es?

—La hija de Brigan.

Arco miró a Fuego fijamente. Entonces Hanna los alcanzó; Manchitas iba detrás de ella, muy cerca. Fuego se arrodilló para recibir al perro. Hanna se detuvo ante ellos, sonriendo y jadeando, y Fuego percibió la confusión repentina que sintió al captar su silencio.

—¿Qué pasa, lady Fuego? —preguntó Hanna.

—Nada, alteza. Estoy muy contenta de veros a ti y a Manchitas.

Hanna se rio.

—Te está dejando el vestido lleno de barro.

Sí, Manchitas le estaba destrozando el vestido, y estuvo a punto de tirarla al suelo al subir y bajar a su regazo dando saltos, ya que seguía pensando que era un cachorro, a pesar de que estaba enorme.

—Manchitas es mucho más importante que mi vestido —dijo Fuego, y alzó al perro, que no dejaba de moverse, para disfrutar de su alegría. No le importaba lo sucio que estuviera.

Hanna se acercó y le susurró al oído:

—¿Ese hombre que está enfadado es lord Arco?

—Sí. Y no está enfadado contigo.

—¿Crees que dispararía para mí?

—¿Disparar para ti?

—Papá dice que es el mejor del reino. Quiero verlo.

Fuego no sabría explicar por qué aquello la entristeció tanto, que Arco fuera el mejor del reino y que Hanna lo quisiera ver. Acurrucó la cabeza contra Manchitas durante un instante.

—Lord Arco, a la princesa Hanna le gustaría ver cómo disparas, ya que se ha enterado de que eres el mejor de Los Valles.

Arco estaba escondiendo lo que sentía de la mente de Fuego, pero la joven sabía interpretar su expresión. Sabía qué aspecto tenían sus ojos cuando intentaba contener las lágrimas parpadeando, y conocía la voz queda que utilizaba cuando estaba demasiado abatido para sentir enfado. Carraspeó y dijo con esa voz:

—¿Y qué clase de arco prefieres usar, alteza?

—Uno largo, como el que llevas. Pero el tuyo es mucho más grande. ¿Vienes? Te lo enseñaré.

Arco no miró a Fuego. Se dio la vuelta y siguió a Hanna colina arriba, con Manchitas saltando tras ellos. Fuego se quedó de pie y vio cómo se marchaban.

De manera bastante inesperada, Musa la tomó del brazo. Fuego posó la mano sobre la de Musa, agradecida de que alguien la tocara, contentísima de que pagaran tan bien a su guardia.

Fue muy duro haberle destrozado el corazón, y las esperanzas, a un amigo.

Después de que oscureciera, incapaz de dormir, Fuego subió al tejado. Al cabo de un rato, Brigan, que paseaba por allí, se reunió con ella. De vez en cuando, desde la conversación que tuvieron en la caballeriza, le dejaba ver un destello de sus sentimientos. Esa noche Fuego notó que estaba sorprendido de verla.

Y sabía por qué estaba sorprendido. Tras la riña con Arco, Musa le había dicho a Fuego con total naturalidad que, por petición de Arco, se le permitía estar a solas con él. Que, al principio, por sus propias instrucciones, Brigan había hecho una excepción para Arco, siempre y cuando el exterior de sus aposentos estuviera vigilado y hubiera guardias en cada puerta. Musa le dijo que debería haberla informado de aquello antes, pero no esperaba que lord Arco llegara tan pronto. Y, en cuanto Fuego y Arco empezaron a discutir, no había querido interrumpir.

A Fuego se le encendió la cara al oír aquello. De modo que ese era el motivo por el que Brigan había defendido a Arco en los aposentos de Garan: se había tomado la burla de Garan como una ofensa a Fuego, e incluso se había creído que Fuego estaba enamorada de Arco.

—La excepción no será necesaria —le dijo Fuego a Musa.

—Ya, me lo había imaginado —contestó Musa.

Luego Mila, con esa actitud tímida y comprensiva de siempre, le llevó a Fuego una copa de vino que la reconfortó. Pero después le empezó a doler la cabeza, y lo reconoció como el comienzo de sus días previos al sangrado.

Ahora, sobre el tejado, Fuego permaneció en silencio. No dijo nada, ni siquiera cuando Brigan la saludó. El príncipe pareció aceptarlo y se quedó bastante callado él también, rellenando el silencio de vez en cuando con algún que otro comentario educado. Le contó que Hanna estaba encandilada con Arco, que habían disparado tantas flechas juntos que le habían salido ampollas en los dedos.

Fuego estaba pensando en el temor de Arco. Creía que ese miedo era lo que hacía que su amor fuera tan difícil de soportar. Arco era controlador y autoritario, celoso y desconfiado, y siempre quería tener a Fuego demasiado cerca. Porque le daba miedo que se muriera.

Rompió un largo silencio con las primeras palabras que dijo aquella noche. Las dijo en voz tan bajita que Brigan se tuvo que acercar para oírlas.

—¿Cuánto tiempo creéis que viviréis?

Brigan soltó una risa de sorpresa.

—Lo cierto es que no lo sé. Muchas mañanas me despierto sabiendo que puede que muera ese día. —Una pausa—. ¿Por qué? ¿Qué os ronda la cabeza esta noche?

—Es probable que un día de estos un monstruo ave rapaz me atrape o que una flecha consiga traspasar mi guardia y llegar hasta mí —respondió Fuego—. A mí no me parece un pensamiento macabro, sino sencillamente realista. —Brigan estaba escuchando, apoyado contra la barandilla, con la cabeza en el puño. Fuego continuó—: Solo espero que no les duela mucho a mis amigos. Espero que entiendan que era inevitable.

Le dio un escalofrío. El verano había terminado hacía tiempo, y si hubiese tenido dos dedos de frente se habría llevado algo de abrigo. Brigan se había acordado de llevar un abrigo largo y de calidad que a Fuego le gustaba porque lo llevaba él puesto. Y Brigan era rápido y fuerte, y parecía que siempre iba cómodo, sin importar lo que llevara. En ese instante, el príncipe se desabrochó los botones y se quitó el abrigo, pues, por mucho que lo intentara, Fuego no podía esconder sus temblores.

—No —dijo Fuego—. Es culpa mía por haberme olvidado de la época en que estamos.

Brigan la ignoró y la ayudó a ponérselo, aunque le quedaba demasiado grande. Pero tanto el tamaño como el calor que le proporcionaba fueron bienvenidos, igual que el olor a lana, a hogueras y a caballos. Fuego le susurró mentalmente: *Gracias*.

Un instante después, Brigan dijo:

—Parece que a ambos nos afligen pensamientos serios esta noche.

—¿En qué habéis estado pensando?

Volvió a soltar aquella risa desdichada.

—Nada que os vaya a levantar el ánimo. He estado intentando encontrar la manera de evitar esta guerra.

—Vaya —dijo Fuego, saliendo por un momento de su ensimismamiento.

—Es un planteamiento inútil. No hay manera de evitarlo, teniendo en cuenta que tenemos dos enemigos empeñados en luchar.

—Sabéis que no es culpa vuestra.

Brigan le echó una mirada.

—¿Me estáis leyendo la mente?

Fuego sonrió.

—Supongo que he acertado por casualidad.

El príncipe también sonrió y levantó el rostro hacia el cielo.

—Tengo entendido que os importan más los perros que los vestidos.

Fuego rio, y su propia risa fue un bálsamo para su corazón.

—Por cierto, ya le he explicado a Hanna lo de los monstruos. Ya sabía algo sobre eso. Creo que vuestra ama de llaves la cuida muy bien.

—Tess —dijo Brigan—. Ha cuidado muy bien de ella desde el día en que nació. —Después pareció vacilar un momento, y dijo, esforzándose por emplear un tono de voz inescrutable—: ¿La habéis conocido?

—No —contestó Fuego, pues lo cierto era que el ama de llaves de Brigan seguía mirando a Fuego con frialdad, las veces en que se dignaba a mirarla. A juzgar por cómo lo había preguntado, Brigan debía saberlo.

—Creo que es bueno que Hanna tenga a alguien mayor en su vida —dijo Brigan—. Alguien que le pueda hablar de épocas distintas, no solo de los últimos treinta años. Y Hanna quiere mucho a Tess; le encantan las historias que cuenta. —Bostezó y se frotó la cabeza—. ¿Cuándo empezaréis con el nuevo enfoque en los interrogatorios?

—Mañana, supongo.

—Mañana —dijo Brigan suspirando—. Mañana me marcho.

Capítulo diecinueve

Fuego llegó a saber más de las costumbres y los gustos triviales de lord Mydogg, de su hermana Murgda, de lord Gentian y de su hijo Gunner, de sus sirvientes y de sus invitados de lo que le interesaría a cualquiera. Descubrió que Gentian era ambicioso, pero también que estaba un poco chiflado y que tenía un estómago delicado, que no comía alimentos grasos y que solo bebía agua. Averiguó que su hijo Gunner, un soldado de buena reputación, algo asceta en cuanto al vino y las mujeres, era más listo que su padre. Mydogg era todo lo contrario: no se negaba ningún placer, era generoso con sus personas preferidas, pero tacaño con el resto. Murgda era tacaña con todo el mundo, incluso consigo misma, y se la conocía por su excesivo gusto por el pudin de pan.

De nada les servía aquella información. Clara y el rey tenían mejores cosas que hacer que quedarse allí sentados y ser testigos de esos descubrimientos; Garan, por su parte, continuaba postrado en la cama. Cada vez dejaban a Fuego a solas en la sala de interrogatorios con mayor frecuencia; sola salvo por Musa, Mila y Neel, por supuesto. Brigan les había ordenado a los tres escoltas que acompañaran a Fuego en todos los asuntos confidenciales de la corte, de modo que se pasaban la mayor parte del día con ella.

A veces Arco se quedaba con su guardia mientras la joven trabajaba. Pidió permiso para hacerlo y Clara se lo concedió.

También Fuego, aunque lo hizo un tanto distraída. No le importaba que Arco estuviera presente, ya que comprendía que tuviera curiosidad. Lo único que sí le molestó fue la sensación que le dio de que Clara estaba más dispuesta a unirse a los interrogatorios si Arco estaba presente.

En aquellos días, Arco no decía gran cosa. Iba a lo suyo, se guardaba lo que pensaba con llave. A veces, por el modo en que se comportaba, era obvio que estaba confundido. Fuego era tan amable con él como le era posible, pues valoraba el esfuerzo consciente que debía suponerle contener los arrebatos de furia a los que era propenso.

—¿Cuánto tiempo podrás quedarte en la corte? —le preguntó Fuego para que supiera que, en realidad, no quería que se marchara.

Arco carraspeó, incómodo.

—Ahora que ha terminado la cosecha, Brocker puede ocuparse de todo sin mi ayuda. Podría quedarme una temporada si me lo pidieran.

Fuego no le contestó, pero le tocó el brazo y le preguntó si le gustaría estar presente en los interrogatorios de aquella tarde.

Fuego se enteró de que Mydogg prefería el vino de contrabando de un viñedo recóndito píqueo en el que dejaban que las uvas se congelaran en la vid a causa de las heladas tempranas. Descubrió que se creía que Murgda y su esposo píqueo, un explorador naval, estaban muy enamorados. Por fin descubrió algo útil: el nombre de un arquero alto, de ojos oscuros y con una puntería buenísima que era lo bastante mayor como para tener el pelo cano.

—Jod —les dijo el confidente a regañadientes—. Lo conocí hará unos veinte años. Estuvimos juntos en las mazmorras del viejo Nax hasta que a él lo soltaron. Lo encerraron por violación. No sabía que estuviera enfermo. Tampoco es que me sorprendiera, teniendo en cuenta cómo nos apelotonaban allí dentro y las cosas que pasaban. Ya sabes de qué estoy hablando, zorra monstruosa.

—¿Y dónde está ahora?

Tratar con aquel hombre no era fácil ni agradable. A cada pregunta intentaba liberarse del control mental de Fuego, pero siempre acababa perdiendo y sucumbía a ella, avergonzado y lleno de odio.

—¡Y yo qué rocas sé! Espero que esté cazando a perras devoradoras de monstruos, como tú. Me encantaría ver cómo…

A aquello lo siguió la descripción de una violación tan gráfica que Fuego no pudo sino sentir la fuerza de su maldad. Pero los prisioneros que le hablaban así tan solo conseguían que se armara de paciencia y se sintiera extrañamente deprimida. Creía que tenían derecho a decirle todo aquello, ya que era el único modo de defenderse de sus poderes, de los que tan mal uso hacía. Y, desde luego, se trataba de hombres que serían riesgosos para ella si llegaban a soltarlos en algún momento. Algunos de ellos eran tan peligrosos que se vio obligada a recomendar que no los soltaran nunca, y eso no ayudó a aliviar los sentimientos de culpa. Es cierto que se trataba de hombres que, de andar libres, le harían un flaco favor a la sociedad. No obstante, no se habrían mostrado tan sumamente infames si ella no hubiera estado allí para provocarlos.

El hombre de aquel día lo pasó peor que la mayoría, ya que Arco se acercó hasta él de repente y le asestó un puñetazo en la cara.

—¡Arco! —exclamó Fuego.

Llamó a los guardias de las mazmorras para que se llevaran al hombre; tuvieron que levantarlo del suelo, donde yacía mareado y sangrando. En cuanto se lo llevaron, Fuego se quedó mirando a Arco con sorpresa, luego con furia, demasiado exasperada como para fiarse de lo que podía soltarle.

—Lo siento —le respondió, sombrío, tirándose del cuello de la camisa, como si lo estuviera ahogando—. Este me ha molestado más que el resto.

—Arco, es que no puedo…

—Te he dicho que lo siento. No lo volveré a hacer.

Fuego se cruzó de brazos y se quedó mirándolo fijamente hasta que Arco apartó la vista. Tras unos instantes, Arco empezó a sonreír. Sacudió la cabeza y soltó un suspiro desesperado.

—Puede que la promesa de verte enfadada sea lo que hace que siga portándome mal —dijo—. Estás preciosa cuando te enfadas.

—¡Arco! —le soltó Fuego—. Vete a ligar con otra.

—Lo haré si me lo ordenas —le respondió con una sonrisa burlona que la pilló desprevenida. Tuvo que contenerse para no devolverle la sonrisa.

Durante un momento fue como si volvieran a ser amigos.

La joven tuvo una conversación seria con Arco unos días más tarde en el campo de tiro con arco. Había acudido allí con el violín buscando a Krell y lo encontró junto con Arco, Hanna y el rey. Estaban los cuatro disparando a los blancos, y la niña estaba muy animada por los consejos que le llegaban de todas partes. Hanna tenía los pies bien plantados en el suelo y estaba muy concentrada, con un arco diminuto en las manos y flechas también diminutas a la espalda. No hablaba con nadie. Fuego se había dado cuenta de que al montar a caballo, manejar la espada o hacer tiro con arco —al hacer cualquier cosa que le interesara—, Hanna dejaba el parloteo y mostraba una sorprendente capacidad para la concentración.

—Brigan también solía concentrarse igual cuando estaba aprendiendo —le dijo Clara a Fuego—. Y cuando lo hacía, a Roen le proporcionaba un gran alivio porque, si no, seguro que estaba tramando algún lío. Yo creo que solía provocar a Nax a propósito, porque sabía que el rey prefería a Nash.

—¿En serio? —preguntó Fuego.

—Por las rocas que sí, señora. Nash era más apuesto y Brigan era mejor en todo lo demás. También se parecía más a su madre que a su padre, y no creo que jugara a su favor. Por lo menos él no empezaba las peleas, como sí hace Hanna.

Y tanto, Hanna empezaba peleas, y era imposible que fuera porque su padre prefiriera a nadie antes que a ella. Pero ahora no estaba peleando, y en cuanto salió del ensimismamiento provocado por el arco y las flechas y se dio cuenta de que Fuego estaba allí con su violín, la niña le rogó que tocara algo y no pudo negarse.

Al terminar, Fuego dio un paseo por el campo de tiro con Arco y con Nash. La guardia de la joven iba tras ellos.

Le resultaba gracioso pasear con aquellos dos hombres, ya que eran reflejos el uno del otro. Ambos estaban enamorados de ella, tristes y abatidos. Ambos estaban resignados a la desesperanza y deprimidos, y a ambos les incordiaba la presencia del otro. No se esforzaban mucho por ocultárselo a Fuego, ya que, como era habitual, los sentimientos de Nash estaban al descubierto, y el lenguaje corporal de Arco era inconfundible.

Pero los modales de Nash eran mejores que los de Arco, al menos hasta el momento, y la corte ocupaba la mayor parte de su tiempo. Conforme el tema de conversación de Arco se fue volviendo menos inclusivo, Nash se marchó.

Fuego observó a Arco, tan alto y guapo a su lado, con el arco en la mano.

—Lo has ahuyentado hablando de nuestra infancia en el norte —le dijo en voz baja.

—Te quiere para él y no te merece.

—¿Y tú, sí?

Arco esbozó una sonrisa forzada.

—Siempre he sabido que no te merezco. Todo el cariño que has tenido conmigo ha sido un regalo que no me merecía.

Eso no es verdad, le dijo mentalmente. *Ya eras mi amigo más fiel antes de que pudiera caminar.*

—Has cambiado —le dijo Arco—. ¿Eres consciente de cuánto? Cuanto más tiempo paso aquí contigo, menos te conozco. Hay mucha gente nueva en tu vida, y estás muy feliz con la niña princesa. ¡Y con su perro, ni más ni menos! Y el trabajo que haces a diario… Estás utilizando tu poder, cada día. Yo tenía que pelearme contigo para que te sirvieras de él, incluso para protegerte de ti misma.

Fuego tomó una bocanada de aire con cuidado.

—Arco, a veces, en los patios o en los pasillos, he tenido que desviar la atención de la gente para que no se diera cuenta de que estaba ahí, para poder andar sin que me molestasen y que todo el mundo pudiera seguir con su trabajo sin distracciones.

—Ya no te avergüenzas de tu poder —dijo Arco—. ¡Y mírate! Estás resplandeciente. De verdad, Fuego, no te reconozco.

—Pero me está resultando muy fácil emplear mi poder… ¿Te das cuenta del miedo que me da?

Arco se detuvo un segundo, con la mirada feroz. Tenía la mirada fija en tres puntos oscuros que había en el cielo. El campo de tiro con arco estaba en un punto elevado desde el que podían ver el mar. Un trío de monstruos aves rapaces volaban en círculos sobre un barco mercante, cuyos tripulantes trataban de abatirlos a flechazos. El mar estaba agitado, soplaba un tempestuoso viento otoñal. Y todas las flechas, sin excepción, fallaban en su objetivo.

Arco soltó un disparo impresionante sin ponerle ganas. Cayó una de las aves. Entonces Edler, el guardia de Fuego, disparó también, y Arco le dio una palmadita en el hombro para felicitarlo.

Fuego pensó que se había olvidado de su pregunta, por lo que se sorprendió al escuchar a Arco:

—Siempre has tenido más miedo de ti misma que de cualquiera de los horrores que hay en el mundo aparte de ti. Si fuera al revés, ambos tendríamos paz.

Lo dijo de manera cariñosa, no crítica. Era su forma desesperada de decirle que quería que hicieran las paces. Fuego estaba apretujando el violín con ambos brazos, ahogando las cuerdas con la tela de su vestido.

—Arco, me conoces. Sabes cómo soy. Tenemos que superar lo que hay entre nosotros. Tienes que aceptar que he cambiado. No podría soportar que por negarme a acostarme contigo perdiera tu amistad. Antes éramos amigos. Tenemos que encontrar la manera de volver a serlo.

—Lo sé —dijo—. Lo sé, cielo. Lo estoy intentando. De verdad.

Se alejó de ella y se quedó contemplando el mar. Aguardó un poco más de tiempo, en silencio. Cuando volvió con ella, Fuego seguía ahí con el violín contra el pecho. Tras un momento, algo parecido a una sonrisa aligeró la tristeza que había en su rostro.

—¿Por qué estás tocando un violín distinto? —preguntó—. ¿Qué pasó con el que te dio Cansrel?

Era una buena historia que contar, y lo bastante apartada de los sentimientos de ese día como para que se tranquilizara al hacerlo.

La compañía de Brigan y de Garan era todo un alivio en comparación con la de Arco y Nash. Eran muy tranquilos. Cuando estaban en silencio, no daba la sensación de que estuvieran cargados de cosas serias que ansiaban soltar, y, si estaban dándole vueltas a algún asunto, al menos no tenía nada que ver con ella.

Los tres estaban sentados en el patio central bajo el sol, exquisitamente cálido. Con el invierno acercándose, un palacio negro con techos de cristal tenía sus ventajas. Había sido un día de trabajo dificultoso y nada productivo; lo único que Fuego había logrado sacar en claro era la reiteración de que Mydogg prefería el vino de uvas heladas. Se lo había contado un antiguo sirviente de Gentian. Resulta que había leído un par de líneas que lo mencionaban en una carta que Gentian le había ordenado que quemara. Era una carta de Mydogg. Fuego seguía sin entender esa costumbre que tenían de visitarse y mantener correspondencia aquellos dos enemigos jurados de Los Valles. Y qué frustrante le resultaba que el sirviente tan solo hubiera leído esas líneas sobre el vino.

Fuego le dio un manotazo a un insecto monstruo que tenía en el brazo. Garan se entretenía con el bastón que había utilizado para acercarse despacio hasta allí. Brigan estaba sentado despatarrado, con las manos detrás de la cabeza, viendo cómo Hanna se peleaba con Manchitas en la otra parte del patio.

—Hanna nunca tendrá amigos que sean personas —dijo Brigan— hasta que deje de meterse en peleas.

Manchitas estaba dando vueltas en círculo con un palo en la boca que acababa de encontrar a los pies de uno de los árboles del patio. En realidad, era una rama de un tamaño considerable y con muchas ramificaciones que se extendía un radio muy ancho con cada vuelta que daba el animal.

—¡Ah, no, eso sí que no! —exclamó Brigan. Se levantó y fue hacia el perro. Forcejeó hasta que le quitó la rama, la rompió en pedazos y le dio a Manchitas un palo de dimensiones menos peligrosas. Al parecer, estaba decidido a que si Hanna no iba a tener amigos, al menos conservara ambos ojos.

—Tiene muchos amigos que son personas —dijo Fuego amablemente cuando volvió.

—Ya sabéis que me refiero a niños.

—Es demasiado madura para los niños de su edad y demasiado pequeña para que la toleren los demás niños.

—Tal vez la tolerarían si ella los tolerara. Me temo que se está convirtiendo en una abusona.

Fuego habló con seguridad.

—No es ninguna abusona. No se mete con los demás ni margina a nadie; no es cruel. Solo se pelea cuando la provocan, y la provocan a propósito porque han decidido que no les cae bien. Y saben que si se pelea, la castigaréis.

—Esas pequeñas bestias te están utilizando —le murmuró Garan a Brigan.

—¿Se trata de una mera teoría o es algo que hayáis observado?

—Es una teoría que he desarrollado a partir de mis observaciones —respondió Fuego.

Brigan sonrió con seriedad.

—¿Y habéis desarrollado alguna teoría sobre cómo debo enseñar a mi hija a ser más fuerte ante las burlas?

—Pensaré en ello.

—Gracias a Los Valles por vuestra sabiduría.

—Gracias a Los Valles por mi salud —dijo Garan, poniéndose de pie al ver a Sayre, que acababa de entrar en el patio con un vestido azul con el que estaba muy guapa—. Debo irme pitando.

No se fue pitando, pero sus andares firmes ya eran todo un progreso. Fuego vigilaba cada uno de sus pasos, como si el hecho de que no dejara de mirarle pudiera mantenerlo a salvo. Sayre se reunió con él y lo tomó del brazo, y ambos se fueron juntos.

La última recaída de Garan había logrado asustar a Fuego. Podía admitirlo ahora que su salud había mejorado. Ojalá el viejo rey Arn y su consejera monstruo hubieran descubierto hace cien años, a través de los experimentos que llevaron a cabo, algunas otras medicinas y el remedio para un par de enfermedades más.

Hanna fue la siguiente en marcharse; se fue corriendo para agarrarse de la mano de Arco cuando lo vio pasar por allí con el arco.

—Hanna ha anunciado que tiene intención de casarse con Arco —dijo Brigan mientras los observaba alejarse.

Fuego bajó la mirada hasta su regazo y sonrió. Preparó su respuesta con cuidado, pero la soltó con ligereza:

—He visto a muchas mujeres encapricharse con él, pero podéis estar más tranquilo que la mayoría de los padres; Hanna es demasiado pequeña para que le rompa el corazón. Supongo que es muy duro decir esto de un viejo amigo, pero si Hanna tuviera doce años más, no permitiría que se conocieran.

Tal y como esperaba Fuego, el rostro de Brigan era inescrutable.

—Vos solo le sacáis unos doce años a Hanna.

—Tengo mil años —dijo Fuego—, como vos.

—Mmm… —dijo Brigan. El príncipe no le preguntó a qué se refería. Mejor, porque no estaba segura del todo. Porque si lo que estaba insinuando era que la experiencia le había otorgado la sabiduría suficiente como para no caer en esa clase de encaprichamientos… Bueno, la prueba de que no era así estaba sentada frente a ella, y tenía la forma de un príncipe de ojos grises con un aire pensativo en la boca que a ella le parecía que la distraía bastante.

Fuego suspiró e intentó no pensar en ello. Notaba los sentidos sobrecargados. El patio era uno de los lugares más concurridos del palacio y, cómo no, el palacio entero estaba repleto de mentes. Además, en las inmediaciones del palacio estaba apostada la Primera División, que había llegado con Brigan el día anterior y se marcharía dentro de dos días. Fuego percibía las mentes con más facilidad que antes. Reconoció a unos cuantos miembros de la Primera División, a pesar de que estaban a una buena distancia.

Intentó apartarlos de su mente. Era agotador sentirlo todo a la vez y no era capaz de decidir dónde centrar su atención. Se decidió por una conciencia que la estaba molestando. Se inclinó hacia delante y le susurró a Brigan.

—Detrás de vos hay un muchacho con los ojos muy raros que está hablando con algunos de los niños de la corte. ¿Sabes quién es?

Brigan asintió con la cabeza.

—Sé a quién os referís. Vino con Tajos. ¿Os acordáis del comerciante de animales? No quiero tener nada que ver con ese hombre, es un contrabandista de monstruos y un bruto. Pero resulta que puso en venta a un excelente semental que tiene toda la pinta de ser un caballo de río. Se lo compraría sin pensarlo si el dinero no fuera a parar a manos de Tajos. Ya sabes, es de mal gusto que le compre un animal que probablemente haya robado. Puede que termine haciéndolo, y a Garan le dará un ataque. Supongo que tiene razón, que no necesito otro caballo. Aunque ni me lo pensaría si de verdad fuera un caballo ribereño. ¿Sabéis esos caballos tordos rodados que andan libres en el nacimiento del río? Son criaturas magníficas. Siempre he querido uno, pero no son fáciles de atrapar.

Los caballos distraían tanto al padre como a su hija.

—Y el muchacho… —apuntó Fuego con sequedad.

—Sí. Ese muchacho es raro, y no solo por el ojo rojo que tiene. Lo pillé merodeando cuando fui a echarle un vistazo al semental. Y una cosa os digo, señora, me dio una sensación extraña.

—¿A qué os referís con una sensación extraña?

Brigan la miró con los ojos entrecerrados ante su perplejidad.

—No os lo sé decir con exactitud. Había algo… inquietante… en él, en la manera en que hablaba. No me gustó la voz que tenía. —Se detuvo, algo exasperado, y se frotó el cabello, que le quedó revuelto—. Conforme lo digo me doy cuenta de que no tiene sentido. No había nada en él que me permitiera asegurar que era un niño problemático, pero aun así le dije a Hanna que no se acercara a él. Y ella me dijo que ya lo había conocido y que no le gustaba, que decía mentiras. ¿Qué pensáis vos?

Fuego puso todo su empeño en responder a aquella pregunta. La mente del muchacho era extraña y desconocida, y no estaba segura de cómo contactar con ella. Ni siquiera estaba segura de cuáles eran sus límites. No podía verla.

Sin duda, aquella mente le provocaba una sensación muy extraña. Y aquello no era bueno.

—No lo sé —dijo—. No lo sé. —Y un instante después, sin saber bien por qué, añadió—: Comprad el semental, alteza, si con ello lográis que se vayan de la corte.

Brigan se marchó, seguramente para hacer lo que le había dicho Fuego. Y la joven, sin dejar de pensar en aquel muchacho. Su ojo derecho era de color gris y el izquierdo, rojo; aquello ya era bastante raro de por sí. Tenía el cabello rubio como el trigo, la piel clara y debía de tener diez u once años. ¿Sería oriundo de alguna zona de Píquea? El muchacho estaba sentado delante de ella y tenía un monstruo roedor en el regazo. Era un ratón con el pelaje dorado brillante. Le estaba atando una cuerda alrededor del cuello. Fuego sabía, de alguna manera, que aquella criatura no era su mascota.

El muchacho apretó la cuerda con demasiada fuerza y el ratón comenzó a sacudir las patas.

Para, pensó Fuego con furia, dirigiendo el mensaje a su mente, que era una presencia extraña.

El muchacho soltó la cuerda al instante y el ratón se quedó tumbado en su regazo, palpitando por las minúsculas respiraciones que daba. Entonces el niño sonrió hacia Fuego, se levantó y se plantó ante ella.

—No le duele —dijo—. Es solo un juego de ahogarse, es divertido.

Aquellas palabras le hacían daño en el oído. Parecía que incluso le hacían daño en el cerebro. Era horrible, como el chillido de los monstruos aves rapaces. Era tan intenso que tuvo que resistir el impulso de taparse las orejas. Sin embargo, al recordar el timbre de la voz del muchacho, la voz no le parecía extraña ni desagradable.

Fuego se lo quedó mirando con sangre fría para que no pudiera ver su desconcierto.

—¿Un juego de ahogarse? Así solo te diviertes tú, y es una diversión de muy mal gusto.

El muchacho volvió a sonreír. Había algo inquietante en esa sonrisa ladeada y en ese ojo rojo.

—¿Es de muy mal gusto querer tener el control?

—¿De una criatura asustada e indefensa? Pues claro. Déjalo estar.

—Los demás me han creído cuando les he dicho que no le estaba haciendo daño, pero vos no. Además, sois preciosísima, por lo que haré lo que queréis —dijo.

Se agachó hacia el suelo y abrió la mano. El monstruo ratón se escapó, como una ráfaga de oro que desapareciera por un agujero que había en las raíces de un árbol.

—Tenéis unas cicatrices interesantes en el cuello —dijo poniéndose derecho—. ¿Cómo os las hicisteis?

—No es de tu incumbencia —respondió Fuego, recolocándose el pañuelo que le cubría la cabeza para que también le cubriera las cicatrices. No le gustaba nada cómo la miraba aquel muchacho.

—Me alegro de haber podido hablar con vos —dijo—. Llevo un tiempo queriendo hacerlo. Sois incluso mejor de lo que esperaba.

Y entonces el muchacho se dio la vuelta y abandonó el patio.

Vaya muchacho más desagradable.

Hasta entonces, Fuego nunca había sido incapaz de formarse la idea de cómo era una conciencia. Incluso la mente de Brigan, a la que no podía entrar, le enseñaba la forma y la sensación de las barricadas que alzaba contra su percepción. Incluso el arquero y los guardias con la mente ofuscada. No le hallaba el sentido a sus mentes, pero sí podía percibirlas.

Adentrarse en la mente de ese muchacho era como ir caminando por una serie de espejos deformados enfrentados entre sí, de manera que todo quedaba distorsionado y era engañoso y confuso para los sentidos; era imposible saber o entender algo. Fuego no conseguía tener una imagen clara de él, ni siquiera podía hacerse una idea general.

Se quedó pensando en ello durante un buen rato después de que el extraño niño se marchara. Por eso le llevó tanto tiempo atender al estado en el que se encontraban los otros niños con los que había estado hablando ese muchacho, los niños en el patio que se habían creído lo que había dicho. Tenían la mente en blanco y llena de niebla.

Fuego era incapaz de desentrañar qué era aquella niebla, pero estaba segura de que había encontrado su origen.

Cuando cayó en que no debería dejar que el muchacho se marchara, el sol se estaba poniendo, ya habían comprado el semental y el muchacho ya se había ido de la corte.

Capítulo veinte

Aquella misma noche ocurrió algo que distrajo a todos del asunto del muchacho que iba con Tajos.

A última hora de la tarde, Fuego se encontraba en la caballeriza y percibió a Arco volviendo al palacio, procedente de la ciudad. No lo habría percibido con tanta contundencia, porque no lo andaba buscando en particular, pero Arco estaba ansioso por hablar con ella. Tenía la mente igual de abierta que un niño y, además, estaba un poco borracho.

Fuego acababa de empezar a cepillar a Lento, que estaba de pie con los ojos cerrados por el gusto que le daba y babeando sobre la puerta de la cuadra. No le entusiasmaba ver a Arco si estaba ansioso y borracho. Le mandó un mensaje mentalmente:

Hablaremos cuando estés sereno.

Unas horas más tarde, acompañada por sus seis guardias habituales, Fuego avanzó por el laberinto que había desde sus aposentos hasta los de Arco. Pero luego, ante su puerta, se quedó perpleja, pues percibió a Mila, que estaba fuera de servicio, allí dentro.

Fuego trató de encontrar una explicación, cualquiera menos la obvia. Pero Mila también tenía la mente abierta, ya que incluso las mentes más resistentes solían abrirse cuando experimentaban lo que Mila estaba viviendo en ese momento al otro lado de la puerta. Fuego recordó lo dulce y linda que era su guardia, y la cantidad de oportunidades que Arco había tenido para darse cuenta.

Fuego se quedó mirando la puerta de su amigo en silencio y temblando. Estaba bastante segura de que Arco nunca había hecho nada que la enfadara de aquella manera. Giró sobre sus talones y se marchó por el pasillo. Dio con las escaleras y subió un tramo y luego otro hasta que irrumpió en el tejado y se puso a caminar de un lado a otro. Hacía frío y el ambiente estaba húmedo; no llevaba el abrigo puesto y olía como si fuera a nevar, pero Fuego no se dio cuenta; tampoco le importó. Su guardia, desconcertada, se hizo a un lado para no recibir pisotones.

Pasó un rato y entonces ocurrió lo que Fuego había estado esperando: Mila se quedó dormida. Y ya era hora, porque se había hecho tarde y Brigan, cansado, estaba subiendo al tejado. Aquella noche no debían encontrarse, ya que Fuego no sería capaz de contenerse y se lo contaría todo. Arco se merecía que le sacaran los trapos sucios, pero Mila no.

Se marchó bajando por una escalera distinta a la que Brigan había tomado para subir. Volvió a recorrer el laberinto hasta los aposentos de Arco y permaneció frente a su puerta.

Arco, sal de ahí. Ya, le dijo mentalmente.

El joven salió al momento, aunque descalzo, confundido y a medio vestir. Fuego hizo uso por primera vez del privilegio que tenía para quedarse a solas con él y mandó a sus guardias a ambos extremos del pasillo. Fue incapaz de aparentar tranquilidad.

—¿No tienes bastantes presas, que tienes que ir a por mi guardia? —dijo en un tono mordaz.

El desconcierto desapareció del rostro de Arco.

—No soy ningún depredador, ¿sabes? Las mujeres vienen a mí por voluntad propia. ¿Y qué te importa a ti lo que haga? —contestó con vehemencia.

—Le haces daño a la gente. Eres muy desconsiderado con las personas, Arco. ¿Por qué Mila? ¡Tiene quince años!

—Está durmiendo, tan feliz como un gatito tumbado al sol. Estás metiendo cizaña sin motivo.

Fuego tomó una bocanada de aire y dijo en voz baja:

—Y en una semana, cuando te canses de ella porque habrá otra que te guste más, y ella esté desanimada o deprimida, o se sienta patética o furiosa porque le has arrebatado lo que tan feliz la hacía… Ella también estará metiendo cizaña sin motivo, ¿no?

—Dices eso como si estuviera enamorada de mí.

Era exasperante. A Fuego le gustaría darle una patada.

—Siempre se enamoran de ti, Arco. Siempre. En cuanto ven lo intenso que eres, se enamoran de ti. Y tú nunca te enamoras de ellas, y cuando las dejas, les partes el corazón.

—Una acusación curiosa viniendo de ti —dijo en un tono cortante.

Fuego entendió aquello, pero no iba a dejar que le diera la vuelta al asunto.

—Estamos hablando de mis amigas, Arco. Te lo suplico. Si tienes que meter a todo el palacio en tu cama, al menos deja en paz a las mujeres que son amigas mías.

—No veo por qué te importa ahora; antes te daba igual.

—Antes no tenía amigas.

—No dejas de decir esa palabra —dijo con rencor—. No es tu amiga, es tu guardia. ¿Acaso habría hecho esto una amiga, sabiendo lo que ha habido entre nosotros?

—Ella no sabe gran cosa, excepto que es agua pasada. Y te olvidas de que estoy en una posición en la que sé el aprecio que me tiene.

—Pero debe haber muchas cosas que te oculte. Te ha ocultado todas las veces que nos hemos visto en este tiempo. No siempre vas a saber todo lo que siente la gente por ti.

Fuego lo miró, alicaída. Cuando Arco discutía, lo hacía de manera pasional. Gesticulaba y se volvía amenazante, el rostro se le ensombrecía o se le encendía y sus ojos parecían desprender llamaradas. Y también era así de pasional en el amor y el gozo, por eso todas las mujeres se enamoraban de él. En un mundo deprimente, él estaba lleno de energía y pasión; y sus muestras de atención, mientras duraban, eran embriagadoras.

Fuego no pasó por alto lo que quiso decir con aquellas palabras: que lo que tenía con Mila llevaba pasando desde hacía un tiempo. Se apartó de Arco y levantó la mano para que lo dejara estar. No había nada que pudiera hacer ante lo atractivo que podía encontrar a lord Arco una soldado de quince años proveniente de una zona empobrecida en las montañas del sur. Tampoco se podía perdonar no haberse dado cuenta de que algo así podía ocurrir, no haber prestado más atención al paradero de Arco y sus acompañantes.

Bajó la mano, volvió hacia Arco y le dijo con hastío:

—Desde luego, Mila tiene sentimientos por mí que yo desconozco, pero eso no invalida lo que hace por mí, la amistad que me demuestra con sus actos, que va más allá de la lealtad de una guardia. No vas a conseguir que desvíe mi enfado contigo hacia ella.

En aquel momento pareció que a Arco se le habían bajado los humos. Se desplomó contra la puerta y clavó la mirada en sus pies descalzos, como haría un hombre aceptando su derrota.

—Me gustaría que volvieras a casa —dijo sin fuerzas.

Por un momento, Fuego entró en pánico y pensó que Arco se iba a echar a llorar, pero luego se recompuso. La miró más calmado.

—Así que ahora tienes amigas. Y un corazón protector.

—Siempre he tenido un corazón protector, pero ahora tengo a más gente dentro de él. Se han unido a ti, Arco. No te han reemplazado —contestó la joven con el mismo tono relajado.

Arco reflexionó sobre aquellas palabras durante un instante; seguía con la mirada clavada en los pies.

—En cualquier caso, no tienes que preocuparte por Clara —dijo—. Puso fin a lo nuestro prácticamente cuando empezamos. Creo que fue por lealtad hacia ti.

Fuego decidió tomárselo como una buena noticia. Se quedaría con que habían puesto fin a aquello, fuera lo que fuere, y que había sido decisión de Clara, en vez de centrarse en el pequeño detalle de que entre ellos había empezado algo.

Hubo una pausa corta y triste, antes de que Arco anunciara:

—Lo dejaré con Mila.

—Cuanto antes lo hagas, antes lo superará. Ah, y con todo esto has perdido tu oportunidad de estar en la sala de interrogatorios. No voy a dejar que estés ahí atormentándola con tu presencia.

Entonces Arco levantó la vista de forma brusca y se irguió.

—Cambiando de tema a algo más ligero. Me has recordado el motivo por el que quería hablar contigo. ¿Sabes dónde he estado hoy?

Fuego no podía desviarse del tema con tanta facilidad. Se frotó las sienes.

No tengo la menor idea y estoy agotada, así que, sea lo que fuere, suéltalo rápido.

—Estaba de visita en casa de un capitán retirado que fue aliado de mi padre —dijo Arco—. Se llama Hart. Es un hombre rico y un gran amigo de la corona. Fue su joven esposa quien me invitó; él no estaba en casa.

—Una gran forma de honrar al aliado de Brocker —contestó Fuego de manera seca mientras se frotaba las sienes con más fuerza.

—Ya, pero escucha esto. La esposa de Hart le da mucho a la botella, y ¿a que no sabes qué estábamos tomando?

—No estoy para acertijos.

A Arco se le dibujó una sonrisa.

—Un vino píqueo excepcional elaborado con el jugo de uvas heladas —dijo—. Tienen una caja entera de ese vino escondida en la parte trasera de la bodega. La esposa no sabía de dónde había salido; se la ha encontrado mientras estaba yo ahí. Me ha dado la sensación de que le parecía raro que su marido tuviera aquella caja escondida, pero yo creo que, siendo un conocido aliado del rey, ha sido un movimiento prudente, ¿no?

Nash se tomó la traición del capitán Hart de manera muy personal. Porque, en efecto, tras modificar las preguntas en los interrogatorios y vigilar a Hart haciendo como quien no quiere la cosa, solo les llevó una semana enterarse de que lord Mydogg, de vez en cuando, le regalaba su vino favorito, y de que los mensajeros que Hart mandaba al sur para lidiar con sus negocios en las minas de oro se reunían con tipos misteriosos e interesantes durante el camino, en posadas donde jugaban y bebían con ellos; y luego se les veía dirigirse hacia el norte por el camino más directo hasta Mydogg.

Aquello fue suficiente como para que Garan y Clara determinaran que debían interrogar a Hart. La cuestión era cómo hacerlo.

Durante una noche de luna a mediados de noviembre, el capitán Hart partió hacia el sur por la vía que había a lo largo del acantilado y que conducía hasta su segunda residencia, una agradable casa de campo al lado del mar a la que se retiraba de vez en cuando para tomarse un respiro de su esposa, que bebía más de lo recomendable para la salud de su matrimonio. Fue en su carruaje —de lo más exquisito—, y con él acudieron, como era habitual, no solo sus conductores y lacayos, sino también una guardia de diez hombres a caballo. Esa era la manera en que viajaban los hombres sabios por la vía del acantilado a oscuras, para poder defenderse de todos, excepto de las hordas más grandes de bandidos.

Por desgracia, aquella noche en concreto había una horda de bandidos escondida tras las rocas, y era especialmente numerosa. A la cabeza había un hombre que, si estuviera afeitado, fuera vestido a la última moda y lo hubieran visto a la luz del día realizando algún tipo de actividad decente, podría darse un aire al mayordomo del rey, Welkley.

Los bandidos atacaron a los viajeros con grandes alaridos, propios de forajidos. Mientras la mayoría de los maleantes les daban una paliza a los miembros del séquito de Hart, les saqueaban los bolsillos, los ataban con cuerdas y se quedaban con sus excelentes caballos, Welkley y algunos más entraron en el carruaje. Allí dentro, un indignado capitán Hart los estaba esperando, blandiendo una espada y una daga. Welkley las esquivó con unos movimientos atléticos a izquierda y derecha que habrían sorprendido a muchos en la corte, y después le clavó en la pierna un dardo con un somnífero en la punta.

Uno de los compañeros de Welkley, Toddin, era un hombre cuya figura, tamaño y porte se parecían bastante a los de Hart. Tras desvestirse y volverse a vestir a toda prisa, Toddin apareció con el sombrero de Hart, su abrigo, su bufanda y sus botas de piel de monstruo, mientras que el capitán llevaba puesta muchas menos prendas que antes y estaba tumbado, inconsciente, sobre una pila de ropa. Toddin tomó la espada de Hart y salió rodando con Welkley del carruaje. Echando pestes y gruñendo, ambos se pusieron a pelear con las espadas muy cerca del precipicio, a plena vista de los sirvientes maniatados de Hart, que vieron horrorizados cómo se caía al suelo el hombre que parecía ser Hart, agarrándose el costado. Una tríada de bandidos lo levantaron del suelo y lo arrojaron al mar.

La horda de asaltantes huyó con un botín de monedas de todo tipo, catorce caballos, un carruaje y un capitán dentro de él que dormía como si estuviera muerto. Cuando estuvieron más cerca de la ciudad, metieron a Hart en un saco y se lo entregaron a un repartidor que lo llevaría al palacio junto con la entrega de cereales de la noche. El resto del botín se lo llevaron a toda prisa para venderlo en el mercado negro. Al final, los bandidos volvieron a sus casas, se transformaron en lecheros, tenderos, granjeros y caballeros, y se metieron en la cama para dormir lo poco que quedaba de la noche.

Por la mañana, encontraron a los hombres de Hart en el camino, maniatados y tiritando, muy avergonzados por la historia que tendrían que contar. Cuando las noticias llegaron al palacio, Nash mandó a un grupo de guardias para que investigara el incidente y Welkley preparó un ramo de flores para que se lo mandaran a la viuda del capitán.

Aquella tarde todo el mundo quedó aliviado al saber por parte de la esposa de Toddin que su marido se encontraba bien. Toddin era un nadador extraordinario y toleraba muy bien el frío, pero la noche se nubló y el barco que habían mandado para recogerlo tardó mucho en dar con él. Como era de esperar, todo el mundo se había preocupado.

Cuando trajeron por primera vez al capitán Hart ante Fuego, su mente era como una caja hermética y mantuvo los ojos cerrados a cal y canto. Durante días, Fuego no pudo sonsacarle nada.

—Supongo que no debería sorprenderme que un viejo amigo y colega de lord Brocker sea tan fuerte —les dijo Fuego a Musa, Mila y Neel en la sala de interrogatorios tras otra sesión en la que el capitán Hart no la había mirado ni una sola vez.

—Desde luego, mi señora —dijo Musa—. Un hombre que consiguió tantos logros como el comandante Brocker en sus tiempos debió escoger a capitanes fuertes.

Fuego pensaba más sobre lo que había tenido que aguantar Brocker en el ámbito personal, y no tanto en los logros que había conseguido en el terreno militar. En concreto, pensaba en el descabellado castigo del rey Nax por el misterioso crimen que cometió. Fuego observó a sus tres guardias de manera distraída mientras sacaban un rápido almuerzo de pan y queso. Mila le dio a Fuego un plato esquivando su mirada.

Así se comportaba Mila ahora. Durante las últimas semanas, desde que Arco había puesto fin a lo suyo, parecía haberse encogido, se había vuelto callada y se mostraba arrepentida ante su señora. Fuego, a su vez, había intentado ser más amable e ir con cuidado de no someterla a la presencia de Arco más de lo estrictamente necesario. Entre ellas no intercambiaron ni una sola palabra sobre lo ocurrido, pero ambas sabían que la otra lo sabía.

Muerta de hambre, Fuego arrancó un trozo de pan y lo mordió. Se dio cuenta de que Mila estaba ahí sentada sin decir nada, mirando la comida con atención, pero sin comer. *Maldito Arco*, pensó Fuego. Suspiró y volvió a centrarse en el asunto del capitán Hart.

Era un hombre que había amasado una gran fortuna tras retirarse del ejército y que se había ido acostumbrando poco a poco a la comodidad. Si le ofrecieran más comodidad, ¿acabaría cediendo?

A lo largo de los días siguientes, Fuego ordenó que limpiaran y mejoraran la celda de Hart en las mazmorras. Le dieron ropa de cama buena y alfombras; libros, una lámpara y buen vino y comida; agua templada para que se lavara siempre que lo pidiera y trampas para ratas, tal vez el mayor lujo de todos. Un día en el que Fuego llevaba el cabello arremolinado sobre los hombros y un vestido más escotado de lo habitual, bajó hasta su celda subterránea para hacerle una visita.

Cuando el guardia le abrió la puerta a Fuego, el capitán levantó la vista del libro para ver quién andaba ahí. Fuego notó una expresión de debilidad.

—Sé lo que estás haciendo —le dijo a Fuego.

Tal vez lo supiera, pero eso no le impidió seguir mirándola fijamente, y Fuego supo que había encontrado la manera de adentrarse en su cabeza.

Supuso que un hombre en prisión se sentiría solo, sobre todo si tenía a una hermosa esposa en casa que prefería el vino y los hombres jóvenes antes que a su marido. Durante las visitas, Fuego se sentaba a su lado en la cama, comía cualquier cosa que le ofreciera el capitán y aceptaba los cojines que le daba para ponerse en la espalda. La cercanía de la joven hizo que el capitán se soltara y empezó una batalla que estaba lejos de ser fácil. Hasta en sus momentos más débiles, Hart seguía siendo fuerte.

Clara, Garan y Nash se empaparon de lo que se había enterado Fuego igual que la arena de Puerto Bodega se empapaba durante las tormentas.

—Sigo sin conseguir que me diga algo útil sobre Mydogg —dijo Fuego—. Pero lo cierto es que estamos de enhorabuena, pues resulta que sabe muchas cosas sobre Gentian y está más dispuesto a revelar sus secretos.

—Está aliado con Mydogg —intervino Clara—. ¿Por qué deberíamos fiarnos de lo que cree que sabe sobre Gentian? ¿No podría estar Gentian mandando a mensajeros falsos para que los atrapase Mydogg, igual que hace con nosotros?

—Sí —contestó Fuego—, pero no sé cómo explicarlo. La certeza con la que habla Hart, la confianza que hay en sus afirmaciones… Conoce las trampas que Mydogg y Gentian nos han estado poniendo. Está bastante seguro de que lo que sabe sobre Gentian no es de esa índole. No hay manera de que me diga sus fuentes, pero me inclino a creer en su información.

—Está bien —concedió Clara—. Contadnos de qué os habéis enterado y utilizaremos todos los medios que podamos para confirmarlo.

—Dice que Gentian y su hijo Gunner van a ir al norte para asistir a la gala de palacio que tendrá lugar en enero —contó Fuego.

—Menudo descaro —dijo Clara—. Estoy impresionada.

—Ahora que sabemos que sufre de indigestión, podemos torturarlo con tartas —resopló Garan.

—Gentian hará como que se disculpa ante la corte por sus actividades rebeldes —continuó Fuego—. Dirá algo sobre que quiere renovar su amistad con la corona, pero mientras tanto su ejército se desplazará hacia el noreste desde sus tierras y se esconderá en los túneles que hay en los Gríseos Mayores cerca de Fuerte Diluvio. Unos días después de la gala, en algún momento, Gentian tiene la intención de asesinar tanto a Nash como a Brigan. Luego cabalgará a toda prisa hasta el lugar en el que se encuentre su ejército y atacarán Fuerte Diluvio.

—Resulta que no es descaro —dijo Garan con los ojos como platos, igual que su melliza—, sino estupidez. ¿Qué clase de comandante empieza una guerra en pleno invierno?

—La clase de comandante que intenta pillar a su enemigo por sorpresa —respondió Clara.

—Además de eso —continuó Garan—, debería mandar a alguien anónimo y de quien pueda prescindir para que cometiera el asesinato. ¿Qué ocurrirá con su ingenioso plan cuando lo maten?

—Bueno —dijo Clara—, que Gentian sea estúpido no es ninguna noticia. Y gracias a Los Valles por la previsión de Brigan. La Segunda División ya está en Fuerte Diluvio, y en estos momentos, nuestro hermano está dirigiendo a la Primera División bastante cerca de ahí.

—¿Y qué hay de la Tercera y la Cuarta? —preguntó Fuego.

—Están en el norte —contestó Clara—, patrullando, pero listas para salir volando en cuanto las necesiten. Tenéis que decirnos dónde las necesitan.

—No tengo ni idea —dijo Fuego—. No consigo que Hart me cuente los planes de Mydogg. Dice que no tiene intención de hacer nada, que se quedará de brazos cruzados mientras Gentian y el rey van causando bajas en sus frentes, pero sé que está mintiendo. También dice que Mydogg va a mandar a su hermana Murgda al sur, a la gala. Eso es verdad, pero no me quiere contar el motivo.

—¡Lady Murgda también va a la gala! —exclamó Clara—. ¡Por Los Valles! ¿Por qué?

—¿Y qué más? —exigió Garan—. Tenéis que contarnos más cosas.

—No sé nada más —dijo Fuego—. Os lo he contado todo. Al parecer, Gentian lo tenía todo planeado desde hace un tiempo.

—Esto es bastante desalentador. Se supone que Gentian tiene una fuerza militar de unos diez mil hombres. Nosotros tenemos diez mil soldados en Fuerte Diluvio para hacerles frente, pero en el norte los diez mil que tenemos están desperdigados a lo largo y a lo ancho... —dijo Nash con el ceño fruncido.

—Quince mil —interrumpió Fuego—. Podemos llamar a las tropas auxiliares.

—Muy bien, tenemos quince mil soldados desperdigados a lo largo y a lo ancho. Y Mydogg tiene... ¿cuántos? ¿Acaso lo sabemos? ¿Veinte mil, veintiún mil soldados? Para atacar donde le plazca... La fortaleza de nuestra madre, Fuerte Central, Fuerte Diluvio si lo desea, la propia ciudad... Con varios días de antelación, puede que hasta semanas, para que podamos organizar nuestras tropas para el enfrentamiento.

—No puede ocultar a veinte mil soldados —dijo Clara—. No puede hacerlo si los estamos buscando. Ni siquiera puede ocultarlos en los Gríseos Menores. Y no podrá llegar hasta la ciudad sin que lo vean.

—Necesito a Brigan —declaró Nash—. Lo quiero aquí y ahora.

—Vendrá cuando pueda, Nash —le dijo Garan—, y lo mantendremos informado.

Fuego se vio a sí misma tirando de sus capacidades mentales para tranquilizar a un rey asustado. Nash se dio cuenta de lo que estaba haciendo y fue a tomarle de la mano. Agradecido, y con otro sentimiento que no pudo reprimir, le dio un beso en los dedos.

Capítulo veintiuno

La gala anual que se celebraba en la corte y a la que invitaban a cualquiera que tuviera un mínimo de importancia era un curioso asunto de la política vallense. Los siete patios se transformaban en salones de baile, y los hombres leales al rey y los traidores se juntaban para bailar y para beber copas de vino mientras fingían ser amigos. Casi todos los que podían viajar acudían, aunque Mydogg y Gentian, por lo general, no se atrevían a hacerlo. Resultaba difícil de creer que fueran amigos de la corona. De modo que, durante más o menos una semana, el palacio estaba a rebosar de sirvientes, guardias y mascotas, y también del sinfín de peticiones de los invitados. La caballeriza estaba abarrotada y los caballos estaban nerviosos.

En una ocasión, Brocker le explicó a Fuego que la gala siempre tenía lugar en enero para celebrar que los días se hacían más largos, y que diciembre era un mes lleno de preparativos. En todas las plantas del palacio vio a trabajadores haciendo arreglos, a hombres colgados del techo de los patios para limpiar las ventanas y a otros colgados de los balcones para sacar brillo a los cristales y la piedra.

Garan, Clara, Nash y Fuego también se estaban preparando. Si Gentian tenía la intención de matar a Nash y a Brigan durante los días posteriores a la gala y luego cabalgar hasta Fuerte Diluvio para dar comienzo a una guerra, entonces tenían que matar a Gentian y a Gunner el día de la gala —y bien podrían deshacerse también de lady Murgda, siempre y cuando estuviera por ahí—. Después Brigan tendría que ir a toda velocidad hasta Fuerte Diluvio y ser él quien diera comienzo a la guerra, lo cual sorprendería a los ejércitos de Gentian que estaban en los túneles y las cavernas.

—Luchar dentro de los túneles y en enero. No los envidio —dijo Garan.

—¿Y qué haremos con el norte? —Nash no dejaba de repetir esa pregunta.

—Tal vez nos enteremos de algo sobre los planes de Mydogg a través de lady Murgda en la gala —contestó Garan—. Antes de que la matemos.

—¿Y cómo vamos a cometer los asesinatos? —preguntó Nash, que iba de un lado para otro con los ojos desencajados—. Estarán vigilados todo el rato, no dejarán que nadie se acerque a ellos y no podemos empezar una guerra en la corte. No se me ocurre un momento ni un lugar peor para asesinar a tres personas en secreto.

—Siéntate, hermano —le dijo Clara—. Tranquilízate. Todavía tenemos varias semanas para averiguarlo. Ya se nos ocurrirá algo.

Brigan prometió regresar a la corte a finales de diciembre. Mandó una carta desde donde fuera que estuviera en la que decía que había enviado una fuerza militar al norte para recoger a lord Brocker y llevarlo al sur, ya que, al parecer, el viejo comandante le había ofrecido su ayuda al joven en caso de que se llegara a desatar una guerra. Fuego se quedó anonadada; jamás había visto a Brocker viajar más allá del poblado vecino.

Por la noche, mientras paseaba por el tejado con su guardia y echaba de menos la compañía de Brigan, Fuego se quedó contemplando la ciudad que tenía ante ella e intentaba comprender lo que se avecinaba.

Al norte, las tropas de soldados vallenses buscaban al ejército de Mydogg en las montañas, en los túneles y en todos los territorios que frecuentaban. Mientras, los espías hacían lo mismo en Píquea, en el sur y en el oeste. Todo en vano. O Mydogg sabía esconder muy bien a sus hombres o los había hecho desaparecer por arte de magia. Brigan mandó a las tropas de refuerzo para defender la fortaleza de Roen, Fuerte Central y las minas de oro del sur. La cantidad de soldados que había desplazado a la ciudad aumentó considerablemente.

Por su parte, Fuego se había dedicado a interrogar al capitán Hart sobre Tajos —el comerciante de animales— y sobre el joven de ojos de colores dispares que parecía nublar la mente a todo el mundo. El capitán le aseguró que no sabía nada al respecto, y al final Fuego tuvo que creerle. Al fin y al cabo, no parecía que el muchacho tuviera nada que ver con los planes de guerra, ni tampoco el cazador furtivo, ni el forastero que se había encontrado en los bosques del norte, ni el arquero que había querido contemplar las vistas desde su habitación. Nadie tenía tiempo para ponerse a conjeturar con Fuego sobre el lugar en el que sí cuadraban.

—Lo siento, Fuego —le dijo Clara con rotundidad—. Estoy segura de que es tan horripilante como dices, pero no tengo tiempo para nada que no tenga que ver con la guerra o con la gala. Nos centraremos en ello más tarde.

La única persona a la que le importaba era Arco, que no era de gran ayuda, pues —fiel a su naturaleza—, lo único que suponía era que en el fondo del asunto había alguien cuya intención era arrebatarle a Fuego.

Resultó que Clara sí tenía preocupaciones que iban más allá de la guerra y la gala: estaba embarazada.

La princesa se llevó a Fuego hasta Puerto Bodega para contárselo, para que el rugido de las cascadas impidiera que la gente —incluyendo la guardia de Fuego— oyera la conversación. Clara fue directa al grano y no lloró. En cuanto Fuego asumió la noticia, se dio cuenta de que no estaba especialmente sorprendida.

—No tuve cuidado —explicó Clara—. Nunca me han gustado las hierbas, me provocan náuseas. Y es la primera vez que me quedo embarazada. Supongo que estaba convencida de que no podía pasarme a mí. Y ahora estoy pagando por la estupidez que cometí, porque todo me da náuseas.

A Fuego no le había parecido que Clara tuviera náuseas durante las últimas semanas. La había visto bien, tranquila. Sabía que era una buena actriz y, seguramente, la mujer más adecuada a la que le podía suceder esa clase de accidente. No le faltaba dinero ni apoyo, y seguiría trabajando hasta el mismo día en que naciera la criatura. Retomaría el trabajo enseguida y sería una madre fuerte y práctica.

—Arco es el padre —dijo Clara.

Fuego asintió con la cabeza, lo había dado por hecho.

—Será generoso con el dinero. Lo ha sido en otras ocasiones —contestó Fuego.

—Eso me da igual. Lo que me importa es cómo te sientes tú, si te he hecho daño al haberme metido en su cama y al haber sido tan tonta como para dejar que ocurriera esto.

Aquellas palabras sorprendieron y conmovieron a Fuego.

—Desde luego, daño no me has hecho —respondió con firmeza—. No tengo ningún derecho sobre Arco y no siento celos en lo que a él respecta. No te preocupes por mí.

—Eres muy rara —le dijo Clara con las cejas enarcadas.

—Arco siempre ha sido muy celoso —añadió Fuego, encogiéndose de hombros—, y eso ha hecho que no quiera saber nada de ese sentimiento.

Clara escudriñó el rostro y la mirada de Fuego, y ella miró a la princesa de manera calmada y objetiva; quería demostrarle que lo decía en serio. Al final, Clara asintió con la cabeza.

—Eso me alivia mucho. Por favor, no se lo cuentes a mis hermanos —agregó. Por primera vez sonaba angustiada—. Se lanzarán a por él y yo me pondré hecha una furia. Tenemos muchas otras cosas en las que pensar. Esto no podría haber ocurrido en un momento más inoportuno. —Se detuvo un instante y luego habló con franqueza—: Además, no quiero que le hagan daño. Puede que no me diera todo lo que yo esperaba, pero no puedo dejar de pensar que lo que sí me ha dado es maravilloso.

No era el tipo de regalo que todo el mundo fuera a recibir así de bien.

Margo dormía todas las noches en los aposentos de Fuego. Musa y Mila también, pero se iban turnando cada noche. Una mañana Fuego se despertó con la sensación de que alguna de ellas no estaba en su sitio y percibió que Mila estaba vomitando en el cuarto de baño.

Fuego fue corriendo hacia la joven guardia y le sujetó el pelo para apartárselo de la cara. Le frotó la espalda y los hombros, y, cuando terminó de despertarse, se dio cuenta de lo que estaba viendo.

—Mi señora —dijo Mila, que había empezado a llorar—. Mi señora. Qué pensaréis de mí.

Fuego, sin duda, estaba pensando en muchísimas cosas a toda velocidad, y en su interior sentía una gran compasión. Puso el brazo alrededor de Mila.

—Estoy de tu lado. Te voy a ayudar en todo lo que pueda.

Las lágrimas de Mila se convirtieron en sollozos y la joven le dio un abrazo a Fuego.

—Se me terminaron las hierbas —explicó, hecha polvo, aferrándose al cabello de su señora.

Aquellas palabras horrorizaron a Fuego.

—Podrías habérmelas pedido a mí o a cualquiera de los curanderos.

—No me atreví, mi señora. Me daba muchísima vergüenza.

—¡Se las podrías haber pedido a Arco!

—Él es un noble, ¿cómo iba a importunarlo? —Estaba llorando con tanta angustia que se estaba ahogando—. ¡Ay, mi señora! Me he arruinado la vida.

Fuego estaba furiosa con Arco por haber sido tan descuidado; estaba segura de que todo esto había ocurrido sin que le causara la más mínima molestia a su amigo. Abrazó a la joven guardia con fuerza, le frotó la espalda y le canturreó para que se calmara. Parecía que aferrarse a su cabello reconfortaba a Mila.

—Quiero que sepas algo —empezó a decir Fuego—, y debes recordarlo ahora más que nunca.

—Decidme, mi señora.

—Puedes pedirme lo que quieras. Siempre.

Durante los siguientes días, Fuego empezó a sentir que lo que le había dicho a Clara era mentira. Era cierto que no estaba celosa de la princesa ni de Mila por lo que hubieran tenido con Arco, pero no era inmune a ese sentimiento. De puertas para fuera,

Fuego estaba centrada en los detalles de la gala y en la guerra, poniendo ideas en común con los hermanos de la familia real, maquinando y planificando; pero, por dentro, en sus momentos de calma y tranquilidad, estaba totalmente distraída.

Se imaginaba cómo sería que su propio cuerpo fuera un jardín de tierra fértil en el que hubiera una semilla plantada, cómo la abrigaría y nutriría si fuera suya y con qué ferocidad la protegería; lo mucho que querría a esa motita, incluso cuando abandonara su cuerpo, se alejara de ella y eligiera la manera en que ejercería su enorme poder.

Cuando empezó a tener náuseas, a sentir fatiga y a notar los pechos hinchados y doloridos llegó a pensar que estaba embarazada, aunque sabía que era imposible. Aquel dolor suponía una alegría para ella. Luego, cómo no, llegó el sangrado y puso fin a aquella farsa. Así supo que tan solo había tenido los síntomas habituales previos al sangrado. Al descubrir que no estaba embarazada, rompió a llorar con la misma amargura que Mila cuando había descubierto que sí lo estaba.

Aquella tristeza le resultaba aterradora porque parecía tener voluntad propia. El dolor le llenaba la cabeza de ideas horribles y, a la vez, reconfortantes.

En plena planificación, a mediados de diciembre, Fuego tomó una decisión. Esperaba que fuera la correcta.

El último día de diciembre, en el sexto cumpleaños de Hanna, la niña apareció ante la puerta de Fuego con la ropa hecha jirones y sin dejar de llorar. Tenía sangre en la boca y también en las rodillas, que asomaban a través de los agujeros de sus pantalones.

Fuego mandó que viniera un curandero. Cuando quedó claro que Hanna no lloraba por ninguna de las heridas que tenía,

Fuego ordenó al curandero que se marchara, se arrodilló frente a la niña y le dio un abrazo. Trató de descifrar los sentimientos de Hanna y los sollozos como bien pudo hasta que al final entendió lo que había ocurrido: los otros niños se habían burlado de Hanna porque su padre siempre estaba fuera. Le habían dicho que Brigan siempre estaba fuera porque no quería estar con ella y que aquella vez no volvería. En ese momento Hanna empezó a pegarles.

Fuego abrazó a la pequeña y, con la mayor dulzura posible, le dijo una y otra vez que Brigan la quería, que detestaba tener que irse, que lo primero que hacía en cuanto volvía era ir a buscarla; que, de hecho, lo que más le gustaba a Brigan era hablar sobre su hija, que era su mayor alegría.

—Tú no me mentirías, ¿no? —le dijo Hanna a Fuego cuando sus sollozos se fueron acallando.

Y así era; Fuego no le mentiría, por eso no comentó nada sobre que Brigan fuera a volver. Le parecía que asegurarle a alguien que Brigan iba a volver a casa era siempre arriesgarse a mentir. El comandante llevaba casi dos meses fuera, y, durante la última semana, nadie había sabido nada de él.

Fuego le dio un baño a Hanna y le puso una de sus camisas, que en la pequeña parecía un vestido de manga larga. A la niña le pareció muy gracioso. Le dio de cenar y después, todavía sorbiéndose la nariz, Hanna se quedó dormida en la cama de Fuego. La joven avisó a una de sus guardias para que nadie se sorprendiera.

De repente, Fuego percibió la conciencia de Brigan y la joven se tuvo que tomar un momento para tranquilizarse. Estaba temblando. Luego le mandó un mensaje mental y el príncipe acudió a sus aposentos de inmediato, con la barba sin afeitar y oliendo a frío. Fuego tuvo que contenerse para no tocarlo. Cuando le contó lo que los niños le habían dicho a Hanna, ciñó el rostro y se le vio muy cansado. Se sentó en la cama, le acarició el pelo a Hanna y se inclinó hacia su hija para darle un beso en la frente. La niña se despertó.

—Estás frío, papá —le dijo, se acurrucó entre los brazos de su padre y se volvió a quedar dormida.

Brigan acomodó a Hanna en su regazo y miró hacia Fuego. La joven estaba tan asombrada por lo mucho que le gustaba tener al príncipe de ojos grises en su cama con su hija que se dejó caer sobre una silla que, por suerte, tenía detrás.

—Welkley me ha dicho que no habéis salido mucho de vuestros aposentos esta semana —dijo Brigan—. Espero que no os encontréis mal.

—He estado bastante enferma —farfulló Fuego y entonces se mordió la lengua, porque no había tenido la intención de decírselo.

Al instante, Brigan se preocupó y dejó que ella lo percibiera.

—No —dijo ella—. No os preocupéis, no era nada. Ya me he recuperado.

Aquello era mentira, ya que todavía tenía el cuerpo y el corazón tan magullados como las rodillas de Hanna. Sin embargo, Fuego esperaba que terminara siendo verdad.

—Supongo que si es lo que decís, tendré que creeros. Pero ¿contáis con los cuidados que necesitáis? —respondió el príncipe, escudriñándola, porque no estaba convencido.

—Claro que sí. Os lo ruego, olvidadlo.

—Te ofrecería tarta de cumpleaños —dijo bajando el rostro hacia el cabello de Hanna—, pero parece que tendremos que esperar hasta mañana.

Aquella noche las estrellas eran frías y quebradizas, y la luna llena parecía estar muy muy lejos. Fuego se había puesto tantas capas de abrigo que era el doble de ancha de lo habitual.

Encontró a Brigan en el tejado; estaba en una zona donde había corriente de aire, tenía la cabeza al descubierto y estaba como si nada. Mientras tanto, Fuego, aun llevando mitones, se sopló en las manos para entrar en calor.

—¿Acaso sois inmune al invierno, alteza?

Brigan la llevó hasta una amplia chimenea para protegerse del viento y la animó a que se recostara sobre ella. Al hacerlo, la joven se sorprendió, ya que era agradable y estaba calentito; era como recostarse sobre Lento. La guardia de Fuego se apartó a un lado. El tintineo de las campanas de los puentes levadizos susurraba sobre el ruido de las cascadas. Fuego cerró los ojos.

—Lady Fuego —dijo Brigan—, Musa me ha contado lo de Mila. ¿Os importaría contarme lo de mi hermana?

Fuego abrió los ojos de golpe. Ahí estaba él, en la barandilla, con la mirada puesta sobre la ciudad, como si exhalara vapor con cada una de sus respiraciones.

—Mmm… —respondió ella, estupefacta; no sabía cómo salir de la situación—. ¿Y qué es lo que os gustaría saber sobre ella?

—Si está embarazada, claro.

—¿Por qué iba a estarlo?

En ese momento Brigan se volvió para observarla directamente y sus miradas se cruzaron. Fuego tenía la sensación de que la impenetrabilidad de su rostro no era tan buena como la del rostro del príncipe.

—Porque, salvo en el trabajo —empezó a decir sin emoción alguna—, a Clara le gusta demasiado correr riesgos. Me he fijado en que está más delgada, esta noche ha cenado muy poco y ha puesto mala cara al ver el pastel de zanahoria, y os aseguro que eso no ha ocurrido en la vida. O está embarazada o se está muriendo. —Volvió a dirigir la mirada hacia la ciudad y, con un tono de voz más calmado, continuó—: Y no me digáis quién es el padre de estos niños, porque me sentiré tentado de hacerle daño. Y eso no nos conviene, ¿no creéis? Entre que esperamos recibir a Brocker y toda esa gente que lo adora…

—Tampoco sería un buen ejemplo para Hanna —añadió Fuego por lo bajito; dado que Brigan había descifrado tantas cosas, no tenía sentido seguir fingiendo.

—¡Aaaj! —Brigan se llevó el puño a la boca. El vaho salió disparado por todas partes—. Y seguro que ninguna sabe lo de la otra. Y que tengo que guardar todo esto en secreto. ¿Mila se siente tan desdichada como parece?

—Mila está desolada —contestó Fuego en voz baja.

—Sería capaz de matarlo solo por eso.

—Creo que está tan enfadada o desesperada que no puede pensar con claridad. No quiere aceptar su dinero, así que lo haré yo y se lo guardaré, con la esperanza de que cambie de opinión.

—Si quiere, que siga con el trabajo. No la obligaré a que lo deje, ya nos las apañaremos. —Miró a Fuego y torció el gesto—. No se lo contéis a Garan. —Y luego añadió, en tono sombrío—: Son malos tiempos para dar la bienvenida a los hijos en este mundo.

Hijos, pensó Fuego para sí. *Traer hijos a este mundo.* Lanzó aquel pensamiento al aire: *Bienvenidos, hijos.* Frustrada, se dio cuenta de que estaba llorando. No podía contener las lágrimas, parecía uno de los síntomas del embarazo de sus amigas.

Brigan dejó de mostrarse tan severo y se puso a buscar un pañuelo en los bolsillos, pero no tenía ninguno. Entonces se acercó a la joven.

—Señora, ¿qué os ocurre? Por favor, decidme algo.

—Os he echado de menos —sollozó Fuego—. Estos últimos dos meses.

—Por favor, decidme qué os pasa —le pidió mientras la tomaba de las manos.

Y entonces, como le había tomado de las manos, Fuego se lo contó todo, sin andarse por las ramas. Le contó lo desesperada que estaba por tener hijos y el motivo por el que había decidido que no debía tenerlos; que, por miedo a que cambiara de opinión, sin decirle nada a nadie y con la ayuda de Clara y Musa, se había tomado los medicamentos para no poder tenerlos jamás. Y que aún no se había recuperado, ni mucho menos; su corazón no daba para más y parecía incapaz de dejar de llorar.

Brigan la escuchó, en silencio, cada vez más sorprendido. Cuando Fuego terminó de hablar, el príncipe se quedó en silencio un rato más. Observó los mitones de la joven con impotencia y luego le dijo:

—La noche que os conocí me comporté de una manera espantosa. Aún no me lo he perdonado. —Aquello era lo último que Fuego esperaba oírle decir. Lo miró a los ojos, tan claros como la luna—. Lamento mucho vuestra tristeza —continuó Brigan—. No sé qué deciros. Deberíais vivir en un lugar en el que mucha gente tenga hijos y adoptarlos a todos. Deberíamos mantener a Arco por aquí. Podría resultarnos bastante útil, ¿no?

Al oír eso, Fuego sonrió y casi se le escapó una risa.

—Me habéis hecho sentir mejor. Gracias.

En ese momento Brigan le soltó las manos, con cuidado, como si tuviera miedo de que fueran a caer por el tejado y se hicieran añicos. La miró con una leve sonrisa.

—Antes no me mirabais directamente, pero ahora sí —observó Fuego, porque lo recordó y le causaba curiosidad.

—Para mí, antes no erais real —explicó Brigan, encogiéndose de hombros.

—¿Qué queréis decir con eso? —inquirió Fuego con el ceño fruncido.

—Bueno, solíais hacerme sentir abrumado, pero ahora me he acostumbrado a vos.

Fuego parpadeó y se quedó en silencio, sorprendida por lo mucho que le había gustado oír aquellas palabras. Luego se rio de sí misma al darse cuenta de que se sentía satisfecha ante la noción de que no la consideraran extraordinaria.

Capítulo veintidós

A la mañana siguiente Fuego fue hasta el despacho de Nash con Musa, Mila y Neel para reunirse con los hermanos de la familia real y con Arco.

Tan solo faltaban unas semanas para la gala, y todavía estaban discutiendo hasta qué punto iban a involucrar a Fuego en el plan de asesinato que estaban desarrollando. A su juicio estaba claro: ella debía ser la asesina en los tres casos, sin duda, porque era la que tenía más probabilidades de conseguir que las víctimas fueran hasta un lugar solitario y que no estuviera vigilado, y además también podría sonsacarles un montón de cosas antes de matarlos. Pero Garan sostenía que Fuego no sabía luchar con la espada, y que, si alguna de las tres víctimas demostraba tener una buena resistencia mental, la joven terminaría atravesada por el acero de algún enemigo. Y Clara no quería que quien cometiera el asesinato no hubiera matado a nadie antes.

—Vacilarás —repitió Clara—. Cuando veas lo que de verdad implica clavarle la hoja a alguien en el pecho, serás incapaz de hacerlo.

Fuego sabía que tenía más experiencia de lo que creían todos los presentes, excepto Arco.

—Es cierto que no querré hacerlo —respondió con calma—, pero, cuando tenga que hacerlo, lo haré.

Arco estaba en una esquina enfurecido, lleno de pesimismo. Fuego lo ignoró, porque sabía lo inútil que era apelar a sus sentimientos, sobre todo durante aquellos días en los que la actitud que le mostraba iba desde la ira inconmensurable hasta la vergüenza. Fuego le había mostrado su apoyo a Mila y pasaba mucho tiempo con ella. Arco podía percibirlo y se sentía muy molesto, porque sabía que era culpa de él.

—No podemos mandar a una inexperta a matar a tres de nuestros más aterradores enemigos —repitió Clara.

Por primera vez desde que sacaron el tema a colación, Brigan estaba presente para expresar su opinión. Se recostó contra una estantería con los brazos cruzados.

—Pero es obvio que debe estar involucrada —dijo—. No creo que Gentian le oponga demasiada resistencia. Y Gunner es astuto, pero, en el fondo, se deja llevar por su padre. Puede que Murgda resulte difícil, pero necesitamos enterarnos de lo que sabe. En concreto, de dónde esconde Mydogg a su ejército. Y lady Fuego es la persona más adecuada para la labor. Y —añadió, arqueando las cejas para detener las objeciones de Clara— ella sabe de lo que es capaz. Si dice que podrá hacerlo, lo hará.

Entonces Arco se giró hacia Brigan gruñendo; al fin había encontrado lo que andaba buscando: alguien con quien desahogarse que no fuera Fuego.

—Cállate, Arco —dijo Clara con suavidad, parándole los pies antes incluso de que empezara.

—Es demasiado peligroso —dijo Nash desde su escritorio, donde estaba sentado mirando con preocupación a Fuego—. Tú eres el que maneja la espada, Brigan. Tú deberías hacerlo.

—Está bien —Brigan asintió—. Entonces, ¿y si lo hiciéramos juntos Fuego y yo? Ella los conduciría hasta un lugar privado para interrogarlos y yo los mataría y la protegería.

—El problema es que me resultará mucho más difícil enga-ñarlos para que confíen en mí estando vos presente —dijo Fuego.

—¿Y si me escondo?

Arco había estado acercándose poco a poco a Brigan desde la otra punta de la habitación y ahora estaba ante el príncipe; no parecía que respirara siquiera.

—No tenéis ningún escrúpulo a la hora de ponerla en peli-gro —dijo—. No es más que una marioneta para vos. Sois un desalmado.

—No lo llames «desalmado», Arco —intervino Fuego con el ánimo caldeado—. Es la única persona presente que cree en mí.

—Ah, no; yo también creo que puedes hacerlo —dijo Arco. Su voz llenó todos los rincones de la habitación, como un si-seo—. Desde luego, una mujer capaz de hacer parecer que su propio padre se ha suicidado puede matar a unos cuantos va-llenses a los que no conoce.

Era como si el tiempo se hubiera ralentizado y todos los presen-tes hubieran desaparecido. Solo estaba Fuego, y Arco ante ella. La joven estaba mirando boquiabierta a su amigo; no se lo po-día creer, pero luego comprendió, como el frío que empieza en las extremidades del cuerpo y luego se cuela en el interior, que de verdad acababa de decir en alto lo que había creído oír.

Arco le devolvió la mirada igual de anonadado. Se desplo-mó contra una estantería y parpadeó rápido en un intento por detener las lágrimas.

—Perdóname, Fuego. No sé lo que estaba diciendo.

Pero Fuego reflexionó durante unos instantes y comprendió que no podía borrar lo que había dicho. Y no era tanto que Arco hubiera desvelado la verdad, sino la manera en que lo había hecho. La había acusado. Él, que sabía todo lo que Fuego sentía. La había insultado con su propia deshonra.

—No soy la única que ha cambiado —susurró mirándolo fijamente—. Tú también lo has hecho. Nunca antes habías sido cruel conmigo.

Se dio la vuelta, todavía con la sensación de que el tiempo se había ralentizado, y se marchó de la habitación.

El tiempo volvió a su ritmo habitual mientras Fuego atravesaba los jardines helados de la casa verde, donde se dio cuenta, tras un minuto tiritando, de que su incapacidad para acordarse del abrigo había llegado a unos niveles insospechados. Musa, Mila y Neel permanecían a su lado en silencio.

Cuando se sentó en un banco bajo el gran árbol, los lagrimones le caían por las mejillas hasta el regazo. Tomó el pañuelo que le ofreció Neel. Observó los rostros de su guardia, uno tras otro. Estaba inspeccionando sus miradas para ver si, pese al silencio que guardaban en la mente, estaban horrorizados al haber descubierto la verdad.

Todos le devolvieron una mirada tranquila y Fuego vio que no estaban horrorizados, sino que la miraban con respeto.

Le llamó la atención la suerte que tenía con la gente que había en su vida, el hecho de que no les importara estar en compañía de un monstruo tan antinatural que había asesinado al único familiar que tenía.

Empezaron a caer copos de nieve gruesos, y por fin se abrió la puerta lateral de la casa verde. Envuelta con el abrigo, Tess, el ama de llaves de Brigan, desfiló hacia ella.

—Supongo que tenéis la intención de morir congelada delante de mis narices —espetó la mujer—. ¿Qué os pasa?

Fuego levantó la vista sin demasiado interés. Tess tenía unos ojos de color verde suave, profundos como estanques, y una mirada de enfado.

—Asesiné a mi padre y fingí que se había suicidado —dijo Fuego.

Sin duda, Tess se había sorprendido. Se cruzó de brazos y emitió ruidos de indignación. Parecía resuelta a rechazarla, pero de repente se ablandó como un cúmulo de nieve que se derrite y cae por el tejado. Sacudió la cabeza, desconcertada.

—Eso cambia las cosas. Supongo que el joven príncipe me dirá: «Te lo dije». Bueno, miraos, muchacha, estáis toda empapada. Sois tan bonita como una puesta de sol, pero tenéis la cabeza sin amueblar. Eso no lo sacasteis de vuestra madre. Venga, entrad.

Fuego quedó medio muda de asombro. La mujercita la cubrió con su abrigo y la hizo entrar en la casa.

La casa de la reina —Fuego se recordó que se trataba de la casa de Roen, no de la de Brigan— parecía el lugar adecuado para apaciguar un alma desdichada. Las estancias eran pequeñas y acogedoras, pintadas en tonos verdes y azules suaves y llenas de textiles; y había chimeneas enormes en las que crepitaba el fuego propio de enero. Era obvio que allí vivía una niña, ya que en todos los rincones había deberes, pelotas, mitones y juguetes, además de las pertenencias de Manchitas, tan mordisqueadas que resultaba imposible saber qué eran. No era tan obvio que Brigan viviera allí, aunque si se observaba con atención, podían encontrarse pistas. La manta con la que Tess arropó a Fuego, por ejemplo, se parecía sospechosamente a la de la montura.

Tess indicó a Fuego que se sentara en el sofá frente a la chimenea y a su guardia en los sillones a su alrededor. A todos les dio una copa de vino caliente. Se sentó con ellos a doblar un montón de camisas muy pequeñas.

Fuego compartía el sofá con dos monstruos gatitos a los que no había visto hasta entonces. Uno era de color carmesí; el otro, de color cobre con marcas carmesíes, y estaban durmiendo enmarañados entre ellos, de manera que era difícil determinar a quién pertenecía cada cabeza y cada cola. A Fuego le recordaban a su propio cabello, que ahora lo llevaba recogido y cubierto con una bufanda fría y húmeda. Se la quitó y la extendió a su lado para que se secara. El cabello se le deslizó hacia abajo como una llamarada de luz y de color. Uno de los gatitos levantó la cabeza ante aquel brillo y bostezó.

Fuego colocó las manos alrededor de la copa caliente y pestañeó con aire cansado mirando el vapor que soltaba. En cuanto empezó a hablar, se dio cuenta de que confesarse suponía un alivio para su pobre corazón castigado.

—Maté a Cansrel para evitar que matara a Brigan. Y para impedir que Brigan lo matara a él, porque eso le habría perjudicado a la hora de establecer alianzas con los amigos de Cansrel. Bueno, y por otras razones también. No creo que sea necesario que os explique por qué era mejor que muriera.

Tess dejó lo que estaba haciendo, puso las manos sobre el montón de ropa que tenía en el regazo y observó a Fuego con atención. Mientras hablaba, los labios de la mujer se movían al mismo tiempo, como si estuviera comprobando las palabras en su propia boca.

—Lo engañé para que creyera que su monstruo leopardo era un bebé —explicó Fuego—. Su propio bebé monstruo. Me quedé fuera, tras la valla, y vi cómo abría la puerta de la jaula y le arrullaba, como si el monstruo estuviera indefenso y fuera inofensivo. El leopardo tenía hambre. Cansrel siempre los mantenía muertos de hambre… Ocurrió muy rápido. —Fuego se quedó en silencio durante un instante, luchando contra la imagen que la perseguía en sueños. Después continuó con los ojos cerrados—: En cuanto me aseguré de que estuviera muerto, disparé al felino. Luego disparé al resto de sus monstruos, porque los odiaba. Desde siempre los había odiado y no podía soportar que chillaran por la sangre de Cansrel. Luego llamé a los sirvientes y les dije que se había suicidado y que no había podido pararle los pies. Me adentré en sus mentes y me cercioré de que me creyeran. No resultó difícil. Cansrel llevaba siendo infeliz desde la muerte de Nax, y todos sabían que era capaz de cometer locuras.

El resto de la historia se la guardó para sí. Al llegar Arco, se había encontrado a Fuego de rodillas sobre la sangre de Cansrel; la joven estaba mirando a su padre fijamente, sin una sola lágrima en el rostro. Arco había intentado apartarla, pero Fuego se había resistido y había empezado a chillar para que la dejara en paz. Durante los siguientes días, la joven se había mostrado violenta con Arco —también con Brocker—, agresiva; había perdido el juicio y la compostura. Aun así, estuvieron a su lado y cuidaron de ella hasta que volvió en sí. Luego siguieron semanas de apatía y sollozos, y también estuvieron ahí.

Fuego se sentó en el sofá, aturdida. De repente anhelaba la compañía de Arco; así podría perdonarlo por haber contado la verdad. Ya era hora de que la gente lo supiera. Ya era hora de que todo el mundo supiera lo que era y de lo que era capaz.

No se dio cuenta de que se estaba quedando dormida, ni siquiera cuando Musa se acercó de un salto para evitar que se le derramara la bebida.

Fuego se despertó unas horas más tarde y se encontró a sí misma tirada en el sofá, cubierta con mantas y con los gatitos durmiendo en la maraña que era su cabello. Tess no estaba, pero Musa, Mila y Neel no se habían movido de sus asientos.

Arco estaba de pie frente a la chimenea, dándole la espalda a Fuego.

La joven se recostó y tiró de su melena para sacarla de debajo de los gatitos.

—Mila, no tienes que quedarte si no quieres —dijo.

—Quiero quedarme y protegeros, mi señora —Mila sonaba testaruda.

—Muy bien —contestó Fuego, examinando a Arco, que se había dado la vuelta al oír su voz.

Arco tenía un moratón en la mejilla izquierda. En un principio, Fuego se asustó al verlo, pero luego le resultó sumamente interesante.

—¿Quién te ha pegado? —le preguntó.

—Clara.

—¿¡Clara!?

—Me arreó una hostia por haberte hecho enfadar. Bueno —añadió bajando la voz—. Al menos, ese era el motivo principal. Supongo que Clara tiene varios motivos entre los que elegir. —Miró a Mila, que de repente había tomado la apariencia de una boxeadora a quien habían golpeado en la tripa demasiadas veces—. Qué incómodo es esto.

Esto es culpa tuya. Y con tu falta de consideración lo único que has conseguido es empeorarlo. Aún no saben nada la una de la otra, y son sus secretos, de modo que no tienes derecho a revelarlos, le dijo Fuego mentalmente y con mucha rabia.

—Fuego —dijo Arco con la mirada abatida—, hace tiempo que no le hago bien a nadie. Cuando llegue mi padre, no podré mirarle a los ojos. Me muero por hacer algo loable, algo de lo que no tenga que sentirme avergonzado, pero parece que no soy capaz de hacerlo mientras te tengo en mi campo de visión, y veo que no me necesitas y que estás enamorada de otra persona.

—Ay, Arco —contestó Fuego, y luego se detuvo; se quedó sin palabras por lo frustrante que era. Le parecía muy gracioso, y triste a la vez, que Arco la acusara de amar a alguien y que, por una vez en su vida, tuviera razón.

—Me voy al oeste —anunció Arco—. En busca de Tajos.

—¿Qué? —gritó Fuego, consternada—. ¿Ya? ¿Tú solo?

—Nadie les está prestando atención a ese muchacho y a ese arquero, y sé que es un error. No hay que tratar a la ligera a ese muchacho. Además, puede que lo hayas olvidado, pero hace unos veintipico años que ese arquero estuvo en la cárcel por violación.

—Arco, no creo que debas ir —dijo Fuego al borde del llanto—. Espera hasta la gala y deja que vaya contigo.

—Creo que es a ti a quien buscan.

—Por favor, Arco. No te vayas.

—Debo hacerlo —dijo de repente y de forma explosiva. Se apartó de ella y levantó la mano—. Mírate —dijo con la voz tomada por el llanto—. No puedo soportar mirarte siquiera. Tengo que hacer algo, ¿no lo ves? Tengo que marcharme. Te van a dejar hacerlo, ¿sabes? Brigan y tú, los dos juntos, el gran equipo de asesinos. Toma —le dijo, tirando de un papel doblado que tenía en el bolsillo del abrigo y arrojándolo con violencia sobre el sofá, a su lado.

—¿Qué es esto? —preguntó Fuego desconcertada.

—Una carta suya —contestó Arco prácticamente a gritos—. Estaba escribiéndola en esa mesa justo antes de que despertaras. Me dijo que, si no te la daba, me rompería ambos brazos.

Tess apareció de repente por el marco de la puerta y señaló con el dedo a Arco.

—Joven —vociferó—, en esta casa vive una niña, y no tenéis por qué gritar como si quisierais derrumbar el techo.

La mujer dio la vuelta y salió a trompicones. Arco la siguió con la mirada, asombrado. Luego fue hacia la chimenea y se inclinó sobre la repisa con la cabeza entre las manos.

—Arco —le imploró Fuego—. Si de verdad tienes que hacerlo, llévate a tantos soldados como puedas. Pídele una escolta a Brigan.

El joven no respondió. Fuego ni siquiera estaba segura de que la hubiera oído. Arco se dio la vuelta para mirarla y dijo:

—Adiós, Fuego.

Salió airado de la sala y dejó a Fuego librada a su suerte, en medio del pánico. Le vociferó mentalmente y de manera desesperada: *¡Arco! Mantén la mente firme. Ve con cuidado.*

Te quiero.

La carta de Brigan era corta.

Estimada señora:

Tengo que confesaros algo. Ya sabía que habíais matado a Cansrel. Me lo contó lord Brocker el día que fui a vuestra casa para acompañaros hasta aquí. Perdónalo por haber violado vuestra confianza. Me lo contó para que pudiera entender lo que sois y trataros conforme a ello. En otras palabras, me lo contó para protegeros de mí.

En una ocasión me preguntasteis por qué confío en vos. Esta es parte de la razón, aunque no toda. Creo que habéis cargado con muchísimo dolor en nombre de otros. Creo que sois más fuerte y valiente que cualquiera a quien haya conocido o de quien haya oído hablar. Y que sois inteligente y generosa a la hora de usar vuestro poder.

Debo acudir a Fuerte Diluvio repentinamente, pero volveré a tiempo para la gala. Coincido con que debemos involucraros en

el plan, aunque Arco se equivoca si cree que a mí me agrada.
Mis hermanos os contarán lo que pensamos. Mis soldados
están esperando y esto está escrito de manera apresurada pero
sincera.

    Vuestro,

    Brigan

P. D.: No os marchéis de ahí hasta que Tess os haya contado la
verdad, y perdonadme por habérosla escondido. Le hice una
promesa y me lleva irritando desde entonces.

A Fuego se le agitó la respiración de camino a la cocina, donde percibió que estaba Tess. La mujer mayor levantó la mirada de la labor que tenía entre manos.

—¿Qué quiere decir el príncipe Brigan con eso de que tienes que contarme la verdad? —dijo Fuego, asustada solo de preguntarlo.

Tess dejó la masa en la que estaba trabajando y se limpió las manos con el delantal.

—Vaya día más revuelto. No lo he visto venir —dijo—. Pero aquí estamos y me siento intimidada por vuestra apariencia. —Se encogió de hombros, confundida—. Mi hija Jessa era vuestra madre —anunció—. Yo soy vuestra abuela. ¿Os quedáis a cenar?

Capítulo veintitrés

Fuego pasó los siguientes días sumida en un estado de asombro. Enterarse de que tenía una abuela ya era increíble de por sí, pero percibir desde aquella primera cena, en la que no sabían muy bien qué decir, que su abuela sentía curiosidad por conocerla y quería disfrutar de su compañía era casi demasiado para una joven monstruo que tan pocas alegrías había tenido.

La joven cenó todas las noches en la cocina de la casa verde con Tess y Hanna. El parloteo continuo de Hanna rellenaba los huecos de la conversación entre la abuela y la nieta. También, de alguna manera, mitigaba la incomodidad de intentar encontrar la manera de relacionarse entre ellas.

El hecho de que Tess fuera directa y sincera ayudaba. También que Fuego pudiera percibir la sinceridad que había en las cosas confusas que decía.

—Normalmente tengo unos nervios de acero —dijo Tess durante la primera cena, que consistió en empanadas y estofado de monstruo ave rapaz—, pero vos me habéis perturbado, dama monstruo. Durante todo este tiempo me he estado diciendo que erais hija de Cansrel, no de Jessa. Que erais un monstruo, no una niña, y que nos iría mejor sin vos. Se lo intenté decir a Jessa, pero no me hacía caso. Y tenía razón. Puedo ver a mi hija en vuestra cara tan claro como el agua.

—¿Dónde? —exigió Hanna—. ¿En qué partes?

—Tenéis la frente de Jessa —dijo Tess, blandiendo una cuchara hacia Fuego sin poder contenerse—, su misma expresión en la mirada y su piel cálida y bonita. Habéis salido a vuestra madre en el color de los ojos y del cabello, aunque, sin duda, el vuestro es muchísimo más intenso que el de ella. El joven príncipe me dijo que confiaba en vos —terminó con timidez—, pero no le podía creer. Pensaba que lo habíais embaucado. Pensaba que os casaríais con el rey o, peor, con él, y volveríamos a lo mismo.

—No pasa nada —dijo Fuego en voz baja, inmune al rencor porque estaba fascinada con la idea de tener una abuela.

Deseaba poder darle las gracias a Brigan, pero el príncipe seguía fuera de la corte y era bastante seguro que no volvería antes de la gala. Se moría de ganas de contárselo a Arco. Daba igual cómo se sintiera en ese momento su amigo, compartiría la alegría de Fuego y soltaría una risa de estupefacción ante la noticia. Pero Arco estaba vagando por algún lugar al oeste con una guardia pequeñísima —según Clara, solo se había llevado a cuatro hombres—. A saber en qué problemas se estaría metiendo. Fuego decidió hacer una lista con todas las cosas que le encantaban y que le confundían de tener una abuela para contárselo cuando volviera.

No era la única persona que estaba preocupada por Arco.

—En realidad, no fue tan malo que hubiera revelado tu secreto —dijo Clara; Fuego pensó con frialdad que a la princesa se le olvidaba que, en su momento, le había parecido lo bastante malo como para darle un puñetazo a Arco—. Ahora que lo sabemos, todos nos sentimos más tranquilos por tenerte en el plan. Y te admiramos por lo que hiciste. De verdad, me pregunto por qué no nos lo contaste antes.

Fuego no respondió, no quería explicarle que parte de la razón por la que no lo había contado era la admiración que suscitaría. No le resultaba gratificante que las otras personas que odiaban a Cansrel la vieran como una heroína. El odio no había sido el motivo por el que lo había matado.

—Bien saben Los Valles que Arco es un zopenco, pero espero que vaya con cuidado —concluyó Clara; tenía una mano colocada de forma distraída sobre la barriga y con la otra rebuscaba entre un montón de planos—. ¿Sabes si conoce el terreno en el oeste? Hay grietas enormes en el suelo. Algunas de ellas conducen a cavernas, pero otras no tienen fondo. Seguro que se cae en alguna. —Dejó de revolver los papeles por un momento, cerró los ojos y soltó un suspiro—. He tomado la decisión de sentirme agradecida por que le haya dado un hermano o hermana a mi bebé. La gratitud requiere menos energía que el enfado.

Cuando la verdad salió a la luz, Clara la aceptó con una generosa compostura. Para Mila no había sido tan fácil, aunque tampoco se había enfadado. Ahora, sentada en la silla que había al lado de la puerta, Mila parecía, sobre todo, aturdida.

—En fin —dijo Clara, todavía suspirando—. ¿Has memorizado algo de lo que hay por encima de la sexta planta? No te darán miedo las alturas, ¿verdad?

—No más que a cualquiera. ¿Por qué?

Clara sacó dos hojas enormes y enrolladas de entre el montón de planos.

—Aquí está la distribución de las plantas séptima y octava. Haré que Welkley se asegure de que he marcado correctamente las habitaciones que ocupará cada uno de los invitados. Estamos intentando dejar esas plantas vacías para que las uses, pero hay a quienes les gustan las vistas.

Memorizar los planos del palacio no era lo mismo para Fuego que para otras personas, porque era incapaz de concebir el palacio como un mapa liso sobre una hoja. Para ella el palacio era un espacio tridimensional que brotaba desde su cabeza y estaba lleno de mentes en movimiento que iban por los pasillos, pasaban por delante de los conductos de la lavandería y subían por escaleras que Fuego no podía percibir, aunque ahora esperaban que ubicara todo aquello con lo que recordara de un mapa en papel. Ya no bastaba con que Fuego supiera, por ejemplo, que Welkley se encontraba en el extremo este de la segunda planta del palacio. ¿Dónde estaba exactamente? ¿En qué habitación? ¿Cuántas puertas y ventanas había? ¿A cuánta distancia estaba del lavabo para sirvientes más cercano? ¿Y de la escalera más cercana? Y en cuanto a las mentes que percibía cerca de Welkley, ¿estaban en la habitación con él, estaban en el pasillo o en la habitación de al lado? Si necesitara darle a Welkley direcciones mentales para guiarlo hasta sus aposentos en aquel momento sin que nadie lo viera, ¿podría hacerlo? ¿Podría mantener en la mente ocho plantas, cientos de pasillos, miles de habitaciones, puertas, ventanas, balcones y una corte llena de conciencias al mismo tiempo?

La respuesta sencilla era que no, que no podía. Pero iba a tener que aprender a hacerlo lo mejor posible, porque el plan de asesinato durante la noche de la gala dependía de ello. Practicó en sus aposentos, en la caballeriza con Lento, en el tejado con su guardia, una y otra vez, durante todo el día, sin parar. A veces se sentía orgullosa de sí misma por lo mucho que había mejorado desde aquellos primeros días en el palacio. Desde luego, no volvería a perderse deambulando por los pasillos.

Era angustioso que el éxito del plan dependiera de que Fuego lograra aislar a Gentian, a Gunner y a Murgda, ya fuera juntos o por separado, en secreto, en algún lugar del palacio. Era crucial que lo consiguiera, porque los planes alternativos eran un desastre, requerirían demasiados soldados y refriegas y sería prácticamente imposible no armar escándalo.

En cuanto se quedara a solas con ellos, Fuego se enteraría de todo lo que pudiera sobre todos y cada uno de ellos. Mientras tanto, Brigan encontraría la manera de reunirse con ella de forma discreta y asegurarse de que el intercambio de información terminara con Fuego viva y los otros tres, muertos. La gente no podía tener noticias de aquella misión, tenían que contener aquella información durante el mayor tiempo posible. Fuego también tendría que ocuparse de ello. Tendría que vigilar el palacio por si había alguien que sospechara lo que había ocurrido y hacer que capturaran a esas personas sin llamar la atención antes de que pudieran decir algo. Porque no podían permitir que nadie —pero nadie— del bando contrario a la corona descubriera de lo que se había enterado Fuego. La información era valiosa siempre y cuando nadie más la tuviera.

Brigan cabalgaría toda la noche hasta llegar a Fuerte Diluvio. En cuanto llegara, comenzaría la guerra.

El día de la gala, Tess ayudó a Fuego a ponerse el vestido que había encargado Welkley. Le abrochó los botones, le alisó y arregló las partes que ya estaban lisas y arregladas, y se pasó todo el rato murmurando lo contenta que estaba. Después, un grupo de peluqueras tiraron del pelo a Fuego y le hicieron trenzas hasta que estuvieron a punto de sacarla de sus casillas, ya que no dejaban de gritar al ver la variedad de tonos de color rojo, naranja y dorado de su pelo, los asombrosos mechones sueltos de color rosa, la textura increíblemente suave que tenía, su brillo. Era la primera vez que Fuego hacía algo por intentar mejorar su aspecto, y no tardó en aburrirse del proceso.

Sin embargo, cuando las peluqueras terminaron y se marcharon, Tess insistió en llevar a su nieta ante el espejo. En aquel momento Fuego vio y entendió que todo el mundo había hecho un buen trabajo. El vestido, de un lila intenso y reluciente y con un diseño muy sencillo, tenía un corte tan bueno, le iba tan ceñido y le sentaba tan bien que se sentía un poco como si estuviera desnuda. Por no hablar de su pelo. No lograba entender lo que habían hecho con él. Había trenzas finas como hilos en algunas partes, que envolvían y se enrollaban por las secciones más gruesas que le caían por el hombro y la espalda, pero vio que el resultado final era un desorden controlado que quedaba espléndido en contraste con su rostro, su cuerpo y el vestido. Se dio la vuelta para comprobar el efecto sobre su guardia. Eran veinte, ya que todos tenían que desempeñar un papel en los acontecimientos de aquella noche y estaban esperando sus órdenes. Y los veinte se quedaron boquiabiertos de asombro, incluso Musa, Mila y Neel. Fuego tanteó sus mentes y se sintió contenta, y luego enfadada, por encontrarlas tan abiertas como los tejados de cristal del palacio en julio.

—Controlaos —los regañó—. Es un disfraz, ¿os acordáis? No funcionará si quienes se supone que me tienen que ayudar no son capaces de conservar la cabeza.

—Funcionará, querida nieta. —Tess le dio a Fuego dos puñales con sus fundas para el tobillo—. Conseguirás lo que quieras de quien quieras. Esta noche el rey Nash te entregaría el río Alado como regalo si se lo pidieras. ¡Por todos Los Valles, mi niña! Hasta el príncipe Brigan te ofrecería su mejor caballo de guerra.

Fuego se ató un puñal en cada tobillo y no sonrió ante la mención del príncipe. Brigan no podría darle regalos hasta que volviera a la corte, algo que, dos horas antes de la gala, aún no había hecho.

Una de las distintas zonas que los hermanos de la familia real habían reservado para la noche era un conjunto de habitaciones en la cuarta planta con un balcón que daba al gran patio central. Fuego se encontraba en el balcón con tres de sus guardias, desviando la atención de los cientos de personas que estaban abajo.

Nunca había asistido a una fiesta, menos aún a un baile organizado por la realeza. El patio brillaba con el resplandor dorado de la luz de miles y miles de velas. Había velas tras las balaustradas, al borde de la pista de baile, para que los vestidos de las mujeres no se prendieran fuego. Había velas en grandes lámparas que colgaban del techo sobre cadenas plateadas y velas derretidas en las barandillas de todos los balcones, incluso en el suyo. La luz destellaba sobre la gente y hacía que estuviera preciosa con aquellos vestidos y trajes, con las joyas que llevaban, las copas plateadas de las que bebían, el tintineo de su risa. El cielo se iba oscureciendo. Los músicos afinaron sus instrumentos y empezaron a tocar. Los invitados iniciaron el baile. Aquella era la estampa perfecta de una fiesta de invierno.

Qué diferente podía llegar a ser la imagen de algo y la sensación que daba. Si Fuego no hubiera tenido una necesidad tan acuciante de concentrarse, si hubiera estado de humor, tal vez se habría reído: sabía que estaba sobre un microcosmos del propio reino, una red de traidores, espías y aliados ataviados con trajes elegantes; representantes de todos los bandos que se vigilaban unos a otros de manera calculada, intentando escuchar las conversaciones ajenas y plenamente conscientes de quién entraba o salía.

Empezó con lord Gentian y su hijo, el punto central de la sala aunque se quedaran a un lado. Gunner, de tamaño medio y anodino, se camuflaba con facilidad en una esquina, pero

Gentian era alto, tenía el cabello de un intenso color blanco y era un enemigo de la corte demasiado conocido como para no llamar la atención. A su alrededor tenía a cinco de sus «acompañantes», hombres con apariencia de perros agresivos embutidos en trajes formales. Las espadas no se estilaban en bailes como aquellos. Las únicas armas visibles eran las que llevaban los guardias de palacio que se encontraban en las puertas de acceso. Pero Fuego sabía que Gentian, Gunner y sus guardaespaldas mal disfrazados portaban puñales. Sabía que estaban muy tensos y llenos de desconfianza, podía sentirlo. También vio a Gentian tirándose del cuello de la camisa varias veces, como si estuviera incómodo. Vio cómo tanto él como su hijo se giraban de golpe ante cualquier ruido. Sus sonrisas eran falsas y forzadas casi hasta el punto de la enajenación. Fuego pensó que Gentian era un hombre atractivo, bien vestido y aparentemente distinguido, pero solo hasta que pudo percibir los alaridos de sus nervios. Gentian lamentaba el plan que lo había traído hasta ese lugar.

A Fuego le agobiaba estar al tanto de todas las personas que había en el patio, y tratar de percibir lo que había más allá de aquel lugar la mareaba. Pero, haciéndolo lo mejor que pudo y utilizando cualquier mente a la que lograra acceder, recopilaba una lista mental de las personas que estaban en el palacio y que creía que podrían simpatizar con lord Gentian o lady Murgda, de personas en quienes no se podía confiar y también de personas en quienes sí. Le comunicó la lista a un secretario en el despacho de Garan que apuntó los nombres y sus descripciones y se las pasó al capitán de la guardia, entre cuyas múltiples tareas aquella noche estaba la de saber dónde estaba todo el mundo en todo momento y evitar cualquier aparición imprevista de armas o cualquier desaparición de personas importantes.

El cielo estaba oscuro. Fuego percibió a los arqueros penetrando en las sombras de los balcones que había a su alrededor. Tanto a Gentian como a Murgda los habían acomodado en la tercera planta del palacio, en una habitación con vistas a aquel mismo patio. Las habitaciones de arriba, abajo, enfrente y a cada lado no alojaban a ningún invitado; estaban ocupadas en ese momento por las fuerzas militares de la realeza que hacían que la guardia de Fuego pareciera bastante destartalada.

Habían sido órdenes de Brigan.

Fuego no sabía si le producía más pavor lo que implicaría personalmente para ella y para su familia el hecho de que Brigan no llegara a tiempo o lo que implicaría para la misión de aquella noche y para la guerra. Luego pensó que tal vez todo fueran partes de un mismo miedo. Si Brigan no volvía, era probable que estuviera muerto, y entonces se desmoronaría todo: las cosas importantes, como los planes de aquella noche, y las menores, como su corazón.

Y entonces, apenas unos minutos más tarde, Fuego se tropezó con él. Brigan se materializó en los confines de su alcance mental, estaba en el puente más cercano de la ciudad. De manera casi involuntaria, Fuego le envió una oleada de sentimientos. Al principio rebosaba cólera, pero enseguida se transformó en preocupación y en alivio al percibirlo; lo hizo de un modo tan descontrolado que no estaba segura de que algunos de sus sentimientos más profundos no se hubieran colado.

Brigan le devolvió un sentimiento de certeza, agotamiento y excusas, y ella volvió a contactar con él para ofrecerle también una disculpa. El comandante se volvió a disculpar, esta vez con más insistencia.

Brigan ha arribado, les dijo mentalmente y a toda prisa a los demás, y expulsó las expresiones de alivio que le llegaban, porque su concentración se estaba desmoronando. Se revolvió para recuperar el control del patio.

Lady Murgda trataba de pasar más inadvertida que Gentian. Al igual que él, la mujer había llegado con al menos veinte acompañantes; veinte «sirvientes» que daban la sensación de estar acostumbrados a luchar. Varios de ellos estaban en el patio inferior. Los demás estaban esparcidos por todo el palacio, era probable que estuvieran vigilando a quien Murgda les hubiera ordenado. Pero la propia Murgda se había ido directa a sus aposentos al llegar y no había vuelto a salir desde entonces. Estaba encerrada ahí, en una planta inferior a la de Fuego y frente a ella, aunque no podía verla. Tan solo podía sentirla, inteligente y aguda, tal y como se había imaginado; Murgda era más dura que los dos enemigos que estaban abajo y su mente estaba mejor protegida, pero se sentía alborotada con un nerviosismo parecido al de Gentian y Gunner y consumida por la sospecha.

Clara, Garan, Nash, Welkley y varios guardias entraron en la habitación en la que estaba Fuego. Al percibirlos, pero sin dejar de mirar por el balcón, Fuego contactó con ellos mentalmente para saludarlos. A través de la ventana abierta del balcón, oyó a Clara murmurando:

—He averiguado a quién ha mandado Gentian para que me siga —dijo Clara—, pero no estoy tan segura de a quién ha mandado Murgda. Su gente está mejor entrenada.

—Algunos son píqueos —dijo Garan—. Sayre me ha dicho que ha visto a hombres que parecían píqueos y que ha oído su acento.

—¿Es posible que lord Gentian sea tan bobo como para no tener a nadie vigilando a lady Murgda? —preguntó Clara—. Su séquito llama bastante la atención, y no parece estar entrenado para vigilarla.

—No es fácil vigilar a lady Murgda, alteza —dijo Welkley—. Apenas se ha dejado ver. Lord Gentian, por otra parte, ha solicitado una audiencia con vos en tres ocasiones, majestad, y en tres ocasiones he hecho caso omiso. Tiene bastantes ganas de contaros en persona las razones inventadas y variopintas por las que ha venido.

—Le daremos la oportunidad de que se explique en cuanto esté muerto —sentenció Garan.

Fuego escuchaba la conversación prestando solo un poco de atención, ya que estaba pendiente de Brigan —en ese momento estaba en la caballeriza—. Y de Gentian, Gunner y Murgda. Hasta ahora tan solo había tanteado sus mentes, buscando la manera de adentrarse en ellas, acercándose pero sin llegar a tomar el control. Ordenó a la moza que había abajo —una de las de Welkley— que le ofreciera vino a Gentian y a Gunner. Ambos respondieron con un gesto de rechazo cuando la chica se acercó con la bebida. Fuego suspiró y deseó que el mayor no viviera atormentado por la indigestión y que el joven no fuera de costumbres tan austeras. En realidad, el joven Gunner era algo molesto, tenía un mayor control mental de lo que a ella le gustaría. Gentian, en cambio… Fuego se preguntaba si ya era hora de adentrarse en su mente y empezar a presionar. El hombre estaba cada vez más inquieto, y la joven tuvo la sensación de que quería el vino que había rechazado.

Brigan entró en la habitación.

—Hermano —dijo Garan—. Por los pelos, ¿eh? Esta vez incluso para ser tú, ¿no? ¿Todo correcto en Fuerte Diluvio?

—Pobrecito —dijo Clara—. ¿Quién te ha dado un puñetazo en la cara?

—Nadie importante —contestó Brigan con brusquedad—. ¿Dónde está lady Fuego?

Fuego le dio la espalda al patio, fue hacia la puerta del balcón, entró en la habitación y se topó cara a cara con Nash, que iba muy apuesto y con unas ropas muy elegantes. El rey se quedó helado, la miró fijamente con tristeza, se dio la vuelta y se fue dando zancadas a la habitación de al lado. Garan y Welkley también se quedaron con la mirada clavada, boquiabiertos, y Fuego se acordó de que iba toda arreglada. Hasta Clara parecía haberse quedado muda.

—Está bien —dijo Fuego—. Lo sé. Comportaos y sigamos con el plan.

—¿Están todos en sus puestos? —preguntó Brigan. Iba manchado de lodo y parecía estar helado, como si acabara de librar una batalla a vida o muerte hacía tan solo diez minutos y hubiera estado a punto de perder. Tenía rasguños en carne viva en la mejilla, la mandíbula llena de magulladuras y los nudillos cubiertos por una venda ensangrentada. Dirigió la pregunta a Fuego y la miró a la cara con una mirada de ternura que no encajaba con el resto de su apariencia.

—Todos están en sus puestos —dijo.

Rocas, alteza, ¿necesitáis un curandero?

Brigan negó con la cabeza y bajó la mirada hacia sus nudillos medio entretenido.

—¿Y nuestros enemigos? ¿Hay alguien a quien no esperábamos? ¿Alguno de los amigos de Tajos que tienen la mente nublada, señora?

—No, gracias a Los Valles.

¿Os duele algo?

—Muy bien —dijo Clara—. Ya tenemos a nuestro espadachín, así que vamos allá. Brigan, ¿podrías por lo menos intentar estar presentable? Ya sé que esto es una guerra, pero el resto estamos intentando fingir que es una fiesta.

La tercera vez que Fuego le ordenó a la moza de Welkley que le ofreciera vino a Gentian, el hombre agarró la copa y se la bebió en dos tragos.

Fuego se adentró por completo en la mente de Gentian. No era un lugar estable. El hombre no dejaba de mirar el balcón de Murgda. Cuando lo hacía, todo su ser apuesto proyectaba inquietud y un anhelo particular.

Fuego empezó a preguntarse por qué, si Gentian mostraba tanta inquietud por el balcón de lady Murgda, no había asignado a ninguno de sus hombres que la vigilara. Las suposiciones de Clara habían resultado correctas. Fuego reconocía mentalmente a cada una de las personas del séquito de Gentian, y con un pequeño esfuerzo, era capaz de localizarlos a todos. Estaban merodeando por las puertas y acechando a los sirvientes de varios invitados a la gala; también andaban cerca de las entradas a las residencias y a los despachos de la familia real, donde había vigilancia. Ninguno rondaba cerca de Murgda.

Murgda, por otra parte, tenía espías siguiendo a todo el mundo. En aquel momento dos de ellos se estaban paseando cerca de Gentian.

Gentian tomó otra copa de vino y miró una vez más hacia el balcón vacío de Murgda. Qué raras eran las emociones que acompañaban a aquellas ojeadas, como si un niño asustado estuviera buscando el consuelo de un adulto.

¿Por qué estaría mirando Gentian hacia el balcón de su enemiga buscando consuelo?

De repente Fuego tuvo muchas ganas de ver qué ocurriría si Murgda saliera al balcón y Gentian la viera, pero no iba a ser capaz de obligar a Murgda a hacerlo sin que se diera cuenta de que la estaban forzando. Y entonces la noble no tardaría en percatarse de por qué lo había hecho.

Si no podía acercarse a hurtadillas a Murgda, tendría que hacerlo de manera directa.

Salid, dama rebelde, y decidme por qué estás aquí, le dijo mentalmente.

La respuesta de Murgda fue inmediata y alarmante: sintió un gusto irónico y contundente al ser tan aclamada, una absoluta ausencia de sorpresa o miedo; un deseo, imposible de confundir, de ver a la dama monstruo en persona, y un recelo descarado y sin remordimientos.

Bueno, pensó Fuego en un tono deliberadamente despreocupado. *Os veré en persona si vais al lugar que os especifique.*

Por respuesta recibió divertimento y desdén. Murgda no era tan tonta como para que la hicieran caer en una trampa.

Lady Murgda, no tengo tantas ganas de veros como para dejar que vos elijáis el punto de encuentro.

Un rechazo obstinado a abandonar la fortaleza que ella misma había construido.

No creeréis que voy a ir hasta vuestros aposentos, ¿verdad? Empiezo a pensar que, después de todo, no estamos destinadas a que nos veamos en persona.

La determinación —¡la necesidad!— de ver a lady Fuego, de conocerla.

A Fuego le intrigaba aquella necesidad que percibía en lady Murgda, y no tenía reparos en utilizarla para sus propios fines. Tomó aire para calmar los nervios, ya que el siguiente mensaje debía contener el tono perfecto. Tenía que sonar entretenido —incluso encantado— para que pareciera que Fuego estaba conforme; también tenía que sonar un tanto curioso pero indiferente, para que no pareciera que había objetivos ocultos.

Supongo que podríamos empezar por vernos la una a la otra. Estoy en el balcón, justo en frente de donde estáis.

Sospecha. Fuego estaba volviendo a intentar engatusar a Murgda para que saliera.

Muy bien, lady Murgda. Si creéis que mi plan es mataros públicamente en nuestra fiesta de invierno y empezar una guerra en la corte, por favor, no os arriesguéis a salir al balcón. No os culpo por ser tan precavida, pero parece que vuestra cautela interfiere en vuestros propios intereses. Adiós.

Como respuesta recibió un arranque de enfado, pero Fuego lo ignoró. Luego, percibió desprecio, después una leve decepción. Finalmente, silencio. Fuego esperó. Pasaron los minutos y su percepción de Murgda menguó, como si estuviera conteniendo sus sentimientos y cerrándose a cal y canto.

Pasaron más minutos. Fuego estaba empezando a intentar improvisar un nuevo plan cuando, de repente, sintió a Murgda atravesando sus aposentos hacia el balcón. Fuego le dio un empujoncito mental a Gentian para que fuera a un lugar en el patio desde el que no pudiera verla a ella, pero tuviera una vista despejada de la puerta del balcón de Murgda. Luego Fuego dio un paso adelante hacia la luz de las velas que había en su barandilla para que la iluminaran.

Murgda se detuvo tras la puerta del balcón y echó un vistazo a través de los cristales para ver a Fuego. Era tal y como Fuego la recordaba: una mujer bajita, de rasgos sencillos, hombros rectos y una apariencia de tipa dura. Verla así, decidida y fuerte, hizo que Fuego sintiera una satisfacción curiosa.

Murgda no salió al balcón. Ni siquiera abrió un resquicio de la puerta. Pero Fuego ya había contado con ello y no esperaba más por su parte. Sin embargo, fue suficiente, ya que, abajo, los ojos de Gentian captaron a Murgda.

La reacción de Gentian le quedó tan clara a Fuego como si le hubieran tirado un cubo de agua a la cara. El hombre ganó confianza y se le sosegaron los nervios al instante.

En ese momento Fuego entendió por qué Gentian no estaba espiando a Murgda y por qué el aliado de lord Mydogg, el capitán Hart, sabía tantas cosas sobre él. Entendió muchísimas cosas, entre ellas, el motivo por el que Murgda había acudido a la gala. Estaba allí para ayudar a Gentian a que llevara a cabo su plan porque, en algún momento, Mydogg y Gentian se habían aliado contra el rey.

Además, Fuego percibió otra cosa sobre Murgda, algo menos sorprendente. Tanto si Gentian estaba al tanto como si no, su aliada había acudido por otra razón. Fuego se lo vio en la mirada, que la tenía clavada en ella desde el otro lado del patio; también lo notó en el sentimiento que estaba dejando aflorar sin querer: asombro, estupefacción y deseo, aunque no el tipo de deseo al que Fuego estaba acostumbrada. Aquel deseo era férreo, maquinador y político. Murgda quería capturarla. Mydogg y Murgda querían convertirla en su monstruo marioneta. Llevaban queriendo atraparla desde la primera vez que la vieron durante la primavera anterior.

Saber aquello —simplemente que sus enemigos se habían unido para ganarles en número— la fortaleció. En aquel momento Fuego vio sin duda alguna lo que tenía que hacer, o lo que podría hacer si andaba con cuidado y no dejaba ningún cabo suelto.

¿Veis? Os habéis dejado ver y seguís con vida, le dijo mentalmente y de manera encantadora a Murgda.

Murgda reforzó la mente y la cerró. Miró a Fuego con los ojos entrecerrados y se llevó la mano sobre el vientre en un gesto que Fuego entendió, porque ya lo había visto antes. Murgda se dio la vuelta al instante y dejó de verla. En ningún momento se había dado cuenta de que abajo estaba Gentian, que aún seguía estirando el cuello para verla.

Fuego retrocedió de vuelta a la oscuridad. Impasible, sin dramatismo, les comunicó a los otros todo lo que había descubierto. Se sorprendieron, se horrorizaron, luego se les pasó la sorpresa y se mostraron ansiosos por continuar. Fuego respondió lo mejor que pudo a lo que le pareció que le preguntaban.

No sé si conseguiré que en algún momento lady Murgda salga de sus aposentos, les dijo mentalmente. *No sé si Murgda morirá esta noche, pero lord Gentian hará lo que yo le diga, y probablemente pueda encargarme de Gunner. Empecemos con ellos. Los aliados de lord Mydogg pueden contarnos los planes que tiene su señor.*

Capítulo veinticuatro

Fuego quería que Gentian y, más concretamente, Gunner la vieran sin que el séquito de Murgda se diera cuenta, por lo que se fue a los aposentos del rey, que se encontraban en la segunda planta, con vistas al patio, y salió al balcón. Clavó la mirada en las caras deslumbradas de Gentian y Gunner, a quienes había colocado en lugares idóneos para que la vieran. Le sonrió de manera sugerente a Gunner y le puso ojitos; le resultó algo ridículo y vergonzoso, pero consiguió el efecto deseado. Y luego el propio Nash irrumpió en el balcón, miró para ver con quién estaba flirteando, les lanzó una mirada feroz a Gentian y a Gunner, tomó a Fuego por el brazo y tiró de ella para que volviera a entrar. Todo aquello ocurrió en apenas nueve segundos. Fue una suerte que ocurriera con tanta brevedad, ya que la tensión mental para Fuego era enorme.

Eran demasiadas las mentes que había que controlar en el patio a la vez, por eso Fuego había contado con la ayuda de los mozos de Welkley, que se habían mezclado con los invitados, creando distracciones para desviar la atención y que no se fijaran en ella. Pero alguna que otra persona la había visto, y Fuego tuvo que hacer una lista de aquellos a los que debería vigilar con más atención, por si acaso les resultaba tan interesante que la dama monstruo pareciera estar usando sus encantos con

Gentian y Gunner como para hablar de ello, o incluso hacer algo al respecto.

Con todo, funcionó. Gentian y Gunner se quedaron con la mirada clavada en ella, paralizados al verla.

Quiero hablar con vos, les dijo mentalmente mientras Nash se la llevaba a la fuerza. *Quiero unirme a vuestro bando. Pero no se lo digáis a nadie o me pondréis en peligro.*

Fuego se hundió en la silla que había en la sala de estar de Nash, con la cabeza entre las manos, vigilando el entusiasmo de Gentian y las sospechas y el deseo de Gunner. También le prestaba atención al resto de los que estaban en el patio y en el palacio entero por si había algo relevante o de lo que preocuparse. Nash fue hacia una de las mesillas, volvió y se agachó frente a ella con un vaso de agua.

—Gracias —dijo, levantando la vista, y aceptó el vaso—. Lo habéis hecho muy bien, alteza. Se creen que me estáis reteniendo aquí a causa de los celos y que yo deseo escapar. Gentian está rebosante de indignación, sin duda.

Clara, tumbada en el sofá, resopló con asco y comentó:

—Ingenuos cabezas huecas.

—En realidad, no es culpa de ellos —dijo Nash con seriedad, que seguía agachado frente a Fuego. Le estaba costando levantarse y alejarse de ella; Fuego advertía que lo estaba intentando. Quería ponerle una mano sobre el brazo como muestra de agradecimiento por todos los esfuerzos que hacía siempre, pero sabía que aquello no le ayudaría para nada.

¿Por qué no le lleváis agua a vuestro hermano?, le dijo Fuego mentalmente, con delicadeza, ya que Garan había empezado a sudar por la fiebre que le daba en los momentos de estrés y estaba descansando en el sofá con los pies sobre el regazo de Clara. Nash bajó la barbilla y se puso en pie para hacer lo que Fuego le había pedido.

La atención de Fuego pasó a Brigan, que se había recostado contra una estantería, de brazos cruzados y con los ojos cerrados, ignorando la discusión que estaba empezando entre su hermana y sus hermanos sobre los motivos de la estupidez de Gentian. Iba bien vestido y se había afeitado la barba, pero el moratón que tenía en la cara se había oscurecido y se había vuelto más feo. Tenía pinta de estar muy cansado, como de querer hundirse en la estantería, fundirse con ella y volverse un ser inanimado.

¿Cuándo habéis dormido por última vez?, le preguntó mentalmente.

Brigan abrió los ojos y la miró. Se encogió de hombros y sacudió la cabeza, y Fuego supo que hacía demasiado tiempo.

¿Quién os ha herido?

Volvió a sacudir la cabeza y articuló una palabra en silencio desde la otra punta de la habitación: *bandidos*.

¿Ibais cabalgando solo?

—Tuve que hacerlo —dijo Brigan en voz baja—. Si no, no habría llegado a tiempo.

No os estaba criticando. Confío en que haréis lo que debáis hacer, le contestó mentalmente.

Brigan dejó un recuerdo al descubierto para que Fuego lo viera. Le había prometido, un día verde y dorado al comienzo del verano, que no deambularía solo por la noche. Aun así, había cabalgado solo la noche anterior y gran parte de aquel día. Fuego estaba en su derecho de criticarlo.

Ojalá…, empezó Fuego, pero luego se detuvo, porque no podía decirle mentalmente que ojalá no tuvieran que hacer aquello. Ojalá pudiera consolarlo y ayudarlo a dormir. Ojalá desapareciera aquella guerra en la que iban a luchar él y Nash, en la que habría peleas, tajos con espadas y puñetazos en un campo helado, y contra demasiados hombres. ¿Cómo iban a salir vivos de algo así los hermanos?

El pánico se apoderó de Fuego y su tono se volvió mordaz.

Le he tomado bastante cariño a vuestra yegua, Grande. ¿Me la dais?

Brigan se la quedó mirando con la incredulidad que merecía aquella pregunta, teniendo en cuenta que se la había formulado al comandante del ejército durante la víspera de una batalla. Fuego se echó a reír, y aquella ligereza repentina e inesperada alivió el dolor de cabeza que tenía.

Bueno, bueno. Solo estaba comprobando que estuvierais despierto y en vuestros cabales. Veros echándoos una siesta contra la estantería no me inspira confianza.

El comandante seguía mirándola como si estuviera medio loca, pero flexionó la mano, la posó sobre la empuñadura de su espada y se separó de la pared, dispuesto a ir adonde le dijera Fuego. Ladeó la cabeza hacia la puerta que conducía al resto de habitaciones de Nash, donde la guardia de Fuego, un grupo de mensajeros y un pequeño ejército de soldados estaban esperando para ayudar de la manera en que los necesitaran.

Fuego se puso de pie. Los demás dejaron de hablar y la miraron.

—Plantas siete y ocho, en el ala norte —le dijo a Brigan—. Las habitaciones que dan al patio más pequeño. En estos momentos, es la zona que tiene menos gente en el palacio, y así ha sido todo el día, así que ahí llevaré a Gentian y a Gunner. Id para allá Clara y vos. Encontrad una habitación vacía, cualquiera, en la planta a la que sea más fácil acceder sin que os vean, y yo intentaré llevarlos lo más cerca posible de vosotros. Si necesitáis mi ayuda para atravesar los vestíbulos o si los enviados de Murgda os dan problemas, llamadme.

Brigan asintió con la cabeza y fue a las habitaciones de al lado para reunirse con sus soldados. Fuego se volvió a sentar y dejó caer la cabeza sobre las manos. Cada fase del proceso requería concentración. En ese preciso instante tenía que vigilar a Brigan, a Clara, a sus soldados, a quienes los seguían y a todas las personas que se fijaran en ellos… Mientras seguía el rastro de Gentian, Gunner y Murgda —por supuesto— y mandaba de vez en cuando una señal de deseo irremediable a Gentian y a Gunner, y trataba de tener presente la percepción del palacio en su conjunto, por si acaso alguien, en algún punto o momento, le transmitía una mala sensación por el motivo que fuera.

Fuego respiró para mitigar el ligero dolor de cabeza que empezaba a notar por encima de la sien. Trató de aumentar el alcance de su mente.

Quince minutos después, Clara, Brigan y unos cuantos soldados encontraron un conjunto de habitaciones desocupadas en la octava planta, en el ala norte. Tres de los espías de Murgda y tres de los de Gentian también estaban con ellos. Varios estaban inconscientes, y los demás estaban furiosos por la humillación que suponía que los hubieran atado, amordazado y metido en armarios.

Brigan le aseguró a Fuego que todo iba bien.

—Todo en orden —le dijo Fuego a Nash y a Garan.

Todo en orden, les dijo la joven mentalmente a todos los que estaban involucrados y que se encontraban desperdigados por el palacio. *Voy a comenzar*.

Fuego se encorvó en la silla y cerró los ojos. Contactó con la mente de Gentian y luego se adentró en ella. Contactó con la de Gunner y determinó que no estaba lo bastante despistado como para hacerle triquiñuelas.

Gunner, le dijo mentalmente, cariñosa y coqueta, lanzándose efusivamente a él. Y luego, metiéndose en las rendijas que se abrieron por la involuntaria ráfaga de placer que sintió, añadió: *Gunner, quiero que vengáis a mí. Necesito veros. ¿Puedo confiar en que os portaréis bien conmigo?*

El gozo que sintió Gunner empezó a teñirse de sospecha, pero Fuego le susurró, lo arrulló y se apoderó de su mente con más fuerza.

Debéis ir adonde os indique. No se lo podéis decir a nadie, le dijo tanto a él como a Gentian. *Marchaos del patio por el arco principal y subid por la escalera central hasta la tercera planta, como si estuvierais volviendo a vuestros aposentos. Os llevaré a un lugar seguro para todos nosotros, lejos del rey y de sus tediosos guardias.*

Gentian empezó a moverse. Luego, con más reticencia, Gunner. Sus cinco secuaces los acompañaron y Fuego expandió su alcance para penetrar en todas sus mentes. Los siete avanzaron hacia la salida y Fuego trató de centrarse en el resto de los que estaban en el patio. Daba igual quién se diera cuenta, pero no quién los siguiera.

Percibió tres mentes que se separaron con aire despreocupado del baile y siguieron a los guardias de Gentian. Fuego reconoció a dos de ellas: eran de los espías de Murgda. La otra pertenecía a un noble poco relevante que había identificado antes como un probable simpatizante de Murgda. Contactó con sus mentes, las puso a prueba y determinó que estaban demasiado alerta como para adentrarse en ellas sin que se dieran cuenta. Tendría que dirigir a los otros y confiar en que esos tres los seguirían.

Eran diez hombres. Le parecía que podría manejarlos mientras mantenía el plano de la planta y a miles de figuras en movimiento en la mente.

¡Cuánto había aumentado su poder con la práctica! Un año antes no habría podido hacerlo. La primavera pasada, sin ir más lejos, la Primera División la había sobrepasado por completo.

El grupo de diez hombres subió las escaleras hasta la tercera planta.

Ahora bajad por el vestíbulo y girad hacia el pasillo que da a vuestros aposentos, les dijo mentalmente a Gentian y a Gunner. Su mente fue corriendo hacia ese mismo pasillo y lo encontró lleno de gente. Preocupada, Fuego hizo que algunos se dieran prisa y que otros fueran más despacio, y mandó a unos cuantos a sus aposentos, a la fuerza en el caso de los más resistentes, pues no había tiempo para hacerlo con el debido cuidado. Cuando Gentian, Gunner y sus cinco acompañantes doblaron la esquina para ir a sus habitaciones, el vestíbulo se extendió vacío ante ellos.

Y continuó estando vacío unos instantes después, cuando llegaron a su entrada.

Alto ahí, les dijo.

Fuego pasó a centrarse en las mentes de los soldados que se estaban escondiendo en las estancias contiguas a la de Gentian. Cuando los hombres de Murgda doblaron la esquina, la joven mandó un mensaje a los soldados: *Ahora*.

Los soldados se apilaron en el vestíbulo y se dispusieron a capturar a los cinco guardias de Gentian y a los tres espías de Murgda.

¡Corred!, exclamó Fuego a Gentian y a Gunner. Algo innecesario, tal vez, porque parecía que ya se habían echado a correr. *¡Nos alcanzan! ¡Corred, corred! ¡Por el vestíbulo! ¡Girad a la izquierda al llegar al farol! ¡Ahora id por ese pasillo! ¡Buscad la puerta verde a la izquierda! ¡Entrad por ahí y estaréis a salvo! Estáis a salvo. Ahora arriba, más arriba. Subid por las escaleras. Despacio, en silencio. Más despacio. Deteneos*, pensó. *Deteneos un momento.*

Gentian y Gunner se detuvieron, perplejos, frenéticos y a solas, en una escalera con forma de caracol, en algún lugar entre las plantas cinco y seis. Fuego comprobó el estado de ambos, los mimó y los tranquilizó y volvió a centrarse en el vestíbulo, donde había tenido lugar la breve y desagradable refriega.

¿Habéis capturado a todos?, le preguntó al soldado que estaba al mando. *¿Os ha visto alguien?*

El soldado le comunicó que todo había ido bien.

Gracias, dijo Fuego. *Bien hecho. Si tienes algún problema, avísame.*

Tomó una bocanada de aire larga y fluida y volvió a la escalera, con Gentian y Gunner.

Lo siento, murmuró en tono tranquilizador. *¿Os encontráis bien? Lo siento. Yo me ocuparé de cuidaros.*

Gunner no estaba de buen humor; se estaba empezando a liberar del poder de Fuego. Estaba enfadado por haber perdido a sus guardias, por estar apretujado en unas escaleras estrechas; estaba furioso consigo mismo por haber permitido que un monstruo se apropiara de sus intenciones y lo pusiera en peligro. Fuego lo anegó, lo desbordó de calor, sensaciones y sugerencias dedicadas a que dejara de pensar. Se aferró a él por todas partes, lo apretó tan fuerte como pudo y también le envió un mensaje firme y certero.

Vos mismo os habéis puesto en peligro al venir al palacio del rey, pero no temáis. Os he elegido a vos y yo soy más fuerte que él. Controlaos. Pensad en lo fácil que será hacerle daño teniéndome a mí en vuestro bando.

Mientras tanto, con un esfuerzo mental enorme, Fuego investigó los pasillos a los que conducía la escalera de caracol. Había invitados a la gala en el pasillo de la octava planta. La séptima planta estaba vacía.

Brigan estaba en la octava, pero la mente de Fuego empezaba a flojear por el cansancio.

Brigan, pensó, demasiado cansada como para preocuparse por los modales. *Me los llevo a la séptima planta, a las habitaciones vacías que hay debajo de vos. Cuando llegue el momento, puede que tengáis que bajar por el balcón.*

La respuesta de Brigan no tardó en llegar: no había ningún problema. Fuego no tenía que preocuparse ni de él ni del balcón.

Subid, les dijo Fuego a Gentian y a Gunner. *Subid. Sí, una planta más. Ahora atravesad la puerta en silencio. Bajad por el pasillo y girad a la derecha. Despacio. Despacio.* Fuego se esforzó por recordar dónde se alojaban los invitados, por percibir dónde estaba Brigan. *Ahí,* dijo por fin. *Deteneos. Entrad en la habitación que hay a la derecha.* Gunner seguía farfullando, por lo que Fuego le dio un empujoncito mental un poco brusco.

Dentro de la habitación, el enfado de Gunner se transformó en perplejidad y, luego, bastante de sopetón, en satisfacción. La situación era rara, pero Fuego no tenía la energía necesaria para pensar en ello. *Sentaos, caballeros,* les dijo aturdida. *Alejaos de las ventanas y del balcón. Estaré ahí en unos minutos y podremos hablar.*

Fuego dio un último barrido a los pasillos, a los patios, a Murgda y a sus acompañantes, para asegurarse de que nadie sospechara nada ni hubiera nada fuera de lugar. Soltó un gran suspiro y volvió a centrarse en la habitación, donde se encontró a Mila arrodillada en el suelo ante ella, agarrándole la mano, además de más miembros de su guardia, Garan y Nash, que contemplaban a Fuego con nerviosismo. Fue un alivio dejar descansar la mente y encontrarse con ellos.

—Muy bien —dijo—. Ahora me toca a mí.

Fuego cruzó el vestíbulo del brazo de Nash, flanqueada por miembros de sus respectivas guardias y llamando bastante la atención. La pareja subió por la escalera central hasta la tercera planta, como había hecho Gentian, pero giraron en la dirección contraria y atravesaron los pasillos. Se detuvieron, al fin, ante la entrada a los aposentos de Fuego.

—Buenas noches, señora —dijo Nash—. Espero que os recuperéis del dolor de cabeza.

Nash tomó la mano de Fuego, se llevó sus dedos a la boca y los besó. Luego los soltó y se alejó, alicaído. Fuego lo observó con un afecto sincero. No se le reflejaba en la cara, pero se lo transmitía con la mente. Aquella noche, Nash estaba desempeñando su papel muy bien, y Fuego sabía que para él era duro, aunque el papel de monarca perdidamente enamorado y celoso tampoco quedara tan lejos de la realidad.

Entonces Fuego sonrió con dulzura a los enviados de Murgda y Gentian —algunos de ellos le devolvieron una sonrisa estúpida— y entró en sus aposentos. Se llevó los dedos a las sienes y se esforzó por examinar el terreno y el cielo que había al otro lado de la ventana.

—Ahí fuera no hay nadie —le dijo a su guardia—. Tampoco hay monstruos aves rapaces. Vamos a ello.

Musa abrió la ventana de Fuego con un crujido, y con una espada apartó la malla de protección. Entró en la habitación un aire frío y cayó un poco de aguanieve sobre la moqueta. Fuego pensó un momento en Brigan y su guardia, que más tarde tendrían que cabalgar bajo la nieve. Musa y Mila desplegaron una escalera de cuerda por la ventana.

La escalera ya está colocada, les dijo mentalmente a los soldados que estaban en la habitación de abajo. Oyó cómo se abría su ventana con un chirrido y volvió a comprobar cómo estaban el cielo y el terreno. Allí no había nadie, ni siquiera el guardia de la casa verde.

—Muy bien —dijo—. Voy para allá.

Entonces sintió, de repente, cómo se resistía Musa a dejar que Fuego se marchara, lo mucho que le dolía mandarla a cualquier parte sola y sin protección. Fuego estrechó la mano de Musa con más fuerza de la necesaria.

—Si te necesito, te llamaré —le prometió. Muda de rabia, Musa la ayudó a salir de la ventana y adentrarse en el frío.

El vestido y los zapatos que llevaba no eran adecuados para el invierno ni para nada que se le pareciera, pero consiguió descender con torpeza hasta la ventana de abajo. Los soldados la ayudaron a entrar e intentaron no mirarla fijamente mientras se alisaba el vestido. Luego la metieron bajo el mantel de un carrito para la comida que iba dirigido a la séptima planta.

El carrito era robusto, y los suelos de Nash eran resistentes y lisos. Después de tiritar un par de minutos bajo el mantel, entró en calor. Un sirviente la empujó por el pasillo y la llevó hasta el montacargas, que se elevó con las cuerdas sin chirridos ni sacudidas. En la séptima planta había otro sirviente que la sacó de ahí. Siguió las direcciones que Fuego le daba mentalmente y fue empujándola por los pasillos y doblando las esquinas hasta que al final llegó hasta el pasillo del ala norte y se detuvo en la habitación en la que se encontraban Gentian y Gunner.

Fuego se intentó poner en contacto con Brigan, que debía estar justo arriba, pero no lo encontró allí. Recorrió su alrededor presa del pánico y se dio cuenta de lo que había hecho.

Rocas, se quejó a Brigan. *Por las rocas y los monstruos. He calculado mal. No los he llevado a los aposentos que hay justo debajo de los tuyos. Están en la siguiente estancia en dirección oeste.*

Brigan le aseguró que aquello no le preocupaba; podría saltar al balcón de la habitación de al lado.

Esa está ocupada.

Él estaba seguro de que no.

La de vuestra planta, no, Brigan. La de la mía. He llevado a Gentian y a Gunner a una estancia que está ocupada. ¿Quisling? ¿Quisland? Era alguien cuyo nombre empezaba por Q. La cabeza le retumbaba por el dolor. ¿Debería intentar volver a trasladarlos? *Creo que Gunner se negaría. Ay, esto es espantoso. Haré correr la voz de que hay que impedir, como sea, que el tipo cuyo nombre empieza por Q vuelva a su habitación. Y lo mismo con su mujer, sus sirvientes y sus guardias.* A saber qué hacemos ahora con los cuerpos de Gentian y Gunner, ¡rocas!, pensó con amargura, tan agobiada por las consecuencias de su error que estaba a punto de llorar.

Brigan le preguntó si se trataba de Quislam, el noble del sur.

Sí, Quislam.

«¿Pero Quislam no está aliado con Gentian?», le preguntó Brigan mentalmente.

Fuego empezó a recordar.

Sí, Quislam está aliado con Gentian. Pero eso no cambia nada, más allá de explicar por qué Gunner dejó de resistirse en cuanto entró en la habitación.

«Pero si Gunner cree que está a salvo en la habitación de un aliado, tal vez será más fácil de manejar. Tal vez el error cometido haya sido para mejor», contestó Brigan mentalmente.

Fuego se estaba poniendo histérica.

No, no es para mejor. Ahora tenemos un sinfín de problemas.

«Fuego…».

La concentración de Fuego se estaba viniendo abajo, y se aferró con violencia a algo que, de repente y sin sentido, pareció cobrar importancia.

Brigan, el control que tenéis sobre vuestra mente es más fuerte que el de cualquiera con quien me haya encontrado jamás. Mirad lo bien que os podéis comunicar; prácticamente me estáis haciendo llegar oraciones. Y no tenéis que explicar por qué sois tan fuerte. Habéis llegado a ser así por necesidad. Mi padre… Fuego estaba absolutamente agotada. Sentía que le estaban dando puñetazos al cerebro. *Mi padre os odiaba más que a nadie.*

«Fuego…».

Brigan, estoy cansadísima.

«Fuego…».

Brigan estaba diciendo su nombre y le estaba transmitiendo un sentimiento. Era valor y fuerza. También era algo más, como si estuviera a su lado, como si hubiera tomado a Fuego en su interior para que por un momento pudiera descansar el cuerpo entero, la mente y el corazón al estar cerca de él.

El fuego que había en el corazón de Brigan era asombroso. Fuego comprendió —y casi no lo podía creer— que el sentimiento que le estaba mandando era amor.

«Cálmate», pensó Brigan dirigiéndose a Fuego. «Y entra en la habitación».

Fuego salió de debajo del carrito y abrió las puertas de la habitación.

Capítulo veinticinco

Tanto Gentian como Gunner estaban sentados de cara a la entrada. Cuando Fuego cerró la puerta, Gunner se puso en pie, se pegó a la pared y se acercó un poco más a ella.

Fuego vio un escudo con los colores de Quislam apoyado contra un taburete. Se fijó en que la alfombra estaba hecha de retales cuadrados de colores rojo, marrón y teja. Las cortinas eran rojas; el sofá y las sillas, marrones. Al menos no tendrían por qué preocuparse de las manchas de sangre. Analizó los sentimientos que desprendía aquel par de hombres y supo de inmediato con quién tendrían problemas en aquella habitación. Desde luego, no iba a ser con Gentian, que era un encanto y estaba feliz como una perdiz de verla. Era tan fácil apoderarse de él, incluso para la mente aletargada de Fuego, que se habría preguntado cómo era posible que aquel hombre hubiera llegado a semejante puesto de poder si no hubiera tenido la respuesta delante de sus narices en la forma de Gunner.

Al respirar el mismo aire que Fuego en la habitación, con su cuerpo a tan solo unos pasos de distancia del de ella, Gunner era parecido a como solía ser Nash: impredecible, confuso; Fuego no podía controlarlo, era demasiado para ella, pero él tampoco terminaba de poder controlarse a sí mismo. El noble empezó a merodear de un lado a otro, pegado a la pared, con la mirada siempre puesta en ella. Y aunque no era un hombre corpulento o que impusiera, había algo tenso y delicado en sus movimientos que a Fuego le hizo ver por qué los demás habían estado preocupados. Aquel hombre era una criatura calculadora y aterradora capaz de cometer actos perversos con rapidez y mano dura.

—¿No os sentáis, Gunner? —murmuró Fuego, poniéndose de lado para alejarse de ambos.

La joven se sentó con calma en el sofá. Aquello fue un error, porque en aquel sofá cabía más de una persona, y Gunner parecía querer sentarse a su lado. Fuego luchó mentalmente con él. Aun con la mente embotada, le hizo retroceder hacia los asientos que había más cerca de su padre, pero parecía que no pensaba sentarse a menos que pudiera hacerlo a su lado, de modo que volvió a la pared y continuó merodeando de un lado a otro.

—Decidme, ¿qué podemos hacer por vos, jovencita? —preguntó Gentian, un poco borracho y dando saltitos de alegría en la silla.

Cómo le habría gustado a Fuego poder ir poco a poco, pero el tiempo que estaba pasando en aquella habitación se lo estaba tomando prestado a lord Quislam.

—Quiero unirme a vuestro bando —dijo—. Quiero vuestra protección.

—Con vuestro aspecto, no podemos confiar en vos —refunfuñó Gunner—. Nunca hay que fiarse de un monstruo.

—¡Gunner! —Gentian reprendió a su hijo—. ¿Acaso no ha mostrado que podemos confiar en ella cuando nos han atacado en el vestíbulo? A Mydogg no le gustaría que fuéramos groseros.

—A Mydogg le da igual lo que hagamos siempre que sea para su beneficio —dijo Gunner—. Tampoco deberíamos fiarnos de él.

—Ya basta —soltó Gentian con una voz que, de repente, pasó a ser cortante y exigente.

Gunner frunció el ceño, pero no replicó.

—¿Y cuánto tiempo lleváis siendo aliados de Mydogg? —preguntó Fuego poniéndole ojos inocentes a Gentian.

Se aferró a la mente de Gentian y le indicó que hablara.

Unos veinte minutos más tarde descubrió —y así se lo comunicó a los cuatro hermanos— que Mydogg y Gentian se habían aliado en gran parte como respuesta a que Fuego se hubiera unido a las filas del rey, y que Hart tan solo les había contado parte de la historia al decirles que Gentian planeaba atacar Fuerte Diluvio con su ejército de diez mil soldados. Lo cierto era que Gentian iba a atacar Fuerte Diluvio con quince mil. Tras aliarse con Mydogg, este había trasladado a cinco mil reclutas píqueos por los túneles, poco a poco, hasta llegar donde Gentian.

No le había resultado fácil fingir que estaba encantada de oír aquella noticia en concreto, ya que implicaba que Brigan estaría en desventaja en Fuerte Diluvio. Serían quince mil soldados contra sus diez mil. Pero aquello tal vez también implicara que el resto del ejército de Mydogg, dondequiera que estuviese escondido, sería de unos quince mil soldados. Quizá las otras dos divisiones del ejército del rey y todas las tropas auxiliares podrían enfrentarse a Mydogg en igualdad de condiciones…

—Nuestros espías nos han dicho que habéis estado buscando al ejército de Mydogg por todo el reino —dijo Gentian, interrumpiendo sus cálculos. Soltó una risita mientras jugueteaba con un puñal que se había sacado de la bota, porque su hijo, que iba de un lado a otro sin dejar de mascullar, lo estaba poniendo nervioso—. Os diré por qué no lo habéis encontrado. Está en el mar.

—¿En el mar? —dijo Fuego, sorprendida de veras.

—Sí —contestó Gentian—. Mydogg tiene veinte mil… anda, veo que esa cantidad os impresiona. Mydogg siempre está reclutando gente. Pues sí, tiene una fuerza de veinte mil hombres en el mar, justo fuera de la vista de Meseta Marmórea, en un centenar de barcos píqueos. Y otros cincuenta barcos píqueos más que tan solo transportan caballos. Ya sabéis que a los píqueos les gustan mucho los barcos. El propio marido de lady Murgda es un tipo aficionado a los barcos. Un explorador. Hasta que Mydogg hizo que se interesara por el negocio de la guerra. Siéntate, Gunner —dijo Gentian con brusquedad, y lo golpeó en el brazo con la hoja del puñal cuando el joven pasó por delante de él.

Gunner se dio la vuelta hacia su padre de golpe, trató de quitarle su puñal, se lo arrebató del puño a Gentian y lo lanzó volando hasta la otra punta de la sala. El arma hizo un ruido al chocar contra la pared de piedra y cayó en la alfombra, con la punta doblada. Fuego se mantuvo impasible para que Gunner no supiera lo mucho que la había asustado.

—Has perdido la cabeza —dijo Gentian con indignación, clavándole la mirada a su hijo.

—Tú no puedes perderla porque no tienes —gruñó Gunner—. ¿Hay algún secreto que aún no le hayas contado a la mascota monstruo del rey? Venga, cuéntale el resto. Y cuando termines, le partiré el cuello.

—Tonterías —dijo Gentian con severidad—. No lo vas a hacer.

—Venga, cuéntaselos.

—No le voy a contar nada hasta que te sientes, pidas disculpas y demuestres que te puedes comportar.

Gunner hizo un ruido de indignación impaciente y se puso en pie ante Fuego. La miró a la cara y luego, de manera descarada, a los pechos.

Gunner es inestable, le dijo Fuego a Brigan. *Ha lanzado un puñal contra la pared y lo ha roto.*

«¿Puedes sonsacarles más información sobre los barcos y sobre la cantidad de caballos que tienen?», le preguntó mentalmente Brigan.

Antes de que Fuego pudiera preguntar nada, Gunner le puso un dedo sobre la clavícula y Fuego dejó de centrarse en Brigan, en Gentian y en el resto del palacio. Puso toda su energía en Gunner para luchar contra sus intenciones, pues sabía que tanto la atención como la mano del joven iban hacia abajo. Creía que perdería por completo el control que tenía sobre la mente de Gunner si le permitía que le agarrara los pechos, y eso era lo que él quería hacer. O, más concretamente, el comienzo de lo que quería hacer.

Fuego consiguió que levantara la mano, pero entonces Gunner la agarró del cuello y apretó muy ligeramente. Durante un largo segundo, Fuego no pudo respirar ni pensar. Gunner la estaba asfixiando.

—Mydogg cree que la corona mandará refuerzos al sur hacia Fuerte Diluvio cuando ataquemos —susurró Gunner, y al fin la soltó—. Puede que incluso envíe una división entera del ejército del rey, si no dos. Y cuando los soldados del rey abandonen el norte, Mydogg mandará un aviso para que enciendan las almenaras de Meseta Marmórea. ¿Lo comprendes, monstruo?

Meseta Marmórea era un área elevada y costera al norte de la ciudad, y Fuego comprendió lo que significaba.

—Los soldados en los barcos píqueos verán el humo —dijo en voz baja.

—Muy lista —respondió Gunner, agarrándola de nuevo por el cuello; luego cambió de opinión, tomó unos mechones de su pelo y tiró de ellos—. Y el humo será la señal que habrán estado esperando para tomar tierra y partir hacia la ciudad.

—La ciudad… —susurró Fuego.

—Sí —dijo Gunner—. Esta ciudad. ¿Por qué no ir directamente a por Ciudad del Rey? El momento será perfecto: Nash estará muerto, igual que Brigan.

—Lo que quiere decir es que los mataremos mañana —intercedió Gentian, que observaba a su hijo con cautela—. Lo tenemos todo planeado. Se producirá un incendio.

Gunner tiró del cabello de Fuego con mucha fuerza.

—Se lo voy a contar yo, padre —dijo violentamente—. Yo decido qué sabe. Yo estoy a cargo de ella.

La agarró del cuello y tiró de ella hacia su cuerpo, áspero y repugnante. Luchando por respirar, Fuego se rindió y recurrió a lo que de toda la vida había hecho daño: la entrepierna. Agarró lo primero que pudo y lo retorció con todas sus fuerzas. En el momento en que Gunner gritó, Fuego intentó golpearlo mentalmente, pero la mente del joven parecía un globo; la tenía suave y estaba hueca, no había ningún borde afilado ni nada a lo que agarrarse. Gunner dio un paso atrás, jadeando. De la nada, Fuego recibió un puñetazo en la cara.

Perdió la conciencia durante un instante. Luego volvió en sí con el sabor de la sangre y la sensación conocida del dolor. La alfombra. *Estoy tirada en la alfombra*, pensó. Sentía un dolor atroz en la cara y la cabeza. Movió la boca: la mandíbula estaba intacta. Movió los dedos: las manos estaban intactas.

¿Brigan?

Brigan respondió.

Bien, pensó ella, agotada: la mente estaba intacta. Trató de percibir el resto del palacio. Pero Brigan no había terminado de comunicarse con ella. Estaba intentando hacer que entendiera algo. Estaba preocupado, había oído ruidos. Se encontraba en el balcón de arriba, listo para bajar en cuanto Fuego diera la orden.

La joven se dio cuenta de que también había oído ruidos. Giró la cabeza hacia un lado y vio a Gentian y a Gunner gritándose y dándose empujones. Uno sonaba pretencioso y encolerizado, el otro estaba que daba miedo por cómo se le habían puesto los ojos. Tenía una mirada desquiciada que a Fuego le hizo recordar el motivo por el que se encontraba en aquella habitación. Se apoyó en los codos y se arrastró de rodillas. Le mandó una pregunta a Brigan.

¿Hay algo más que necesites saber sobre Mydogg?

No había nada más.

Fuego se puso en pie, se tambaleó hasta llegar al sofá y se apoyó contra él. Cerró los ojos hasta que el dolor de cabeza que tenía se transformó en algo que podía aguantar.

Pues entonces baja. Esta entrevista ha dejado de ser útil, se están peleando entre ellos. Vio cómo Gunner empujaba a su padre contra el cristal de la puerta del balcón. *Ahora mismo están luchando cuerpo a cuerpo en la puerta del balcón.*

Y entonces, dado que Brigan iba a llegar y que cuando lo hiciera estaría en peligro, Fuego se llevó ambos tobillos hacia las manos. Tenía la ligera sospecha de que si lo hacía al revés —si se llevaba las manos a los tobillos—, se le caería la cabeza y saldría rodando. Sacó los puñales de sus fundas. Se acercó renqueando a los hombres que estaban forcejeando, demasiado absortos como para darse cuenta de que Fuego estaba ahí o de que llevaba puñales en las manos. Se secó la sangre de la cara con la preciosa manga de su vestido de color lila. Vaciló y esperó.

No tuvo que esperar mucho. Percibió a Brigan y lo vio casi al mismo tiempo abrir de un tirón la puerta del balcón. Gentian cayó por la abertura, pero volvió a entrar de golpe en la habitación, pero diferente a como había salido, porque su mente ya no estaba. Era tan solo un cuerpo. Tenía una daga en la espalda. Brigan lo empujó con violencia para quitarlo del medio y para que Gunner tropezara con él mientras Brigan sacaba la espada.

En realidad, ver a Brigan matar a Gunner fue algo espantoso. Brigan le golpeó con la empuñadura de la espada en la cara con tanta fuerza que se la desfiguró. Le propinó una patada que lo tumbó de espaldas y, con una expresión tranquila y concentrada, le atravesó el corazón con la espada. Aquello fue todo. Fue rápido y brutal. Luego Brigan se acercó a Fuego. Estaba preocupado, la ayudó a llegar hasta el sofá y buscó un pañuelo para que se limpiara la cara. Pasó todo demasiado rápido como para que Fuego pudiera controlar el pavor que le estaba enviando mentalmente.

Brigan lo sintió y lo comprendió, por eso refrenó toda expresión de su rostro y le examinó las heridas a Fuego de manera clínica y sin emoción.

—Me he asustado —le susurró ella mientras le agarraba—, eso es todo. —Había vergüenza en la mirada de Brigan, por lo que Fuego le aferró con más fuerza la manga y continuó—: No dejaré que te sientas avergonzado ante mí. Brigan, por favor. Somos iguales. Lo que yo hago parece menos horrible, nada más.

Y, añadió mentalmente, y lo entendió en el momento en que lo dijo, *aunque esta parte de ti me asuste, no me queda otra que aceptarla con gusto, pues es una parte de ti que te mantendrá a salvo en la guerra. Te quiero vivo. Quiero que mates a quienes te matarían a ti.*

Brigan no dijo nada, pero tras un instante se inclinó hacia ella para acariciarle las mejillas y la barbilla con delicadeza, ya sin desviar la mirada. Fuego supo que Brigan aceptaba lo que le acababa de decir. Carraspeó.

—Tienes la nariz rota —dijo—. Te la puedo recolocar.

—De acuerdo. Brigan, hay un conducto de lavandería aquí fuera, al final del vestíbulo. Tenemos que encontrar sábanas o algo para envolver los cuerpos, y tú tienes que llevarlos hasta el conducto y soltarlos por ahí. Le diré a Welkley que saque a todos los sirvientes que haya en el cuarto de la colada que está más al norte y que se prepare para lidiar con un follón enorme. Tenemos que darnos prisa.

—Vale, buen plan —dijo Brigan. La agarró de la nuca con fuerza—. Intenta no moverte.

Entonces le sujetó la cara e hizo algo que le dolió mucho más que el golpe de Gunner. Fuego pegó un chillido y luchó contra él con ambos puños.

—Ya está —Brigan jadeó, le soltó la cara y le agarró los brazos, pero no antes de que ella le golpeara fuerte en el lateral de la cabeza—. Lo siento, Fuego. Ya está. Recuéstate y deja que me encargue de los cuerpos. Tienes que descansar para guiarnos durante lo que nos queda por hacer hoy. —Se levantó de un salto y desapareció en el dormitorio.

—Lo que nos queda… —murmuró Fuego, aún un poco llorosa por el dolor. Se apoyó sobre el reposabrazos del sofá y respiró hasta que el dolor de la cara remitió y se estabilizó, acompasándose al ritmo palpitante y debilitante de su dolor de cabeza. Poco a poco y con cuidado, hizo que su percepción mental se extendiera por todo el palacio y sus inmediaciones. Tomó contacto con Murgda, con sus hombres y los de Gentian, además de sus aliados; se aferró a Quislam y a su mujer. Encontró a Welkley y le comunicó sus instrucciones.

Fuego tenía sangre en la boca que le goteaba por la parte posterior de la garganta. Cuando aquella sensación se volvió imposible de tolerar por el asco, Brigan apareció de repente a su lado. Llevaba sábanas colgando del hombro, y dejó sobre la mesa delante de ella un cuenco con agua, vasos y trozos de tela. Pasó a los cuerpos de Gentian y Gunner y se dispuso a envolverlos y hacer un bulto con ellos. Fuego se enjuagó la boca y volvió a recorrer el palacio con la mente.

Por un instante, creyó que en los márgenes de su percepción había algo que no estaba bien, que no cuadraba. ¿Era en los terrenos de los alrededores? ¿En la casa verde? ¿De quién se trataba? La sensación desapareció y no fue capaz de volver a localizarla. Aquello le pareció frustrante e inquietante y la dejó completamente exhausta. Vio a Brigan envolver el cuerpo de Gunner con una sábana. El príncipe tenía la cara llena de moratones; las manos y las mangas, cubiertas con la sangre de Gunner.

—Su ejército es mucho más grande que el nuestro —dijo Fuego—. En todas partes.

—Hemos entrenado al nuestro con esa idea en mente —contestó Brigan de manera inexpresiva—. Y gracias a ti, contamos con el elemento de la sorpresa en ambos frentes. Hoy has hecho más de lo que esperábamos. Ya he mandado el mensaje al norte, a la Tercera División, a la Cuarta y a la mayoría de las tropas auxiliares. Dentro de poco estarán listas en la costa, al norte de la ciudad, y Nash acudirá cabalgando para unirse a ellos. Además, he mandado un batallón entero a Meseta Marmórea para que se encargue de las almenaras y acabe con cualquier mensajero que se dirija hacia los barcos. ¿Ves cómo está organizado? En cuanto la Tercera y la Cuarta División estén en posición, nosotros mismos encenderemos las almenaras. El ejército de Mydogg llegará a tierra sin sospecha alguna y entonces los atacaremos con el mar a sus espaldas. Ellos tendrán más hombres, pero nosotros tenemos más caballos. No pueden tener más de cuatro o cinco mil en los barcos, y los animales no estarán en condiciones de luchar después de haber pasado semanas en el mar. Nos vendrá bien. Tal vez compense un poco nuestra estupidez por no habernos dado cuenta de que Mydogg podía estar reuniendo una marina de guerra con sus amigos píqueos.

A Fuego le resultaba difícil limpiarse la sangre de la nariz sin tocársela.

—Murgda es un problema —dijo Fuego, respirando con dificultad por el dolor—. Alguien terminará por darse cuenta de que Gentian y Garan han desaparecido, y entonces Murgda sospechará de nosotros, de lo que hemos hecho y de lo que sabemos.

—No es tan importante, siempre y cuando ninguno de sus mensajeros consiga llegar hasta los barcos.

—De acuerdo, sí, pero en este momento hay cien personas en esta corte dispuestos a intentar ser el mensajero que lo logre.

Brigan desgarró una sábana por la mitad e hizo un ruido descomunal.

—¿Crees que podrías hacer que saliera de sus aposentos?

Fuego cerró los ojos y contactó con Murgda.

¿Habéis cambiado de opinión, señora?, le dijo mentalmente intentando no sonar tan débil como se sentía. *Estoy descansando en mis aposentos. Si queréis, podéis venir.*

Murgda respondió con menosprecio y con la misma obstinación que había mostrado antes. No tenía la menor intención de acercarse a los aposentos de Fuego.

—Me parece que no —dijo Fuego.

—Pues entonces, lo que tenemos que hacer ahora es no levantar sospechas durante tanto tiempo como podamos y como nos sea posible. Cuanto más tarde Murgda en sospechar algo, más tiempo tendremos para ponernos en marcha. Ahora podemos elegir cómo se desarrolla la guerra.

—Le hemos hecho un favor enorme a Mydogg. Supongo que ahora será el comandante del ejército de Gentian. Ya no tendrá que compartir.

Brigan ató un último nudo en la sábana y se puso en pie.

—De todos modos, dudo de que tuviera la intención de compartir durante mucho tiempo. Mydogg siempre ha sido el verdadero peligro. ¿Está vacío el vestíbulo? ¿Sigo con esto?

En la mente de Fuego borboteó una muy buena razón por la que seguir con aquello. Suspiró.

—El jefe de la guardia me está llamando. Uno de los sirvientes de Quislam está de camino. También su mujer y varios guardias. Venga, ve —dijo Fuego poniéndose en pie con esfuerzo. Tiró el agua ensangrentada del cuenco en una planta que había al lado del sofá—. ¡Rocas! ¿Dónde tengo la cabeza? ¿Cómo se supone que vamos a salir tú y yo de esta habitación?

Brigan se echó uno de los bultos a la espalda.

—De la misma manera en que he entrado. No te dan miedo las alturas, ¿no?

En el balcón, a Fuego se le saltaron las lágrimas por el esfuerzo que le supuso desviar la atención de ocho plantas llenas de posibles mirones. Apagaron las velas y se adentraron en las sombras.

—No dejaré que caigas —le dijo Brigan en voz baja—. Tampoco lo hará Clara. ¿Me oyes?

Fuego estaba un poco aturdida y no lo entendía. Había perdido sangre y no creía que fuera capaz de trepar por el balcón en aquel preciso instante, pero daba igual, porque los hombres de Quislam iban tras ellos y no les quedaba otra. Fuego estaba de pie y dándole la espalda a Brigan, como le había dicho. El joven estaba de espaldas a la barandilla y se agachó. Para cuando Fuego se quiso dar cuenta, Brigan ya la estaba levantando por las rodillas. La joven consiguió tocar con las palmas la parte inferior del balcón del piso superior. Brigan la echó hacia atrás y Fuego consiguió llegar a los barrotes de dicho balcón. Echó la vista hacia abajo un instante y vio, con horror, lo que Brigan había hecho para ponerse en aquel ángulo: se había encaramado a la barandilla y había enganchado los pies a los barrotes inclinándose hacia el vacío mientras levantaba a Fuego. Entre leves sollozos, la joven agarró los barrotes y se sujetó a ellos. Por arriba apareció Clara, que la agarró con firmeza por las muñecas.

—La tengo —dijo Clara.

Brigan pasó de tener a Fuego agarrada por las rodillas a tenerla por los tobillos y la volvió a elevar. De pronto la joven encontró ante sí la barandilla, preciosa y misericordiosa, y puso los brazos alrededor. Clara la agarró por el torso y las piernas y la ayudó a pasar por encima. Fue un ascenso torpe y doloroso, y Fuego terminó estrellándose contra el suelo del balcón. Soltó un grito ahogado y, con un esfuerzo monumental, se concentró y se puso de pie para poder ayudar a Brigan a que subiera, pero vio que ya estaba a su lado, respirando de manera acelerada.

—Para adentro —dijo.

Una vez dentro, los hermanos intercambiaron algunas palabras rápidamente. Fuego entendió que Brigan no iba a esperar a ver qué ocurriría con Murgda, ni con los hombres de Gentian, ni con Welkley y los cuerpos que había en la lavandería, ni con nadie. Brigan se iba a marchar en aquel preciso instante; cruzaría el vestíbulo hasta llegar a la habitación de enfrente, saldría por la ventana y bajaría por una escalera de cuerda bien larga hasta llegar al suelo, donde le esperaban su caballo y sus soldados para cabalgar hasta los túneles en Fuerte Diluvio y dar comienzo a la guerra.

—Puede que Murgda aún intente provocar el incendio del que ha hablado Gentian —dijo Brigan—. Puede que aún intenten asesinar a Nash. Tenéis que reforzar la vigilancia. Puede que en un momento dado sea acertado que los matones de Murgda y Gentian empiecen a desaparecer, ¿me entendéis? —Se dirigió a Fuego—: ¿Cómo te vendría mejor salir de esta habitación?

Fuego reflexionó antes de responder a la pregunta.

—De la misma manera que entré. Pediré un carrito, tomaré el montacargas y subiré por la escalera que hay hasta mi ventana.

Después le esperaba una noche de hacer otra vez lo mismo: vigilar a Murgda —a todo el mundo— y avisar a Welkley, a la guardia y a todos de quiénes estaban dónde, y a quién debían detener o matar para que Brigan pudiera cabalgar hasta Fuerte Diluvio y sus mensajeros, al norte. Y mientras tanto, que nadie se enterara de lo más mínimo, para que no intentaran perseguirlos ni encendieran ninguna almenara.

—Estás llorando —dijo Clara—. Será peor para tu nariz.

—No son lágrimas de verdad —contestó Fuego—. Es por el agotamiento.

—Pobrecita —dijo Clara—. Luego iré a tus aposentos y te ayudaré a pasar la noche. Ahora debes partir, Brigan. ¿Está vacío el pasillo?

—Dame un momento —le dijo Brigan a Clara—. Un solo momento a solas con ella.

Clara enarcó las cejas y se marchó a la habitación de al lado sin decir una palabra. Brigan cerró la puerta tras ella y luego se dio la vuelta para tener a Fuego de frente.

—Fuego —empezó—, tengo que pedirte algo. Si llego a morir en esta guerra…

Las lágrimas de Fuego sí que fueron de verdad en aquel momento, y no fue capaz de contenerlas, no había tiempo. Todo estaba sucediendo demasiado rápido. Fuego cruzó la habitación hasta llegar donde Brigan, lo abrazó, y tuvo que girar la cara porque se dio cuenta de lo incómodo que era mostrarle a alguien todo su amor teniendo la nariz rota.

Brigan también la abrazó con fuerza; con la respiración entrecortada y firme sobre el pelo de Fuego. El joven se aferró a su sedosa melena y Fuego se apretó contra él hasta que el pánico que sentía se calmó y se convirtió en algo desesperado pero soportable.

Sí, le dijo mentalmente, entendiendo lo que había estado a punto de pedirle. *Si mueres en la guerra, yo cuidaré de Hanna. Prometo que no la abandonaré.*

No fue fácil dejar que se marchara, pero lo hizo. Brigan se había ido.

En el carrito de vuelta a sus aposentos, las lágrimas de Fuego se detuvieron. Había llegado a tal punto de aturdimiento que todo, salvo un solo hilo que mantenía su mente conectada al palacio, se detuvo. Era casi como estar durmiendo, como una pesadilla sin sentido y que la dejaba atontada.

Salió de la ventana para subir por la escalera de cuerda y oyó una extraña queja debajo de ella. Fuego prestó atención y oyó un gañido; reconoció a Manchitas, que sonaba como si le doliera algo. En aquel momento no fue la inteligencia lo que la llevó a bajar hacia Manchitas en vez de subir hacia sus aposentos y volver a la seguridad de sus guardias. Lo que la hizo bajar fue un agotamiento estúpido, una torpe y tonta necesidad de asegurarse de que el perro estuviera bien.

El aguanieve se había convertido en una nevada ligera, y los terrenos que rodeaban la casa verde brillaban. Manchitas no estaba bien. Estaba tirado en el caminito que llevaba a la casa verde, llorando; tenía las dos patas delanteras rotas y caídas. Y lo que sentía era más que dolor. Tenía miedo y estaba intentando empujarse con las patas traseras hacia el árbol, el enorme árbol que había en el patio.

Algo no iba bien. Había algo que iba muy mal, algo espeluznante y desconcertante. Fuego rebuscó entre la oscuridad como una loca y expandió su mente hacia la casa verde. Su abuela estaba durmiendo dentro. Los guardias también dormían, y aquello no tenía sentido: se suponía que la guardia nocturna de la casa verde no debía dormir.

Y entonces Fuego soltó un chillido de angustia, porque debajo del árbol sintió a Hanna. Estaba despierta, tenía mucho frío y no estaba sola. Había alguien con ella. Era alguien enfadado que le estaba haciendo daño, que la estaba asustando y que estaba haciendo que la niña se enfadara también.

Fuego fue corriendo a trompicones hacia el árbol mientras, desesperada, trataba de entrar en la mente de la persona que estaba haciendo daño a Hanna para que parara.

Ayudadme, dijo mentalmente a los guardias que había en sus aposentos. *Ayudad a Hanna.*

En su conciencia apareció como un destello la percepción del arquero con la mente ofuscada. Algo afilado se le clavó en el pecho. Su mente se sumió en la oscuridad.

TERCERA PARTE

Un graceling

Capítulo veintiséis

Fuego se despertó con el chillido de un monstruo ave rapaz y voces humanas que se habían alzado alarmadas. El suelo se tambaleaba y crujía. Estaba en un carruaje frío y calado.

—Es por su sangre —gritó una voz familiar—. Las aves rapaces huelen su sangre. Lávala, cúbrela. Me da igual, pero hazlo...

Los hombres y las aves rapaces seguían gritando, y sobre ella se produjo un forcejeo. El agua le caía en la cara y la ahogaba; alguien le limpiaba la nariz. El dolor era tan cegador que la mente empezó a darle vueltas y la llevó hacia la oscuridad.

¿Hanna? ¿Hanna, estás...?

Se volvió a despertar, todavía llamando a Hanna a gritos, como si su mente se hubiera suspendido en pleno alarido esperando a que retornara su conciencia.

¿Estás ahí, Hanna? ¿Estás ahí?

No hubo respuesta ni percibió a la niña a su alcance.

Fuego tenía el brazo atrapado y retorcido bajo el torso, y el cuello agarrotado y torcido; sentía punzadas en el rostro y frío por todas partes. Aquel frío era insoportable.

Había hombres en aquel carruaje. Fuego revolvió entre sus mentes buscando a alguien que fuera amable y que tal vez le llevara una manta. Eran seis hombres tontos con la mente muy confusa. Uno de ellos era el arquero que tenía la costumbre de matar a sus amigos. También estaba ahí el muchacho, el del ojo rojo y la piel pálida que creaba aquella confusión, que tenía una mente inaccesible y una voz que a Fuego le provocaba dolor de cabeza. ¿No había ido Arco a por aquel muchacho y aquel arquero?

¡Arco! ¡Arco! ¿Estás ahí?

El suelo se inclinó y Fuego sintió que tenía más frío y que estaba más empapada. Entonces entendió que se encontraba en un charco de agua que se movía y se mecía con el suelo. Oía el chapoteo del agua por todas partes. Y debajo del carruaje percibía grandes criaturas.

Eran peces.

El carruaje era una barca.

Me están raptando en una barca, pensó, perpleja. *Pero no puede ser. Tengo que volver al palacio. Tengo que vigilar a lady Murgda. La guerra. Brigan. ¡Brigan me necesita! ¡Tengo que salir de esta barca!*

Un hombre que estaba a su lado dijo algo con la voz entrecortada. Estaba agotado por remar y se estaba quejando por las ampollas que tenía en las manos.

—No estás cansado —dijo el muchacho de forma monótona—. No te duelen las manos. Remar es divertido —lo dijo de manera que sonaba aburrido y bastante poco convincente, pero Fuego advirtió que los hombres empezaban a experimentar una oleada compartida de entusiasmo.

El chirrido, que Fuego supo entonces que era el sonido de los remos en los escálamos, aceleró el ritmo.

El muchacho era muy poderoso, y Fuego se sentía débil. Necesitaba arrebatarles a aquellos hombres sus mentes nubladas, pero ¿cómo iba a poder hacerlo estando paralizada por el dolor, el frío y la confusión?

Los peces. Debía recurrir a los peces que no dejaban de moverse bajo ella e instarlos a que salieran a la superficie para que volcaran la barca.

Uno de los peces arremetió con el lomo contra la parte inferior del bote. Los hombres gritaron, cayeron de lado y soltaron los remos. Hubo otro fuerte golpe; más hombres que cayeron y soltaron improperios. Entonces se escuchó la horrible voz del muchacho:

—Jod —dijo—. Vuelve a lanzarle un dardo. Está despierta y esto es cosa suya.

Algo afilado pinchó a Fuego en el muslo. Y mientras se deslizaba hacia la oscuridad, pensó que mejor así, porque no solucionaría nada ahogándolos si ella también se ahogaba.

Se despertó y buscó a tientas la mente del remero que estuviera más cerca del muchacho. Disipó la niebla que encontró en su mente y se apoderó de ella. Obligó al hombre a ponerse en pie, a soltar el remo y a darle un puñetazo al muchacho en la cara.

El grito que soltó el muchacho fue horrible; arañó el cerebro de Fuego como si fueran garras.

—Otro dardo, Jod —gritó—. No, a ella. Lánzaselo a la zorra monstruo.

Claro, pensó Fuego cuando el dardo le atravesó la piel. *A quien tengo que controlar es al arquero. No estoy pensando. Me han embarrado la mente para que no pudiera pensar.*

El muchacho estaba llorando. Tenía la respiración agitada por la furia y el dolor mientras Fuego se escabullía.

La siguiente vez que Fuego se despertó fue con la sensación de que la estaban devolviendo a la vida a rastras y de una manera angustiosa. Solo sentía dolor, hambre y náuseas.

Mucho tiempo, pensó. *Llevan mucho tiempo envenenándome. Esta vez ha sido demasiado tiempo.*

Alguien le estaba dando de comer una especie de torta de harina viscosa y pringosa como las gachas. Se atragantó.

—Se está moviendo —dijo el muchacho—. Drógala otra vez.

En aquella ocasión Fuego se hizo con la mente del arquero, disipó la niebla que la confundía e intentó hacer que dirigiera los dardos hacia el muchacho en vez de hacia ella. Se oyó el ruido de un forcejeo y luego la voz del muchacho gritando.

—¡Soy tu protector, necio! ¡Yo soy quien se preocupa por ti! ¡Es a ella a quien tienes que disparar!

Fuego sintió un pinchazo en el brazo.

Oscuridad.

Fuego lanzó un grito. El muchacho la estaba zarandeando. Abrió los ojos y lo vio inclinado sobre ella con una mano levantada, como si fuera a golpearla. Estaban en tierra firme. Fuego estaba tumbada sobre una roca. Hacía frío y el sol brillaba demasiado.

—Despiértate —gruñó el muchacho, pequeño y violento, mirándola con aquellos ojos dispares centelleantes—. Despiértate, levántate y ponte a andar. Y, si haces cualquier cosa para desbaratarme a mí o a mis hombres, te juro que te pegaré tan fuerte que jamás te recuperarás del dolor. No confiéis en ella

—dijo de manera brusca y repentina hacia sus compañeros—. Soy la única persona en quien podéis confiar. Haced lo que yo os diga.

El muchacho tenía la nariz y las mejillas llenas de moratones. Fuego se llevó las rodillas hacia el pecho y le dio una patada en la cara al muchacho. Cuando gritó, Fuego se aferró a las conciencias que había a su alrededor e intentó ponerse en pie, pero estaba débil, mareada y se tambaleaba como si no pudiera controlar las piernas. El muchacho, entre sollozos, gritó órdenes a sus hombres. Uno de ellos agarró a Fuego, le tiró de los brazos para sujetárselos a la espalda y le puso una mano alrededor del cuello.

El muchacho se acercó a ella. Tenía el rostro hecho un desastre por la sangre y los rasguños. Le dio una fuerte bofetada en la nariz a Fuego que la sacó del profundo dolor y se puso a sollozar.

—Basta —le susurró el muchacho—. Deja de resistirte. Comerás, caminarás y harás lo que yo te diga. Y cada vez que uno de mis hombres se vuelva contra mí, cada vez que un pájaro me dé un picotazo, cada vez que una ardilla se cruce en mi camino de una manera que no me agrade, te haré daño. ¿Me entiendes?

Eso no funciona conmigo, le dijo mentalmente, jadeando y furiosa. *Las cosas que dices no me controlan.*

El muchacho soltó un escupitajo lleno de sangre sobre la nieve y pensó en lo que había dicho Fuego con hosquedad. Luego se dio la vuelta hacia el sendero.

—Entonces encontraré otras maneras de controlarte.

Lo cierto era que Fuego no quería que el cuerpo le doliera más de lo que ya lo hacía. Y no quería que la volvieran a dormir, aunque dormir suponía una oscuridad llena de paz, y estar despierta, habitar un cuerpo moldeado por el dolor.

Fuego necesitaba tomar el control de su propia mente si quería liberarse, por lo que hizo lo que le dijo el muchacho.

La zona por la que iban caminando era rocosa y empinada. Había abundantes cascadas y arroyos, de modo que pensó que probablemente la masa de agua con grandes peces fuera el río Alado. Suponía que habían remado por el río hacia el oeste y ahora estaban subiendo hacia el norte, alejándose del río, en alguna parte del reino cerca de los Gríseos Mayores Occidentales.

Cuando se sentaron a comer el primer día, Fuego olisqueó un pedazo de su falda lila, que estaba destrozada, y se lo metió en la boca. Desde luego, no tenía sabor a limpio, pero tampoco sabía a salado. Aquello apoyaba su teoría: el agua en la que había pasado tanto tiempo era agua de río, no de mar.

Unos minutos después, al vomitar la torta de harina que le había ofrecido a su pobre estómago, hecho polvo, se echó a reír ante sus intentos por ser científica. Por supuesto que la habían llevado a un lugar en los Gríseos Mayores Occidentales, al norte del río. No hacía falta comprobar la sal del agua para llegar a esa conclusión. Con toda certeza, la estaban llevando ante Tajos, y de toda la vida Fuego sabía que ahí era donde vivía el contrabandista de monstruos de Cansrel.

Pensar en Tajos le recordó a Lento, y Fuego deseó que estuviera allí. Pero en ese mismo instante se alegró de que no fuera así. Lo mejor era que estuviera sola, que ningún ser querido estuviera cerca de aquel muchacho.

Le proporcionaron unas botas robustas y algo con lo que cubrirse el cabello. También le dejaron un abrigo de piel de conejo blanco, extrañamente elegante, demasiado bonito para el asqueroso estado en que se encontraban su cuerpo y su vestido. Además, hacía que su atuendo para la caminata resultara ridículo.

Por las noches, en el campamento, un tipo llamado Sammit, que tenía unas manos suaves, una voz cálida y unos ojos grandes y ausentes, le examinaba la nariz y le decía qué y cuánto debería comer. Después de un par de días, Fuego empezó a tolerar la comida, lo cual ayudó en gran medida a que sintiera la mente más despejada. Por la manera en que el muchacho hablaba con Sammit, se dio cuenta de que era un curandero. También se enteró de que la habían despertado porque Sammit había considerado que sería peligroso que Fuego continuara en aquel letargo.

Querían a Fuego con vida y relativamente sana, lo cual era lógico: ella era un monstruo y ellos, contrabandistas de monstruos.

Fuego empezó a hacer experimentos.

Se adentró en la mente de uno de aquellos hombres —Sammit, para empezar— y disipó la niebla que encontró. Observó cómo volvían sus pensamientos poco a poco. Esperó —no tardó mucho— a que el muchacho les recordara a los hombres que no debían fiarse de ella y que él era su guardián y amigo. Aquellas palabras volvieron a traer la niebla a la mente de Sammit de una manera feroz y contundente, palabras pronunciadas con una voz que no parecía provocarle a Sammit el dolor de cabeza que sí le provocaba a Fuego.

Al principio, a Fuego le pareció extraño que el poder del muchacho residiera en sus palabras y en su voz en vez de en su mente. Pero cuanto más reflexionaba sobre ello, más suponía que no era del todo extraño. Ella también podía ejercer el control con partes de su cuerpo. Podía controlar a algunas personas tan solo con el rostro, o con el rostro y una insinuación con un tono de voz concreto, el de las falsas promesas. O con el cabello.

El poder de Fuego residía en todas esas partes de su cuerpo. Tal vez no fuera tan diferente al de él.

Además, el poder del muchacho era contagioso. Si le hablaba al tipo que tenía a la izquierda y aquel tipo le repetía lo mismo a Sammit, la niebla pasaba de uno a otro. Eso explicaba por qué el arquero había sido capaz de infectar a los guardias de Fuego.

El muchacho no dejaba que pasaran más de unos minutos entre los recordatorios de que Fuego era una enemiga y él, un amigo. Aquello le hacía pensar a Fuego que el niño no podía ver el interior de sus mentes de la misma manera que ella ni determinar por sí mismo si aún estaban bajo su control. Aquel fue el siguiente experimento. Se volvió a apoderar de Sammit, disipó la niebla que había en su mente y moldeó sus pensamientos para que supiera que el muchacho lo estaba manipulando. Hizo que Sammit se enfadara con él. Provocó que considerara vengarse de manera inmediata y violenta.

Al parecer, el muchacho no se dio cuenta. Ni siquiera le lanzó una mirada de reojo a Sammit. Pasaron unos minutos hasta que repitió aquella letanía que erradicó el enfado de Sammit y lo hizo volver al olvido y la niebla.

El muchacho no podía leer la mente. Su poder era impresionante pero ciego. Aquello dejó a Fuego con todo un abanico de posibilidades sobre lo que podría hacer con aquellos hombres sin que él lo supiera. Y sin que ella tuviera que preocuparse de que se resistieran, pues la niebla que provocaba el muchacho dejaba a aquellos hombres sin ningún tipo de disposición que pudiera interponerse en su camino.

Por las noches, el muchacho quería que Fuego estuviera anestesiada con alguna sustancia suave para evitar que se volviera contra él mientras dormía. Fuego lo consintió, pero se aseguró de adentrarse en un rincón de la mente de Sammit para que, cuando él fuera a por la mezcla en la que el arquero iba a impregnar los dardos, sacara un bálsamo antiséptico en vez del líquido somnífero.

En aquellos campamentos invernales, bajo árboles blancos y sin hojas, mientras los demás dormían o hacían guardia, Fuego fingía estar durmiendo y preparaba un plan. Se enteró, por lo que hablaron los hombres y por algunas preguntas discretas y bien formuladas, de que habían liberado a Hanna intacta y de que Fuego había estado casi dos semanas bajo los efectos narcóticos mientras el barco avanzaba por el río hacia el oeste, a contracorriente. Se enteró de que no habían tenido la intención de realizar aquella lenta travesía; que habían llegado a caballo a Ciudad del Rey con la intención de volver de la misma manera: cabalgando hacia el oeste a través de la tierra llana al norte del río. Pero, al huir de las inmediaciones del palacio con Fuego echada a hombros de alguien, su guardia los había atacado y perseguido hacia el río, lo cual los había alejado de sus caballos. Se habían topado con un barco anclado bajo uno de los puentes de la ciudad y lo abordaron desesperados. Habían matado a dos de sus hombres.

Avanzaban a paso de tortuga por las rocas negras y la blanca nieve, y aquello era igual de frustrante para Fuego que para ellos. Tantos días lejos de la ciudad y la guerra, sin estar ahí para ayudar en lo que necesitaran, era casi más de lo que podía soportar Fuego. Pero ya casi habían llegado hasta Tajos, y supuso que lo mejor sería rendirse a que la llevaran ante él. Su fuga sería más rápida con un caballo que le pudiera robar a Tajos. Y tal vez podría encontrar a Arco y convencerlo para que volviera con ella.

Jod, el arquero. Aquel hombre era alto y tenía alguna enfermedad que le había dejado demacrado y con la piel grisácea.

Pero bajo aquella enfermedad era un hombre de rasgos proporcionados y una buena constitución. Su voz era grave y había algo en sus ojos que a Fuego le hacía sentir inquieta. Casi le recordaba a Arco.

Una noche, durante la guardia de Sammit, Fuego le obligó a que le trajera un frasquito con el veneno con el que llevaban anestesiándola tanto tiempo y un dardo. Se metió el frasquito en la pechera del vestido y el dardo en la manga.

Tajos había creado su pequeño reino en plena naturaleza. Su tierra estaba tan llena de peñascos que casi parecía que su casa estuviera en equilibrio sobre un montón de escombros. El edificio tenía un aspecto extraño. Algunas partes estaban construidas con enormes troncos de árboles apilados, otras con rocas; y todo estaba cubierto de musgo. Era una casa de color verde intenso con ventanas en forma de ojos parpadeantes, con carámbanos que hacían las veces de pestañas, una puerta que parecía una boca abierta y un pelaje suave. Era un monstruo encaramado a una peligrosa colina llena de piedras.

Una muralla de piedra, alta, larga y, por raro que resultara, impecable, rodeaba el inmueble. Había jaulas y cajas esparcidas por el terreno. Se veían manchas de colores, monstruos detrás de barrotes, aves rapaces, osos y leopardos que se chillaban unos a otros. A pesar de lo extraño que era el lugar, a Fuego le resultaba familiar y le traía demasiados recuerdos.

Una parte de ella esperaba que el muchacho intentara hacerla entrar en alguna de aquellas jaulas. Otro monstruo más para el mercado negro, otra presa más.

En realidad no le importaban las intenciones que Tajos tuviera con ella en aquel lugar. Tajos no era nada, era un estorbo, un incordio, y Fuego pronto lo sacaría de su engaño y le haría ver que las intenciones que tenía no eran relevantes. Se marcharía de aquel lugar y se iría a casa.

No encerraron a Fuego en una jaula, sino que la metieron en la casa y le dieron un baño caliente en una habitación en la planta superior. Allí había un fuego bien caliente que contrarrestaba las corrientes de aire de las ventanas. Era una habitación pequeña y con las paredes cubiertas por tapices que dejaron a Fuego estupefacta, aunque escondió su sorpresa y regocijo. Eran tejidos llenos de campos verdes, flores y un cielo azul; eran preciosos y muy realistas. Fuego pensó en rechazar el baño porque percibió —y le molestó— que el propósito era embellecerla. Pero encontrarse en un lugar con campos y flores hacía que quisiera estar limpia.

Los hombres se marcharon. Fuego dejó el frasquito con veneno y el dardo en una mesa y se quitó aquel sucio vestido. Se aferró a la mezcla de regocijo y dolor que provocaba el agua hirviendo y por fin se relajó. Cerró los ojos y se rindió ante el gustazo que era que el jabón le limpiara el cuerpo y el cabello del sudor, la sangre vieja y la suciedad del río. Cada pocos minutos podía oír al muchacho enviando mensajes a gritos escaleras arriba a los guardias que estaban fuera de la habitación, y también, con la misma regularidad, a los guardias que había entre las rocas bajo su ventana. El chico gritaba que no podían confiar en el monstruo ni podían ayudarla a escapar. El muchacho sabía lo que les convenía, y los hombres evitarían cometer errores si seguían siempre sus consejos. Fuego pensó que debía ser angustioso poder manipular mentes ajenas, pero no percibir el estado en el que se encontraban. Sus gritos eran innecesarios, porque Fuego no iba a alterarles la mente. Aún no.

Tanteó con la mente el edificio y los terrenos, como llevaba haciendo desde que el lugar había estado a su alcance. Reconoció a Tajos, que estaba abajo con el muchacho y unos cuantos hombres. Tenía la mente igual de nublada que el resto, y estaba siendo tan condescendiente e hipócrita como siempre. A pesar del efecto que pudieran lograr las palabras del muchacho, no parecían alterar el carácter.

Cuando Fuego se extendió hasta el límite de sus posibilidades, pudo percibir a unos treinta hombres en la casa y en los terrenos, y también a algunas mujeres. Todos tenían la mente confusa. Arco no estaba ahí.

Se esforzó por ir un poco más allá.

¿Arco? ¡Arco!

No obtuvo respuesta.

Y a Fuego no le habría importado no encontrar a Arco ahí —esperaba que eso quisiera decir que había entrado en razón y abandonado su afán heroico—, de no haber sido por una impresión desagradable que sintió y que habría preferido ignorar. Fuego creyó reconocer a un par de los hombres con la mente nublada que andaban por allí. Pensó que tal vez serían guardias que habían estado hacía poco en el palacio de Nash. Y la explicación más sencilla a por qué se encontraban ahora allí era que habían ido con Arco como parte de su guardia, lo cual planteaba la pregunta de qué había pasado desde entonces, quién se había quedado protegiendo a Arco y dónde estaba el joven.

Aquel baño seguía siendo un éxtasis de lo más puro y ardiente, pero Fuego se puso en pie y salió de allí; de repente estaba impaciente por dejar atrás aquel lugar. Se secó y se puso el vestido ligero y de manga larga que le habían dejado. Tenía bastante pinta de ser un pijama, algo que la hacía sentir incómoda.

Además de eso, se habían llevado sus botas y el abrigo, y no le habían dado nada para el cabello. Fue hacia el armario que había en el rincón y rebuscó entre prendas de todo tipo hasta que encontró unos calcetines, un par de botas robustas de niño, una túnica gruesa de hombre demasiado grande y una bufanda de lana marrón que le serviría para cubrirse el cabello. Confiaba en que con aquel conjunto tuviera un aspecto tan peculiar como le parecía a ella. No le hacía falta la belleza para controlar a las marionetas cabezas huecas del muchacho, y no estaba de humor como para satisfacer a Tajos presentándose con la apariencia de una mujer monstruo de ojos saltones lista para que abusara de ella alguno de sus asquerosos clientes.

Fuego hizo un repaso con la mente de los cientos de criaturas retenidas en aquella propiedad, los monstruos depredadores, los caballos y perros de caza, incluso una rara colección de roedores cuyo propósito era incapaz de imaginar. La selección de caballos la dejó satisfecha. Ninguno de ellos era tan simpático como Lento, pero le servirían varios.

Sumergió la punta del dardo en el frasquito con la poción para dormir y se lo volvió a guardar en el vestido. Sostuvo el dardo en la mano, escondido por la gruesa y larga manga.

Respiró hondo para reunir el valor necesario y bajó por las escaleras.

La sala de estar de Tajos era pequeña y tan cálida como el dormitorio. Las paredes estaban revestidas de manera similar, con tapices llenos de campos de flores que se elevaban por acantilados sobre el mar. También había una alfombra rebosante de colores, y a Fuego se le pasó por la cabeza que por lo menos parte de aquella preciosidad la habían entretejido con pelaje de monstruo. Los libros que había en las estanterías, el reloj de oro que había sobre la chimenea… Fuego se preguntó cuánta de la riqueza que había en aquella casa sería robada.

Tajos estaba sentado al fondo de la sala, y estaba claro que se creía el amo del lugar. Pero el verdadero amo de la sala estaba apoyado sobre una pared lateral. El pequeño muchacho, aburrido, parpadeaba con aquellos ojos dispares y estaba rodeado de un campo de flores entretejidas. Jod, el arquero, permanecía al lado de Tajos. Había un hombre situado en cada una de las entradas a la sala.

Tajos apenas echó un vistazo al atuendo de Fuego. Tenía la mirada clavada en su cara y la sonrisa estirada hasta formar una mueca de júbilo y posesión. Tenía el mismo aspecto de siempre, salvo por un vacío en la expresión que debía estar relacionado con la niebla mental.

—No ha sido tarea fácil raptarte, niña, sobre todo desde que te has instalado en el palacio del rey —dijo con aquella voz autocomplaciente que Fuego recordaba—. Ha llevado muchísimo tiempo y una labor de espionaje considerable. Por no mencionar que tuvimos que matar a algunos de nuestros espías, que fueron tan descuidados que dejaron que tú y los tuyos los capturaseis en el bosque. Parece que tenemos a los espías más tontos del reino. ¡Cuántos problemas! Pero todo ha merecido la pena, ¿a que sí, muchacho? Mírala.

—Es adorable —dijo el muchacho con indiferencia—. No deberías venderla; deberías dejarla aquí con nosotros.

Tajos arrugó el ceño por el desconcierto.

—Entre mis colegas corre el rumor de que lord Mydogg está dispuesto a pagar una fortuna por ella. De hecho, varios de mis compradores han mostrado un interés particular. Pero tal vez debería dejarla aquí con nosotros. —Se le iluminó el rostro—. ¡Yo mismo podría procrear con ella! ¡Los bebés costarían una fortuna!

—Lo que hagamos con ella está por ver —dijo el muchacho.

—Exactamente —dijo Tajos—. Está por ver.

—Ojalá se comportara —continuó el muchacho—, así no tendríamos que castigarla y tal vez comprendería que queremos ser amigos. Puede que le agrade estar aquí. Hablando de eso, está demasiado callada para mi gusto ahora mismo. Jod, prepara una flecha. Si te lo ordeno, dispárale en algún lugar doloroso que no la mate. En la rodilla. Nos podría venir bien que cojeara.

Aquello no era tarea para un arco pequeño. Jod tomó el arco largo que llevaba a la espalda, sacó una flecha del carcaj y la colocó en una cuerda tan tensa que la mayoría de los hombres no podrían estirarla siquiera. Mantuvo la flecha apuntada, esperando, tranquilo y relajado. Fuego empezó a sentir náuseas, y no porque supiera que una flecha de aquel tamaño y disparada con aquel arco y desde aquella distancia le destrozaría la rodilla; se sentía así porque Jod se movía con el arco como si fuera una prolongación de su cuerpo, tan natural y elegante, y se parecía demasiado a Arco.

Fuego habló para aplacar al muchacho, pero también porque empezaban a surgirle preguntas para las que quería respuestas.

—Un arquero disparó a un hombre que estaba preso en las jaulas de mi padre la primavera pasada —le dijo a Jod—. Fue un disparo difícil y poco común. ¿Fuiste tú?

Jod no tenía ni idea de lo que estaba hablando, aquello estaba claro. Sacudió la cabeza e hizo una mueca, como si estuviera intentando recordar todo lo que había hecho en algún momento y no pudiera pasar más allá del día anterior.

—Fue él —dijo el muchacho, apático—. Jod se encarga de disparar para nosotros. Tiene demasiado talento como para desperdiciarlo. Y es una maravilla lo maleable que es —continuó, dándose golpecitos en la cabeza con la punta de un dedo—; ya me entiendes. Uno de mis descubrimientos más afortunados.

—¿Y cuál es su historia? —le preguntó Fuego al muchacho intentando imitar el mismo tono indiferente.

El muchacho parecía estar encantadísimo con aquella pregunta. Se le dibujó una sonrisa muy contenta y desagradable.

—Qué interesante que lo preguntes. Hace tan solo unas semanas tuvimos a un visitante que se preguntó lo mismo. Quién se iba a esperar, cuando contratamos a un arquero, que llegaría a ser el tema de tanto misterio y especulación. Y ya me gustaría que pudiéramos satisfacer tu curiosidad, pero, al parecer, la memoria de Jod ya no es lo que era. No tenemos ni idea de a qué se dedicaba hace… ¿cuánto? ¿Veintiún años?

Fuego había dado un paso adelante mientras hablaban —fue incapaz de resistirse—, agarrando con fuerza el dardo que tenía en la mano.

—¿Dónde está Arco?

Ante aquello, el muchacho mostró otra sonrisa de satisfacción. Estaba cada vez más contento con aquel giro en la conversación.

—Nos dejó. No le gustaba la compañía. Ha vuelto a sus tierras en el norte.

Se le daba fatal mentir; estaba demasiado acostumbrado a que la gente lo creyera.

—¿Dónde está? —volvió a preguntar Fuego; se le estaba quebrando la voz por el pánico y eso hizo que la sonrisa del muchacho aumentara.

—Dejó aquí a un par de guardias suyos —dijo el muchacho—. Fue un gesto amable por su parte, la verdad. Pudieron contarnos algo sobre la vida que llevabas en la corte, sobre tus debilidades. Los cachorros. Las niñas indefensas.

A partir de ese momento, todo ocurrió a toda velocidad. Fuego se precipitó hacia el muchacho, el muchacho le hizo un gesto a Jod y gritó:

—¡Dispara!

Fuego atravesó la niebla de Jod, lo que le hizo girar el arco de manera violenta y disparar hacia el techo.

—¡Dispárale, pero no la mates! —gritó el muchacho y se alejó precipitadamente, intentando esquivar a Fuego, pero ella arremetió contra él, lo alcanzó y a duras penas, porque no dejaba de agitarse, le pinchó el brazo con el dardo.

El muchacho se libró de ella de un salto y blandió los puños mientras seguía gritando. Pero entonces se le relajó el rostro. Se ladeó y se desplomó.

Fuego se había apoderado de todas las mentes que había en la sala antes incluso de que el muchacho llegara al suelo. Se inclinó sobre él, le quitó un puñal que llevaba en el cinturón, fue caminando hasta Tajos y le llevó la hoja afilada al cuello.

¿Dónde está Arco?, dijo mentalmente porque le era imposible hablar.

Tajos la miró fijamente; parecía estar hechizado y atontado.

—No le gustaba la compañía. Ha vuelto a sus tierras en el norte.

No, pensó Fuego. Quería pegarle de lo frustrada que se sentía. *Piensa. Lo sabes. Dónde...*

Tajos la interrumpió, la miró con los ojos entrecerrados ante el desconcierto, como si no fuera capaz de recordar quién era Fuego o por qué estaba hablando con ella.

—Arco está con los caballos —dijo.

Fuego se dio la vuelta y abandonó la sala y la casa. Pasó por delante de hombres que observaron su avance con ojos ausentes.

Tajos se equivoca, se decía a sí misma, preparándose para lo peor. *Arco no está con los caballos. Tajos se equivoca.*

Y, por supuesto, era cierto, ya que Fuego no encontró a Arco en las rocas que había detrás de la caballeriza. Tan solo encontró su cuerpo.

Capítulo veintisiete

Lo que ocurrió después fue una confusión de entumecimiento y angustia.

Era algo que tenía que ver con ser un monstruo. Fuego no podía mirar un cuerpo y fingir que estaba mirando a Arco. Sabía —podía sentirlo— que la llama del corazón de Arco y su mente estaban muy lejos. Su cuerpo se encontraba en un estado terrible, casi irreconocible. Estaba ahí tirado, riéndose de ella y riéndose también de su dueño con ese vacío.

Sin embargo, aquello no impidió que Fuego se arrodillara y acariciara el frío brazo de su amigo una y otra vez, con la respiración entrecortada sin estar muy segura de lo que estaba haciendo. Agarró el brazo de Arco y lo apretó mientras le caían lágrimas de confusión por el rostro.

Ver la flecha incrustada en el estómago de aquel cuerpo empezó a sacarla de aquel estado de conmoción. Disparar a un hombre en el estómago con una flecha era un acto cruel, porque el daño provocado era lento y doloroso. Arco se lo había contado a Fuego hacía mucho tiempo y le había enseñado a no apuntar nunca ahí.

Fuego se puso en pie y alejó aquellos pensamientos. Se marchó a trompicones de allí, pero parecía que aquellos pensamientos la seguían por el patio. Había una gran hoguera al aire libre entre la caballeriza y la casa. Se encontró ante ella, clavando la mirada en las llamas, luchando con su propia mente, que parecía insistir en que pensara en Arco muriendo poco a poco y entre sufrimiento; solo.

Al menos, las últimas palabras de Fuego para Arco fueron de amor. Ojalá le hubiera dicho lo mucho que lo quería, cuánto tenía que agradecerle y cuántas cosas buenas había hecho. No se lo había dicho lo suficiente.

Estiró la mano hacia la hoguera y agarró una rama encendida.

Fuego no fue del todo consciente de estar llevando ramas en llamas hacia la casa verde de Tajos. No fue consciente de los hombres a los que reclutó para que la ayudaran, ni tampoco de los viajes de ida y vuelta y los tropezones que dio entre la hoguera y la casa. La gente salía corriendo en tropel del edificio en llamas. Puede que viera a Tajos entre ellos. O a Jod. No estaba segura y tampoco le importaba. Fuego les dio órdenes para que no intervinieran. Cuando dejó de ver la casa por la cantidad de humo negro que se estaba formando alrededor, dejó de acarrear ramas encendidas para allá. Echó un vistazo alrededor en busca de otros edificios de Tajos que incendiar.

La joven tuvo la sensatez de liberar a los perros y a los roedores antes de prender fuego a los cobertizos en los que vivían. Encontró los cuerpos de dos guardias de Arco entre las rocas, cerca de las jaulas de los monstruos depredadores. Tomó uno de sus arcos y disparó a los monstruos. Luego prendió fuego a los cuerpos de aquellos guardias.

Cuando llegó a la caballeriza, los caballos estaban presas del pánico a causa del humo y de los rugidos de las llamas, los gritos y el ruido de los edificios derrumbándose. Pero todos se tranquilizaron cuando Fuego entró en el recinto, hasta los que estaban más nerviosos e incluso los que ni siquiera la podían ver. Y abandonaron sus cuadras cuando Fuego les explicó que debían hacerlo. Cuando los caballos se marcharon, la caballeriza, llena como estaba de madera y heno, resplandeció como un poderoso monstruo de fuego.

La joven rodeó el perímetro del recinto a tropezones hasta que llegó al cuerpo de Arco. Lo observó, con los pulmones hechos trizas, hasta que las llamas lo alcanzaron. Aun cuando dejó de verlo, Fuego continuó observando. Cuando el humo se volvió tan denso que se empezaba a ahogar y la garganta le ardía, le dio la espalda al incendio que había provocado y se marchó de ahí.

Fuego caminó sin saber a dónde estaba yendo y sin pensar en nada ni en nadie. Hacía frío y el terreno era árido y estaba desarbolado. Se cruzó con uno de los caballos, un tordo rodado, y el animal se acercó hasta ella.

No tiene montura, pensó aturdida cuando tuvo al caballo frente a ella, que soltaba vaho y hacía repicar los cascos contra la nieve. *No tiene estribos. Será difícil montar.*

El caballo se arrodilló con torpeza sobre las patas delanteras ante Fuego. La joven se arremangó el vestido y la túnica hasta las rodillas y se montó sobre su lomo. Mientras el animal se ponía en pie, y tratando de mantener aquel equilibrio precario, a Fuego le pareció que un caballo sin montura era resbaladizo y cálido. Y era mejor que caminar. Podía aferrarse a la crin e inclinar el cuerpo y el rostro contra su cuello, sentir la vida del animal y entrar en un estado de estupor en el que no sentía nada, dejando que el caballo eligiera dónde ir.

La túnica que llevaba Fuego no era adecuada como abrigo de invierno, y tampoco llevaba guantes. Tenía el cabello mojado bajo el pañuelo. Ya de noche, se toparon con una meseta de roca que, por extraño que resultara, estaba caliente y seca. Por los bordes corrían arroyos de nieve derretida, y en el suelo había grietas por las que salía humo. Fuego no le dio demasiadas vueltas, sino que se apeó del caballo y encontró un lugar liso y caliente en el que dormir.

Duerme, le dijo al caballo. *Es hora de ir a dormir.*

El caballo se tumbó en el suelo y arrimó el lomo a Fuego.

Calor, pensó Fuego. *Esta noche sobreviviremos.*

Fue la peor noche de toda su vida. Estuvo viendo transcurrir las horas entre el sueño y la vigilia, pasando bruscamente de un sueño a otro en el que Arco estaba con vida, para luego recordar que había muerto.

Por fin despuntó el día.

Fuego entendió, con un pesar desganado, que su cuerpo y el del caballo necesitaban comida. No sabía qué hacer para remediarlo, de modo que se sentó y clavó la mirada en sus propias manos.

A aquellas alturas, había muy pocas cosas que pudieran sorprenderla o hacerle sentir algo, por eso no se sobresaltó cuando, unos momentos después, aparecieron tres niños subiendo por las grietas que había en el suelo. Eran más pálidos que los píqueos, tenían el pelo negro, y el resplandor del sol del amanecer hacía que sus siluetas no estuvieran bien definidas. Iban cargando con cosas: un cuenco con agua, un saco, un paquetito envuelto con tela. Uno de ellos llevó el saco hasta el caballo, lo dejó cerca del animal y lo abrió. El caballo, que había huido espantado y haciendo ruidos, se acercó con cautela, hundió el hocico en el saco y empezó a masticar.

Los otros dos niños le llevaron el paquete y el cuenco a Fuego. Le dejaron las cosas ante ella sin decir una sola palabra, y se la quedaron mirando fijamente con los ojos de color ámbar muy abiertos. *Son como peces en el fondo del mar*, pensó Fuego. *Son extraños, no tienen color, tienen la mirada fija.*

El paquete contenía pan, queso y carne salada. Al oler la comida, se le revolvió el estómago. Deseó que los niños, que no dejaban de mirarla, se marcharan para que pudiera librar aquella batalla con el desayuno a solas.

Los niños dieron media vuelta y se marcharon. Desaparecieron por la grieta de la que habían salido.

Fuego arrancó un trozo de pan y se obligó a comérselo. Cuando pareció que su estómago lo aceptaba, utilizó las manos a modo de recipiente para tomar unos sorbos de agua del cuenco. Estaba templada. Observó al caballo, que estaba mascando el alimento del saco y metía el hocico en las esquinas con cuidado. Salía humo de una de las grietas que había en el suelo detrás del animal. Bajo el sol de la mañana, se veía de un amarillo resplandeciente. ¿Era humo o era vapor? Olía raro en aquel lugar, como a madera chamuscada, pero también a algo más. Colocó la mano sobre la superficie de roca caliente en la que estaba sentada y entendió que había gente bajo ella. Lo que para Fuego era el suelo para otra persona era el techo.

Estaba percibiendo el inicio de una especie de curiosidad deslustrada cuando el estómago de Fuego determinó que, al final, no quería las migas de pan.

Cuando el caballo terminó de desayunar y se bebió el resto del agua, se acercó a Fuego, que se había aovillado en el suelo. Le dio un empujoncito con el hocico y se arrodilló a su lado.

Fuego se estiró como una tortuga saliendo de su caparazón y se montó a lomos del caballo.

El caballo parecía ir sin rumbo fijo hacia el oeste y el sur a través de la nieve. Atravesaron arroyos que crujían al romper el hielo y cruzaron anchas grietas en la roca que inquietaban a Fuego porque no podía ver el fondo.

A primera hora de la mañana, la joven percibió a una persona a lomos de un caballo que se estaba acercando por detrás. Al principio no le dio demasiada importancia, pero luego reconoció la sensación que le transmitía aquella persona y, a su pesar, tuvo que darle importancia. Era el muchacho.

También cabalgaba sin montura, con poca gracia. Espoleó al pobre y frustrado caballo, hasta que lo acercó hasta una distancia desde la que el muchacho podía disparar.

—¿Qué haces transmitiendo todo lo que piensas y sientes entre estas rocas? ¡No estás en la fortaleza de Tajos, aquí hay monstruos y salvajes que no son tus amigos! ¡Vas a conseguir que te maten! —gritó el muchacho, enfadadísimo.

Fuego no lo oyó, porque en cuanto vio aquellos ojos dispares, se bajó del caballo y fue corriendo hacia él con un puñal en la mano, aunque hasta ese momento no se había dado cuenta de que lo tenía.

El caballo del muchacho decidió en aquel momento lanzarlo por los aires hacia Fuego. El joven cayó como un fardo en el suelo, se puso en pie y salió corriendo para escapar de ella. Fuego lo persiguió con torpeza a través de las grietas, luego pelearon, pero Fuego no pudo seguir luchando porque se cansó enseguida. Se le resbaló el puñal de entre los dedos y cayó en una de las anchas grietas del suelo. El muchacho se alejó y se puso en pie, no sin esfuerzo, y se atragantó con sus propias palabras.

—Has perdido la cabeza —le dijo, llevándose una mano a un corte que le había hecho en el cuello y mirando con incredulidad la sangre que le caía sobre los dedos—. ¡Contrólate! No he venido a por ti desde tan lejos para pelear contigo. Estoy intentando rescatarte.

—¡Tus mentiras no funcionan conmigo! —exclamó Fuego con la voz áspera; le dolía la garganta por el humo y la deshidratación—. Has matado a Arco.

—Jod ha matado a Arco.

—¡Jod es tu marioneta!

—Venga ya, sé razonable —le dijo el muchacho, que se mostraba cada vez más impaciente—. Tú deberías entenderlo mejor que nadie. Arco tenía una resistencia mental demasiado fuerte. La verdad es que en este reino la gente tiene unas mentes muy fuertes, ¿eh? ¡Hasta a los niños pequeños les enseñan a protegerse mentalmente de los monstruos!

—Tú no eres un monstruo.

—Para el caso, es lo mismo. Sabes perfectamente a cuántas personas he tenido que matar.

—No lo sé —dijo Fuego—. La verdad es que no. No soy como tú.

—Puede que no, pero lo entiendes. Tu padre era como yo.

Fuego se quedó mirando al muchacho: tenía la cara llena de hollín y la mata de pelo mugrienta; llevaba el abrigo hecho jirones y repleto de manchas de sangre. Además, le iba grande. Parecía que se lo hubiera quitado a alguna de sus víctimas, a algún cuerpo que se hubiera encontrado aún sin calcinar en los terrenos de Tajos. La sensación de la mente del muchacho chocaba contra la de Fuego; era una mente llena de extrañeza y que se mofaba de Fuego por su inaccesibilidad.

Fuera lo que fuere, no era un monstruo, pero venía a ser lo mismo. ¿Para eso había matado a Cansrel? ¿Para que una bestia como esta pudiera llegar al poder en su lugar?

—¿Qué eres? —susurró Fuego.

El muchacho sonrió. Incluso con la cara sucia tenía una sonrisa encantadora, la sonrisa de un niño pequeño orgulloso de sí mismo.

—Soy lo que se conoce como un graceling —empezó—. Antes me llamaba Immiker, pero ahora me llamo Leck. Vengo de un reino del que no has oído hablar. Allí no hay monstruos, pero sí hay personas con ojos de dos colores que tienen poderes. Son poderes de todo tipo; cualquier cosa que puedas imaginar: tejer, bailar, el manejo de la espada… También existen poderes mentales. Y ningún graceling es más poderoso que yo.

—Tus mentiras no funcionan conmigo —respondió Fuego, que buscó a su caballo mentalmente por los alrededores, y el animal apareció a su lado para que ella pudiera recostarse sobre él.

—No me lo estoy inventando —replicó él—. Este reino existe. En realidad, son siete reinos. Y no hay ni un solo monstruo que moleste a la gente. Eso implica, sin duda, que hay muy pocos que hayan aprendido a fortalecer sus mentes como deben hacer en Los Valles. Los vallenses son un pueblo mucho más fuerte mentalmente y mucho más fastidioso.

—Si los vallenses te fastidian —susurró Fuego—, vuelve por donde has venido.

El muchacho se encogió de hombros y sonrió. Luego dijo:

—No sé cómo volver. Hay unos túneles, pero no los he encontrado. Y aunque lo hiciera, no quiero volver. ¡Hay tanto potencial aquí! Hay tantos avances en medicina, en ingeniería, en arte… Hay tanta belleza: los monstruos, las plantas. ¿Te das cuenta de lo poco corrientes que son las plantas aquí? ¿De lo maravillosas que son las medicinas? Mi lugar está aquí, en Los Valles. Y no pienses que me contento con haber controlado la vulgar operación de contrabando que tenía Tajos en los límites del reino —añadió con un toque de desdén—. Lo que yo quiero es Ciudad del Rey. Con sus techos de cristal, sus hospitales y esos puentes preciosos que se iluminan por la noche. Es al rey a quien quiero, quienquiera que sea cuando termine la guerra.

—¿Trabajas para Mydogg? ¿En qué bando estás?

—No me importa quién gane —dijo haciendo un gesto despectivo con la mano—. ¿Por qué debería inmiscuirme si me están haciendo un favor al matarse entre ellos? Pero tú, ¿acaso no ves el lugar que te he concedido en mis planes? Debes saber que fue idea mía capturarte. Yo controlaba a todos los espías y fui el cerebro del secuestro. No iba a permitir que Tajos te vendiera o que te utilizara para procrear. Quiero ser tu compañero, no tu amo.

Fuego estaba harta de todas las personas en ese mundo que querían utilizarla.

—No quiero utilizarte, quiero que trabajemos juntos para controlar al rey —dijo el muchacho, lo cual confundió a Fuego, ya que creía que él no era capaz de leerle la mente—. Y no me he adentrado en tu mente —le dijo con impaciencia—. Ya te lo he dicho, estás transmitiendo todo lo que piensas y sientes. Estás revelando cosas que dudo que quieras revelar, y también me estás dando dolor de cabeza. Haz el favor de controlarte. Vuelve conmigo, has destrozado todas mis alfombras y tapices, pero te perdono. Aún hay una esquina en la casa que se mantiene en pie. Te contaré mis planes y tú puedes contarme cosas sobre ti, como quién te rajó el cuello, para empezar. ¿Fue tu padre?

—No eres normal —susurró Fuego.

—Les ordenaré a mis hombres que se marchen —continuó el muchacho—. Te lo prometo. Total, Tajos y Jod están muertos. Los maté yo. Solo seremos tú y yo. No habrá más peleas. Seremos amigos.

A Fuego le partió el corazón darse cuenta de lo estúpido y desquiciado que era el muchacho por el que Arco había entregado su vida para protegerla. Le partía el corazón más allá de lo que podía soportar. Cerró los ojos y recostó la cabeza sobre la firme pata del caballo.

—Siete reinos —murmuró Fuego—. ¿Dónde están?

—No lo sé. Me caí por las montañas y acabé aquí.

—Y en tu reino, ese del que te caíste, ¿es común que una mujer una fuerzas con un niño sobrenatural que ha asesinado a su amigo? ¿O es algo que solo esperas tú con ese corazón minúsculo que tienes?

El muchacho no respondió. Fuego abrió los ojos y se encontró con que la sonrisa del chico había cambiado, de forma cautelosa, a algo desagradable que tenía la forma de una sonrisa, pero no daba la sensación de serlo.

—No hay nada sobrenatural en este mundo —dijo al fin—. Una cosa sobrenatural es algo que no podría ocurrir en la naturaleza. Y ha ocurrido. Soy algo natural, y las cosas que quiero son naturales. El poder de tu mente y tu belleza, incluso cuando pasaste dos semanas narcotizada en el suelo de una barca, cubierta de mugre y con la cara morada y verde, son naturales. Tu belleza anormal también es natural. La naturaleza es horripilante. Y así como yo lo veo, nuestros corazones no son tan dispares —continuó con aquella extraña y reluciente sonrisa—. Yo asesiné a mi padre, tú asesinaste al tuyo. ¿Eso lo hiciste de buen corazón?

Fuego se sentía cada vez más confusa, porque era una pregunta cruel y al menos una de las respuestas era que sí, y sabía que eso no tenía sentido. Estaba demasiado furiosa y débil para pensar con lógica. *No debo defenderme con la lógica,* pensó de manera ilógica. *A Arco siempre le gustó lo ilógico, aunque nunca lo reconoció.*

Arco.

Fuego enseñó a su amigo a fortalecer la mente. Y fue esa mente fuerte que Fuego le había otorgado lo que hizo que lo mataran. Pero él también le había enseñado cosas a ella. Le había enseñado a disparar una flecha con mayor rapidez y precisión de lo que jamás habría podido aprender por su cuenta.

La joven cayó entonces en que llevaba el carcaj a la espalda, se puso en pie y, olvidándose de que estaba transmitiendo todas y cada una de sus intenciones, se preparó para atacar. Leck fue a por su propio arco y fue más rápido que ella: ya tenía una flecha apuntada hacia sus rodillas antes de que Fuego pudiera tensar la suya. Se preparó para recibir una explosión de dolor.

Y entonces, a su lado, el caballo de Fuego estalló de furia. El animal se abalanzó sobre el muchacho, se encabritó, relinchó y le golpeó en la cara. El muchacho lanzó un grito y cayó al suelo; soltó el arco y se cubrió un ojo con ambas manos. Se alejó de allí con dificultad y entre sollozos mientras el caballo lo perseguía a toda velocidad. El muchacho parecía incapaz de ver, tenía sangre en los ojos; se tropezó y cayó de bruces. Fuego observó, con asombro y fascinación, cómo se deslizaba por una placa de hielo hasta que llegó al borde de una grieta, resbaló por ella y desapareció.

Fuego avanzó dando traspiés hasta la grieta. Se puso de rodillas y miró hacia el interior. No podía ver el fondo ni tampoco al muchacho. La montaña se lo había tragado.

Hacía demasiado frío. Ojalá el muchacho hubiera muerto entre las llamas y no hubiera ido tras Fuego, porque al perseguirla había despertado a la joven de su letargo y ahora percibía el frío, la debilidad, el hambre o lo que implicaba estar perdida en los Gríseos Mayores Occidentales.

Se comió el resto de la comida que los niños le habían llevado, pero Fuego no confiaba demasiado en su estómago; no creía que fuera a comportarse. Bebió agua de un arroyo semicongelado e intentó no pensar en la noche que caería al final del día, porque no tenía pedernal y nunca había encendido un fuego sin él. Ni siquiera había encendido un fuego fuera de una chimenea. Hasta aquel momento había llevado una vida cómoda. Tiritando de frío, se quitó el pañuelo de la cabeza y se lo volvió a poner para que le cubriera no solo el cabello, que aún estaba ligeramente húmedo, sino también el rostro y el cuello. Mató a un monstruo ave rapaz antes de que la matara a ella. Era una bestia de color escarlata que apareció de repente en el cielo, chillando. Fuego sabía que de nada iba a servir llevarse consigo la carne, porque el olor de la sangre atraería a más monstruos.

Entonces se acordó de algo. La gala se había celebrado durante la segunda mitad de enero. La joven no estaba segura de cuánto tiempo había pasado, pero, desde luego, ya estarían bien entrados en febrero. Le tenía que llegar el sangrado.

Fuego comprendió, con aquella claridad lógica, franca y poco comprensible, que era cuestión de tiempo que muriera, ya fuera por una cosa o por otra. Pensó en eso mientras cabalgaba, y descubrió que la idea la reconfortaba, porque le daba permiso para rendirse. *Lo siento, Brigan*, pensó. *Lo siento, Lento. Lo he intentado.*

Pero entonces un recuerdo le hizo caer en algo que la sacó a sacudidas de aquel pensamiento. Había visto personas. Tal vez sobreviviría si contaba con la ayuda de la gente, y había dejado gente atrás, en aquel lugar donde salía humo de las rocas. Además, allí hacía calor.

El caballo de Fuego seguía hacia el suroeste, aunque a paso lento y pesado. Lo único que impulsaba a Fuego era un sentido del deber monótono por el que se negaba a morir a menos que fuera necesario. Con esa idea en mente, la joven indicó al caballo que diera media vuelta.

Cuando empezaron a desandar el camino, comenzó a nevar.

A Fuego le dolía el cuerpo, le castañeaban los dientes y le temblaban los músculos y las articulaciones. Estaba repasando música en la cabeza, las piezas más difíciles que había estudiado, obligándose a recordar las complejidades de los fragmentos más enrevesados. No sabía por qué lo estaba haciendo. Una parte de su mente sentía que era necesario y no le permitía dejar de hacerlo, pero su cuerpo y el resto de su mente rogaban que los dejaran tranquilos.

Entonces un monstruo con forma de ave rapaz de color dorado se lanzó en picado hacia Fuego a través de la nieve, chillando. La joven agarró con torpeza el arco, pero no logró tensarlo. Al final fue el caballo el que acabó matando al ave, aunque Fuego no supo cómo lo había conseguido, ya que se había resbalado y había caído sobre un montón de nieve.

Poco después se volvió a resbalar del caballo. No estaba segura de por qué. Supuso que debía ser otro monstruo ave rapaz y esperó con paciencia, pero, casi al momento, el caballo empezó a darle golpecitos con el hocico. Aquello confundió a Fuego y le pareció muy injusto. El caballo le resopló en la cara y le siguió dando golpecitos hasta que, abatida, se arrastró entre temblores y se montó a lomos del animal. En ese momento entendió por qué se había caído. Las manos no le respondían, no era capaz de agarrarse a la crin del caballo.

Me muero, pensó con indiferencia. *En fin, que me muera a lomos de este precioso caballo rodado.*

La siguiente vez que se cayó, Fuego había perdido el sentido y no se dio cuenta de que había caído sobre roca cálida.

Pero no estaba inconsciente. Oía las voces nítidas, insistentes y asustadas, pero no podía levantarse cuando se lo pedían. Oyó su nombre y comprendió que sabían quién era. Entendió lo que estaba ocurriendo cuando un hombre la levantó del suelo y la llevó en brazos bajo tierra. También lo que estaban haciendo las mujeres al desvestirla y cuando luego se desvistieron ellas mismas y se taparon, junto con Fuego, con varias mantas.

No había pasado tanto frío en la vida. Fuego temblaba con tanta fuerza que pensaba que se iba a romper en pedazos. Intentó beber el líquido caliente y dulce que le trajo una mujer, pero le dio la impresión de que había echado la mayor parte sobre sus compañeras de manta.

Tras una eternidad jadeando y temblando, se dio cuenta de que ya no temblaba con tanta fuerza. Abrazada por dos pares de brazos y envuelta entre los cuerpos de dos mujeres desnudas ocurrió algo que parecía una bendición: se quedó dormida.

Capítulo veintiocho

Al despertar, Fuego se encontró con la cara de Musa y la sensación de que estaban destrozándole las manos con un mazo.

—Mi señora —dijo Musa con un tono sombrío—. Nunca había sentido tanto alivio. ¿Cómo os encontráis?

—Me duelen las manos —contestó Fuego con un gruñido.

—Las tenéis congeladas. No os preocupéis, la gente de aquí os ha cuidado muy bien. Han hecho que vuestras manos entrasen en calor y os las han vendado.

Fuego empezó a recuperar la memoria y los recuerdos se fueron asentando a su alrededor. La joven miró para otro lado.

—Os hemos estado buscando desde el momento en que os raptaron —continuó Musa—. Perdimos algún tiempo siguiendo pistas falsas, ya que la princesa Hanna no llegó a ver quién se la llevó, y los hombres a los que matamos no tenían nada que los identificara. Y a vuestra abuela y a los guardias de la casa verde los drogaron antes incluso de que supieran lo que estaba ocurriendo. No teníamos ni idea de por dónde buscar, mi señora. El rey, el príncipe y la princesa estaban convencidos de que se trataba de un complot de lady Murgda, pero los mensajes del comandante eran inciertos. Y entonces, cuando a uno de los guardias de palacio le llegó un recuerdo borroso de un muchacho con un ojo rojo que estaba merodeando por las inmediaciones, empezamos a sospechar lo que había ocurrido. Ayer llegamos a la residencia de Tajos. No os hacéis una idea de lo mucho que nos asustamos al encontrar el lugar arrasado por el fuego, mi señora. ¡Y todos esos cuerpos carbonizados que no podíamos reconocer!

—Encendí un fuego por Arco. Está muerto —dijo Fuego sin emoción.

Aquello sorprendió a Musa. Fuego lo notó y al mismo tiempo entendió que Musa era leal a Mila, no al noble desconsiderado que la había dejado embarazada. Para ella se trataba de una muerte más, la de alguien a quien solo había conocido por su mal comportamiento. Fuego alejó aquellos sentimientos.

—Mandaremos el aviso sobre lord Arco al comandante, que está en Fuerte Diluvio, mi señora —dijo al fin Musa—. Todo el mundo sentirá un gran alivio al saber que os encontráis bien. ¿Queréis saber los progresos que ha hecho el comandante en la guerra?

—No —contestó Fuego.

Al lado de Fuego apareció una mujer con un cuenco con sopa y le dijo en un tono amable:

—La dama tiene que comer algo.

Musa se levantó para cederle el asiento a aquella mujer. Era mayor, tenía el rostro blanquecino y lleno de arrugas. Sus ojos eran de un intenso color marrón amarillento. Su expresión se transformó suavemente a la luz del fuego que habían encendido en medio del suelo de piedra; el humo subía hasta el techo y se escapaba por una grieta que había en lo alto. Fuego reconoció la sensación que le transmitía aquella mujer. Aquella abuela era una de las dos mujeres que le habían salvado la vida con el regalo de su propio calor corporal.

La mujer le dio la sopa a cucharadas a Fuego, entre murmullos, recogiendo lo que le iba cayendo por la barbilla. Fuego aceptó aquel gesto amable —y aquella sopa— porque provenía de una persona que no quería hablar de la guerra y que no había conocido a Arco. Por eso aquella mujer podía recibir el dolor de Fuego con facilidad, aceptarlo sin complicaciones.

Fuego pasó otro sangrado y aquello retrasó el viaje. La joven dormía, intentaba no pensar y hablaba muy poco. Observaba las vidas de las personas que vivían en la oscuridad de aquellas cavernas subterráneas, que en invierno pasaban apuros, pero estaban al calor de los fuegos y de lo que denominaban la caldera de la tierra, que quedaba muy cerca de la superficie y calentaba los suelos y las paredes. Le explicaron a la guardia de Fuego cómo funcionaba y a ella le dieron brebajes medicinales.

—En cuanto podáis —dijo Musa—, os trasladaremos a los curanderos del ejército en Fuerte Diluvio, mi señora. La guerra en el sur no está yendo mal. La última vez que lo vimos, el comandante tenía esperanzas y estaba muy decidido. La princesa Clara y el príncipe Garan están allí con él. Y en el frente norte la guerra también prosigue con furia. El rey Nash fue cabalgando hasta el norte en los días posteriores a la gala, y la Tercera División, la Cuarta y la mayoría de las tropas auxiliares, además de la reina Roen y lord Brocker, se reunieron con él allí. Lady Murgda escapó del palacio el día después de la gala. Se produjo un incendio, una batalla terrible en los pasillos, y lady Murgda huyó en medio de la confusión. Se cree que intentó llegar a caballo a la almenara de Meseta Marmórea, pero los vallenses ya habían tomado el control de las vías.

Fuego cerró los ojos en un intento por soportar la presión de todas aquellas noticias terribles y sin sentido. No quería ir a Fuerte Diluvio, pero también sabía que no podía quedarse allí para siempre, abusando de la hospitalidad de aquellas personas. E imaginó que los curanderos del ejército podrían echarle un vistazo a sus manos. Aún no las había visto, pero era evidente que estaban hinchadas y eran inservibles; sentía el dolor debajo de las vendas, como si en el extremo del brazo ya no tuviera manos, solo aquella sensación de dolor.

Fuego intentó no pensar demasiado en lo que implicaría que los curanderos le dijeran que iba a perder las manos.

También había otra cosa en la que intentaba no pensar demasiado, aunque no lo conseguía. Era el recuerdo de algo que había ocurrido hacía meses, antes de planificar la gala, antes de que Arco descubriera el vino de Mydogg en la bodega del capitán Hart. Fuego había pasado varios días interrogando a prisioneros, uno detrás de otro, y Arco estuvo presente en algunas ocasiones. Habían interrogado a aquel malhablado que dijo algo sobre un arquero muy alto que tenía una puntería exacta, un violador que había estado en las mazmorras de Nax unos veinte años antes, Jod. A Fuego le alegró recordarlo, porque al fin sabía el nombre y la naturaleza del arquero con la mente nublada.

Aquel día no se había acordado de que, unos veinte años antes, Nax había escogido a una bestia de sus mazmorras para mandarla al norte y que violara a la mujer de Brocker. Lo único bueno que salió de todo aquello fue el nacimiento de Arco, que se convirtió en un hombre alto y digno de su apodo.

El interrogatorio había terminado con Arco dándole un puñetazo al informante en la cara. Aquel día, Fuego había pensado que era por la manera de hablar de aquel hombre.

Y tal vez fuera por eso. Fuego nunca sabría en qué momento Arco había empezado a sospechar de la identidad de Jod.

Arco se había guardado sus pensamientos y sus miedos para sí, porque Fuego le acababa de romper el corazón.

Cuando llegó el día, sus guardias —en aquel momento eran diecinueve, ya que Mila no estaba con ellos— envolvieron a Fuego con muchas mantas para el viaje y le sujetaron con cuidado las manos al cuerpo con cuerdas para que las tuviera cerca del calor corporal. La subieron a la montura de Neel, y cuando Neel montó detrás de ella, también la ataron —sin apretar demasiado— a él. Partieron a paso lento, y aunque Neel era fuerte y atento, a Fuego le parecía aterrador que su equilibrio dependiera solo de él.

Luego, con el tiempo, el movimiento se volvió relajante. Fuego se recostó contra Neel, abandonó sus responsabilidades y durmió.

El caballo tordo rodado demostró ser un completo salvaje cuando se separó de Fuego y tuvo que vérselas con la gente de las rocas, la guardia de Fuego y diecinueve monturas militares. Había estado paseando por las rocas en la superficie mientras Fuego se recuperaba y había salido disparado cada vez que se asomaba alguien; se había negado a que le pusieran bridas o a que lo llevaran a la caballeriza subterránea. No había querido ni que se le acercaran. Pero tampoco había parecido dispuesto a que lo dejaran allí cuando vio que se llevaban a Fuego. Por eso, cuando el grupo se fue abriendo camino hacia el este, el caballo los siguió, con timidez y siempre a una distancia prudencial.

Las batallas en el frente sur se llevaron a cabo en tierra y en las cavernas entre los terrenos de Gentian, Fuerte Diluvio y el río Alado. No importaba los terrenos que el comandante ganara o perdiera; el fuerte en sí seguía estando bajo control vallense. Se ubicaba en lo alto de un saliente de roca y estaba rodeado por murallas igual de altas que los tejados, y funcionaba como el cuartel general vallense y como hospital.

Clara fue corriendo hasta ellos en cuanto entraron por las puertas. Se quedó al lado del caballo de Neel mientras los guardias desataban las cuerdas con que habían sujetado el cuerpo de Fuego al del guardia. Bajaron a la joven y le quitaron las mantas. La princesa estaba llorando, y cuando abrazó a Fuego y la cubrió de besos —con cuidado de no darle en las manos, que todavía las tenía sujetas al cuerpo—, la joven, aturdida, se sumió en aquel abrazo. Deseó poder rodear con sus brazos a Clara, que estaba llorando por Arco y en cuyo vientre llevaba a su bebé. Ojalá pudiera fundirse con ella.

—Fuego —dijo Clara al fin—, nos estábamos volviendo locos de preocupación. Brigan parte esta noche hacia el frente norte. Será un gran alivio para él verte con vida antes de marcharse.

—No —soltó Fuego, apartándose repentinamente de Clara y sorprendida por su propia reacción—. No quiero verlo. Dile que le deseo lo mejor, pero no quiero verlo.

—Vaya —dijo Clara, que se había quedado atónita—. Bueno, ¿estás segura? Porque no se me ocurre cómo vamos a impedírselo en cuanto vuelva de los túneles y se entere de que estás aquí.

Los túneles. Fuego notó que la sensación de pánico iba en aumento.

—Las manos —dijo la joven centrándose en un dolor más aislado—. ¿Hay algún curandero que pueda atenderme?

Los dedos de la mano derecha de Fuego estaban llenos de ampollas, hinchados y de un color rosáceo; parecían trozos de carne blanca sin cocinar. Se quedó mirándolos, cansada y asqueada, hasta que percibió que la curandera estaba contenta por la apariencia que tenían.

—Es demasiado pronto para saberlo aún —le anunció—, pero tenemos motivos para albergar esperanzas.

La curandera le aplicó un ungüento en la mano con sumo cuidado, la cubrió con vendas sin apretar y retiró el vendaje de la otra mano mientras tarareaba una canción.

El dedo anular y el meñique de la mano izquierda de Fuego estaban negros y tenían un aspecto necrosado desde la punta hasta el nudillo. La curandera, que había dejado de tararear, le preguntó si era cierto lo que había oído, que Fuego era una violinista con talento.

—Bueno —dijo la mujer—, ahora lo único que podemos hacer es observar cómo mejoran esos dedos y esperar.

Le dio una pastilla y algo de beber para que se la tragara, le aplicó el ungüento y le cubrió la mano con vendas.

—Quedaos aquí —le pidió la curandera a Fuego.

Salió a toda prisa de aquella habitación pequeña y oscura, donde ardía un fuego humeante en la chimenea y las contraventanas estaban cerradas para mantener el calor en el lugar.

Fuego tuvo un vago recuerdo de un tiempo en el que se le había dado mejor ignorar asuntos en los que ya no valía la pena pensar. En una ocasión había tenido el control, y no se había sentado, deprimida y desdichada, en una sala de observación mientras toda su guardia se quedaba vigilándola con una especie de desolación compasiva.

Y entonces Fuego percibió a Brigan acercándose. Era una enorme fuerza en movimiento llena de sentimientos: preocupación, alivio, consuelo. Era demasiado intenso para Fuego; no podía soportarlo en ese momento. Empezó a respirar con dificultad; se estaba ahogando. Cuando Brigan llegó a la sala, la joven se bajó de la camilla y corrió a un rincón.

No, le dijo mentalmente. *No quiero que estés aquí. No.*

—Fuego —inquirió Brigan—. ¿Qué ocurre? Por favor, dímelo.

Por favor, márchate. Por favor, Brigan. Te lo ruego.

—Dejadnos —le dijo Brigan en voz baja a la guardia.

¡No! ¡Los necesito!

—Quedaos —rectificó Brigan con el mismo tono de voz.

La guardia de Fuego, que ya estaba curada de espanto, dio media vuelta y volvió a entrar en la sala.

«Fuego», pensó Brigan. «¿He hecho algo que te haya enfadado?».

No. Bueno, sí. Sí que lo has hecho, le contestó de manera violenta. *A ti nunca te cayó bien Arco. No te importa que haya muerto.*

«Eso no es cierto», pensó Brigan con toda certeza. «Yo tenía a Arco en cierta estima, pero eso apenas importa, porque tú le quieres y yo te quiero a ti. Tu dolor me trae dolor. La muerte de Arco es algo triste».

Por eso debes marcharte, dijo Fuego mentalmente. *Aquí no hay más que tristeza.*

Se oyó un ruido en la puerta y la voz áspera de un hombre.

—Comandante, estamos listos.

—Ya voy —contestó Brigan por encima del hombro—. Esperadme fuera.

El hombre se marchó.

Vete, le dijo Fuego a Brigan. *No les hagas esperar.*

«No te voy a dejar así», pensó el comandante.

No te voy a mirar, dijo Fuego presionando la pared con torpeza con las manos vendadas. *No quiero ver tus heridas de guerra.*

Brigan se acercó hasta el rincón en que se encontraba Fuego. La joven percibió la misma sensación terca y firme de siempre. Brigan posó la mano sobre el hombro derecho de Fuego e inclinó el rostro hacia su oreja izquierda. Ella podía notar la rugosidad de su barba incipiente y el frío de su rostro en contacto con el suyo; sentirlo le resultaba dolorosamente familiar. De repente Fuego se recostó contra él, le abrazó con torpeza el brazo izquierdo, rígido por la armadura de cuero, y tiró de él para que la rodeara. Ella permaneció con los brazos en jarras, inservibles, y las lágrimas dibujaban surcos en su rostro. Seguía sin mirarlo.

—Eres tú quien tiene heridas nuevas —dijo Brigan en voz muy baja para que solo lo pudiera oír ella.

—No te vayas —le dijo Fuego—. Por favor, no te vayas.

—No me quiero ir por nada del mundo, pero sabes que debo hacerlo.

—No quiero quererte si vas a morir —soltó Fuego, enterrando el rostro en su brazo—. No te quiero.

—Fuego —dijo él—. Hazme un favor. ¿Mandarás noticias al frente norte para que sepa cómo te está yendo?

—No te quiero.

—¿Significa eso que no mandarás noticias?

—No —contestó Fuego, confundida—. O sea, sí. Mandaré noticias, pero...

—Fuego —la interrumpió con amabilidad mientras empezaba a deshacer el abrazo—. Tienes que sentir lo que sientes. Yo...

Otra voz, cortante e impaciente, los interrumpió desde la puerta.

—¡Comandante! Los caballos nos esperan.

Brigan se dio la vuelta para mirar al hombre de frente y maldijo con la mayor exasperación e ira que había visto Fuego en su vida. El hombre se escabulló, alarmado.

—Te quiero —le dijo Brigan con mucha calma a Fuego, que estaba de espaldas—. Espero que en los próximos días te reconforte saber eso. Yo lo único que te pido es que intentes comer y dormir, te sientas como te sientas. Esas dos cosas. Y que me mandes noticias para que sepa cómo estás. Dime si hay alguien o algo que te pueda enviar.

Ve con cuidado. Ve con cuidado, le dijo Fuego mentalmente mientras salía del edificio y el convoy atravesaba las puertas.

Menudas palabras más tontas y vacías le acababa de decir.

Capítulo veintinueve

Fuego supuso que no había mucho que una persona sin manos pudiera hacer en Fuerte Diluvio. Clara estaba ocupada con los capitanes de Brigan y un flujo constante de mensajeros, y Garan rara vez se dejaba ver. Cuando lo hacía, fulminaba a Fuego con su mirada, como era habitual. La joven los evitaba, del mismo modo en que evitaba la sala en la que yacían filas interminables de soldados sufriendo.

No le permitían ir más allá de los muros de la fortaleza, por eso Fuego pasaba el tiempo en dos lugares. Uno era el dormitorio que compartía con Clara, Musa y Margo, donde fingía dormir cada vez que entraba la princesa, ya que hacía demasiadas preguntas sobre Arco. El otro era el tejado de la fortaleza, que estaba constantemente vigilado. Permanecía allí abrigada con un manto con capucha y con las manos bajo las axilas para protegerlas y establecía contacto mental con el caballo tordo rodado.

La yegua —ahora que tenía la mente despejada, Fuego supo que se trataba de una yegua— vivía en las rocas que había al norte del edificio. Se había separado del grupo de Fuego cuando se acercaron al fuerte, y a pesar de los intentos del caballerizo mayor, no consiguieron que el animal entrara en la cuadra con el resto de caballos. Fuego no permitió que nadie subyugara a la yegua con ninguna sustancia; tampoco quiso imponerle el encierro. El caballerizo mayor había alzado las manos hacia el cielo, indignado. Era evidente que se trataba de una yegua de una calidad excepcional, pero el hombre estaba hasta arriba de trabajo con tantos caballos lesionados, cascos mudados y arreos estropeados, por lo que no tenía tiempo que perder con un animal recalcitrante.

De modo que la yegua vivía en libertad entre las rocas. Si le llevaban comida, se la comía; si no, la buscaba ella misma e iba a visitar a Fuego cada vez que la joven la llamaba. El animal le transmitía una sensación extraña y salvaje, poseía una mente maravillosa e intacta con la que Fuego podía tantear y ejercer su influencia, pero no podía llegar a comprenderla. El lugar de la yegua estaba entre las rocas, sola y a su aire, aunque se ponía agresiva cuando tenía que hacerlo.

Con todo, también rezumaba una sensación de amor que, a su manera, la constreñía. Aquella yegua no tenía intención alguna de abandonar a Fuego.

Pasaban el rato a la vista la una de la otra y sentían sus sentimientos unidos mediante el poder de Fuego, que hacía las veces de ronzal. Aquella yegua era preciosa, su pelaje era suave y tenía manchas circulares de color gris; la crin y la cola eran largas y gruesas, estaban enredadas y eran de un gris intenso como el color pizarra. Sus ojos eran azules.

Cómo deseaba que le permitieran salir del fuerte, le habría gustado estar con la yegua entre las rocas, montarse en ella y dejar que la llevara donde el animal quisiera.

Garan entró airado al dormitorio de Fuego una mañana en la que estaba acurrucada bajo las mantas intentando aplacar la quemazón de las manos y fingiendo que dormía. El príncipe permaneció a su lado y fue directo al grano:

—Levántate, Fuego. Te necesitamos. —No parecía enfadado, pero tampoco daba la sensación de que aquello fuera una petición.

—Tengo las manos inservibles —dijo Fuego parpadeando.

—No te hacen falta las manos para hacer lo que necesitamos.

—Quieres que interrogue a alguien. —Fuego cerró los ojos—. Lo siento, Garan. No me encuentro bien.

—Te encontrarías mejor si te levantaras y dejaras de estar así de abatida —dijo sin rodeos—. Da igual, el caso es que no te necesitamos para un interrogatorio.

—A ti nunca te cayó bien Arco. —Fuego estaba furiosa—. No te importa en absoluto lo que ocurrió.

—No puedes percibir cómo me siento. De lo contrario, no dirías semejante necedad —respondió Garan de manera acalorada—. No me voy a ir de aquí hasta que te levantes. Hay una guerra a dos pasos de nosotros, y ya tengo que lidiar con bastantes cosas como para que tú te consumas cómo una mocosa que solo piensa en sí misma. ¿Qué pasa, que un día tendré que enviar un mensaje a Brigan, Nash y Brocker diciéndoles que te has muerto de nada en particular? Me agotas, Fuego. Te lo ruego, si no te levantas por ti, hazlo por mí. No tengo ganas de morir.

En algún momento, durante el transcurso de aquel gran discurso, Fuego se había incorporado en la cama y miraba a Garan con los ojos bien abiertos. El príncipe tenía la piel cubierta de sudor y respiraba de manera agitada. Estaba más delgado que antes —algo que parecía imposible— y en su rostro se adivinaban destellos de dolor. Fuego alargó la mano, consternada, y le indicó que se sentara. Garan se sentó y Fuego le alisó el pelo con el bulto vendado que tenía por mano y lo ayudó a que respirara con más calma.

—Has perdido peso —dijo Garan al fin, mirando con tristeza a Fuego a la cara—. Y tienes la mirada vacía; es horrible y me entran ganas de zarandearte.

—No creo que esté abatida exactamente —dijo Fuego mientras volvía a acariciarle el pelo; había elegido las palabras con cuidado para que no se le saltaran las lágrimas—. Para eso tendría que sentir algo, y me siento desconectada de mí misma.

—Tu poder sigue siendo fuerte, puedo sentirlo. Me has tranquilizado enseguida.

Fuego se preguntaba si era posible ser poderosa pero estar hecha añicos por dentro y temblar todo el rato. Volvió a escudriñar el rostro de Garan. La verdad era que no tenía buen aspecto, cargaba con demasiadas preocupaciones.

—¿Qué necesitáis que haga? —preguntó la joven.

—¿Estarías dispuesta a aliviar el dolor de los soldados que hay en el fuerte y que se están muriendo?

Las curas en el fuerte se llevaban a cabo en la inmensa ala que había en la parte de abajo y que, en tiempos de paz, era la residencia de quinientos soldados. No había cristales en las ventanas, y habían cerrado los postigos para conservar el calor de las chimeneas que había en las paredes y del fuego que ardía en medio de la estancia; el humo ascendía en nubes caprichosas hacia un humero abierto en el techo que conducía hacia el tejado y el cielo.

La sala estaba poco iluminada, los soldados gemían y gritaban, y olía a sangre, humo y algo empalagoso que hizo que Fuego se detuviera en la entrada. Aquello se parecía demasiado a adentrarse en una de sus pesadillas. No podía hacerlo.

Pero entonces vio a un hombre tumbado de espaldas sobre una cama, con la nariz y las orejas tan negras como sus dedos; una única mano descansaba sobre su pecho, la otra la había perdido: no era más que un muñón envuelto en una gasa. Apretaba los dientes de dolor y tiritaba a causa de la fiebre. Fuego se acercó a él porque no pudo ignorar la compasión que le despertaba. En cuanto la vio, el pánico que había en él pareció aliviarse. La joven se sentó en el borde de la cama y lo miró a los ojos. Entendió que el hombre estaba agotado, pero demasiado distraído por el dolor y el miedo como para poder descansar. Fuego le arrebató la sensación de dolor y apaciguó sus miedos. Le ayudó a dormir.

Así fue como Fuego se convirtió en un elemento fijo de la sala de curas, ya que su poder era mejor que los fármacos de los cirujanos para quitar el dolor, y en aquella sala había todo tipo de dolor. A veces bastaba con sentarse con un soldado para calmarlo, a veces costaba un poco más, como cuando a alguien le estaban arrancando una flecha o durante una cirugía en la que el soldado tuviera que estar despierto. Había días en los que tenía la mente en diferentes partes del ala a la vez, apaciguando el dolor donde fuera más insoportable, mientras su cuerpo iba y venía entre las hileras de pacientes; llevaba el pelo suelto y buscaba con la mirada a aquellos hombres y mujeres metidos en cama que se sentían menos asustados al verla.

A Fuego le sorprendió —aunque no lo dejó ver— lo fácil que era hablar con soldados que se estaban muriendo, que no se iban a recuperar nunca, que habían perdido a sus amigos o que pasaban miedo por sus familias. Creía que ya había alcanzado el límite de su capacidad para soportar el dolor y que no podía albergar más, pero luego recordó haberle dicho a Arco en alguna ocasión que no se podía medir el amor en una escala de grados, y allí comprendió que lo mismo ocurría con el dolor. El dolor podía acentuarse y, en el momento en que creía haber alcanzado el límite, empezar a desbordarse por los lados, propagarse, afectar a otras personas y mezclarse con su dolor. Se hacía más grande pero, de algún modo, menos sofocante. Fuego había creído estar atrapada en un lugar aislado de la gente con vidas y sentimientos normales y corrientes, pero no se había dado cuenta de cuántas personas estaban atrapadas allí con ella.

Al fin dejó que Clara entrara en aquel lugar y le contó lo que el dolor de la princesa tanto había anhelado: los hechos de lo que había ocurrido.

—Murió solo —le dijo Fuego en voz baja.

—Y murió creyendo que te había fallado —respondió Clara también en voz baja—. Para entonces ya debía conocer el plan que tenían para secuestrarte, ¿no crees?

—Sin duda, por lo menos lo sospechaba —contestó Fuego.

Mientras iban descubriendo la historia al verbalizarla, Fuego se dio cuenta de cuántos detalles desconocía. Intentar rellenar esos huecos le dolía y tranquilizaba a la vez, como el ungüento que los curanderos le ponían en las manos en carne viva. Jamás sabría cómo se había sentido Arco al enterarse de que le había disparado su propio padre. Tampoco sabría si las cosas habrían sido de otra manera si Fuego hubiera prestado más atención, si hubiera insistido más en que no se marchara; si años antes hubiera encontrado la manera de hacer que Arco dejara de quererla tanto. Si Arco, a pesar de lo fuerte que fuera mentalmente o de la intensidad de su afecto, hubiera sido completamente inmune a la belleza de monstruo de Fuego.

—Supongo que tampoco sabremos cómo era en realidad Jod —dijo Clara una vez que Fuego hubo expresado sus pensamientos con voz queda—. Sabemos que fue un criminal, eso desde luego —continuó firme—. Y una escoria despiadada que se merecía morir, aunque fuera el abuelo de mi hijo —resopló. Y luego añadió—: Menudo par de abuelos habría tenido este niño. Pero lo que quiero decir es que nunca sabremos si Jod habría matado a su propio hijo de haber estado en sus cabales en vez de bajo los efectos de aquel espantoso muchacho al que tiraste dentro de la grieta de la montaña. Y que se vaya al cuerno. Espero que haya muerto entre terribles dolores atravesado por una roca puntiaguda.

Clara era una persona con la que, por raro que fuera, Fuego se sentía muy a gusto durante aquellos días. Embarazada estaba incluso más impresionante que antes. Ya estaba de casi cinco meses, tenía el cabello más espeso y le brillaba más, y la piel le resplandecía. La determinación que solía mostrar se veía avivada por una vitalidad extra. Estaba tan llena de vida que a veces a Fuego le resultaba hasta doloroso. Pero la princesa también se enfadaba cuando tocaba enfadarse y no tenía pelos en la lengua. Y llevaba al hijo de Arco en su vientre.

—Lord Brocker también es el abuelo de tu hijo —dijo Fuego con voz suave—. Y tiene dos abuelas de las que no hay por qué avergonzarse.

—En cualquier caso —dijo Clara—, si nos van a juzgar por nuestros padres y abuelos, que las rocas nos asistan.

Exacto, pensó para sí misma Fuego. *Que las rocas nos asistan.*

Al quedarse a solas, Fuego no podía evitar pensar en su hogar, en sus recuerdos. En el tejado, cuando iba a visitar a la yegua, trataba de no pensar en Lento, que estaba muy lejos, en Ciudad del Rey. Seguramente se estaría preguntando por qué se había marchado Fuego y si volvería en algún momento.

Por la noche, cuando no podía dormir, Cansrel y Arco se turnaban para aparecer en sus pesadillas. Cansrel, con la garganta destrozada, de repente se convertía en Arco, que la miraba fijamente con la misma hostilidad habitual de Cansrel. A veces estaba conduciendo a Arco a su muerte en vez de a Cansrel, o a los dos juntos; a veces Cansrel mataba a Arco o violaba a la madre de su amigo, Arco lo encontraba y lo mataba. Daba igual lo que ocurriera o quién de los dos volviera a morir en sueños, Fuego se despertaba con la misma pena implacable.

Llegaron noticias desde el frente norte diciendo que Brigan iba a mandar a Nash hacia Fuerte Diluvio, y que Brocker y Roen irían detrás.

Garan estaba indignado.

—Puedo entender que mande a Nash aquí para que ocupe su lugar —empezó—. Pero ¡por las rocas! ¿Por qué ha decidido deshacerse de todo el equipo de estrategia? Lo siguiente que hará será mandarnos a la Tercera y la Cuarta División y enfrentarse al ejército de Mydogg él solito.

—La zona debe estar volviéndose demasiado peligrosa para cualquiera que no sea soldado —dijo Clara.

—Si es así, debería decírnoslo.

—Garan, nos lo ha dicho. ¿Qué crees que quiere decir con eso de que incluso en el campamento es raro que puedan tener una noche de descanso? ¿Te imaginas a los soldados de Mydogg robándoles horas de sueño a los nuestros entre bebidas y bailes? ¿Has leído el último informe? El otro día, un soldado de la Tercera División atacó a su propia compañía; asesinó a tres de sus compañeros antes de que lo mataran a él. Mydogg había prometido pagarle una fortuna a su familia si traicionaba a los suyos.

Al trabajar en la sala de curas, Fuego no podía librarse de enterarse de las cosas que ocurrían en el campo de batalla y en la guerra, y entendió que a pesar de los cuerpos destrozados que los médicos traían cada día de los túneles, a pesar de lo difícil que era hacer llegar la comida a los campamentos en el sur, retirar a los heridos y reparar las armas y las armaduras, y a pesar de las hogueras que se encendían cada noche para incinerar a los muertos, se creía que la guerra en el sur iba bien. En Fuerte Diluvio, había escaramuzas a caballo y a pie, grupos de soldados que atrapaban a otros en una caverna, ataques rápidos y retiradas igualmente rápidas. Los soldados de Gentian, liderados por uno de los capitanes píqueos de Mydogg, estaban desorganizados. Los de Brigan, por otra parte, estaban muy bien entrenados para que supieran cuáles eran sus responsabilidades en cualquier situación. Las comunicaciones entre ellos eran todo lo fluidas que podían ser en una guerra en los túneles, y tenían un gran número de exploradores expertos. Brigan había partido con el pronóstico de que los vallenses tan solo necesitarían algunas semanas para hacer algún avance significativo.

Pero en el frente norte, la batalla se estaba librando en campo abierto, en la llanura al norte de la ciudad, donde el ingenio de la estrategia no era una gran ventaja. El terreno y la visibilidad permitían enfrentamientos a destajo durante todo el día y hasta que cayera la noche. Casi todas las batallas terminaban con la retirada del bando vallense. Los hombres de Mydogg eran violentos, y tanto él como Murgda estaban allí con ellos. La nieve y el hielo estaban mostrando no ser benévolos con los caballos, por lo que en muchas ocasiones los soldados terminaban luchando a pie. Empezó a quedar claro que excedían en número a los vallenses, de lejos. Muy poco a poco, Mydogg iba avanzando hacia la ciudad.

Cómo no, Brigan había ido al norte, porque el comandante siempre iba donde las cosas estuvieran yendo peor. Fuego supuso que tenía que estar allí para dar discursos conmovedores y liderar el ataque o para lo que fuera que hicieran los comandantes en tiempos de guerra. Le molestaba lo competente que era en algo tan estúpido. Cómo le habría gustado que Brigan —o cualquier otra persona— tirara la espada y dijera: «¡Basta! ¡Qué manera tan estúpida de decidir quién está al mando!». A Fuego le parecía, conforme las camas en la sala de curas se llenaban y vaciaban una y otra vez, que no estaba quedando demasiado sobre lo que reinar. El reino ya estaba fragmentado, y esa guerra estaba rompiendo aún más aquellos fragmentos.

Cansrel habría disfrutado todo aquello, le encantaba la destrucción sin sentido. Al muchacho probablemente también le habría gustado.

Arco se habría reservado su opinión. Al menos, no la habría compartido con Fuego, ya que sabía lo que pensaba la joven sobre la guerra. Y, sin importar lo que opinara, Arco habría ido a luchar con valentía por Los Valles.

Igual que estaban haciendo Brigan y Nash.

Cuando los primeros soldados de la guardia de Nash entraron por la puerta estrepitosamente, Fuego se avergonzó al percatarse de que iba hacia el tejado dando traspiés, descontrolada.

Preciosa mía, le gritó mentalmente a su compañera. *Mi yegua hermosa, no puedo soportarlo. Si tengo que cargar con lo de Arco y Cansrel, lo haré, pero no puedo cargar también con esto. Haz que se vaya. ¿Por qué tienen que ser soldados mis amigos?*

Poco después, cuando Nash subió al tejado para buscarla, Fuego no se arrodilló, a diferencia de su guardia y la del tejado. La joven le dio la espalda a Nash y mantuvo la mirada fija en la yegua con los hombros encorvados, como si quisiera protegerse de la presencia del monarca.

—Lady Fuego —la llamó Nash.

Alteza. No quiero faltaros al respeto, pero os ruego que os marchéis.

—Desde luego, señora, si es lo que deseáis —dijo débilmente—. Pero antes he prometido traeros unos cien mensajes del frente norte y de la ciudad. Son de parte de mi madre, vuestra abuela, Hanna, Brocker y Mila, y eso solo para empezar.

Fuego imaginó cómo sería el mensaje de Brocker: «Tú tienes la culpa de la muerte de mi hijo». El de Tess: «Te has destrozado esas preciosas manos que tenías con tu falta de cuidado, ¿verdad, nieta?». El de Hanna: «Me has dejado aquí sola».

Muy bien, le dijo Fuego mentalmente a Nash. *Dadme los mensajes si no queda otra.*

—Bueno —empezó Nash algo desconcertado—, os mandan su cariño, desde luego. Y su pesar por lo que le ha sucedido a Arco. Y se sienten muy aliviados por saber que seguís con vida. Y Hanna me ha pedido específicamente que os dijera que Manchitas se está recuperando. Señora... —Se detuvo—. Fuego, ¿por qué hablas con mi hermana y mis hermanos, pero no conmigo?

Si Brigan dice que hemos hablado, está mintiendo, espetó Fuego mentalmente.

Nash se quedó callado.

—No lo ha dicho, supongo que lo di por hecho. Pero está claro que sí hablas con Clara y con Garan.

Clara y Garan no son soldados. No van a morir, le dijo Fuego mentalmente, dándose cuenta al mismo tiempo de que aquella lógica tenía fallos, porque Garan podía morir por su enfermedad y Clara durante el parto; Tess podía morir por ser mayor, Brocker y Roen, por un asalto durante el viaje, y a Hanna la podían tirar al suelo desde un caballo.

—Fuego...

Nash, por favor. No me hagas hablar de mis motivos. Déjame a solas, por favor.

Aquellas palabras le hicieron daño al rey. Se dio la vuelta para marcharse, pero se detuvo y volvió a girarse.

—Una cosa más. Tu caballo está en la caballeriza.

Fuego miró hacia las rocas y vio a la yegua gris pisoteando con los cascos en la nieve sin entender lo que acababa de decir Nash. Le transmitió la confusión que sentía.

—¿No le dijiste a Brigan que querías tu caballo? —preguntó Nash.

Fuego se giró de repente y lo miró a la cara por primera vez. Nash era atractivo y tenía un aspecto imponente, tenía una nueva cicatriz en el labio y llevaba la capa colgando sobre la armadura de malla y cuero.

—¿No estarás hablando de Lento? —inquirió Fuego.

—Pues claro —contestó Nash—. En fin, Brigan pensó que lo querrías aquí. Está abajo.

Fuego salió corriendo.

Fuego había llorado mucho y en muchas ocasiones desde que encontró el cuerpo de Arco. Lloraba por cualquier tontería y siempre tenía lágrimas silenciosas surcándole el rostro. Pero la manera en que empezó a llorar cuando vio a Lento ahí tranquilo, con el pelo de la crin sobre los ojos, pegándose contra la puerta de la cuadra para alcanzarla, fue diferente. Pensó que se iba a asfixiar por la violencia de aquellos sollozos o que se le iba a desgarrar algo dentro.

Musa se asustó y acudió a la cuadra con Fuego. Le frotó la espalda mientras la joven se aferraba al cuello de Lento y jadeaba. Neel sacó pañuelos. De nada sirvieron, porque Fuego no podía dejar de llorar.

Es culpa mía, le decía a Lento una y otra vez. *Es culpa mía, Lento. Se suponía que tenía que morir yo, no Arco. Arco no tenía que morir.*

Durante mucho tiempo, Fuego lloró hasta llegar a un punto en el que entendió que lo que había sucedido no era culpa de ella. Y luego volvió a llorar más, simplemente por la pena de saber que Arco ya no estaba.

Fuego se despertó, pero no por una pesadilla, sino por algo reconfortante. Era la sensación de estar arropada con mantas calentitas y estar durmiendo contra la espalda de Lento, que también estaba calentita y se movía con la respiración del caballo.

Musa y otros guardias mantenían una conversación en susurros con alguien que estaba fuera de la cuadra. Fuego tanteó el terreno con la mente cansada. Ese alguien con quien estaban hablando era el rey.

El pánico de Fuego había desaparecido y en su lugar había un vacío extraño y tranquilo. Se puso en pie y, con cuidado, pasó la mano aún vendada sobre el inmenso cuerpo de Lento, evitando tocar las zonas en las que el pelaje crecía raro a causa de las cicatrices de los monstruos aves rapaces. La mente de Lento dormitaba y el heno que tenía cerca del hocico se movía al compás de su respiración. Lento era un bulto oscuro a la luz de la antorcha. Era perfecto.

Fuego contactó con la mente de Nash. El monarca acudió a la puerta de la cuadra y se inclinó sobre ella. La miró. Su rostro y sus sentimientos reflejaban indecisión y amor con claridad.

—Estás sonriendo —observó Nash.

Como era de esperar, se le saltaron las lágrimas al oírle decir aquello. Enfadada consigo misma, Fuego intentó contenerlas, pero no lo logró.

—Lo siento —dijo Fuego.

Nash entró en la cuadra y se puso en cuclillas en el hueco que había entre la cabeza y el pecho de Lento. Le acarició el cuello mientras pensaba en Fuego.

—Entiendo que has estado llorando una barbaridad —dijo Nash.

—Sí —contestó Fuego, desmoralizada.

—Debes estar cansada y dolorida.

—Sí.

—¿Y tus manos? ¿Te duelen mucho todavía?

Había algo reconfortante en aquel interrogatorio tranquilo.

—Están algo mejor que antes.

Nash asintió con seriedad y continuó acariciando el cuello de Lento. Iba vestido igual que antes, pero ahora llevaba el casco bajo un brazo. Parecía mayor en la oscuridad y bajo la luz naranja. Era mayor, tenía diez años más que Fuego. Casi todos sus amigos eran mayores. Incluso Brigan, que era el menor de los hermanos, le sacaba casi cinco años. Pero Fuego no creía que la diferencia de edad fuera lo que hacía que se sintiera como una niña rodeada de adultos.

—¿Por qué sigues aquí? —preguntó Fuego—. ¿No deberías estar en una caverna en algún lugar motivando a la gente?

—Sí —respondió Nash aceptando su sarcasmo con facilidad—. Y he venido a por mi caballo, para que pueda cabalgar hasta los campamentos. Pero ahora, en cambio, estoy hablando contigo.

Fuego repasó con el dedo una larga y fina cicatriz en la espalda de Lento mientras pensaba en que últimamente le resultaba más fácil comunicarse con caballos y desconocidos moribundos que con las personas a las que había creído que quería.

—No es razonable querer a personas que van a morir —dijo Fuego.

Nash pensó en aquellas palabras durante un instante mientras acariciaba el cuello de Lento con gran parsimonia, como si el destino de Los Valles dependiera de aquella caricia suave y cuidadosa.

—Tengo dos respuestas a eso —contestó Nash al fin—. La primera, todo el mundo va a morir. La segunda, el amor es una estupidez, no tiene nada que ver con la razón. Se quiere a quien se quiere. Contra toda razón, yo quise a mi padre. —Miró a Fuego con interés—. ¿Tú quisiste al tuyo?

—Sí —susurró ella.

—Yo te quiero —dijo Nash mientras acariciaba el hocico de Lento—, aunque sé que nunca seré tuyo. Y quiero a mi hermano, más de lo que pensaba antes de que aparecieras. No se puede escoger a quién se quiere, ni saber lo que uno será capaz de hacer en nombre del amor.

En ese momento, Fuego ató cabos. Sorprendida, se apartó y escudriñó el rostro suave de Nash, con luces y sombras. Vio una parte de él que no había visto antes.

—Acudiste a mí para recibir lecciones para protegerte la mente —dijo Fuego— y dejaste de pedirme que me casara contigo al mismo tiempo. Lo hiciste por amor a tu hermano.

—Bueno —contestó Nash clavando la mirada avergonzada en el suelo—, también intenté darle algún puñetazo, pero eso da igual ahora.

—Se te da bien mostrar tu amor —dijo Fuego, porque le parecía que era cierto—. A mí, no tanto. Es como si tuviera pinchos: alejo a todos los que quiero.

—A mí no me importa que me alejes si eso significa que me quieres, hermanita —contestó Nash mientras se encogía de hombros.

Capítulo treinta

Fuego empezó a escribir una carta mentalmente dirigida a Brigan. No le estaba quedando demasiado bien. *Querido Brigan, no creo que debas hacer lo que estás haciendo. Querido Brigan, la gente se está alejando de mí y yo me estoy aislando.*

La hinchazón de las manos ya había desaparecido y no se le habían ennegrecido nuevas zonas. Los curanderos habían dicho que probablemente tendrían que operar a Fuego cuando hubiera pasado algo más de tiempo, para amputarle los dos dedos necrosados de la mano izquierda.

—Con todos los medicamentos que tenéis —preguntó Musa a uno de los curanderos—, ¿de verdad no hay nada que pueda ayudarla?

—No existen medicamentos que puedan revivir algo que está muerto —contestó el curandero en un tono seco—. Ahora mismo lo mejor es que lady Fuego empiece a utilizar las manos con regularidad. Se dará cuenta de que se pueden hacer bastantes cosas sin los diez dedos.

No era lo mismo que antes, pero sí era un gran alivio contar con el permiso para cortar su propia comida, abrocharse los botones y recogerse el pelo. Y lo hacía, aunque sus movimientos fueran torpes e infantiles al principio y le ardieran los dedos que tenía sanos. Lo hacía aunque percibiera la pena que sentían los amigos que la observaban. Aquella pena la volvía más terca.

Pidió permiso para ayudar con tareas prácticas en la sala de curas, como vendar heridas o dar de comer a los soldados que no podían hacerlo por sí mismos. A ellos no les importaba que les derramara caldo en la ropa.

Conforme fue mejorando en su destreza, Fuego empezó incluso a ayudar en algunos de los aspectos más simples de las cirugías: sujetar los faroles, pasarles a los cirujanos los suministros. Se dio cuenta de que toleraba bien la sangre, las infecciones y las entrañas de los hombres —rara vez eran más desagradables que las de los monstruos insectos—. Algunos de los soldados le resultaban familiares por las tres semanas que había pasado viajando con la Primera División. Supuso que algunos de ellos habían sido enemigos con anterioridad, pero parecía que, estando en guerra, sufriendo dolores y necesitando tanto consuelo, ya se habían olvidado de aquello.

Un día atendieron a un soldado del que se acordaba bastante bien; tenía una flecha clavada en el muslo. Era el hombre que un día le había dejado su violín, un hombre arrugado, amable y enorme como un árbol. Fuego sonrió al verlo. De vez en cuando mantenían alguna conversación en voz baja mientras la joven le aliviaba el dolor de la herida que le estaba curando. Él no decía gran cosa sobre los dedos de Fuego, pero, cada vez que los veía, sí que se le dibujaba una expresión que reflejaba la compasión que sentía por ella.

Cuando Brocker llegó, tomó las manos de Fuego, se las puso en la cara y dejó que las lágrimas cayeran en ellas.

Brocker llegó acompañado no solo de Roen, sino también de Mila, ya que le había pedido que fuera su asistente militar y la joven guardia había aceptado. Brocker y Roen, viejos amigos que llevaban sin verse desde los tiempos del rey Nax, eran ahora inseparables, y Mila solía estar con ellos.

Fuego solo veía a Nash de vez en cuando, cuando acudía al fuerte para recabar información o para elaborar alguna estrategia con Garan, Clara, Brocker y Roen. Siempre iba sucio, estaba ojeroso y sus sonrisas eran escasas.

—Creo que el rey Nash volverá —solía decirle Mila a Fuego para tranquilizarla cada vez que Nash se marchaba hacia las cavernas, y, aunque sabía que la afirmación de Mila no tenía fundamento alguno, Fuego se sentía reconfortada por aquellas palabras.

Mila había cambiado. Trabajaba duro junto a Brocker, absorta y en silencio.

—Me he enterado de que existe un fármaco que pone fin al embarazo en cuanto se tienen los primeros síntomas —le dijo un día a Fuego—. Para mí es demasiado tarde, desde luego. ¿Vos lo sabíais, mi señora?

—Claro que no —contestó Fuego, anonadada—. De lo contrario, te lo habría dicho y lo habría encontrado.

—Fue Clara quien me lo contó —prosiguió Mila—. Los curanderos del rey son asombrosos, pero da la impresión de que es necesario haber crecido en ciertas partes de Ciudad del Rey para poder conocer todo lo que son capaces de hacer. Me enfadé mucho cuando me enteré —añadió—. Estaba furiosa. Pero de nada sirve pensar en eso ahora. Soy igual que el resto, ¿no, mi señora? Todos tomamos caminos que en un principio no habríamos elegido. Creo que a veces me canso de tanto quejarme.

—Ese hijo mío… —dijo Brocker ese mismo día, más tarde. Estaba sentado al lado de Fuego en el tejado, adonde había permitido que le llevaran porque quería ver a la torda rodada. Sacudió la cabeza y refunfuñó—. Mi hijo… Supongo que tengo nietos a los que jamás conoceré. Era de esperar que muriera, por lo que en vez de estar furioso por lo de Mila y la princesa Clara, me consuela.

Observaron el baile que estaba teniendo lugar delante de ellos: dos caballos dando vueltas, uno alrededor de la otra; uno de ellos, marrón y sencillo, estiraba el hocico de vez en cuando en un intento por plantarle un beso húmedo en la grupa gris y escurridiza de la otra. Fuego estaba intentando que los dos caballos se hicieran amigos, ya que, si la yegua tenía la intención de seguir a Fuego a todas partes, iba a necesitar más compañeros en quienes confiar en aquel mundo. Ese día había dejado de intentar intimidar a Lento encabritándose y dándole coces. Ya era un progreso.

—Es una yegua de río —dijo Brocker.

—¿Una qué?

—Una yegua de río. He visto un par de tordos rodados como esa antes; provienen de la desembocadura del río Alado. No creo que haya mercado para los caballos de río, a pesar de que son excepcionales. Son ridículamente caros, difíciles de apresar y más difíciles aún de domar. No son tan sociables como otros caballos.

Fuego recordó en aquel momento que Brigan una vez le había hablado con avidez sobre los caballos de río. También recordó que la yegua la había llevado de manera obstinada hacia el sur y el oeste de las tierras de Tajos hasta que Fuego le hizo dar la vuelta. Intentaba volver a casa —llevar a Fuego a su casa, donde empezaba el río—. Y ahora estaba ahí, donde no quería estar, pero donde había elegido estar a pesar de todo.

Querido Brigan, pensó para sí. *La gente quiere cosas incongruentes e imposibles. Los caballos, también.*

—¿El comandante ya le ha echado un vistazo? —preguntó Brocker, divertido por su propia pregunta. Al parecer, ya estaba informado de la actitud de Brigan hacia los caballos.

—No me importa lo que valga —dijo Fuego en voz baja—, ni le ayudaré a que la dome.

—Estás siendo injusta —le dijo Brocker con suavidad—. Al chico se lo conoce por su amabilidad con los caballos. No doma a los animales que no muestran predisposición a ello.

—Pero ¿qué clase de caballo no mostraría tal predisposición? —dijo Fuego, y luego se detuvo, porque se estaba comportando como una tonta sentimental; estaba revelando demasiado.

—He cometido algunos errores muy graves —empezó a decir Brocker un momento después, en un tono de voz extraño y desconcertado del que Fuego no estaba del todo segura qué pensar—, y la cabeza me da vueltas cuando intento comprender todas las consecuencias de esos errores. Tal vez —dijo clavando la mirada en el regazo— me hayan castigado justamente. Joven, tus dedos me parten el corazón. ¿Podrías aprender a tocar las cuerdas del violín con la mano derecha?

Fuego fue a tomarle la mano y la apretó con toda la fuerza que pudo, pero no contestó. Había pensado en tocar el violín con la mano contraria, pero le daba la sensación de que era como empezar de cero. Con dieciocho años, los dedos no aprendían a volar sobre las cuerdas con la misma facilidad que a los cinco. Además, sostener el arco sería demasiado para una mano que solo tenía dos dedos y un pulgar.

El paciente violinista había hecho otra sugerencia. ¿Y si seguía con el violín en la mano izquierda y el arco en la derecha, como siempre, pero ajustaba la música para que pudiera tocarla con tan solo dos dedos? ¿Con cuánta rapidez y precisión podría pulsar las cuerdas? En una ocasión, por la noche, a oscuras y sin que su guardia pudiera verla, Fuego hizo como que tocaba el violín y apretó con los dedos sobre cuerdas imaginarias. En aquel momento le había parecido un ejercicio torpe, inútil y deprimente. La pregunta de Brocker hizo que se planteara si volvería a intentarlo.

Una semana más tarde, Fuego llegó a entender el resto de las palabras de Brocker.

Se había quedado hasta tarde en la sala de curas salvándole la vida a un hombre. Era algo que podía hacer muy de vez en cuando, ya que era cuestión de la fuerza de voluntad que tuvieran los soldados más cercanos a la muerte; algunos estaban agonizando por el dolor, otros ni siquiera estaban conscientes. En el momento en que se rindieran, Fuego podía darles ánimo si querían. Les podía ayudar a aferrarse a la vida. Pero no siempre funcionaba. Un hombre que no dejaba de sangrar jamás sobreviviría, daba igual la firmeza con que luchara contra la muerte. Pero a veces lo que Fuego les proporcionaba era suficiente.

Por supuesto, aquello la dejaba agotada.

Aquel día tenía hambre y sabía que habría comida en el despacho en el que Garan, Clara, Brocker y Roen se pasaban el día esperando con inquietud a recibir mensajes y discutiendo. Pero aquel día no estaban discutiendo. Al entrar en la estancia con su guardia, Fuego sintió un ambiente más relajado de lo normal. Nash se encontraba allí, sentado al lado de Mila, charlando. Tenía una sonrisa dibujada en el rostro más sincera de lo que había visto Fuego en mucho tiempo. Garan y Clara comían tranquilamente de unos cuencos, y Brocker y Roen estaban sentados juntos en una mesa, trazando líneas en un mapa topográfico de lo que parecía ser la mitad sur del reino. Roen murmuró algo que hizo que Brocker soltara una risita.

—¿Qué ocurre? ¿Qué ha pasado? —preguntó Fuego.

Roen levantó la vista del mapa y señaló una sopera con estofado que había en la mesa.

—Fuego, siéntate. Come algo y te contaremos por qué no está todo perdido en esta guerra. Musa, Neel, ¿tenéis hambre? Nash —añadió Roen, girándose para echar una mirada inquisitoria a su hijo—, ven y llévale más estofado a Mila.

—Veo que todo el mundo va a comer estofado menos yo —dijo Nash, levantándose de la silla.

—He visto cómo te comías tres platos —contestó Roen con severidad.

Fuego se dejó caer en la silla, ya que el ambiente de burla que había en la habitación la hizo sentir débil, con una sensación de alivio que aún no estaba segura de poder disfrutar.

Luego Roen explicó que un par de exploradores vallenses del frente sur habían descubierto dos cosas alentadoras, una detrás de otra. Primero habían identificado la ruta laberíntica del suministro de comida de los enemigos a través de los túneles, y después habían localizado una serie de cavernas al este de la contienda en las que los enemigos estaban guardando a la mayoría de los caballos. Para tomar tanto la ruta de suministros como las cavernas tan solo habían necesitado un par de ataques bien planificados por parte de los vallenses. En cuestión de un par de días, los hombres de Gentian se quedarían sin comida. Y, sin caballos con los que escapar, no les quedaría otra opción que rendirse, lo cual permitiría a la mayoría de los miembros de la Primera y la Segunda División ir al norte a toda velocidad para reforzar las tropas de Brigan.

Por lo menos, aquello era lo que suponían que ocurriría todas las caras sonrientes presentes en la estancia. Fuego debía admitir que era probable que así fuera, siempre y cuando el ejército de Gentian no bloqueara su propia ruta de suministros como respuesta, y siempre que quedara alguien en la Tercera y la Cuarta División para que la Primera y la Segunda pudieran reforzarlas cuando llegaran al norte.

—Esto es cosa suya —murmuró Roen a Brocker—. Brigan mapeó esos túneles y, antes de marchar, estuvo con sus exploradores averiguando los lugares por los que era probable que pasaran los suministros y donde guardarían a los caballos. Y acertó.

—Pues claro —dijo Brocker—. Hace tiempo que me superó.

Había algo en el tono de Brocker que hizo que Fuego detuviera la cuchara a medio camino y escudriñara al hombre mientras repasaba mentalmente lo que acababa de decir. Era el orgullo que había en su voz lo que le parecía raro. Por supuesto, Brocker siempre había hablado con orgullo del joven comandante que había seguido su camino tan magníficamente, pero aquel día sonó como si se estuviera pasando de indulgente.

Brocker levantó la vista hacia Fuego para ver por qué lo estaba observando. Sus ojos claros se cruzaron con los de la joven y ambos se sostuvieron la mirada.

Por primera vez, Fuego entendió lo que había hecho Brocker hacía más de veinte años que provocó que Nax entrara en cólera.

Fuego se levantó de un salto de la mesa y se marchó. La voz de Brocker se oía tras ella en un extraño tono de cansancio y derrota.

—Fuego, espera. Cielo, vamos a hablar.

Fuego lo ignoró y se abrió paso a empujones.

Roen acudió a verla al tejado.

—Fuego, nos gustaría hablar contigo, y sería mucho más fácil para Brocker si bajaras.

La joven se vio dispuesta a bajar, porque tenía preguntas y ganas de soltar unas palabras bastante temperamentales. Se cruzó de brazos ante Musa y la miró a aquellos ojos color miel.

—Musa, te puedes quejar todo cuanto quieras al comandante, pero insisto en hablar con la reina y lord Brocker a solas. ¿Comprendes?

—Nos quedaremos en la puerta, mi señora —dijo Musa carraspeando, visiblemente incómoda.

Abajo, en los aposentos de Brocker, con la puerta cerrada con llave, Fuego permaneció pegada a la pared y se quedó mirando fijamente no al hombre, sino a las enormes ruedas de su silla. De vez en cuando lanzaba una mirada a su rostro y luego al de Roen; no podía contenerse. A Fuego le daba la sensación de que esos días había algo que le ocurría demasiado a menudo: miraba a alguien a la cara y veía a otra persona, por lo que entendía cosas del pasado que hasta entonces se le habían escapado.

Roen llevaba el pelo negro con el mechón blanco recogido de manera firme. Su rostro también estaba firme y lleno de preocupación. Fue hasta donde se encontraba Brocker y se quedó con él; le puso una mano amable sobre el hombro. Brocker levantó el brazo y acarició la mano de Roen. Incluso siendo consciente de lo que sabía, el gesto le resultó tan inusual que Fuego se sorprendió.

—Antes de la guerra, no os había visto nunca juntos —dijo Fuego.

—Es cierto —dijo Brocker—. Nunca me has visto viajar. La reina y yo no hemos estado juntos ni una sola vez desde…

—Desde que Nax envió a aquellas bestias a mi casa verde a por ti, creo —concluyó Roen en voz baja.

—¿Viste cómo ocurría? —preguntó Fuego lanzando una mirada severa a Roen.

—Me obligaron a verlo —asintió la reina con expresión seria—. Creo que esperaba que perdiera el bastardo que llevaba en el vientre.

Nax se había comportado de manera inhumana, y Fuego fue consciente de tal violencia, pero seguía sin poder entender el enfado que sentía.

—Arco es tu hijo —le dijo a Brocker atragantándose con su propia indignación.

—Desde luego que sí —contestó el hombre apesadumbrado—. Siempre lo ha sido.

—¿Sabía que tenía un hermanastro? Le habría venido bien tener un hermano firme como Brigan. Y Brigan, ¿lo sabe? Yo no se lo pienso esconder.

—Brigan lo sabe, cielo —dijo Brocker—. Aunque me temo que Arco nunca se enteró. Cuando murió, entendí que Brigan debía saberlo. Se lo contamos hace unas semanas, cuando vino del frente norte.

—¿Y qué pasa con él? Brigan podría haberte llamado «padre» a ti, Brocker, en vez de a un rey lunático que lo odiaba porque era más listo y fuerte que su propio hijo. Podría haber crecido en el norte, lejos de Nax y Cansrel, y nunca habría tenido que ser... —Se detuvo y apartó la cara en un intento por calmar la voz, que sonaba histérica—. Brigan debería haber sido un noble del norte y tener una granja, unas tierras y un establo lleno de caballos; no un príncipe.

—Pero es que Briganvalle es un príncipe —dijo Roen en voz baja—. Es mi hijo. Nax era el único que tenía el poder de desheredarlo y echarlo, y él jamás lo habría hecho. Jamás habría admitido en público que era un cornudo.

—O sea que, por el orgullo de Nax —dijo Fuego en un tono desesperado—, Brigan ha asumido el papel de salvador del reino. No es justo. No lo es.

Se echó a llorar, plenamente consciente de que era un razonamiento propio de una niña pequeña, pero le daba igual; que fuera infantil no lo hacía menos cierto.

—Fuego... —dijo Roen—. Sabes tanto como nosotros que el reino necesita a Brigan justo donde está ahora, igual que te necesita a ti y a todos nosotros, sean justos o no nuestros destinos. Había una pena horrible en la voz de Roen. Fuego la miró a la cara e intentó imaginar a la mujer que había sido hacía más de veinte años. Inteligente y capaz, y viendo que estaba casada con un rey que era la marioneta de un titiritero maníaco. Roen había presenciado cómo su matrimonio —y su reino— se convertían en ruinas.

Fuego fijó la mirada en Brocker, que se la aguantó con tristeza. A él no lo podía perdonar.

—Brocker, padre —dijo Fuego—, lo que le hiciste a tu esposa fue muy cruel.

—¿Preferirías que no hubiera ocurrido —la interrumpió Roen— y que ni Arco ni Brigan hubieran nacido?

—¡Eso es lo que diría alguien que engaña a su cónyuge!

—Pero no te han engañado a ti, Fuego —dijo Roen—. ¿Por qué te duele tanto?

—¿Estaríamos ahora en guerra si vosotros dos no hubierais provocado a Nax tanto como para que deseara arruinar a su comandante militar? ¿Acaso no nos han engañado a todos?

—¿Te crees que el reino iba por el camino de la paz? —preguntó Roen, cada vez más frustrada.

Entonces Fuego entendió, entre arrebatos de dolor, por qué aquello le dolía tanto. No se trataba de la guerra, ni de Arco, ni de Brigan; no era por los castigos que no habían previsto. Lo que le dolía seguía siendo lo que Brocker le había hecho a su mujer, Aliss, ese pequeño detalle. Fuego había pensado que tenía dos padres radicalmente opuestos. Y aun siendo consciente de que el padre malo había sido capaz de tener gestos bondadosos, nunca se había planteado siquiera la posibilidad de que su padre bueno fuera capaz de cometer alguna crueldad o deshonra. Entendió de repente lo inútil que era aquella forma de pensar, tan en blanco y negro. En el mundo no había una sola persona que fuera sencilla.

—Estoy cansada de averiguar verdades —dijo Fuego.

—Fuego —dijo Brocker con una voz áspera y llena de una vergüenza que la joven no había oído antes—, no pongo en cuestión tu derecho a enfadarte.

Fuego miró a Brocker a los ojos, que se parecían mucho a los de Brigan.

—Me parece que ya no estoy enfadada —dijo en voz baja, haciéndose una coleta para retirarse el pelo de la cara—. ¿Brigan te mandó aquí porque se enfadó?

—Sí que se enfadó, pero no; no me mandó aquí por eso.

—Era muy peligroso estar allí para una mujer de mediana edad, un hombre en silla de ruedas y una asistente militar embarazada —dijo Roen.

Era peligroso. Y Brigan estaba allí solo, combatiendo en una guerra, asumiendo la verdad sobre su familia y sobre la historia sin nadie con quien hablar. Y Fuego lo había rechazado, aunque no quería. Él a cambio le había mandado a Lento; de algún modo supo que Fuego lo necesitaba.

Fuego se sentía profundamente avergonzada de sí misma. Y se imaginó que, si iba a estar enamorada de un hombre que nunca se encontraba en el mismo lugar que ella, más les valía a sus pobres dedos que se estaban curando acostumbrarse a sostener una pluma. Eso fue lo primero que escribió en la carta que le mandó aquella noche.

Capítulo treinta y uno

El deshielo de primavera llegó pronto. El día en que la Primera y la Segunda División partieron de Fuerte Diluvio hacia el frente norte, la nieve estaba derritiéndose en montoncitos irregulares y crujientes, y el sonido del agua goteando estaba en todas partes. El río retumbaba.

El ejército de Gentian, que seguía en Fuerte Diluvio capitaneado por uno de los píqueos de Mydogg —que a estas alturas de la contienda estaban hechos polvo—, no se había rendido. Al no tener comida ni caballos, habían cometido una insensatez a causa de la desesperación: habían intentado escapar a pie. A Nash no le agradó dar la orden, pero lo hizo porque no le quedó otra. Si dejaban que se marcharan, encontrarían la manera de llegar hasta Mydogg y su ejército en Meseta Marmórea. Fue una masacre. Cuando el enemigo depuso las armas, solo quedaban unos cientos de soldados de un ejército que, varios meses atrás, al inicio de la guerra, contaba con quince mil reclutas.

Nash organizó el transporte de prisioneros y retrocedió hasta Fuerte Diluvio. Fuego ayudó a los médicos de Gentian. Era abrumador lo mucho que la necesitaban. La joven se arrodilló en una zona con agua que se extendía entre las rocas hacia el río hambriento y sostuvo la mano de un hombre mientras moría.

Fuego, su guardia, otros curanderos, los armeros y otros miembros del personal —y, a lo lejos, la torda rodada— cabalgaron tras la Primera y la Segunda División en dirección al norte.

Pasaron muy cerca de la ciudad. Pasaron tan cerca que vieron la crecida del río, que casi llegaba hasta los puentes. Fuego expandió su mente todo lo que pudo para ver si contactaba con Hanna y con Tess, pero, aunque divisaba los torreones negros del palacio que se elevaban por encima de edificios indistinguibles, no lo consiguió. Estaban fuera de su alcance.

Poco después se aproximaron a los vastos campamentos del norte, que estaban sorprendentemente cerca de la ciudad. Las vistas eran desoladoras. La elevación estaba atestada de tiendas de campaña empapadas y mugrientas, algunas incluso se alzaban en medio de riachuelos que se habían formado de manera espontánea. Entre las tiendas de campaña deambulaban en silencio los soldados de la Tercera y la Cuarta División con pinta de estar agotados. Cuando aparecieron los de la Primera y la Segunda, sus rostros empezaron a iluminarse poco a poco, con vacilación, como si no se atrevieran a creer en el espejismo de los refuerzos a caballo que levantaban tanta agua que parecían estar saliendo de un lago. Después siguió una especie de júbilo cansado y silencioso. Amigos y desconocidos se abrazaron unos a otros. Algunos de la Tercera y la Cuarta División se echaron a llorar involuntariamente con lágrimas de agotamiento.

Fuego le pidió a un soldado de la Tercera División que la llevara al hospital y se puso a trabajar.

La sala de curas en el frente norte estaba situada en la zona sur, detrás del campamento vallense, en unos barracones de madera que habían construido a toda prisa sobre piedra lisa de Meseta Marmórea, por lo que en aquel momento la superficie estaba resbaladiza por el agua filtrada y, en algunas partes, por la sangre.

Fuego se percató al instante de que su trabajo en los barracones no distaría ni sería más desesperado de lo habitual. Se descubrió el cabello y fue moviéndose entre las filas de pacientes. Se paraba ante quienes necesitaban algo más que su presencia. La esperanza y el alivio llegaron a aquella sala como una brisa fresca, igual que había ocurrido en el campamento con la llegada de los refuerzos, salvo que, en los barracones, el cambio se debía tan solo a ella. Aún le resultaba extraño poder hacer que los demás sintieran algo que ni ella misma sentía y, después, captarlo en sus mentes y entonces empezar a sentirlo ella.

A través de una aspillera en la pared, Fuego vio a un caballo y a un jinete conocidos cruzando a toda velocidad por el campamento en dirección a la sala de curas. Brigan se detuvo a los pies de Nash y bajó de la montura. Los hermanos se abrazaron con fuerza.

Poco después, Brigan entró en la sala de curas y se apoyó sobre la puerta; miró a Fuego desde la otra punta, en silencio. Era el hijo de Brocker de ojos grises y amables.

Fuego abandonó cualquier intento de decoro y fue corriendo hacia él.

Después de un tiempo, un descarado que estaba postrado en un catre cercano dijo en voz alta que no se creía los rumores de que la dama monstruo se iba a casar con el rey.

—¿Qué te ha hecho pensar eso? —preguntó otro tipo que estaba un catre más allá.

Fuego y Brigan no se separaron, pero la joven se rio.

—Estás delgado —le dijo a Brigan entre besos—. Y tu tono de piel está raro. Estás enfermo.

—Solo es un poco de suciedad —contestó Brigan, quitándole las lágrimas de las mejillas a besos.

—No bromees. Puedo sentir que estás enfermo.

—Es agotamiento —contestó—. Fuego, estoy muy contento de que estés aquí, pero no sé si deberías. Esto no es una fortaleza y podrían atacar en cualquier momento.

—Bueno, si va a haber ataques, tendré que estar aquí. Puedo hacer mucho bien como para no estar aquí.

—Esta noche, cuando termines con el trabajo, ¿vendrás a por mí? —le preguntó Brigan mientras la abrazaba con más fuerza.

Sí.

Fuera de la sala de curas, una voz llamó al comandante. Brigan suspiró.

—Ven directamente a mi despacho —le dijo de manera seca—, aunque haya cola en la puerta. No nos veremos nunca si esperas hasta que nadie más me ande buscando.

En cuanto salió para responder a la llamada, Fuego lo oyó exclamando con asombro en la elevación:

—¡Por las rocas, Nash! ¿Eso de ahí es una yegua de río? ¿La ves? ¿Alguna vez has visto a una criatura más hermosa?

Prácticamente, la cantidad de vallenses que había en el frente norte se había duplicado. El plan era lanzar un ataque a gran escala contra Mydogg por la mañana. Todo el mundo sabía que aquella batalla determinaría el curso de la guerra. Una sensación de angustia cubría el campamento aquella noche.

Fuego salió de la sala de curas para tomarse un descanso y se paseó entre las tiendas de campaña y la niebla fría y húmeda que emanaba del agua derretida; su guardia formaba un círculo imperfecto a su alrededor. Los soldados no tenían ganas de hablar, aunque no apartaban la mirada de ella, con los ojos bien abiertos y cansados, allá donde fuera.

—No —dijo Fuego cuando un guardia hizo un gesto para detener a un hombre que había querido tomarla del brazo—. No quiere hacerme daño. —Echó un vistazo alrededor y añadió, convencida—: Aquí no hay nadie que quiera hacerme daño.

Los soldados solo querían un poco de consuelo la noche antes de una batalla, y tal vez fuera algo que Fuego pudiera darles.

Siendo ya noche cerrada, la joven se encontró con Nash. El rey estaba sentado a solas en una silla a la entrada de las tiendas de mando. Las estrellas iban ocupando su sitio en el cielo, una a una, pero Nash tenía la cabeza sobre las manos y no las veía. Fuego permaneció a su lado y apoyó la mano buena en la parte trasera de la silla para mantener el equilibrio mientras echaba la cabeza para atrás para contemplar el universo.

Nash la oyó —o la sintió— a su lado. Fue a tomarle la otra mano de manera distraída y se quedó mirándola, examinando la piel sana en la base de sus dedos necrosados.

—Tienes fama entre los soldados —dijo Nash—. Y no solo entre los heridos. Te has granjeado una reputación que se ha extendido por todo el ejército, ¿lo sabías? Dicen que tu belleza es tan poderosa y tu mente tan cálida, insistente y fuerte que puedes hacer que la gente vuelva a la vida.

—Muchos han muerto —contestó Fuego en voz baja—. He intentado que aguantaran, pero se han marchado.

Nash dejó escapar un suspiro y le soltó la mano. Inclinó la cabeza hacia atrás para mirar las estrellas.

—Vamos a ganar esta guerra, ¿sabes? Porque tenemos al ejército unido. Pero al mundo le da igual quién gane. Seguirá dando vueltas sin importar la cantidad de gente a la que maten mañana. Sin importar si nos matan a ti y a mí. —Tras un momento, añadió—: Creo que preferiría que el mundo no siguiera dando vueltas si no podemos darlas con él.

Casi todos los soldados del campamento estaban durmiendo cuando Fuego y su guardia salieron de la sala de curas y volvieron a atravesarlo hasta llegar a las tiendas de mando. La joven entró en el despacho de Brigan y se lo encontró de pie ante una mesa cubierta de mapas. Se estaba frotando la cabeza mientras cinco hombres y tres mujeres discutían sobre arqueros, flechas y la trayectoria del viento en Meseta Marmórea.

Puede que al principio los capitanes de Brigan no se dieran cuenta de la entrada discreta que había hecho Fuego, pero luego sí, porque la tienda, por muy grande que fuera, no era tan descomunal como para que siete recién llegados cupieran en un rincón. La discusión terminó y volvieron las miradas.

—Capitanes —dijo Brigan con un cansancio evidente—, que sea la última vez que os tengo que recordar que os comportéis.

Ocho pares de ojos volvieron a dirigirse a la mesa.

—Lady Fuego —le dijo y le hizo una pregunta mentalmente: «¿Cómo estás?».

Agotada.

«¿Lo suficiente como para dormir?».

Creo que sí.

«A mí aún me queda un rato. Tal vez deberías dormir mientras puedas».

No, te espero.

«Podrías dormir aquí».

¿Me despertarás cuando termines?

«Sí».

¿Me lo prometes?

«Sí».

Fuego hizo una pausa y luego continuó: *Supongo que no hay manera de ir hasta tu dormitorio sin que nadie me vea, ¿no?*

Una sonrisa fugaz cruzó el rostro de Brigan.

—Capitanes —dijo devolviendo la atención a sus oficiales, que habían estado intentando con todas sus fuerzas aguantar la mirada en los mapas de la mesa, a pesar de que sospechaban que el comandante y el monstruo estaban manteniendo algún tipo de conversación silenciosa y extraña—. Por favor, salid de la tienda tres minutos.

Luego despachó a la mayoría de la guardia de Fuego, acompañó a Musa, Margo y Fuego hasta la tienda en la que dormía y encendió el brasero para que no pasaran frío.

Fuego se despertó con la luz de una vela y la sensación de que Brigan estaba cerca. Musa y Margo se habían ido. Se dio la vuelta bajo las mantas y lo vio sentado sobre un arcón, observándola.

Sus rasgos eran sencillos y adorables, y a la luz de las velas eran suaves. Fuego no fue capaz de contener las lágrimas que se le saltaron al sentirlo con vida.

—¿Me has llamado? —susurró, recordando lo que la había despertado.

—Sí.

—¿Vienes a la cama?

—Fuego —dijo Brigan—, ¿me perdonas por encontrar consuelo en tu belleza?

Fuego se recostó sobre un codo y le devolvió una mirada estupefacta.

—¿Me perdonas por sacar fuerza de la tuya? —le respondió.

—Puedes sacar toda la fuerza que quieras de mí. Pero tú eres la fuerte, Fuego. Ahora mismo, yo me siento débil.

—Creo que a veces no sentimos las cosas que somos, pero otros sí que pueden sentirlo. Yo siento lo fuerte que eres.

Entonces vio que Brigan tenía las mejillas mojadas.

Fuego se había puesto para dormir una de las camisas de Brigan que había encontrado y unos calcetines gordos suyos. Salió de la cama y atravesó el suelo húmedo hasta él. Con las piernas desnudas y los pies mojados, se sentó en su regazo. Brigan la tomó en brazos; vio que tenía frío y estaba temblando, así que se pegó a ella. El comandante tenía la respiración entrecortada.

—Lo siento, Fuego. Siento lo de Arco.

Fuego percibió que había algo más. Percibió todo cuanto lamentaba y toda la angustia, el dolor y el agotamiento que estaba cargando.

—Brigan —susurró—. Nada de esto es culpa tuya, ¿me oyes? No es culpa tuya.

Fuego lo abrazó con fuerza y lo apretó contra la suavidad de su cuerpo para que pudiera sentir su consuelo mientras lloraba.

Y repitió con susurros, con sus besos y con sus sentimientos: *No es culpa tuya. Esto no es culpa tuya. Te quiero. Te quiero, Brigan.*

Después de un rato, Brigan pareció dejar de llorar. Estaba abrazado a Fuego, aturdido, pero se dio cuenta de los besos que estaba recibiendo y empezó a devolvérselos. El dolor que sentía se convirtió en una necesidad que Fuego también compartía. Brigan dejó que lo llevara a la cama.

Fuego se despertó y tuvo que parpadear ante la potente luz de una antorcha que sostenía un hombre al que reconoció como uno de los escuderos de Brigan. El comandante, que estaba detrás de Fuego, se revolvió.

—Mírame a mí, Ander —gruñó con una voz que sonaba muy despierta y con la que no quedaba duda de que esperaba que lo obedecieran.

—Lo siento, señor —dijo el hombre—. Le traigo una carta, señor.

—¿De quién?

—De lord Mydogg, señor. El mensajero ha dicho que es urgente.

—¿Qué hora es?

—Las cuatro y media.

—Despierta al rey y a los cuatro primeros capitanes. Llévalos a mi despacho y esperadme ahí. Enciende las lámparas.

—¿Qué ocurre? —susurró Fuego mientras el soldado llamado Ander les dejaba una vela encendida y se marchaba—. ¿Mydogg siempre manda cartas en mitad de la noche?

—Es la primera vez que lo hace —contestó Brigan mientras buscaba su ropa—. Creo que sé el motivo.

Fuego fue a por su ropa y la metió debajo de las mantas para que pudiera vestirse sin exponer su piel al aire helado.

—¿Cuál es el motivo?

—Cielo, no hace falta que te levantes por esto —dijo Brigan al ponerse en pie y abrocharse el cinturón—. Puedo volver y contarte de qué se trata.

—¿Crees que Mydogg quiere solicitar algún tipo de reunión?

A la luz de la vela, Brigan la miró fijamente y con los labios apretados.

—Sí —contestó.

—Entonces debería participar.

Brigan suspiró con brusquedad. Se abrochó la correa de la espada alrededor de la cintura y fue a por una camisa.

—Supongo que sí.

Efectivamente, Mydogg quería reunirse para discutir los términos de un acuerdo con Brigan y Nash y así evitar una batalla que prometía ser la más devastadora de la guerra. Al menos, eso era lo que decía en la carta.

Hacía tanto frío en el despacho de Brigan que el aliento se les convertía en vaho.

—Es un ardid —dijo Brigan—. O una trampa. No me creo que Mydogg quiera llegar a un acuerdo. Tampoco me creo que le importe cuánta gente pueda morir.

—Sabe que ahora tenemos la misma cantidad de soldados —dijo Nash—. Y que lo superamos con creces en número de caballos. Y por fin serán útiles ahora que el hielo y la nieve ya no cubren las rocas.

Uno de los capitanes, un hombre pequeño y sucinto que estaba intentando no tiritar, se cruzó de brazos y dijo:

—Y sabe que los soldados vallenses tendrán el ánimo renovado al contar con su comandante y su rey capitaneándolos en la batalla.

—Mydogg está viendo por primera vez que va a perder —dijo Brigan frotándose el pelo ante la frustración—. Por eso está urdiendo algún tipo de trampa y está diciendo que es un acuerdo.

—Sí —coincidió Nash—. La reunión es una trampa, pero ¿qué podemos hacer, Brigan? Sabes cuál será el coste de esta batalla, y nuestro enemigo está proponiendo una alternativa. ¿Nos vamos a negar a considerarla?

La reunión tuvo lugar en un llano rocoso, entre los dos campamentos. El sol estaba saliendo sobre lord Mydogg, el marido píqueo de lady Murgda, Brigan y Nash, de manera que proyectaban sombras largas que cambiaban de forma sobre la capa de agua. A cierta distancia detrás de Mydogg y de su cuñado había una pequeña guardia de arqueros en posición firme, con las flechas encajadas y tensadas. Detrás de Brigan y de Nash había una guardia de arqueros vallenses, igualmente dispuestos. La presencia de Fuego, con sus seis guardias agrupados detrás de la de Brigan, alteraba aquella simetría. Mydogg, su cuñado, Brigan y Nash permanecían cerca. Estaban así a propósito, porque de esa manera cada uno se protegía de su enemigo con su enemigo.

Fuego agarró a Musa con una mano y a Neel con la otra; se estaba concentrando con tanto ahínco que no creía que fuera capaz de mantener el equilibrio. No sabía lo que estaba planeando Mydogg, no podía encontrarlo en su interior ni en el de sus hombres. Pero sí podía sentir, con la misma certeza que si la estuvieran agarrando del cuello, que algo no iba bien allí.

Fuego estaba demasiado lejos de Brigan como para oír su voz, pero él le hacía llegar todo lo que decía.

—Muy bien —dijo Brigan—. Habéis conseguido que estuviéramos aquí. ¿Qué queréis?

Detrás de Fuego, demasiado alejados como para que los viera Mydogg pero no tanto como para que los percibiera Fuego, el ejército del rey estaba en posición sobre los caballos, listos para atacar ante el menor aviso de Fuego. Los caballos del comandante y del rey estaban con ellos.

—Me gustaría hacer un trato —dijo Mydogg con la voz alta y clara; era de complexión bajita y de aspecto sencillo, como su hermana. Pero su mente era robusta e impenetrable. Cambió de posición ligeramente de manera intencionada, para divisar a Fuego a través de la barrera de guardias. Entrecerró los ojos y la miró con sagacidad. Estaba impresionado y a la vez, no. Fuego no podía interpretar en su mirada el motivo por el que estaban allí.

Detrás de lord Mydogg, a demasiada distancia como para que Brigan lo viera pero no para que Fuego lo percibiera y se lo comunicara, el ejército de Mydogg también estaba en posición. Lady Murgda estaba al frente para sorpresa de Fuego, aunque no dijo nada. Fuego no sabía de cuánto estaba embarazada Murgda el día de la gala en enero, pero desde luego ahora estaba de tres meses más.

—¿Y bien? —dijo Brigan—. ¿Cuál es el trato? Soltadlo.

—Dadnos al monstruo —dijo Mydogg volviendo a clavar una mirada de acero sobre Fuego— y nos rendiremos.

Es mentira, le dijo Fuego a Brigan mentalmente. *Se lo acaba de inventar. Me quiere, está claro que se quedaría conmigo si tuviera la oportunidad, pero no es el motivo por el que estamos aquí.*

«Entonces, ¿por qué estamos aquí? ¿Percibes algo fuera de lo habitual en la posición de su ejército? ¿Qué hay de la guardia a su espalda?», pensó Brigan.

Fuego agarró a Musa con más fuerza con su mano lesionada y se apoyó con más peso sobre Neel.

No lo sé. Parece que su ejército está preparado para un ataque directo, pero no puedo adentrarme en la mente de Murgda, así que no estoy segura. Su guardia no tiene intención de atacar a no ser que tú o Nash hagáis algún movimiento. No veo lo que falla aquí, Brigan, pero hay algo que no encaja. Puedo sentirlo. Termina con esto antes de que nos enteremos de lo que es.

—No hay trato —dijo Brigan—. Con la dama no se negocia. Diles a tus arqueros que se retiren. Se acabó la reunión.

Mydogg enarcó las cejas con altanería y asintió con la cabeza.

—Bajad las armas —gritó a su guardia de arqueros.

Cuando los arqueros de Mydogg se retiraron, Fuego sintió pánico al verlos a todos tan complacientes. Había algo que no encajaba, algo importante. Brigan estiró la mano hacia un lado; era la señal para que sus arqueros se retiraran. De repente, Fuego chilló con una angustia que la atravesó sin saber el motivo. El chillido, espeluznante y solitario, resonó y uno de los arqueros de Brigan disparó a Nash en la espalda.

Caos. Al arquero traidor lo aplacaron sus propios compañeros, y la segunda flecha, que sin duda iba dirigida a Brigan, se desvió hasta alcanzar a uno de los guardias de Mydogg. Brigan giraba encarnizadamente entre Mydogg y su cuñado; el filo de su espada parecía estar en llamas por el reflejo de la luz matinal. Las flechas llovían en todas las direcciones. Mydogg y su cuñado yacían en el suelo, muertos. Y entonces llegó el ejército con un gran estruendo, porque Fuego los había llamado sin querer.

Por fin, tras todo ese alboroto, Fuego vio con claridad cuál había sido el único propósito de aquel encuentro. Fuego se agachó y se arrastró por la roca hasta llegar adonde estaba Nash tumbado de lado. Parecía que se estaba muriendo, porque la flecha le había dado de lleno y estaba bien profunda. Fuego se tumbó a su lado y le acarició la cara con la mano destrozada.

Nash, no te vas a morir. No lo voy a permitir, ¿me oyes? ¿Me ves?

Nash la miraba con aquellos ojos negros. Apenas estaba consciente y apenas la veía. Brigan se desplomó a su lado, se agarró del pelo y lo besó en la frente mientras respiraba con dificultad por las lágrimas. Los curanderos vestidos de verde aparecieron y se arrodillaron ante la espalda de Nash.

Fuego le puso la mano en el hombro a Brigan y lo miró a la cara; tenía la mirada vacía por la impresión y el dolor. Fuego lo zarandeó hasta que centró la vista en ella.

Ve a luchar, Brigan. Ya. Tenemos que ganar la guerra.

Brigan se levantó hecho una furia. Fuego lo oyó llamar a gritos a Grande. Los caballos pasaban con gran estruendo por todas partes en aquella planicie, desviándose de Fuego, Nash y los curanderos, como un río cuando se encuentra con una roca elevada. El ruido era ensordecedor y Fuego se estaba ahogando entre el sonido de los cascos, el agua y la sangre. Tenía la cara de Nash entre las manos y se aferraba a su mente con más fuerza de la que se había aferrado jamás a nada.

Mírame, Nash. Mírame. Te quiero. Te quiero mucho.

Nash parpadeó con la mirada clavada en el rostro de Fuego y un hilillo de sangre que le caía por la comisura de la boca. Sufría convulsiones en los hombros y el cuello por el dolor.

«Me resulta muy difícil vivir», pensó el rey. «Morir es fácil. Déjame morir».

Fuego sintió el momento preciso en que se encontraron los dos ejércitos; fue como una explosión que tuvo lugar en su interior. Percibió mucho miedo y dolor y muchas mentes que se estaban desvaneciendo.

No, Nash. No voy a dejar que te mueras. Hermano, no te mueras. Aguanta. Hermano, agárrate a mí.

CUARTA PARTE

Los Valles

Capítulo treinta y dos

El río había crecido tanto con el deshielo de primavera que uno de los puentes, entre chirridos y crujidos, terminó rompiéndose, y había llegado hasta el mar. Hanna dijo que había visto cómo ocurría desde el tejado del palacio. Tess lo había visto con ella. La mujer había dicho que el río podría arrasar con el palacio, la ciudad y todo el reino, y entonces, por fin, habría paz en el mundo.

—Paz en el mundo —repitió Brigan con aire distraído cuando Fuego se lo contó—. Supongo que tiene razón, eso traería paz al mundo. Pero no creo que ocurra, así que supongo que tendremos que seguir dando palos de ciego y cometiendo desastres.

—Anda, muy bien dicho —dijo Fuego—. Tendremos que escribírselo al gobernador para que pueda utilizarlo en su discurso cuando inauguren el puente nuevo.

Brigan sonrió en silencio ante aquella burla. Estaban uno al lado del otro en el tejado del palacio; había luna llena y un cielo repleto de estrellas que iluminaba la extensión de la ciudad, con su bosque, sus rocas y su agua.

—Creo que me da un poco de miedo este nuevo comienzo que se supone que debemos estar emprendiendo —dijo Brigan—. Todo el mundo en el palacio está animado, radiante y confiado, pero solo hace unas semanas que nos estábamos matando unos a otros. Miles de mis soldados no verán este nuevo mundo.

Fuego pensó en el monstruo ave rapaz que la había tomado por sorpresa aquella misma mañana al bajar en picado sobre ella y su guardia cuando había salido a ejercitar a Lento. El ave se había acercado tanto y tan rápido que Lento entró en pánico y le arreó una coz al monstruo, por lo que casi perdió a su jinete. Musa se había puesto furiosa consigo misma, incluso con Fuego, o, por lo menos, con el pañuelo que llevaba en la cabeza, porque se había soltado y había dejado ver parte de su cabello, que fue el motivo por el que había ocurrido el ataque.

—Es cierto que tenemos muchas más cosas que hacer que construir un puente nuevo —contestó Fuego— y reconstruir las partes del palacio que se incendiaron. Pero de verdad pienso que ya hemos pasado lo peor.

—Nash estaba sentado cuando fui a visitarlo a la enfermería hoy —dijo Brigan—, y se estaba afeitando él mismo. Mila estaba ahí, riéndose de lo mal que le estaba quedando.

Fuego levantó la mano hacia la mandíbula de Brigan y se la acarició; estaba áspera. Con aquel comentario, Fuego se había acordado de una de las cosas que más le gustaba tocar. Se abrazaron y se olvidaron del sufrimiento del reino durante unos minutos, mientras la guardia de Fuego intentaba pasar más inadvertida que nunca.

—Otra cosa de la que tenemos que hablar es sobre mi guardia —murmuró Fuego—. Necesito estar sola, Brigan. Y necesito hacerlo cuando lo elija yo, no tú.

Brigan estaba distraído y se tomó un momento para contestar.

—Has soportado a tu guardia con paciencia.

—Sí, bueno. Coincido en que gran parte del tiempo la necesito, sobre todo si voy a permanecer tan cerca de la corona. Y confío en ellos; incluso me atrevería a decir que quiero a alguno de ellos. Pero...

—A veces necesitas estar sola.

—Sí.

—Y yo también te he prometido que no me iré a deambular solo.

—Tenemos que prometernos el uno al otro que reflexionaremos sobre el asunto para actuar dependiendo de cada caso —dijo Fuego—. Y que no correremos riesgos innecesarios.

—De acuerdo, está bien —contestó Brigan—. Te doy la razón.

Aquello era parte de una conversación que llevaban teniendo desde que había terminado la guerra, sobre qué significaba para ellos estar juntos.

—¿Será capaz el pueblo de aceptarme como reina algún día, Brigan?

—Cielo, yo no soy rey. Nash está fuera de peligro.

—Pero podría ocurrir algún día.

—Sí —suspiró—. Pues tendremos que considerarlo seriamente.

A la luz de las estrellas, Fuego apenas podía vislumbrar las torres del puente que estaban construyendo sobre el torrente del río Alado. Durante el día, a veces veía a los obreros colgados de las cuerdas, manteniendo el equilibrio sobre los andamios que apenas parecían lo bastante fuertes como para soportar la corriente, y contenía el aliento cada vez que alguno saltaba sobre el vacío.

El acuerdo que había sobre la casa verde se había vuelto algo peculiar, porque Roen había decidido quitársela a Brigan y dársela a Fuego.

—Puedo entender que le quites la casa a Brigan si es lo que te apetece —dijo Fuego en la cocina, verde y pequeña, al discutir por tercera o cuarta vez con Roen—. Eres la reina y esta es la casa de la reina. Y, por muchos logros que consiga Brigan, es muy poco probable que se convierta en reina. Pero Nash tendrá una esposa en algún momento, y la casa debería ser suya por derecho.

—Le construiremos otra —dijo Roen con un gesto despreocupado del brazo.

—Esta es la casa de la reina —repitió Fuego.

—Es mi casa —dijo Roen—. Yo la construí y se la puedo dar a quien quiera. Y no conozco a nadie que necesite un lugar al que retirarse para desconectar de la corte más que tú, Fuego...

—Tengo un lugar al que retirarme. Tengo una casa propia en el norte.

—A tres semanas de viaje —bufó Roen—. Y que la mitad del año es deprimente. Fuego, si vas a permanecer en la corte, quiero que te quedes con la casa para que te puedas retirar cada día. Trae a Briganvalle y a Hannavalle si quieres o mándalos a paseo.

—La mujer que se case con Nash ya se va a sentir bastante molesta conmigo de por sí...

—Eres digna de ser una reina, Fuego —la interrumpió Roen—. Tanto si lo ves como si no. Y, de todos modos, te pasarías la mayor parte del tiempo aquí si le dejara la casa a Brigan. Fin de la historia. Además, hace juego con tus ojos.

Aquello último fue tan ridículo que dejó a Fuego sin habla. Tampoco ayudó que Tess, que estaba trabajando una masa en la encimera, asintiera con la cabeza rápidamente y añadiera:

—Y las flores son rojas, doradas y rosas, por si no te habías dado cuenta, querida nieta. Y ya has visto que el árbol grande se vuelve rojo en otoño.

—Naxvalle intentó robarme ese árbol en dos ocasiones —dijo Roen, contenta por desviarse del tema—. Lo quería en su propio patio. Mandó a los jardineros para que lo excavaran, pero las ramas que llegan hasta la tierra echaron raíces y fue misión imposible. Y una locura. ¿Cómo creía que iba a conseguir meterlo en el palacio? ¿Por el tejado? Nax y Cansrel no podían ver algo precioso sin sentir la necesidad de poseerlo.

Fuego se rindió. El acuerdo no era lo apropiado, pero la verdad era que le encantaba aquella casita verde, su jardín y el árbol. Y que quería vivir allí; y no quería que nadie que viviera allí se marchara. No importaba de quién fuera o quién hubiera acogido a quién. Era un poco como la torda rodada, que, al haberle enseñado el palacio y los terrenos de la casa verde y al haber entendido que era donde vivía Fuego, había elegido quedarse a vivir allí. La yegua pastaba en la parte trasera, en el acantilado que daba a Puerto Bodega, y dormía bajo un árbol. A veces iba de paseo con Fuego y también con Lento. No tenía dueño, aunque Fuego era quien la metía y sacaba, Hanna la había nombrado Yegua y Brigan a veces se sentaba en un banco en el jardín con un halo de bondad intencionada y fingía que no se daba cuenta de la manera en que la yegua se acercaba despacio hacia él y extendía el hocico hasta llegar casi a su hombro y lo olisqueaba con cuidado.

Por la noche, Fuego masajeaba los pies de Tess y le cepillaba el cabello blanco plateado que le llegaba hasta casi las rodillas. Su abuela insistía en ser su sirvienta, y Fuego lo entendía. Cuando podía, intentaba hacer lo mismo por ella.

De vez en cuando, Fuego pasaba el rato con alguien a quien no le quedaba nada. Se trataba de lady Murgda, traidora e intento de asesina, que llevaba encerrada en las mazmorras desde la batalla final de la guerra. Su marido estaba muerto. También su hermano. Su embarazo estaba muy avanzado y era el único motivo por el que la habían dejado con vida. Cuando Fuego la visitaba, Murgda la atacaba con palabras llenas de odio y resentimiento, pero la joven continuaba visitándola, aunque no siempre estaba segura de por qué. Tal vez fuera compasión por una persona fuerte que había caído bajo. O respeto por una mujer embarazada. En cualquier caso, no le daba miedo el veneno de Murgda.

Un día, al salir de su celda, Fuego se encontró con Nash, que caminaba con la ayuda de Welkley y uno de los curanderos. Al tomarlo de la mano y ver el mensaje que había en su mirada, Fuego se dio cuenta de que no era la única persona que sentía compasión por la terrible situación de Murgda.

Esos días Nash y Fuego no intercambiaban demasiadas palabras. Se había formado algo irrompible entre ellos, un lazo a base del recuerdo y la experiencia, y un cariño desesperado que no parecía requerir que se dijeran nada.

Era maravilloso verlo en pie.

—Siempre voy a tener que estar marchándome —dijo Brigan.

—Sí —respondió Fuego—, lo sé.

Era temprano por la mañana y estaban acurrucados en la cama, en la casa verde. Fuego estaba memorizando todas las cicatrices de la cara y el cuerpo de Brigan, y el color gris claro de sus ojos, porque aquel día partía con la Primera División hacia el norte para acompañar a su madre y a su padre a sus respectivos hogares.

—Brigan —dijo Fuego para que hablara y pudiera oír su voz y memorizarla también.

—¿Sí?

—Dime otra vez a dónde te marchas.

—Hanna te ha aceptado ya del todo —dijo Brigan un rato después—. No está celosa ni confundida.

—Me ha aceptado —dijo Fuego—, pero un poco celosa sí que está.

—¿Tú crees? —preguntó Brigan, desconcertado—. ¿Debería hablar con ella?

—No es nada —dijo Fuego—. Al menos te permite que me quieras.

—Ella también te quiere.

—Sí, es cierto. La verdad es que no creo que ningún niño pudiera ver a su padre empezando a querer a otra persona y no sentir celos. Al menos, eso imagino. A mí nunca me ocurrió. —Perdió la voz, pero continuó con los pensamientos: *Que yo sepa, yo fui la única persona a la que mi padre quiso con todo su corazón.*

—Fuego —susurró Brigan dándole besos en la cara—. Hiciste lo que debiste.

Él nunca intentó poseerme, Brigan. Roen dijo que Cansrel nunca era capaz de ver algo precioso sin querer poseerlo. Pero él no intentó poseerme; me dejó que fuera yo misma.

El día en que los cirujanos le quitaron los dedos a Fuego, Brigan estaba en el norte. En la enfermería, Hanna agarró con fuerza la mano buena de Fuego y parloteó tanto con ella que casi la dejó mareada. Nash le ofreció una mano a Hanna y la otra, en una actitud algo descarada, a Mila, que le echó una mirada mordaz.

La joven guardia, con sus ojos grandes y su barriga enorme, estaba reluciente, como alguien que guarda un secreto maravilloso; parecía tener un talento curioso para atraer el cariño de hombres con un rango muy superior al de ella. Pero Mila había aprendido algo del último. Había aprendido lo que era la propiedad; es decir, había aprendido a confiar solo en sí misma. Tanto era así que no le daba miedo mostrarse grosera con el rey cuando se lo merecía.

Garan entró en el último momento, se sentó y, durante todo aquel procedimiento sangriento, habló con Mila, Nash y Hanna sobre sus planes de boda. Fuego sabía que era un intento para distraerla y les dio las gracias a todos por su bondad a la hora de hacer ese gran esfuerzo.

No fue una operación agradable. Los medicamentos eran buenos, pero solo le quitaban la sensación de dolor, no la sensación de que le estuvieran arrebatando los dedos de la mano. Más tarde, cuando se le pasó el efecto de los medicamentos, el dolor fue horrible.

Y luego, a lo largo de los días y las semanas, el dolor empezó a desaparecer. Cuando no había nadie a su alrededor que pudiera oírla excepto su guardia, Fuego se peleaba con su violín y se asombró al ver lo rápido que el forcejeo se convirtió en algo más esperanzador. Su nueva mano no era capaz de hacer todo lo que solía, pero podía seguir creando música.

Fuego se mantenía ocupada todo el tiempo. El final de la guerra no había puesto fin a las traiciones y a la anarquía, sobre todo en las zonas más apartadas del reino, donde ocurrían muchas cosas sin que nadie las viera. Clara y Garan muchas veces le encargaban tareas de espía. Le mandaban hablar con gente, pero Fuego prefería trabajar en la enfermería del palacio o, mejor aún, en los hospitales de la ciudad, donde había toda clase de personas con toda clase de necesidades. Era cierto que algunos no querían tener nada que ver con ella y, como era habitual, también había muchos más que la deseaban demasiado. Y todos ellos siempre armaban un gran alboroto por el papel que había desempeñado a la hora de salvarle la vida al rey. Hablaban de ello como si todo hubiera sido cosa de Fuego, como si Nash y los mejores cirujanos del reino no hubieran tenido nada que ver, y cuando Fuego intentaba rebajar aquellos elogios, empezaban a decir que le había sonsacado los planes de guerra de lord Mydogg a lord Gentian y que había asegurado la victoria de Los Valles. Fuego no sabía cómo habían empezado aquellos rumores, pero parecía que nada los iba a detener, así que se dedicó a tantear sus emociones con calma y a construir barreras contra la admiración que sentían; ayudaba en lo que podía y aprendía los usos asombrosos de la cirugía.

—Hoy —anunció con una actitud triunfal a Garan y a Clara— ha venido una mujer a la que se le había caído un cuchillo de carnicero sobre el pie y le había cercenado un dedo. Los cirujanos se lo han vuelto a coser. ¿Os lo podéis creer? Con las herramientas y medicamentos que tienen, casi podrían lograr que una persona sin pierna la recuperara. Tenemos que destinar más dinero a los hospitales. Debemos formar a más cirujanos y construir hospitales por todo el reino. ¡Tenemos que construir escuelas!

—Ojalá pudiera quitarme las piernas —se quejó Clara— hasta que naciera el bebé y que luego me las volvieran a poner. Y también la espalda. Y los hombros.

Fuego se acercó a Clara para frotarle los hombros y adentrarse en su mente para eliminarle lo que pudiera del

sentimiento de extenuación. Garan, que no estaba prestando
atención a ninguna de ellas, miró con el ceño fruncido los papeles que había sobre el escritorio.

—Todas las minas del sur que habían cerrado antes de la
guerra han vuelto a abrir —dijo—. Y ahora Brigan cree que a los
mineros no les pagan lo suficiente. Y Nash está de acuerdo, el
muy cabezón tocanarices.

Fuego pasó los nudillos por los nudos que tenía Clara en los
músculos del cuello. El orfebre del palacio le había fabricado
dos dedos que se sujetaba a la mano con correas y la ayudaban
a la hora de agarrar cosas y llevarlas. No la ayudaban con el
masaje, así que se los quitó. También se quitó el pañuelo para
aliviar la tensión del cuero cabelludo.

—La minería es un trabajo duro —dijo Fuego— y peligroso.

—No nos sobra el dinero —dijo Garan soltando la pluma
sobre la mesa al lado de los dedos metálicos de Fuego.

—¿No están sacando el oro del reino de las minas?

Garan frunció el ceño y preguntó:

—Clara, ¿tú qué opinas?

—A mí me da igual —se quejó Clara—. No, no, quédate ahí.
Es justo ahí.

Garan observaba a Fuego darle un masaje a su hermana,
que estaba embarazadísima. Cuando Clara se volvió a quejar,
no pudo evitar sonreír.

—¿Has oído cómo se refiere a ti la gente, Fuego? —preguntó.

—¿Cómo me llaman ahora?

—«El monstruo otorgavidas». También he oído que circula
el término «monstruo protector de Los Valles».

—¡Rocas! —dijo Fuego entre dientes.

—Y hay barcos en el puerto que han puesto nuevas velas de
color rojo, naranja, rosa y verde. ¿Los has visto?

—Esos son los colores del estandarte vallense —dijo Fuego. *A excepción del rosa*, añadió en silencio para sí misma, ignorando el mechón rosa que veía por el rabillo del ojo.

—Desde luego —dijo Garan—. Y supongo que esa es la explicación que tienes para lo que están haciendo con el puente nuevo.

Fuego tomó aire, se preparó y posó la mirada sobre Garan.

—¿Qué están haciendo con el puente nuevo?

—Los obreros han decidido pintar las torres de verde —dijo— y cubrir la nervadura con espejos.

—¿Y eso qué tiene que ver conmigo? —Fuego parpadeó.

—Imagínate cómo será al amanecer y al atardecer —contestó Garan.

Algo extraño ocurrió en el interior de Fuego: de repente se sintió débil. Se distanció del sentimiento que aquella ciudad acarreaba sobre ella y la vio tal y como era. No se la merecía. No se basaba en ella, sino en historias, en una idea de Fuego, en una exageración. *Esto es lo que soy para la gente*, pensó entonces. *No sé lo que significa, pero esto es lo que soy para la gente. Tendré que aceptarlo.*

Fuego conservaba algunas cositas que Arco le había dado y que había utilizado cada día sin pensar. El carcaj y el brazal, suave y cómodo por los años de uso, habían sido regalos de hacía mucho tiempo por parte de Arco. Una parte de ella quería dejarlos de lado por un tiempo, porque cada vez que los veía el corazón se le encogía por un dolor que no podía compartir. Pero no se veía capaz. Reemplazarlos por otros era imposible.

Un día estaba acariciando el cuero suave del brazal en un rincón soleado del patio principal mientras pensaba y se quedó dormida en la silla. Se despertó de manera abrupta porque Hanna le estaba dando manotazos y gritando. Aquello confundió a Fuego, pero luego entendió que Hanna había encontrado un trío de monstruos insectos revoloteando por el cuello y los brazos de la joven que se la estaban comiendo entera, y la pequeña estaba intentando rescatarla.

—Debes tener la sangre muy dulce —dijo Hanna sin estar convencida y pasando la punta de los dedos por las ronchas rabiosas que estaban saliéndole a Fuego para contarlas.

—Solo para los monstruos —le explicó Fuego en tono sombrío—. A ver, dámelos. ¿Están muy aplastados? Conozco un estudiante al que seguro le gustaría diseccionarlos.

—Te han picado ciento sesenta y dos veces —anunció Hanna—. ¿Te pica?

Le picaba de una manera horrible, y cuando se topó con Brigan en su dormitorio, que acababa de llegar de un largo viaje al norte, Fuego estaba más combativa de lo habitual.

—Siempre voy a atraer a los insectos —le dijo a Brigan de manera agresiva.

Brigan levantó la mirada, contento de verla pero sorprendido por su tono de voz.

—Pues sí —contestó tocándole las picaduras del cuello—. Pobrecita. ¿Es muy incómodo?

—Brigan —dijo, molesta porque no la había entendido—. Siempre voy a ser preciosa. Mírame. Tengo ciento sesenta y dos picaduras de insectos, pero ¿me han restado algo de belleza? Me faltan dos dedos y estoy llena de cicatrices, ¿y acaso le importa a alguien? ¡No! Simplemente me hace más interesante. Siempre voy a ser así; me voy a quedar con este físico precioso, y tú tendrás que lidiar con ello.

Brigan parecía percibir que Fuego esperaba una respuesta seria por su parte, pero en aquel momento era incapaz de darla.

—Supongo que es una carga que tendré que soportar —dijo con una sonrisa burlona.

—Brigan.

—¿Qué ocurre, Fuego? ¿Qué pasa?

—No soy como aparento ser —dijo, echándose de repente a llorar—. Parece que soy preciosa, apacible y un encanto, pero no me siento así.

—Lo sé —dijo Brigan en voz baja.

—A menudo estaré triste —continuó Fuego en tono desafiante—. Y confundida e irritable.

Brigan alzó un dedo y fue hacia el vestíbulo, donde se tropezó con Manchitas y luego con dos monstruos gatos que estaban siguiendo al perrito como locos. Se acercó echando pestes hacia el rellano y avisó a su guardia que, a no ser que el reino entrara en guerra o su hija estuviera muriendo, más les valía no interrumpirlo hasta nuevo aviso. Regresó a sus aposentos, cerró la puerta y dijo:

—Fuego, eso ya lo sé.

—No sé por qué ocurren cosas tan malas —dijo Fuego con un llanto aún más fuerte—. No sé por qué la gente es cruel. Echo de menos a Arco. También a mi padre, fuera lo que fuere. Detesto saber que matarán a Murgda en cuanto haya tenido al bebé. No lo voy a permitir, Brigan. La sacaré a escondidas; no me importa terminar en la cárcel en su lugar. ¡Y ahora me pica todo!

Brigan la estaba abrazando. Ya no sonreía y tenía una voz más seria.

—Fuego, ¿crees que quiero que seas más desconsiderada, estés más alegre y que no tengas esos sentimientos?

—Bueno, no creo que esto sea lo que quieras.

—El momento en que empecé a quererte fue el momento en que viste tu violín aplastado en el suelo, te alejaste de mí y lloraste sobre tu caballo. Tu tristeza es una de las cosas que, para mí, te hacen preciosa. ¿No lo ves? La comprendo. Y hace que mi propia tristeza me dé menos miedo.

—Oh... —dijo Fuego; no había entendido todas las palabras, pero sí el sentimiento. De pronto entendió la diferencia entre Brigan y las personas que le construyeron el puente. Apoyó la cabeza sobre la camisa del joven—. Yo también comprendo tu tristeza.

—Lo sé —contestó—. Gracias.

—A veces hay demasiada tristeza —susurró Fuego—. Es devastador.

—¿Te sientes devastada ahora?

Fuego se detuvo, incapaz de hablar; sentía la presión de Arco contra su corazón. *Sí.*

—Pues ven aquí —dijo Brigan, aunque era redundante, porque ya la había llevado con él hasta un sillón y la había acomodado en sus brazos—. Dime qué puedo hacer para que te sientas mejor.

Fuego lo miró a los ojos, le acarició aquel rostro conocido y querido y reflexionó sobre la pregunta.

Bueno. Me gusta mucho que me beses.

—¿Ah, sí?

Se te da bien.

—Bueno —dijo—, pues qué suerte, porque voy a darte besos siempre.

Epílogo

En Los Valles, mandaban los cuerpos de los fallecidos al lugar al que sus almas habían ido mediante las llamas. También lo hacían para recordar que todo acababa desapareciendo, excepto el mundo.

Viajaron hacia el norte para celebrar la ceremonia en las tierras de Brocker. No solo era apropiado que tuviera lugar allí, sino que hacerla en cualquier otro sitio sería un inconveniente para él que, evidentemente, tenía que estar presente. La programaron hacia el fin del verano, pero antes de las lluvias propias del otoño. Así Mila podría acudir con su hija recién nacida, Liv, y Clara con su hijo, Aran.

No todos pudieron acudir, aunque sí la mayoría. Incluso Hanna, Garan, Sayre y la descomunal guardia de la familia real. Nash se quedó en la ciudad, porque alguien tenía que encargarse de que todo siguiera en orden. Brigan prometió hacer todo cuanto estuviera en su mano por ir, y llegó a toda velocidad a la tierra de Fuego la noche anterior con un contingente del ejército. No pasaron ni quince minutos y ya estaba discutiendo con Garan la posibilidad de destinar algunos de los recursos del reino a la exploración de las tierras en el oeste. Brigan decía que, si existía una tierra al otro lado de las montañas en la que había personas llamadas gracelings, como aquel muchacho, lo más sensato sería interesarse por ellos de manera pacífica y discreta —es decir, espiarlos— antes de que los gracelings decidieran interesarse de manera violenta por Los Valles. Pero Garan no quería gastar dinero en eso.

Brocker, que se puso del lado de Brigan, estaba muy contento con tener una familia cada vez más grande, y comentó —al igual que Roen— que quería volver a Ciudad del Rey y dejar sus tierras —que ahora eran herencia de Brigan— para que se encargara Donal, que llevaba un tiempo ocupándose con destreza de las de Fuego. A los hermanos les habían contado, de manera discreta, quién era el verdadero padre de Brigan. Hanna pasaba el tiempo con el abuelo al que acababa de conocer, avergonzada. Le gustaban las grandes ruedas de su silla.

Clara bromeaba con Brigan diciéndole que, por una parte, técnicamente no había ninguna relación entre ellos, pero, por la otra, era el tío de su hijo por partida doble, ya que, en el sentido más laxo, la madre del bebé era la hermana de Brigan y el padre del bebé había sido el hermano de Brigan.

—O al menos así es como yo prefiero pensar en ello —dijo Clara.

Fuego escuchaba todo aquello sonriente y alzaba a los bebés cada vez que alguien se lo permitía, que resultó ser bastante a menudo. Ser un monstruo hacía que se le dieran genial los bebés; cuando lloraban, solía saber qué los afligía.

Fuego se encontraba en el dormitorio de su casa de piedra pensando en todas las cosas que habían ocurrido en aquel lugar hasta que Mila la sacó de sus ensoñaciones al decirle desde la puerta:

—Mi señora, ¿puedo pasar?

—Claro, Mila. Pasa, por favor.

Mila llevaba en brazos a Liv, que estaba durmiendo. Tenía el olor característico de los bebés y hacía ruidos suaves al respirar.

—Mi señora, en una ocasión me dijisteis que os podía pedir cualquier cosa.

—Sí —contestó Fuego mirando a la joven guardia, sorprendida.

—Me gustaría pediros consejo.

—Si te sirve de algo, te lo daré.

Mila bajó un momento la mirada hacia el cabello claro y rizado de Liv. Casi parecía tener miedo de hablar.

—Mi señora, ¿creéis que, a la hora de tratar a las mujeres, el rey se parece a lord Arco?

—Cielos, no —dijo Fuego—. No me imagino al rey siendo descuidado con los sentimientos de una mujer. Me parecería más justo compararlo con sus hermanos.

—¿Creéis...? —empezó Mila, y de repente se sentó en la cama y se echó a temblar—. ¿Creéis que una joven soldado de la zona sur de los Gríseos Mayores, de dieciséis años y con un bebé, estaría loca por pensar...?

Mila se detuvo. Había vuelto a enterrar la cabeza en su hija. Fuego sintió cómo aumentaba el clamor de su propia felicidad, como si fuera una música cálida que sonaba en su interior.

—Parece que ambos disfrutáis mucho de pasar tiempo juntos —dijo con cuidado de no dejar ver lo que sentía.

—Sí —respondió Mila—. Estuvimos juntos durante la guerra, mi señora, en el frente norte, cuando estaba ayudando a lord Brocker. Y acudí a ver al rey en muchas ocasiones, mientras se estaba recuperando de la herida y yo me estaba preparando para el parto. Y cuando nació Liv, él también acudió fielmente a visitarme, a pesar de todas sus responsabilidades. Me ayudó a elegir su nombre.

—¿Y él te ha dicho algo?

Mila centró su atención en los flecos de la manta que tenía entre las manos, por donde asomaba un pie regordete flexionado.

—Ha dicho que le gustaría pasar más tiempo en mi compañía, mi señora. Tanto tiempo como yo le permita.

—Creo que es una cuestión muy importante, Mila —dijo Fuego con delicadeza, conteniendo todavía su sonrisa—. Una que debes contestar sin precipitarte. Podrías hacer lo que te pide y simplemente pasar más tiempo con él y ver cómo os sentís. Hazle un millón de preguntas si las tienes. Pero no, no creo que sea una locura. La familia real es... muy flexible.

Mila asintió, con expresión de estar absorta en sus pensamientos. Parecía estar reflexionando sobre lo que acababa de decir Fuego bastante en serio. Después de un momento, dejó a Liv en los brazos de Fuego.

—¿Os gustaría pasar un rato con ella, mi señora?

Apoyada en las almohadas de su antigua cama, con el bebé de Arco suspirando y bostezando contra ella, Fuego se sintió, por un corto período de tiempo, tremendamente feliz.

La vista de detrás de lo que había sido la casa de Arco era una extensión inmensa de piedra gris. Esperaron hasta que el atardecer tiñera el cielo de rojo.

No tenían ningún cuerpo que incinerar, pero Arco tenía arcos largos del mismo tamaño que él, ballestas, arcos cortos y arcos de su infancia que se le habían quedado pequeños pero que había conservado. Brocker no desperdiciaba nada y tampoco quiso destruir todas las cosas de Arco, pero salió de casa con un arco que al joven le gustaba mucho y otro que había sido un regalo de la infancia de parte de Aliss, y le pidió a Fuego que los pusiera encima de la leña.

Fuego obedeció y luego dejó algo suyo entre los arcos. Era algo que había guardado en el fondo de sus alforjas durante más de un año: el puente de su violín destrozado. La joven había encendido un fuego abrasador por Arco en el pasado, pero nunca había encendido siquiera una vela por Cansrel.

Entendía que, a pesar de que había estado mal matar a Cansrel, también había sido lo correcto. El muchacho con los ojos de dos colores la había ayudado a verlo, el que había matado a Arco. Algunas personas tenían demasiado poder y demasiada crueldad para vivir. Algunas personas eran demasiado horribles, daba igual que las quisieran o que hubiera que convertirse en alguien horrible para poder detenerlas. Había cosas inevitables.

Me perdono, pensó Fuego. *Hoy me perdono.*

Brigan y Roen prendieron fuego a la pira y todos se pusieron frente a ella. Había una canción en Los Valles que se tocaba para lamentar la pérdida de una vida. Fuego tomó el violín y el arco de las manos pacientes de Musa.

Era una melodía evocadora, no resignada; un lamento por la pena de todas las cosas en el mundo que se desmoronaban. Mientras la ceniza de color negro se elevaba contra el cielo brillante, del violín de Fuego se iba desprendiendo un lamento por los muertos y por los vivos que se quedaban en el mundo y les decían adiós.

Agradecimientos

¡Hay tantas personas a las que debo dar las gracias!

Mi hermana Catherine (con la ayuda de los chicos) fue la valiente primera lectora. Después, mi intrépido equipo de lectura incluyó a mi hermana Dac, a Deborah Kaplan, a Rebecca Rabinowitz y a Joan Leonard. No hay nada más valioso que un equipo de lectoras inteligentes dispuestas a decirte la verdad absoluta sobre tu libro. Besos a todas.

Si los correos electrónicos que recibo sirven de indicación, la diseñadora de la cubierta, Kelly Eismann, es la responsable de atraer a muchos de mis lectores. Mi correctora de estilo, Lara Stelmaszyk, es la paciencia en persona. Lora Fountain se merece las gracias por encontrar hogares europeos para mis libros. Gillian Redfearn me ayudó a resolver una parte delicada de la primera revisión. Sandra McDonald me dio un espacio tranquilo en el que revisar, y mis padres me brindaron un lugar al que acudir siempre que lo necesitara. Daniel Burbach me rescató todas las veces en que necesité una foto de la autora, algo que parecía ocurrir solo cuando estaba en plenos finales. Emelie Carter, violinista, me enseñó lo que era tocar el violín estando lesionada; la tía Mary Willihnganz, flautista, hizo lo mismo, pero con la flauta. El tío Walter Willihnganz, cirujano y especialista en heridas, siempre respondió con mucha calma preguntas como «Tío Walter, si a una persona la golpearan en el ojo y no tuviera un centro médico al que acudir, ¿se le podría poner de un color morado rojizo y quedarse así para toda la vida?». (Por cierto, la respuesta a esa pregunta es que sí).

Quiero dar las gracias especialmente a Jen Haller, Sarah Shealy, Barbara Fisch, Laura Sinton, Paul von Drasek, Michael Hill, Andy Snyder, Lisa DiSarro, Linda Magram, Karen Walsh y Adah Nuchi. La fe, la amabilidad, el cariño y el humor de todos ellos fueron un gran apoyo mientras escribía este libro. Un millón de gracias también a Lauri Hornik y a Don Weisberg. Me siento abrumada por vuestro apoyo.

Casi por último, pero lejos de ser menos importante, le doy las gracias a mi editora, Kathy Dawson, y a mi agente, Faye Bender: me faltan las palabras, sería imposible encontrar adjetivos que os hicieran justicia. Nací con estrella.

Para terminar, hablando de nacer con estrella, un mensaje para mi familia: no podría haber hecho esto sin vosotros.